本书为中华诗歌研究院2023年度重点项目“清代畿辅文学家族与诗人群体研究”（2023ZHSGYJY—ZHDIAN01）最终成果

清代畿辅诗学研究论稿

——以畿辅文学家族为中心

王新芳 孙微 著

人民出版社

序

詹福瑞

燕赵自古以来以尚武崇义著名。“风萧萧兮易水寒”，荆轲孤胆刺秦成为“慷慨悲歌”的典型符号。然燕赵亦是礼义文献之邦，燕赵经学在中国经学史上占有举足轻重的地位。战国时的荀子，汉代的董仲舒、韩婴、毛亨、毛苌，唐代的孔颖达都是影响深远的经学大师。尤其是元明清三朝立都北京，逐渐形成以京城为核心的文化中心，其诗学之成就和影响，足以和江南相抗衡。不过，学术界受“燕赵大地自古多慷慨悲歌之士”旧说之遮蔽，研究的目光还未重点投注到此领域。以清代畿辅诗学来说，即使有了关注及一些研究，然而由于文献体量庞大，加之搜集梳理困难，学界一直难以了解清代畿辅诗学之全貌，此实为一桩憾事。

王新芳当年随我攻读博士学位，研治清代诗学，其博士论文《查慎行诗歌批评研究》出版后得到学界好评。此后十年间，她将目光聚焦于清代畿辅诗学领域，与孙微教授一起撰写了系列学术论文，最后结集成《清代畿辅诗学研究论稿》一书。此书以地域和家族为经纬，钩沉索隐，抉微发覆，不仅填补了清代畿辅诗学研究之空白，更以独到的视角揭示了文学家族在诗学传承与地域文化互动中的核心作用。总的来看，该书在以下几个方面的特色值得引起关注。

一、以文学家族为切入点,整体描述清代畿辅诗学之概貌

当代学界对清代畿辅诗学之研究,历来多聚焦于“河朔诗派”等少数流派和个别著名诗人,而对更广泛的地域文学生态及其发展脉络缺乏系统性观照,致使清代畿辅诗学的总体样貌一直模糊不清。本书在充分掌握文献材料的基础上,以文学家族为切入点,将畿辅诗学置于家族传承与地域文化的双重脉络中考察,整体描述了清代畿辅诗学的概貌。虽然说目前的研究框架只是椎轮大辂,粗陈梗概,还远不够全面,但这无疑迈出了可喜的一步,使得完整构建清代畿辅诗学的愿景成为可能。作者以《清代家集丛刊》《直隶学研究书系》《天津历代文集丛刊》等新近整理文献为基础,辅以《国朝畿辅诗传》《红豆树馆诗话》等传统史料,较为清晰地描述了清代畿辅诗学谱系,既突破了传统诗学史以流派或个人为中心的局限,亦避免了地域文学研究易陷于空泛之弊。清代畿辅诗学文献浩如烟海,作者能够沉下心来一家一家诗集去研读考辨,其扎实严谨的学风值得肯定。

畿辅之地,名门世家如林,如曲周刘氏、景州张氏、大名姜氏、故城贾氏、正定王氏等世代以诗书传家,形成了深厚的文学传统。这些文学家族不仅是诗歌创作的实践者,更是诗学理论的建构者与传播者。书中对清代诸多畿辅文学家族的诗学倾向及特色进行了分析考论,用功甚勤,创获良多。尤为可贵的是,作者并未将家族视为封闭的文化单元,而是注重其与地域诗坛的互动。如河朔诗派之兴起,既得益于申涵光等领袖人物的倡导,亦离不开曲周刘氏、钜鹿杨氏等家族及内丘乔钵等羽翼诗人的群体呼应,此种“家族—地域”的联动视角,为理解清代畿辅诗学的整体性与多元性提供了重要线索。

二、以诗学文献辑考为研究根基

本书的学术价值首先体现在对诗学文献的全面梳理与细致考辨上。清代畿辅诗文集大多散落于各处,搜寻起来颇为不易,其版本留存情况亦极为复

杂。本书在进行诗文阐释之前,首先对众多清人别集进行了细致的文献版本考辨。例如杨思圣的诗集就有《且亭诗》六卷本与《且亭诗钞》八卷本两种,本书作者经过详细比勘后指出,《且亭诗钞》八卷实系《且亭诗》六卷的删减本,共计删诗145首,进而指出这种删减乃是清初文禁之故。又如清初内丘诗人乔钵的《乔文衣集》流布极罕,以至于学界对该本曾有过误判,如有学者误以为《乔文衣集》又名《海外奕心》。本书通过检核文献后指出,《乔文衣集》分为《海外奕心》《苦吟》《越吟》《燕齐咏》《燕市吟》《匡蠡草》《石钟集》《剑阁草》诸小集,这些小集的名称大多是按照其任职经历之地命名的,而《海外奕心》只是其任官宁波时居海岛所作,并非全集之名。

还有些清代畿辅诗人的诗文集已经散佚,本书作者则对其诗文进行了苦心钩稽。如杨思圣仅有诗集传世,其文集已经散佚不传,故其诗歌理论已不易直接获知。本书则通过《畿辅通志·艺文志》所载杨思圣为魏裔介所作《屿舫诗序》,指出其论诗以杜甫和明代李梦阳为楷模;他提出的"诗以道性情者也",与申涵光《屿舫诗序》"诗以道性情"之论如桴鼓相应,从中可见杨思圣与河朔诗派理论主张的一致性。又如边连宝为戈涛《坳堂诗集》所作序中对王士禛"神韵说"大加挞伐,以至于后来翁方纲编刻《坳堂诗集》时删去了边序。为了讨论边连宝与戈涛的这种理论倾向,本书征引了边连宝《病馀长语》中保留的此序片段,并将其与戈涛《默堂诗叙》进行相互印证,从而解析出边连宝反对"神韵说"之原因及其理论依据。另如清初著名史学家谷应泰的个人别集《筑益堂集》已经散佚,本书分别从《遵化诗存》《龙井见闻录》《尺牍新语》《(康熙)杭州府志》《(道光)铜山县志》《(同治)安吉县志》《(同治)江山县志》《(光绪)分水县志》《(道光)石门县志》《丰润谷氏族谱》辑得谷应泰佚诗13题17首,佚文9篇,这使得后人了解谷应泰的诗文成就及其特色成为可能,从中可见著者之苦心。此外,书中涉及的大多数清代畿辅诗人,其生平事迹与交游著述均已湮没无闻,本书对著者情况苦心钩稽,同时又充分吸收了学界的相关研究成果,使得这些燕赵诗人的生平仕履及其著述情况第一次有了较为清晰的呈现,从中可见其开拓之功。

三、对清代畿辅诗歌艺术特色的深度阐发

此书在文献考辨的基础上,对清代畿辅诗歌的艺术特色进行了多方面的阐发。众所周知,对一个诗人主体风格的判断及其诗学取径的把握极为困难,由于本书作者对中国诗歌史的经典传统及发展脉络了然于胸,故而在剖析众多诗人的艺术风格时能够做到得心应手。如书中通过比对刘荣嗣《病柏》与杜甫同题之作,敏锐地指出前者以柏喻己,将个人冤屈与家国命运熔铸一炉,故诗风虽"沉郁悲壮",直承少陵遗韵,然因身处明末乱世,诗中更多一重"材大叹易折"的个体悲鸣。申涵光之诗虽以学杜为宗,却因遗民身份而更具"苍凉顿挫"之气,其《燕京即事》诸作踵武少陵,字字血泪,堪称"诗史"精神的清初回响。又如通过边连宝《芥舟戈公传》、戈涛《周萋亭诗序》所载,并与《坳堂诗集》相互印证,指出戈涛的诗学路径乃由韦应物而入,泛滥于李杜韩苏之间。再如通过解读吴桥王作肃的诗歌,发现其对色彩的偏爱极为明显,如"日上千山紫,霜留几树红"(《晓过白马坡》)、"千嶂岚烟翠,孤村柿叶红"(《白马道中》),这种"诗中有画"的创作手法和王维一脉相承;又发现《闲居》"醉来乘兴去,孤杖叩禅关"句式上模拟王维《终南山》"欲投人处宿,隔水问樵夫";《人日》"人疑老态有仙骨,自笑前身应画师"亦出自王维《偶然作》"宿世谬词客,前身应画师",从中可以窥到王作肃对王维的追拟和效法,这些都是会心之论。

本书作者对唐宋文学传统都比较熟悉,故而对清代畿辅诗人的诗学宗尚有较深的体会。如书中指出乔钵《补花朝》颈联"但使留连人尽雅,何妨再续酒如泉",乃是模仿杜甫"但使闾阎还揖让,敢论松竹久荒芜"(《将赴成都草堂途中有作先寄严郑公五首》其一),《上巳将晴社集石钟山》尾联"无劳头上黑,阵阵促诗筹",乃是直接化用杜甫《陪诸贵公子丈八沟携妓纳凉晚际遇雨二首》其一尾联"片云头上黑,应是雨催诗";又如指出戈涢《叆叇分韵得可字》

“我笑杜陵对佳节，看花愁向雾中坐。又笑东坡看细字，问龙乞水计何左”四句诗分用杜甫和苏轼诗歌之典，其中“我笑杜陵对佳节，看花愁向雾中坐”来自杜甫《小寒食舟中作》“春水船如天上坐，老年花似雾中看”，“又笑东坡看细字，问龙乞水计何左”则出自苏轼《游径山》“问龙乞水归洗眼，欲看细字销残年”；王作肃《秋夜》“非不欣秋爽，其如新病加”，化用杜甫《赠苏四徯》“为郎未为贱，其奈疾病攻”；杨自牧《长白山》“峰似儿孙列”语出杜甫《望岳》“诸峰罗立似儿孙”，“太始雪雰雰”则出自杜甫《铁堂峡》“嵌空太始雪”。本书还指出，刘廷楠除了学杜之外，在艺术上亦有模仿韩孟诗派的痕迹，如《戊寅宾兴示诸生六首》其六颈联“古战场曾惊劫火，新花样又看传灯”，打破了七律2/2/3的音韵节奏，构成意义节奏与韵律节奏的明显冲突，与韩孟诗派的作法相同。此外，贾炎《遣怀》“黄杨遇闰须教退”，出自苏轼《监洞霄宫俞康直郎中所居四咏・退圃》“园中草木春无数，只有黄杨厄闰年”；贾延泰《数点梅花天地心》颔联“老干偏宜冰彩映，疏花不受黛痕侵”，句式系模仿宋代释文珦《采菖蒲》“瘦节偏宜石，纤丛不受埃”。以上这些诗例都为理解中国诗学的内在继承性提供了鲜活的案例。

四、揭示了清代畿辅诗学与主流诗坛间的关联

本书并未将研究视野仅局限于燕赵一隅，而是将畿辅诗学置于清代文学的大背景下考察。例如书中对畿辅诗学“慷慨悲歌”特质的提炼，便颇具启发性。作者指出，燕赵诗风之形成，不仅源于地理环境的塑造，更与家族伦理、遗民心态密切相关。如明遗民王馀佑以“绝顶情结”抒写复国无望之痛，“畿辅七子”之一的王炘借“新亭对泣”寄托陆沉之悲，皆将个人命运嵌入时代洪流，使其诗作兼具地域特色与普世意义。这种对诗心的深入探求，使本书超越了地域研究的狭隘性，成为清代诗学整体研究的重要组成部分。另外，清代畿辅地区理学极盛，出现过孙奇逢、李塨、颜元这样的大儒，这对畿辅诗学的影响极为深远。本书论及的新城诗人王馀佑便是北方理学大儒孙奇逢的门人，乃明

末清初北学之先驱，其弟子中的颜元、李塨后来皆成为北方实学大师，故清代畿辅诗歌有着独特的理学底色。本书还指出，大运河畔的故城贾氏家族素以理学传家，通过贾朴《谨志明儒学案后》可知，其父贾润究心理学，心仪黄宗羲之说，命其子贾朴入京师从仇兆鳌，仇氏赠予黄宗羲《明儒学案》之书稿，贾朴携归故城，贾润遂命贾朴鸠工刊刻，以广其传，从中可知故城贾氏之学与浙派黄宗羲及其弟子仇兆鳌之渊源，黄宗羲《明儒学案》一书由故城贾氏刊刻正是明证。又如书中论及河朔诗派与江南诗坛的互动，分析王炘歌行体对“梅村体”的借鉴，等等，皆显示出开放的学术视野。又如通过对杨自牧《潜籁轩诗草》的考察，揭开顾炎武、李因笃等明遗民昌平谒陵活动与介山杨氏家族的隐秘关联；乔钵与陈铎的《南北互嘲曲》则折射出清初南北文化碰撞的微妙心态。此类考索不仅为清代诗学分析提供了坚实的史实支撑，更将个案研究升华为对时代精神的深刻体察。

总之，《清代畿辅诗学研究论稿》是一部兼具文献功力与理论深度的学术专著。该书以家族为枢纽，勾连起地域、时代与文学的多重维度，不仅为清代诗学研究开辟了新境，亦为理解中国诗学的家族传统与地域特色提供了重要参照。希望作者循此路径继续深耕细作，不断深入阐发燕赵诗学精神，取得更大成绩。当此书付梓之际，作者索序于我，故为之略述价值与旨趣如上云。

2025 年 4 月 29 日于北京

目　录

绪　论

燕赵诗人自古以慷慨悲歌著称，清代畿辅地区更是涌现出众多诗人。学界关于清代诗学的专著如刘世南《清诗流派史》、严迪昌《清诗史》等，对清代畿辅文学只论及清初的“河朔诗派”，对其他诗人则较为轻视；2012 年出版的蒋寅《清代诗学史》第一卷中，对“河朔诗派”只字未提，这都表明清代畿辅文学在学界眼中是没什么存在感的。然而陶樑《国朝畿辅诗传·凡例》中早就指出：“天之生才，不以地限，操觚之士，未暇遍观，先存轩轾之见，岂通论乎？”①目前对清代畿辅文学的研究，以王长华主编《河北古代文学史》第三卷第二编“清代河北文学”为代表，这是目前为止关于清代河北文学最为专门的著作。该书按照顺康雍、乾隆以降至鸦片战争、晚清三个阶段描述清代河北诗歌，共论及诗人 60 人，其中清初 19 人，中期 28 人，晚清 13 人。然而总体来看，这也只能算是粗陈梗概，漏略甚多，尚难以反映清代河北诗坛的全貌，表明著者对清代河北诗人的创作全貌并没有一个总体认识和确切把握，同时也表明对清代畿辅文学的研究尚任重而道远。此外，相关研究著作还有王岗、邓瑞全、曹书杰《中国文化世家·燕赵辽海卷》（湖北教育出版社 2008 年版），李世琦《申涵光与河朔诗派》（生活·读书·新知三联书店 2013 年版），叶修成《紫芥掇实：水西庄查氏家族文化研究》（天津古籍出版社 2017 年版）等。关于清

① 陶樑辑，江合友、程宇静点校：《国朝畿辅诗传》，国家图书出版社 2017 年版，第 5 页。

代畿辅诗人的个案研究，有李俞静《王企埥〈畿辅七名家诗钞〉研究》（河北大学2020年硕士学位论文），张妍《郭棻诗歌及诗学思想研究》（河北大学2023年硕士学位论文），李静楠《李霨及其〈心远堂诗集〉研究》（广西民族大学2023年硕士学位论文）等。总的来看，目前对清代畿辅文学的研究尚待深入，少数著名诗人和知名流派并不能完全代表清代畿辅文学发展的整体面貌。那些被关注的少数诗人其实只是浮于水面上的几座冰山，尚有大量诗人沉于水下，不为世人所知。造成目前这种研究现状的主要原因是，之前学界对清代燕赵地区众多诗学文献的保存情况难以真正掌握，一直未能摸清家底。对清代燕赵诗学文献的大规模整理始于20世纪八九十年代，近十年来则出现井喷之势，陆续有大量文献被发掘整理出来，如《直隶学研究书系》《天津历代文集丛刊》《京津冀畿辅文献丛刊》《永平诗存》《遵化诗存》《清代家集丛刊》等文献的整理出版，这为清代畿辅文学研究提供了一大批宝贵资料，也使得全面深入描述清代畿辅文学发展史成为可能。

清代最有影响的诗歌流派和诗人群体都是在地域基础上形成的，在这些地域性的群体和流派中，文学家族往往是其中坚力量。清代畿辅地区涌现出许多著名的文学家族，如景州枣林张氏、河间边氏、大名姜氏家族等，这些文学家族形成了浓厚的文学氛围和诗学传统，并培养了大批诗人，构成了燕赵诗坛的主体。因此，从文学家族及地域背景这两个角度切入，就可以观照清代畿辅文学的整体面貌，有助于促进清代畿辅诗学研究的拓展和深入。

由于难以掌握众多诗学文献，以往学界对清代燕赵文学史的描述过于薄弱。有鉴于此，应尽可能全面掌握清代畿辅诗人的存世诗文文献，可以《直隶学研究书系》《天津历代文集丛刊》《清代诗文集汇编》《清代家集丛刊》等文献中的清代河北籍作家的诗文集为基础，辅之以《永平诗存》《遵化诗存》《津门诗钞》等地域性诗文总集，以及《河间七子诗钞》《燕南二俊诗钞》《江北七子诗选》等群体诗歌选本，再以《国朝畿辅诗传》《红豆树馆诗话》《畿辅艺文考》《念堂诗话》中的评论为线索，通过更加全面细致的文本解读，重新认识清代畿辅文学的原生态,进而清晰描述清代畿辅诗学的发展概貌,大致复原清代畿辅文学的整体图景。然而由于清代畿辅文学家族及诗人众多、地域分布广泛,留存的诗学文献亦浩如烟海,以个人精力逐一阅读这些文献难免会有绠短汲深之感,故而全面描述清代畿辅诗学的愿景纯属以蠡测海、挂一漏万。数年以来,笔者就个人能力所及,先后研读了数十家清代畿辅文学家族及诗学名家的诗文集,撰写发表了系列学术论文,分别对这些诗学家族的创作特色进行简要介绍,今将这些论文汇为一集,以地域和家族为经纬进行编排。这些菲薄的努力虽然并不足以描述清代畿辅诗学整体面貌之万一,但仍可作为拓展清代畿辅诗学广度的初步尝试,相信随着学界对这一领域的日益关注,清代畿辅诗学研究必将迎来更加辉煌的明天。至于如何将清代畿辅诗学放到清代诗学发展的大背景中去探讨,更加客观地认识其与清代诸种诗学理论与诗学流派间的复杂关系,丰富和补充清代畿辅诗学研究的维度,仍有待于今后的不懈努力。

第一章　曲周刘氏家族与河朔诗派

河朔诗派是清初第一个著名的文学流派，其开创者和领袖人物是申涵光，成员有张盖、殷岳、赵湛、杨思圣、刘逢源、路泽农、乔钵、刘佑等。河朔诗派继承了“河朔词义贞刚，重乎气质”①的风格传统，主张诗歌“以道性情”为主，反对“专事附会，寸寸而效之”（《清史稿·申涵光传》）②的形式主义模拟。该派诗人皆为由明入清的遗民诗人，无意仕进，其诗作多写黍离之思、兴亡之感，反映人民生活疾苦，流露出对清朝不满的情绪。艺术上，他们力矫明前后七子与竟陵、公安之失，师法杜甫，追求“音节顿挫，沉郁激昂”③，在当时产生了较大影响。其实明末曲周诗人刘荣嗣已开河朔诗派之先声，其沉郁悲壮的诗风为清初河朔诗派的崛起起到了导夫先路的作用。河朔诗派领袖人物申涵光无论是理论还是创作均以少陵为宗，张盖、殷岳、杨思圣等诗人更是与申涵光桴鼓相应，共同奏出了燕赵诗坛最为高亢的时代悲歌。乔钵等人作为这一诗派的羽翼人物，亦为清初河朔诗派的兴盛贡献了自己的力量，以下分别对这些诗人进行介绍。

---

① 魏徵：《隋书·文学传序》卷七十六，中华书局1973年版，第1730页。
② 赵尔巽等撰：《清史稿·文苑传一》卷四百八十四，中华书局1977年版，第13322页。
③ 徐世昌编，闻石点校：《晚晴簃诗汇》卷十四，中华书局1990年版，第332页。

第一节　刘荣嗣《简斋先生诗选》考论

曲周（今属河北邯郸）刘氏家族为明末清初著名的诗学家族。明末刘荣嗣与著名杜诗注家钱谦益、卢世漼互相唱和，其《简斋先生诗选》有明显的学杜倾向，是清初河朔诗派的先驱，其孙刘佑，亦是河朔诗派的重要成员。刘佑，字孟孚，号云麓，辑有《刘简斋祖孙遗集》二十一卷，康熙刻本，其中收录刘荣嗣《简斋先生集》诗选十一卷、文选四卷，刘佑《寻远楼近诗》《悦柳轩近诗》《玉台杂著》《蓉阁近稿》《鱼台杂著》《楚游小记》各一卷。本文所论刘荣嗣诗词即依据刘佑所辑《简斋先生集》。

一、刘荣嗣生平事迹及著述简介

刘荣嗣（1570？—1638年），字敬仲，号简斋，别号半舫，曲周四夫人寨人。万历四十四年（1616年）进士，历官户部主事、吏部验封司主事、山东参政、光禄正卿、顺天府尹、户部右侍郎、工部尚书。在朝二十余年，反对阉党，政声卓著，甚有时誉。然其在工部尚书任上总督河道，因治河不利，下狱论死，卒于狱中。刘荣嗣因治河不力下狱一事与原兵部尚书霍维华有关。《明史·霍维华传》曰：

> （崇祯）七年，骆马湖淤，维华言于治河尚书刘荣嗣，请自宿迁抵徐州，穿渠二百余里，引黄河水通漕，冀叙功复职。荣嗣然其计，费金钱五十余万，工不成，下狱论死，维华意乃沮。①

钱谦益《列朝诗集小传》曰：

> 以工部尚书总理河道，运道溃淤，起宿迁，至徐，别凿新河，分黄水注其中以通漕。三年绩用弗成，下狱论死。崇祯戊寅，狱未解而卒。敬仲为

① 张廷玉等撰：《明史》卷三〇六，中华书局1974年版，第7864页。

人淹雅，读书好古，敦笃友谊，河渠之任，本非所长。门客游士，创挽黄之议，耗没金钱，敌仲用是坐罪，父子俱毙，用违其才，良可痛也。①

《明词汇刊》于《简斋诗馀》后有赵尊岳跋曰："累迁至工部尚书，总督河道，挽黄治泇，备极劳瘁，为忌者所中，逮系卒，士论惜之。"②可见刘荣嗣因错误地采纳了霍维华的建议，导致治河劳费甚大而功效甚微，并因此得罪下狱。在总督河务期间，刘荣嗣忠于职守，备极劳苦，曾数过家门而不入，却因公得罪，最终冤死狱中，故其遭遇甚为时人痛惜。成克巩《简斋先生集序》曰：

公以平台召对，天语谆详，遂叱驭河干，躬亲畚锸，念泇河淤漫，版筑难施，必先挽黄，而后泇可治。公岂不知任事之难而群辈之议其后哉！念陵寝民生之至重，是以置毁誉得失于度外而不辞也。乃费省而工成，工成而谤起。秉国者但知借端以快一己之私怨，而不顾千秋万世之是非，公顾已委之天而如彼谗人何哉！③

在序中为刘荣嗣之含冤被谤大鸣不平。南明福王朝曾下诏书，"予罪谴尚书刘荣嗣昭雪"④，刘荣嗣的冤案至此才得以平反。至于刘荣嗣所开之新河，并非对漕运毫无作用，顾炎武《天下郡国利病书》曰：

明年漕舟将至，骆马之溃决适平，诸舟惟愿入泇，不愿入新河。荣嗣自往督之，以军法恐吓诸舟，间有入者，苦于浅涩，于是南科曹景泰上疏纠之，上命革职，刑部提问，任内支用钱粮抚按查勘。后骆马湖复溃，舟行新河，人无不思其功者。⑤

---

① 钱谦益：《列朝诗集小传》丁集下，上海古籍出版社 1983 年版，第 656 页。

② 赵尊岳辑：《明词汇刊》，上海古籍出版社 1992 年版，第 1711 页。

③ 刘荣嗣：《简斋先生集》，《四库禁毁书丛刊》集部第 46 册，北京出版社 2005 年版，第 343—344 页。

④ 许重熙：《明季甲乙两年汇略》卷三，清初刻本。

⑤ 顾炎武：《天下郡国利病书》卷四十一，黄珅、严佐之、刘永翔主编：《顾炎武全集》第十二册，上海古籍出版社 2011 年版，第 1600 页。

另外汪世铎《悔翁笔记》亦曰："崇祯八年，泇河淤阻，刘荣嗣自宿迁至徐州别开新河二百余里。明年，骆马湖之淤适平，仍专行泇河，然骆马闲淤，则此河亦可行舟，其功不可没也。"①

刘荣嗣能诗，先后有《半舫集》《秋水谣》《剑吷》诸集问世，皆为单行散刻，多有散佚。康熙元年（1662 年），其孙刘佑将这些诗集汇编为《简斋先生集》，其《简斋先生诗选跋》曰：

> 嗟乎！此予先大父司空之遗诗也。先司空自为诸生，以迄宦成所在，辄有题咏。初刻有《半舫斋集》，乃未释褐时作，略不存；迨丙辰通籍，为农部天官郎，则有《延阁诗草》；继出参东藩，则有《曹风》《鲁吟》；入为光禄，则有《膳夫吟》；为大京尹，则有《京兆乘陟》；大司空受总河命，则有《秋水谣》；后为执政所诬，待罪请室，则有《剑吷》。篇卷繁多，随时授梓，类不能合为一集。予小子薄宦浠川、海陵间，薄领之暇，因取诸集，细为编葺，即属黄子美中、邓子孝威详加较雠，付之剞劂，乃得汇为一帙，颜曰《简斋先生诗选》。②

刘佑将刘荣嗣生前陆续结集的《延阁诗草》《曹风》《鲁吟》《膳夫吟》《京兆乘陟》《秋水谣》《剑吷》等重新进行了编排，最终纂成《简斋先生集》，其中《简斋先生诗选》十一卷、《简斋先生文选》四卷，有清康熙元年（1662 年）刻本，清华大学图书馆藏有此本，后收入《四库禁毁书丛刊》集部第 46 册。此外，刘荣嗣《简斋先生集》还有另一留存形式，即与其孙刘佑之诗文集合刻为《刘简斋祖孙遗集》，国家图书馆藏有康熙刻本。

二、刘荣嗣诗歌的思想内容与艺术特色

刘荣嗣《简斋先生诗选》的体例为分体编排，分别为五古、七古、五律、七律、四言、五排、七排、五绝、六绝、七绝、诗余。龚鼎孳《简斋诗选序》曰：

① 汪世铎：《悔翁笔记》卷五，清光绪张氏味古斋刻本。
② 刘荣嗣：《简斋先生集》，第626 页。

简斋先生生当晚季，望重清流，值节甫之专恣，悯蕃武之就戮，而且疆围日棘，桑土罕闻，故其为诗，曲而不靡，深而不细，壮凉顿激而不流于戆。其致叹瞻乌也，是俊顾之微情，而非开党锢之渐也。其深思制虎也，是元祐之伟算，而非同圣德之诗也。至闻金鼓则感愤无衣，望烽烟则沉忧漆室，虽当一觞一咏、折杨折柳，无不缠绵君父，缱绻苍生。故读其诗者，一唱三叹，仿佛如见其行吟憔悴、忧思忉怛之容。是先生之诗，非寻常流连花月、寄托酒茗、赠送酬答之繁制也。乃巨憝虽歼，阴霾犹伏，秉钧者方且谗肆青蝇、祸兴白马，先生虽身处请室，而怨慕悱恻，未尝一刻去诸怀。其与□□诸先生琅琅和答，诗益高健苍浑，神似少陵，议者以为诗穷后工，而不知皆先生忠爱之悃所溢涌澎湃而出之者，是先生为千古之第一诗人，而孰知先生为千古之第一忠孝人哉！①

龚鼎孳在序中总结了刘荣嗣诗歌的创作背景和思想内容，高度肯定刘荣嗣诗中体现出了忠君爱国之忱，并推其为“千古之第一诗人”“千古之第一忠孝人”，这真是前所未有的高度赞誉。刘佑《简斋先生诗选跋》曰：“嗟乎！先司空忠谠之节、疏瀹之功，今学士家犹能言之，而歌咏所存，具见至性，非苟为作者。”②

刘荣嗣的朋友中，钱谦益、卢世㴶都是当时的注杜名家，二人曾合作注杜，钱谦益有《读杜寄卢小笺》《读杜寄卢二笺》（是为《钱注杜诗》之前身），卢世㴶亦有《杜诗胥钞》。王士禛《戏仿元遗山论诗绝句三十二首》其五云：“杜家笺传太纷拏，虞赵诸贤尽守株。苦为《南华》寻向郭，前惟山谷后钱卢。”③对钱、卢之书非常推崇，认为二人之注杜可以和向秀、郭象注《庄子》相媲美。《杜诗胥钞》之《知己赠言》中第一篇便是刘荣嗣赠言。据王永吉《卢世㴶墓志

① 刘荣嗣：《简斋先生集》，第471—473页。

② 刘荣嗣：《简斋先生集》，第626页。

③ 王士禛著，李毓芙、牟通、李茂肃整理：《渔洋精华录集释》卷二，上海古籍出版社1999年版，第328页。

铭》载，卢氏“称诗一遵少陵”①。另外，为《简斋先生集》作序的张镜心之子张溍亦有《读书堂杜工部诗集注解》二十卷，刘荣嗣之孙刘佑亦著有《杜诗录最》五卷。刘佑《杜诗录最自序》称，他有感于卢世㴶《杜诗胥钞》“落于清逸一格”，遂“录其最者二百二十有六首，析为五卷，手自校录，间作评语。不敢求异于昔贤，亦不敢苟同于前哲，要以期于允当而已矣”②，从中可见《杜诗录最》与卢世㴶《杜诗胥钞》之间也有着密切的关联。总之，刘荣嗣及其好友卢世㴶、钱谦益、张镜心、瞿式耜等人是一个对杜诗颇为关注的文人群体。因此，刘荣嗣诗歌无论是思想内容还是艺术形式都有明显的学杜倾向。卢世㴶《杜诗胥钞》之《知己赠言》中有刘荣嗣赠言曰：

少陵诗靡所不有，有爽彻胸臆、净洗铅华、亭亭独举者，有包举万物、勾稽典丽、八音奏而五采错者，有和邕浑噩、佩玉鸣裳、声容都雅者，有危侧崄凛、历落纵横、如奔涛轰雷、断弦裂帛者，有托言寄兴、远致近含、骤而即之莫见形似者，有直纪世变如史传纪论、曲尽描画者。上之而汉魏六朝初盛，罔不备于少陵；即下之而中晚、宋元，少陵集中隐隐具一种变相，兹少陵所以为大与？或乃曰：少陵之诗，讵其有中晚、有宋元？政不知当日入少陵手何以绝无下格，惟学少陵之诗，不学少陵之学，故少陵而中晚也者，非少陵也；少陵而宋元也者，非少陵也。③

和元稹《唐故检校工部员外郎杜君墓系铭》所持“集大成”论一样，刘荣嗣指出少陵诗无所不有、罔所不备。针对明末诗坛关于学习初盛中晚以及宋元之诗的争论，他认为只有由少陵之诗入手，才能学到少陵诗学之真谛。另外其

① 卢世㴶：《遵水园集略》卷首，《清代诗文集汇编》第5册，上海古籍出版社2011年版，第156页。

② 刘佑：《学益堂文稿初编》卷三，《清代诗文集汇编》第136册，上海古籍出版社2011年版，第309页。

③ 卢世㴶：《杜诗胥钞》卷首，明崇祯四年（1631年）尊水园刻本。按，《简斋先生文选》卷三亦收录此文，题作《杜诗胥钞序》，《四库禁毁书丛刊》集部第46册，北京出版社2005年版，第433页。

《杜少陵》诗曰：

少陵本旷达，腹中蕴经济。所遭匪康时，兵戈满天地。挥涕哀王孙，洒血赴行在。击奸想雕鹗，怀贤笃生死。飘泊望中兴，三叹武侯志。予钦百世师，世传千古事。①

诗中对杜甫忠君爱国的高尚情操极为推崇，并表示钦仰其为百世之师。正是基于此等认识，刘荣嗣在其诗歌中主动继承了杜甫关心民瘼的现实主义传统和“诗史”精神，用诗歌真实记录了明末的历史，表现出对国家前途命运的深切忧虑及对下层人民的深切同情。如《续圣标楚兵行涿州道中》曰：

夜读张子《楚兵行》，昼出道逢楚兵渡。尘沙满面不辨色，薄絮忍寒犯霜露。半携筐筥半刁斗，断枪折弩劳远负。少者黄发稍齐眉，老瘦伛残嗟久戍。下车问劳感哀心，欲言不言泪如雨。去年徵调几人来，小人敢问旋归路。近传樊虎乱西川，我足当前心反顾。南北惟命轻一身，所忧次丁重应募。致辞未竟听者集，后队催行不可驻。仆夫忾忾理前绥，风自北来日欲暮。②

此诗所表现的主题几乎和杜甫的《兵车行》、“三吏三别”毫无二致。朝廷征调楚兵出关去抗击女真族的入侵，这些久戍将士在内忧外乱中为朝廷东挡西杀、风尘满面、衣不蔽体，精疲力竭。诗人看见队伍中“少者黄发稍齐眉，老瘦伛残嗟久戍”，又听说“次丁重应募”，不禁为之感到深深的忧虑。又如《病柏》《不寐》等诗都是直接使用杜诗原题，其中《不寐》曰：

人生七十古来稀，我今年已六十七。此心虽长时向短，满意适志日不足。一羁圜土九月余，连绵病困春夏失。西风荐爽肺气苏，旋闻边马逼都邑。烽火直达甘泉外，旁掠郊关陷辅翼。驰马陵园撼松楸，将帅旄倪供斧锁。修娥皓齿裸体来，千口齐拥春明泣。攻城略地何代无，屈辱惭愤至此

① 刘荣嗣：《简斋先生集》，第514页。

② 刘荣嗣：《简斋先生集》，第522页。

极。杞人私忧不自已，请缨有愿恨无力。亦有孤忠思借箸，几被扼抑气转塞。观书拨闷眉稜重，出门十步倚壁立。客囊欲罄厨烟小，平生癖嗜堪判绝。喜道枢府亲诘戎，稍慰圣主焦劳色。胜负杂传日二三，徒使人情倍惶惑。风疾雨冷树颜瘁，夜悄砌凉虫语急。畴昔自许旷达人，拥衾不寐潜酸恻。①

此诗以崇祯八年清兵入关烧杀劫掠为背景，诗人在狱中闻知敌寇猖獗，辱我殊甚，然自己请缨无力，孤忠缱绻，为国事忧虑乃至夜不能寐，其忠爱之悃感人至深。此外，在刘荣嗣诗中可以看到许多化用杜诗的痕迹，如“云黑弥孤夜返魂”化自杜甫“魂来枫林青，魂返关塞黑”（《梦李白二首》其一），“但使樽前吟咏好，从教门外雪霜封”化自杜甫“但使闾阎还揖让，敢论松竹久荒芜”（《将赴成都草堂途中有作先寄严郑公五首》其一）等等，限于篇幅，此处不一一列举。

除了忧怀国事之外，刘荣嗣入狱以后的诗歌多抒发个人愤懑不平之怀，达到了其诗歌创作的一个高峰。杜溕《简斋先生诗选序》曰：“方先生晚年，意气不甚得，故所作皆纡郁愤懑，时见悲天悯人之意。”②张镜心《简斋先生诗选序》亦曰：“公诗温厚深婉，怨而思，有风人之致。尤弘壮变幻于被徵以后，摧于遇而增于感，譬之水然，触石则立，凭风则怒，倾洞溯湃，备天下之大观，有以也。”③他们都指出了刘荣嗣诗风激变与其入狱经历之间的关联。如《病柏》曰：

病柏病柏，有枝无叶。只尺一相望，三株何晔晔。其实累累柯泽泽，人乐其荫勿剪伐。尔独何为尔，枯槁立东侧。舜英一朝艳，李花三月白。寸草报春晖，梧桐挹秋月。尔具后凋姿，长松竞直节。此地适无灵，托根郁难发。嘉植有不幸，材大叹易折。既鲜山谷缘，亦无明堂役。尚为众所怜，未忍遽槲折。为楔与为薪，视尔常恻恻。尔胡不为广漠樗，不材安享

① 刘荣嗣：《简斋先生集》，第528页。
② 刘荣嗣：《简斋先生集》，第476页。
③ 刘荣嗣：《简斋先生集》，第480页。

春八百。又胡不为雷阳竹，借气返魂旌节烈。嗟嗟律废刑未祥，含冤枉鬼尸枕籍。天心以尔示摧残，无数青燐作吊客。①

而杜甫《病柏》云：

有柏生崇冈，童童状车盖。偃蹇龙虎姿，主当风云会。神明依正直，故老多再拜。岂知千年根，中路颜色坏。出非不得地，蟠据亦高大。岁寒忽无凭，日夜柯叶改。丹凤领九雏，哀鸣翔其外。鸱鸮志意满，养子穿穴内。客从何乡来，伫立久吁怪。静求元精理，浩荡难倚赖。②

将二诗比较后即可发现，二者虽同是以病柏起兴，艺术构思却稍有差异。杜甫是以病柏作为大唐王朝由盛变衰的艺术缩影，慨叹盛衰倏忽，造化难凭；而刘荣嗣则转而将病柏作为个人命运的隐喻，“此地适无灵，托根郁难发。嘉植有不幸，材大叹易折”，“天心以尔示摧残，无数青燐作吊客”，尽情倾吐了对崇祯帝摧残人才之不满，并借题发挥质问道：“尔胡不为广漠樗，不材安享春八百。又胡不为雷阳竹，借气返魂旌节烈。”通过咏叹病柏表现出对自身所遭不公正待遇的强烈控诉。

刘荣嗣诗歌在当时能与钱谦益齐名，也是因为二人有着共同入狱并一起唱和的经历。钱谦益《列朝诗集小传》“刘尚书荣嗣”条曰：

敬仲为诗，用意冲远，自谓迥出时流。德州卢德水笃好而深解之，句诠字注，以为独绝，唐人之铸贾岛、宋人之宗涪州，无以过也。余在请室，与敬仲游处逾年，敬仲取往复次韵之作，都为一集，名曰《钱刘唱和诗》，以诒德水，又属余为叙其全集。敬仲生长北方而不习北食，嗅葱蒜之气辄喀呕不止，诗操南音，不类河北伧父，亦可异也。③

由于刘佑编纂《简斋先生集》时打乱了诗歌原来的编年次序，《钱刘唱和诗》的原貌已不易完全恢复。不过今检钱谦益《牧斋初学集》中确有《刘司空

① 刘荣嗣：《简斋先生集》，第527—528页。

② 仇兆鳌：《杜诗详注》卷十，中华书局2015年版，第1031—1032页。

③ 钱谦益：《列朝诗集小传》丁集下，上海古籍出版社1983年版，第656页。

诗集序》,《牧斋初学集》卷十二亦有《雪夜次韵刘敬仲》《次韵刘敬仲寒夜六首》《再次敬仲韵十二首》《续次敬仲韵四首》等诗,①而《简斋先生诗选》中也有不少赠钱谦益的诗作,通过这些诗歌可以约略窥见《钱刘唱和诗》的概貌。如刘荣嗣《寒夜次牧斋韵》曰:

尚有黄花倚棘丛,自伤摇落对西风。柝烦铃急宵光惨,冰结云痴秋令穷。世法屡更多病后,狱情弥幻久羁中。方占箭动开商网,憎说流星入昴宫星家占流星入昴,当有大狱。

半天赤气黯黄昏,槐棘萧森锁铁门。狱吏宽犹容问字,贯城严不禁归魂。暮年随地皆堪老,永夜多思讵可论。终日说闲闲未得,得闲今识主人恩。

点简平生涉世缘,真如瀚海失风船。读书未必从先是,得谤翻因学好偏。逾险无方徒问命,措躬何地却忧天。桃花流水容人住,不拟长年亦上仙。

秋冬圜土气常昏,絮折风严独掩门。避柝遥空无雁过,告寒曲砌有虫言。月凉新觉炉添炭,云黑弥孤夜返魂。莫为阴凝倍惆怅,两年芳草未承恩。

二载幽栖厌晓钟,廿年淡友喜重逢。梦怜寤语犹无忌,偕浼同尘稍不恭。但使樽前吟咏好,从教门外雪霜封。古人缧绁何须叹,不是时珍自莫容。

乡思羁愁集寸肠,令寒景短夜偏长。青灯悄悄邻孤影,晓月娟娟共一床。头重如酲非病酒,叶干欲堕况飞霜。窗虚衾薄催人起,檐雀瓶花俱可伤。

尚忆当年作散人,天高不碍老头巾。一行束带臣心苦,二载搜罗吏议新。谁许乐羊偏任谤,我于司马独伤贫。中宵抚枕频三叹,同患犹虞感四邻。

六十八载陷艰危,迩复年年受绁羁,野鸟投笼生若寄,寒花倚槛乐无知。梦中摩手辞斯世,却御泠风叹不时。面壁著书非我事,僵眠差与懒心宜。②

这组诗歌作于狱中,真实地表现了刘荣嗣狱中生活感受及其复杂心态。钱谦益《次韵刘敬仲寒夜六首》其五曰:

① 钱谦益著,钱曾笺注,钱仲联标校:《牧斋初学集》卷十二,上海古籍出版社 1985 年版,第 411—426 页。

② 刘荣嗣:《简斋先生集》,第591 页。

皮岛传烽数夜惊，绿林铜马苦纵横。怜才可但旌当辙，使过终须赦绝缨。急缮藁街悬杂种，更营京观待长鲸。至尊自定金汤计，作颂休夸统万城。

其六曰：

结茧延伫自幽幽，解佩何当怨蹇修。骐骥生难逃系绁，鲸鲵死不为吞钩。人间有赋难名别，天上无方可寄愁。投老王官寻二士，筑亭吾亦记休休。①

《再次敬仲韵十二首》其十二曰：

每颂新诗可乐饥，连墙却喜并圜扉。焚膏东壁分余照，曝背南荣共夕晖。落落比邻如置社，纷纷朋好欲忘归。亦知昔梦聊相似，铜辇秋衾与愿违。②

《续次敬仲韵四首》其四曰：

夜赤漫天亘晓暾，关心象纬未堪论。兔知霜降先营窟，虫为苗蕃早蚀根。壁上画龙成底事，梦中案鹿竟谁冤。圆狴大有乾坤在，司寤无劳报夕昏。③

虽然钱谦益此时也身陷囹圄，但他在这些赓和诗中仍表现出对友人命运的同情和慰藉。对刘荣嗣来说，这份狱中的友情带来的些许温暖或许正是支撑他活下去的精神动力。钱谦益《刘司空诗集序》曰：

今年与刘司空敬仲先生相见请室，得尽见其诗。卢子德水之评赞，可谓精且详矣。而余独喜其渊静闲止，优柔雅淡，意有余于匠，枝不伤其本。居今之世，所谓复闻正始之音者与？使世之学者，服习是诗，奉为指南，必不至悼慄眩运，堕鬼国而入鼠穴，余又何忧焉？④

钱氏在序中将刘荣嗣诗歌推许为“正始之音”，认为其诗风淡雅娴静，对于扭转明末竟陵派幽峭孤深的倾向具有矫正作用。杜濬《简斋先生诗选序》亦曰：“先生心手别具，悉不依北地、济南、弇州、公安、竟陵。”⑤可见刘荣嗣有意识地与明代诗坛诸种流派保持着距离，除了服膺杜诗之外，还有上溯汉魏六

① 钱谦益著，钱曾笺注，钱仲联标校：《牧斋初学集》卷十二，第415—418页。
② 钱谦益著，钱曾笺注，钱仲联标校：《牧斋初学集》卷十二，第423—424页。
③ 钱谦益著，钱曾笺注，钱仲联标校：《牧斋初学集》卷十二，第426页。
④ 钱谦益著，钱曾笺注，钱仲联标校：《牧斋初学集》卷三十一，第908页。
⑤ 刘荣嗣：《简斋先生集》，第476页。

朝以矫时弊的艺术倾向。我们在刘荣嗣诗歌中还可以找到对陶渊明乃至六朝诗歌学习模仿的痕迹，如《题扇头竹为贾宪仲》曰：

庭前有修竹，静对匪朝夕。旁有高槐阴，下有盈尺石。长安尘土面，暂向此中辟。我有同心友，去此岁初易。但闻竹间响，宛然见履屐。愁与我友笑，闲与我友适。嗜与我友澹，貌与我友泽。离则日相思，一日亦可惜。谁写竹箑上，领此情脉脉。置子怀袖间，莫问来与昔。①

此诗直抒胸臆，以意使气，不假雕饰，颇具六朝风韵。对于刘荣嗣诗歌的艺术特色，《剑吷总评》引瞿式耜云：

敬仲诗大抵从五言古入，其静深澹雅处似陶，沉郁刻露处似杜。畅为七言，则奔逸痛快，变化莫测，用古少而独创多矣。乃至近体，亦以古诗气脉为之，五言以安和胜，时妙言外之思。七言以雄丽胜，每出惊人之语。绝句小诗，亦在摩诘、昌龄之间。请室三年，为诗如许，遂与少陵秦州以后诸作同一闳放，此诗长留天地间，后来其有以知敬仲矣。②

瞿式耜对刘荣嗣诗歌的艺术风格进行了分体评述，所论具有较高的概括性。此外，瞿式耜《跋剑吷》曰：

敬仲以大司空衔命治河，河工告成而谗者中之，遂至归司，败下请室，凡三更岁籥矣。老臣忧国苦心，不能见谅于明主，而气日和，心日恬，容日睟，绝无分毫愤懑不平见于词色。观其《剑吷》一编，一何婉雅春容，哀而不伤，怨而不怒，沉郁悲壮而不邻于激，置之少陵集中，几不可辨。此非学识涵养已到二十分地位，能几是哉？余尝妄评敬仲之诗，幽芬异味，则芳兰也，早梅也，修竹也，岕茗也，绝代佳人也；妙想超情，则彩云也，轻霞也，春风也，秋月也，依稀羽化之仙，放形寄迹于佳水佳山之境也。③

---

① 刘荣嗣：《简斋先生集》，第500页。
② 刘荣嗣：《简斋先生集》，第487页。
③ 刘荣嗣：《简斋先生集》，第484页。

瞿式耜此评主要是从刘荣嗣的生平经历与学识涵养的角度指出其诗歌具有“婉雅舂容,哀而不伤,怨而不怒,沉郁悲壮而不邻于激”的特色,并以芳兰早梅修竹岕茗、彩云轻霞春风秋月比拟其诗歌之艺术风格。明人文秉《甲乙事案》“雪刘荣嗣罪”条曰:“先帝方以荣嗣未正法为恨,乃敢言雪乎?”①可见崇祯帝对刘荣嗣极为痛恨,本欲置之死地而后快,而刘荣嗣诗中“终日说闲闲未得,得闲今识主人恩”“谁许乐羊偏任谤,我于司马独伤贫”等句更是对崇祯帝之刻薄寡恩予以辛辣的讽刺与无情的揭露,故瞿式耜所谓“绝无分毫愤懑不平见于词色”并非实际情况,当是出于对刘荣嗣人品推尊而故为此言。此外钱谦益《续次敬仲韵四首》其二亦曰:“偷得微生万事慵,灰飞缇室候初冬”②,正可和刘荣嗣“终日说闲闲未得,得闲今识主人恩”等诗互相参看。

三、刘荣嗣《简斋诗馀》述略

刘荣嗣《简斋先生诗选》卷十一为《简斋诗馀》,有词18首。另有《惜阴堂汇刻明词》本《简斋诗馀》一卷,收入赵尊岳辑《明词汇刊》。《明词汇刊》之《简斋诗馀》后有赵尊岳跋语曰:“(刘荣嗣)好宾客,诗文书画皆卓然名家,有《简斋集》行世,词则附载集中卷十一者也,乙亥仲春叔雍记。”③可知《惜阴堂丛书》本《简斋诗馀》与《简斋先生诗选》卷十一所收刘荣嗣词完全相同。另外,王昶辑《明词综》卷五收录刘荣嗣《长相思》一首,上述两种《简斋诗馀》均未收此词,当为刘荣嗣佚作,词云:

山悠悠,水悠悠。水远山长湘渚秋,衡阳天尽头。

风满舟,雨满舟。细雨斜风生暮愁,谁登江上楼。④

---

① 文秉:《甲乙事案》卷下,清钞本。

② 钱谦益著,钱曾笺注,钱仲联标校:《牧斋初学集》卷十二,第425页。

③ 赵尊岳辑:《明词汇刊》,上海古籍出版社1992年版,第1711页。

④ 王昶辑,王兆鹏校点:《明词综》卷五,辽宁教育出版社1997年版,第74页。

陈廷焯《云韶集》评曰："饶有神致，情景都不泛。"①

从内容来看，《简斋诗馀》中有些词明显是其狱中所作。刘荣嗣忠而被谤，入狱数年，故其词作多牢骚愁怨之语。如《木兰花·旧衣装绵》云：

二年羁绁伤怀抱，有酒不堪长醉倒。身同病栢树头枝，发似摧根霜下草。

今年寒比前年早，单袂重缝成破袄。此时应是大家愁，觉我偏随秋色老。②

又如《浪淘沙·不寐》云：

长夜叹如年，不得安眠。邯郸枕上分缘悭。展转三更愁坐起，重理吟笺。

清啸撚枯髯，怕泣南冠。人生何事不由天。此事问天天不管，满目荒烟。③

词中"二年羁绁""怕泣南冠"云云都是写狱中生活及感受。"人生何事不由天，此事问天天不管"二句都表现了对崇祯帝的怨悱之情，绝非"哀而不伤，怨而不怒"之作，可见瞿式耜所谓"绝无分毫愤懑不平见于词色"之评益不可信。

从艺术风格来看，刘荣嗣之词优柔雅淡，清空超脱，如幽兰芳草，独抒性灵。如其《踏莎行·中秋》云：

何处钟残谁家杵，急阶闲露。冷风萧瑟，浮烟尽敛月轮孤，明河半灭长空碧。

蟋蟀微吟，秋棠暗泣。衰翁无语搔头立。不能乘兴上南楼，可无一醉酬今夕。④

① 陈廷焯：《云韶集》卷十三，清同治十三年（1874年）稿本。
② 刘荣嗣：《简斋先生集》，第623页。
③ 刘荣嗣：《简斋先生集》，第625页。
④ 刘荣嗣：《简斋先生集》，第625页。

邹祇谟评此词曰：

曩卢德水评司空诗云："有一种异香，非沉水，非迷迭，如石如玉，不烟不火。"读此词亦复淡写空描，花明玉净，昔人谓陈简斋《无住词》语意超绝，可摩坡仙之垒，仆于《简斋集》亦云。①

其将刘荣嗣之词与陈与义相提并论，认为其词和陈与义的《无住词》一样"可摩坡仙之垒"，对简斋词的艺术风格极其推崇。沈雄《古今词话》曰："刘司空忠而被谤，三年请室，故生平多牢落侘傺语，有《简斋集》。人谓其《中秋·踏莎行》花明而月白者，如其人也。昔人谓陈简斋《无住词》语意超绝，可摩坡仙之垒，吾于刘简斋亦云然。"②《续修四库全书总目提要》之《简斋诗馀》一卷提要曰：

是编自其《简斋集》中录出者，凡十八首。《踏莎行》云："此身虽在亦堪惊，长才未展嗟空老。""桃源流水浪痕香，柴桑丛菊霜华晓。"《青衫湿》云："江南倦客，不堪重听，高柳哀蝉。"《木兰花》云："身同病柏树头枝，发似摧根霜下草。"《捣练子》云："日暮天凉人落寞，砌间虫语伴孤吟。秋老花黄宵更永，可能不醉倚阑干。"皆集中可诵之句也。然浅鄙之处亦不少，如《青衫湿》云："笑时同笑，闲时同闲。"《一剪梅》云："身在园中，园在书中，刚是春风，又是秋风。"一篇之内，前后不伦，雅俗任心，瑕瑜互见，明人词集，往往如此也。③

其"瑕瑜互见"之评，大体还算客观，然此提要仅关注刘荣嗣词中的警句及前后雅俗不一致的现象，却不论刘荣嗣词的整体面貌及其中表现的思想内容，亦难免有失偏颇。

---

① 邹祇谟、王士禛辑：《倚声初集》卷十，《续修四库全书》集部第1729册，上海古籍出版社2002年版，第319页。

② 沈雄著，孙克强、刘军政校注：《古今词话》，上海古籍出版社2009年版，第352页。

③ 中国科学院图书馆整理：《续修四库全书总目提要（稿本）》第16册，齐鲁书社1996年版，第461页。

四、刘荣嗣诗歌的评价与影响

刘荣嗣诗歌在明末清初诗坛产生了一定的影响，特别是在燕赵诗学史上占据着重要的地位。龚鼎孳《简斋诗选序》曰：

> 先生没后，河朔之诗大振，滹沱、钜鹿、燕山、瀛海、高阳、鄗城之间作者林立，顾推崇首烈，必自先生。盖先生好贤下士，而又力以风雅之道倡示来兹，故至今天下士无论识与不识，闻先生名，谈先生佚事，读先生诗，无不慷慨泣下，愿为执鞭而购先生之集者，苦无成书。①

龚鼎孳甚至将清初河朔诗派大振的原因归结为刘荣嗣的开创之功，认为其“力以风雅之道倡示来兹”，对清初燕赵诗坛的兴盛起到了发凡起例的倡导作用。其论虽有过度推尊的成分，然刘荣嗣明显的尊杜学杜倾向与其后河朔诗派申涵光、殷岳、杨思圣等人对杜诗的推尊无疑具有高度一致性。因此从这一角度来看，刘荣嗣与其后不久河朔诗派的兴起确实不无关联，将其视作河朔诗派的先声当无疑义。钱谦益在论及明末诗坛时亦曾云：

> 闽有能始（曹学佺），楚有小修（袁中道）、伯敬（钟惺），燕齐有敬仲（刘荣嗣）、德水（卢世㴶），皆以文章为心髓、朋友为性命。而余以菰芦下士，参预其间。于时海内才人胜流，咸有依止。……盛矣哉，彼一时也！②

可见钱谦益亦将刘荣嗣作为燕赵诗坛的代表性人物，认为其可与曹学佺、袁中道、钟惺、卢世㴶等人并驾齐驱。卢世㴶曾对刘荣嗣诗集句诠字注并加评赞，杜漺《简斋先生诗选序》称：“卢德水序先生诗甚详，其所扬榷，盖实录也……四十以前诗皆削去不传，而德水所钞，并皆暮年所作，犹之书家所谓晚迹是求者也。”③按，卢世㴶之评赞本似未单独成书，检《简斋先生诗选》卷前有卢世㴶《简斋诗钞杂撰》十则，署曰“崇祯乙亥端午学人卢世㴶草于杜亭西

① 刘荣嗣：《简斋先生集》，第473—474页。
② 瞿凤起：《旧钞本牧斋有学集文钞补遗记略》，《中华文史论丛》1983年第3期。
③ 刘荣嗣：《简斋先生集》，第476页。

枝”，当即为卢氏之“评赞”，其云：

先生诗流传已久，世咸脍炙其近体，不减宾客、随州，自明溯唐，三刘鼎立。要先生根柢波澜，尤在古风，本诸性灵，建以骨髓，一切色泽步骤，若网在纲，有条不紊，诗中之天地得此始觉清宁。而后日月发光，云霞幻彩，山泽通气，草木怒生，庖丁解牛，文同写竹，均于此中妙得关捩。先生既已观古人之象，遂尔抉诗人之髓，动刀甚微，泼墨更老，经营惨淡，和以天倪，挥霍既完，一张空纸，真《三百篇》之孝子，《十九首》之良臣也。嗟乎！古诗一道，世俱视如瓦棺土簋，即有作者，备数而已。其最号能手，仅驰骋于七言而止，一至五言，便如泥塑木雕，佯死假活，依样葫芦，全无生趣。或小黠大痴，跳匿诸理，夫既已陷身学究，乌足言诗！何哉？五言古之困人如此。独先生此际宽然有余，别具炉锤，自出手眼，掀翻间架，只说家常，气骨苍森，远追汉魏，玄扃一开，不从门入，意之所投，在在灵应。大而洞庭钧天，小而竹枝杨柳，高山鼓琴，沉思忽往，木叶尽脱，石气自青，古体如是，今体如是，长句如是，断句如是，徘徊婉转，自成文章，淡写空描，花明玉净。世能名先生而莫能名先生之所以先生，于是绝世独立，人人自远。然从此诗家知有本末源流、祖宗孙子，是先生继往开来，有功于艺林甚大也。学者必从此等处理会先生，斯足见先生之纯识、先生之大体。

国初有高季迪太史，其人诗人也，曾得其《缶鸣集》读之，各体俱工，一手而擅众妙，渊源甚远……窃意我明诗道，应以青丘为大宗，越二百六十余年而有简翁，觉季迪钟鼓一新，音徽如旦，司空太史，易地皆然。每见说明诗者，断自北地始，已而之济南焉，已而之太仓焉，已而之公安焉，已而之景陵焉，攘臂而仍，不遗余力。惜哉！其未尝偕之大道也。盖知其一说而不知其又有一说也。使捐去我见，善与人同虚心平气，静坐细论，餍饫优游，自寻原始，非季迪，吾谁与归？袁海叟具体而微，马仲良未见其止，若简翁者，可谓兼之矣……

先生诗，有一种异香，非沉水，非迷迭，若有若无，不烟不火，或者太白所云“独立天地间，清风洒兰雪”乎！然则读先生诗者，宜如何洗心澹虑，通彻鼻孔，以导迎香气，又当作何香供以俎豆先生。

先生诗，源于雅而剂以风，斂襟独谣，隐然有恤民之心。其旨远，其词文，可以勒铭，可以入告，可以作史，可以翼经，然体庄气和，思苦韵润，一日三复，具有“萧萧马鸣，悠悠旆旌”“杨柳依依，雨雪霏霏”之意。①

卢世㴶将刘荣嗣与唐代诗人刘长卿、刘禹锡并称为“三刘”，还将其与明初著名诗人高启并尊，认为其诗可兼袁海叟、马仲良诸人之长，具有继往开来的重要地位，这样的评价真可谓无以复加了，比之龚鼎孳“千古第一诗人”之评有过之而无不及。然而清初的朱彝尊却对刘荣嗣诗歌评价不高，其《静志居诗话》对刘荣嗣评曰：“其诗格卑卑，未能与古人方驾。”②其论似有偏颇，未称公论。陈田《明诗纪事》选刘荣嗣诗歌五首，分别为《游净业寺》《病中杂诗》《寄怀张圣标金吾》《凭栏》《寄怀聂章羽》，并征引朱彝尊《静志居诗话》“诗格卑卑”之评后加按语曰：“尚书诗格不耸高，而忧时伤怀，有萧瑟兰成之感。”③刘荣嗣生前陆续刊刻的《半舫集》《秋水谣》《剑吷》等集在明末的大动乱中已颇为罕见，《启祯两朝遗诗考》卷五即称刘荣嗣“诗传俱阙”④。其诗集幸赖其孙刘佑于康熙元年重新编刻的《简斋先生集》传世，然该本在清代一直被列为禁书，故刘荣嗣诗歌之特色及其成就鲜为后世所知，学界也少有关于刘荣嗣诗歌之专论，这与其在明代诗坛的重要地位是极不相符的。

总之，刘荣嗣是明末诗坛的重要诗人，他与钱谦益、卢世㴶等注杜名家关系密切，其诗歌同情民瘼，关心下层人民疾苦，有明显的学杜倾向，很好地继承了杜甫的“诗史”精神。刘荣嗣之诗，风格高健苍浑，备受时人推崇，对清初河

① 刘荣嗣：《简斋先生集》，第485—486页。

② 朱彝尊著，黄君坦校点：《静志居诗话》卷十七，人民文学出版社1990年版，第511页。

③ 陈田辑撰：《明诗纪事》庚签卷二十三，上海古籍出版社1993年版，第2645页。

④ 陈济生：《启祯两朝遗诗小传》附录，周骏富辑：《明代传记丛刊·学林类10》，明文书局1991年版，第365页。

朔诗派的兴盛起到了发凡起例的先导作用。作为河朔诗派的先声,刘荣嗣在燕赵诗学史上是一位具有承上启下意义的重要诗人,其诗歌的风格特色及艺术成就,都值得引起学界的进一步重视。

第二节　申涵光诗歌学杜论析

申涵光(1619—1677年),字孚孟,一作和孟,号凫盟、聪山,晚号卧樗老人,直隶广平府永年(今属河北)人。父佳胤,前明忠臣,殉国尽节。顺治九年(1652年)诏恤故明死节诸臣,诸司上佳胤名,或误列为自缢死,事中格。涵光徒跣行千里抵京师,为其父疏白其事。后归家奉母读书,亲教两弟,累荐不就,与殷岳、张盖称"广平三君"。顺治十八年恩贡,康熙十六年(1677年)卒。有《聪山文集》四卷、《聪山诗集》八卷、《荆园小语》一卷、《说杜》一卷。

申涵光是清初河朔诗派的开创者和领袖人物,他不仅在理论上推尊杜甫,而且其诗歌直接效法杜甫的"诗史"精神,关心民瘼,以诗存史。另外,其诗歌从字句和艺术手法上对杜诗的学习痕迹也相当明显,其诗风虽与杜诗存在差异,但因入杜既深,有些诗歌颇得杜诗神韵。作为清初河朔诗派主将,申涵光的诗论主张高古平和,取径既高,复能兼收并蓄,兼采众长。其诗歌学杜而不泥杜,形成了一种独特的刚劲朴厚的诗风,这对扭转清初诗坛的轻薄浮艳的风气起到了很好的补救和示范作用。本节专就其诗歌学杜的成就及其特色进行论析,以期深入解析其诗风成因与渊源。

一、理论上推尊杜甫

申涵光的诗歌兼宗陶、杜,融会高岑、王孟之长,出入盛唐诸大家之间。然而不容否认的是,其诗歌创作中一直表现出坚定的尊杜学杜倾向,这其实也是"河朔诗派"的诗学理论核心之一。申涵光在《青箱堂近诗序》中云:"诗之必唐,唐之必盛,盛必以杜为宗,定论久矣。"①在《王幼舆诗引》中云:"古来诗人各据一胜,惟少陵氏天人万象,无所不包纳,其才如海。"②魏裔介《申凫盟传》称其诗歌"一以少陵为宗,而沐浴于高、岑、王、孟"。③ 徐世昌《晚晴簃诗汇》引张玉书云:"自髫龀即嗜为诗,吐纳百氏,不名一家,而音节顿挫、沉郁激昂,一以少陵为师。其所以师少陵者,悲愉咷啸,无一不曲肖,而非世俗掇拾字句以求形似者可比也。"④河朔诗派其他成员也都推尊杜诗,申涵光《张覆舆诗引》称:"(张盖)自脱诸生籍,闭门独坐,读杜诗,岁常五六过。诗亦精进,得少陵神韵。"⑤魏裔介《渡江小咏序》称:"(赵湛)沉酣李、杜,枕籍三唐,其所作平旷高远,绝去町畦巉崖。"⑥赵永纪也指出:"河朔诗派诗学宗旨中最突出的一点,就是在理论上推崇杜甫,在创作实践上学习杜甫。"⑦当然,河朔诗派推尊杜甫也有其时代原因和现实意义。这是因为明代前后七子的诗学复古,力主学盛唐诗,但其末流出现疏廓之弊。而公安派诗人出而矫之,又生俚僻之弊。竟陵派又以性灵矫之,又往往流于幽峭。正因为如此,申涵光等河朔派诗人强调,应该直接学习盛唐诗歌,并以杜甫为主要师法对象,认为这样才能彻底矫正有明以来诗学之失。

二、诗歌内容效法杜甫"诗史"精神

以申涵光为首的河朔诗派,由于亲身经历了明清易代之际"天崩地裂"的大动乱,其诗歌蒿目时艰,感怀伤时,自觉继承了杜甫的"诗史"精神和深广的忧患意识,对民生疾苦表现出强烈的关切。如《哀流民和魏都谏》曰:

---

① 申涵光著,邓子平、李世琦点校:《聪山诗文集》,河北人民出版社 2011 年版,第 13 页。
② 申涵光著,邓子平、李世琦点校:《聪山诗文集》,第 22 页。
③ 申涵光著,邓子平、李世琦点校:《聪山诗文集》,第 346 页。
④ 徐世昌编,闻石点校:《晚晴簃诗汇》卷十四,中华书局 1990 年版,第 332 页。
⑤ 申涵光著,邓子平、李世琦点校:《聪山诗文集》,第 20 页。
⑥ 魏裔介著,魏连科点校:《兼济堂文集》卷六,中华书局 2007 年版,第 134 页。
⑦ 赵永纪:《申涵光与河朔诗派》,《河北学刊》1986 年第 1 期。

流民自北来，相将南去。问南去何处，言亦不知处。日暮荒祠，泪下如雨。饥食草根，草根春不生。单衣曝背，雨雪少晴。老稚尩羸，喘不及喙。壮男腹虽饥，尚堪负戴。早舂粮，夕牧马，妪幸哀怜，许宿茅檐下。主人自外至，长鞭驱走。东家误留旗下人，杀戮流亡，祸及鸡狗。日凄凄，风破肘。流民掩泣，主人摇手。①

对清初“逃人法”酷政下流民的悲惨命运进行了客观记录，可谓直承杜甫《三吏》《三别》的现实主义精神。组诗《燕京即事》对清兵劫掠妇女的罪行进行了深刻揭露，其六云：“山前兔急雁飞号，黑雾黄尘落毳袍。猎罢归来催夜饮，江南少妇解弓刀。”其八云：“日暮垂鞭过画楼，市旁舞女木棉裘。歌声尚带殊方语，半是扬州半潞州。”②清兵在江南的战争中血腥屠杀，大肆劫掠妇女。顾炎武《秋山》“北去三百舸，舸舸好红颜”，便对清兵的暴行有过表现和揭露。而申涵光入京师后目睹了这些被劫妇女的悲惨命运，遂秉笔直书，以诗存史，用诗歌形式记录明清易代之际的史实和社会风貌。《燕京即事》其九云：“郊外香车锦作帏，顺城门下马争飞。独怜贫女无颜色，拾得残蔬首戴归。”③通过尖锐对比，表现了对无名贫女命运的深切同情，也表现了申涵光对民生疾苦的关心。从艺术渊源来看，《燕京即事》诗又容易让人联想到宋末汪元量《湖州歌》《越州歌》那样被誉为“诗史”的作品，故此类诗歌都可以看作杜诗的异代嗣响。此外，申涵光诗歌中有许多内容都是以明末战乱后社会的凋敝和残破为题材，也都生动感人，如《邯郸行》曰：

西风吹落叶，飒飒邯郸道。邯郸兵火后，人家生白草。我闻邯郸全盛时，朱楼银烛光琉璃。赵女临窗调宝瑟，楼前走马黄金羁。即今富贵皆安在？惟有西山青不改。不见游侠子，白日报仇饮都市。亦不见垆边倡，华袿凤髻明月珰。旧城寥落荆榛里，楼台粉黛皆茫茫。城边过客飞黄土，城

① 申涵光著，邓子平、李世琦点校：《聪山诗文集》，第 109 页。
② 申涵光著，邓子平、李世琦点校：《聪山诗文集》，第 228 页。
③ 申涵光著，邓子平、李世琦点校：《聪山诗文集》，第 228 页。

上凭临日正午。照眉池畔落寒鸦，不信此地曾歌舞。探觳沙丘去不回，霸图消歇更堪哀。邯郸之人思旧德，至今犹上武灵台。①

陈子龙《申长公诗稿序》评曰："激烈之中仍见和雅，其词则羽，其音则宫矣。"②邓汉仪《诗观初集》评曰："以古事作结，烟波万叠，顿挫抑扬，皆与古会。"③这样的诗作与杜甫《忆昔》一样，都是以恸兴亡、感盛衰为主题。此外，《春雪》《忧旱》《闻淮阳凶荒》《插稻谣》《孤女吟》《七夕望雨》等诗，也都是此类密切关注人民苦难的作品，深得杜诗精髓，难怪邓汉仪《诗观初集》曰："凫盟抗怀高蹈，而关心民瘼如此，孰谓处士不足与语天下事！"④

三、诗歌字句对杜诗的化用

申涵光学杜，追求神似而非形似，本不屑于字句、枝节上的模仿。然而由于对杜诗的高度熟悉，故其诗歌中亦经常有意无意中流露出对杜诗的化用痕迹。如《不寐》曰：

忆昔童年无系累，日高偃卧常如醉。有时大摅高呼呼不起，暂起盘旋仍复睡。即今方壮心无力，患难所忧苦病入。夜深却抱百年虑，坐起无端声唧唧。邻树叶干多北风，墙阴不断鸣秋虫。强睡偏遭此物聒，况闻海雁凌高空。呜呼！安得移树捕虫掷天外，长弓尽射南飞鸿。永夜无闻稳睡足，此生不怨白日速。⑤

诗写失眠时的烦恼，并与少时多眠渴睡进行对比，结尾道出移树、捕虫、射雁的奇想和愿望。此诗对杜诗的模仿痕迹相当明显，诗中将童年渴睡与今日难眠状态的对比写法，直接效法杜甫《百忧集行》："忆年十五心尚孩，健如黄犊走复来。庭前八月梨枣熟，一日上树能千回。即今倏忽已五十，坐卧只多少

① 申涵光著，邓子平、李世琦点校：《聪山诗文集》，第106页。
② 陈子龙：《陈忠裕公全集》卷二十六，清嘉庆八年(1806年)簳山草堂刻本。
③ 邓汉仪：《诗观初集》卷三，《四库存目丛书补编》第39册，齐鲁书社2001年版，第98页。
④ 邓汉仪：《诗观初集》卷三，第100页。
⑤ 申涵光著，邓子平、李世琦点校：《聪山诗文集》，第106—107页。

行立。强将笑语供主人,悲见生涯百忧集。"《不寐》"安得移树捕虫掷天外"句,系效法杜甫《石笋行》"安得壮士掷天外,使人不疑见本根"。"长弓尽射南飞鸿",袭用杜甫《岁晏行》"莫徭射雁鸣桑弓""汝休枉杀南飞鸿"等句而变化之。"此生不怨白日速",亦化用杜甫《乾元中寓居同谷县作歌七首》其七"仰视皇天白日速"。又如《送赵秋水入都》"冠盖多风波,相将返故林"①,化用杜甫《梦李白二首》其二"江湖多风波,舟楫恐失坠""冠盖满京华,斯人独憔悴"等句。又《寄题贺怀庵函楼》写对贺氏的想念,中间忽然插入"闻君两子才更奇,干将步影,所至披离。前日曾见应制作,风流傲岸,大似乃翁之所为"②,乃是袭用杜诗《奉先刘少府新画山水障歌》:"刘侯天机精,爱画入骨髓。自有两儿郎,挥洒亦莫比。大儿聪明到,能添老树巅崖里。小儿心孔开,貌得山僧及童子。"此诗末尾"知子楼中事事幽,眼前突兀如常见",系化用《茅屋为秋风所破歌》"何时眼前突兀见此屋"句。再如《春雪歌》"破屋寒多午未餐,拥衾对雪空长叹。去岁雨频禾烂死,冰消委巷生波澜"③,系化用杜甫《秋雨叹》"堂上书生空白头,临风三嗅馨香泣""雨中百草秋烂死""禾头生耳黍穗黑"等句。《吁嗟行》"我见时人强笑语,倾心输意相缠绵"④,化用杜甫《百忧集行》"强将笑语供主人"和《莫相疑行》"当面输心背面笑"等句。《慰友》"孔雀正被牛牴触"⑤,系用杜甫《赤霄行》"孔雀未知牛有角,渴饮寒泉逢牴触"。《怀路氏妹避乱南下》"忆昔避乱初,苍茫举家走。尔实难为别,才为两月妇"⑥,因系身处乱离之作,故情不自禁地模仿杜甫《彭衙行》:"忆昔避贼初,北走经险艰。"《九日登南城》"依然少长登高会,短发难禁落帽风"⑦,初看

---

① 申涵光著,邓子平、李世琦点校:《聪山诗文集》,第 80 页。
② 申涵光著,邓子平、李世琦点校:《聪山诗文集》,第 107 页。
③ 申涵光著,邓子平、李世琦点校:《聪山诗文集》,第 109 页。
④ 申涵光著,邓子平、李世琦点校:《聪山诗文集》,第 108 页。
⑤ 申涵光著,邓子平、李世琦点校:《聪山诗文集》,第 105 页。
⑥ 申涵光著,邓子平、李世琦点校:《聪山诗文集》,第 81—82 页。
⑦ 申涵光著,邓子平、李世琦点校:《聪山诗文集》,第 222 页。

颇为颓放诙谐，实则暗用杜甫《九日蓝田崔氏庄》“羞将短发还吹帽，笑倩旁人为正冠”。以上这样的例子在《聪山诗选》中可谓俯拾即是，不胜枚举，兹不赘述。

四、艺术手法上对杜诗的模拟追踪

申涵光对杜诗的艺术手法的学习是下了很大工夫的，我们在其《说杜》中可以看到大量对杜诗艺术手法及其优劣的评价，这在其创作中也有不少反映。如《路氏妹江南使来》曰：

骨肉何繇见，音书隔岁通。雨深扬子驿，霜白赵王宫。旅食怜空橐，乡心逐断蓬。十年慈母恋，泪尽北来鸿。①

崇祯十六年(1643年)冬，申涵光大妹嫁给曲周路泽农。甲申之变后，路泽农率家避乱吴门，此诗是写骨肉离散的亲情，格外真切感人。特别值得一提的是，此诗颔联“雨深扬子驿，霜白赵王宫”，其表现手法便是直承杜诗而来。杜甫《春日忆李白》颔联云：“渭北春天树，江东日暮云。”从表现手法来说，此联采用了寓情于景、寓人于地的方法，含蓄凝练地表达了诗人的思念之情。仇兆鳌曰：“公居渭北，白在江东，春树暮云，即景寓情，不言怀而怀在其中。”②其实以两地之景来寄寓别情的手法在杜诗中颇为常见，如“寒空巫峡曙，落日渭阳情”(《奉送卿二翁统节度镇军还江陵》)、“地阔峨嵋晚，天高岘首春”(《赠别郑炼赴襄阳》)、“黄牛峡静滩声转，白马江寒树影稀”(《送韩十四江东省觐》)等诗句，都是一写客方之所、一写己留之地，通过两地情景映带出友朋之间互致思念的情意。这种手法可谓言少意多，含蓄凝练，有学者还曾以“己客双提”为名进行过总结③。而《路氏妹江南使来》的颔联“雨深扬子驿，霜白赵王宫”，写自己与妹妹两地思念的深挚情感，从中可以明显看出申涵光在艺术

① 申涵光著，邓子平、李世琦点校：《聪山诗文集》，第131页。
② 仇兆鳌：《杜诗详注》卷一，中华书局2015年版，第65页。
③ 赵艳喜：《试论杜甫送行诗中的“己客双提”》，《杜甫研究学刊》2006年第3期。

手法上对杜诗的追踪和模拟,此非深于杜者或不能至也。

五、创作风格与杜诗神似

赵永纪先生指出,申涵光诗歌有“激烈苍茫,沉郁悲壮”的特点①。张兵则以“雄深悲壮”对其诗风进行概括②。刘世南先生认为,以申涵光为首的河朔诗派的诗风的总体特色为“清刚”③。其实上述这些风格中,都可以找到杜诗的影子。申涵光对杜甫情有独钟,张盖《赠申凫盟处士》云:“君志在子美,余非君所屑。”④方文《赠申凫盟处士》云:“风格似老杜,田父泥饮章。”⑤说的都是其对杜诗风格的心摹手追。然而申涵光的诗风与杜甫的沉郁顿挫风格并不完全相同,这是因为申涵光善于学习杜诗神髓,不徒作字句的模拟,且能转益多师,取径广泛,故能既学杜而又变杜。魏裔介《申凫盟传》云:“盖凫盟之于诗,一以少陵为宗,而沐浴于高岑、王孟,若李空同、何大复,亦兼采所长,其他藐如也。”⑥申涵光在《马旻徕诗引》中还提出过“合程朱、李杜为一身”⑦的主张。邓汉仪《聪山集序》评云:“凫盟之诗,非今人之所谓诗也。溯源于乐府,取法于少陵,而温柔敦厚,一皆秉夫《三百》之遗意。”⑧邓之诚《清诗纪事初编》则云:“涵光学杜,功力最深,一时作手,无能及之者,特浑厚不为激楚之音。”⑨可见申涵光正是从学杜中逐渐形成了自己的风格,最终能够独树一帜,自成一家,而不是像前后七子学杜那样,徒作形式字句上亦步亦趋的模仿,乃至被后人讥为“优孟衣冠”。虽然如此,统观申涵光的诗歌创作,其中不乏与

① 赵永纪:《申涵光与河朔诗派》,《河北学刊》1986年第1期。
② 张兵:《申涵光的诗学主张与诗歌创作》,《泰安师专学报》1999年第4期。
③ 刘世南:《清诗流派史》,人民文学出版社2004年版,第2页。
④ 张盖:《柿叶庵诗选》,《丛书集成初编》,商务印书馆1936年版,第22页。
⑤ 方文撰,胡金望、张则桐校点:《方嵞山诗集》,黄山书社2010年版,第537页。
⑥ 申涵光著,邓子平、李世琦点校:《聪山诗文集》,第346页。
⑦ 申涵光著,邓子平、李世琦点校:《聪山诗文集》,第25页。
⑧ 申涵光著,邓子平、李世琦点校:《聪山诗文集》,第65页。
⑨ 邓之诚:《清诗纪事初编》卷二,上海古籍出版社1965年版,第145页。

杜诗神似之作。如组诗《长安杂兴》五首，从章法来看，各首钩连细密，开阖照应，法脉周密，且词意雄壮，抑扬顿挫，慷慨淋漓，深得《秋兴八首》神韵，其风格与杜律的神似度已经达到了几可乱真的地步。邓子平先生《聪山诗文集前言》也曾指出，申涵光的七律《怀太原傅青主》"阔大的气象，顿挫的文字，深沉的感情，很自然地令我们感觉到杜甫《秋兴八首》的神韵"。[①] 应该说，申涵光的诗风得益于杜诗最多，受其影响也最大。杜诗为申涵光等河朔诗人的诗歌创作提供了大量的艺术营养，因而成为其最重要的艺术典范和艺术渊源。

第三节　杨思圣《且亭诗》考论

一、杨思圣生平思想及交游简介

杨思圣（1619—1662 年），字犹龙，号雪樵，直隶钜鹿（今河北巨鹿）人。幼时即有神童之誉，十二岁应童子试拔置第一，明崇祯己卯（1639 年）乡试中副贡生。甲申之变发生后，杨思圣入广羊山诛茅避乱，结识了申涵光和殷岳，三人于患难中相与唱酬，互为莫逆之交。魏裔介《申凫盟诗序》载杨思圣语云："曩者天运板荡，沧海横流，余与凫盟及殷子伯岩诛茅广羊之间，登高长啸，时人莫测，俨然杜陵野老与高、李二子气酣吹台时也。"[②]申涵光《且亭诗序》亦曰："方天下未乱时，予与殷伯岩兄弟锄茅广羊绝顶，椓地负薪，有终焉之志。已而犹龙来，相得益欢。云中竹屋，灯火青荧，相与奋剑悲歌，各陈怀抱，觉天地苍茫，星辰在下。"[③]入清后，杨思圣于顺治三年（1646 年）进士及第，选翰林院庶吉士，授编修，历春坊侍读学士，出为山西按察使，升河南右布政使，转四川左布政使。顺治辛丑入觐，病卒于轵关，年四十四。著有

① 申涵光著，邓子平、李世琦点校：《聪山诗文集》，第 6 页。

② 魏裔介著，魏连科点校：《兼济堂文集》卷五，中华书局 2007 年版，第 115 页。

③ 申涵光著，邓子平、李世琦点校：《聪山诗文集》，第 7 页。

《且亭诗》。

关于杨思圣的思想宗尚，代亮从其与孙奇逢、魏裔介、申涵光等人的关系猜测，其为学应偏于程朱，至少不会与其相远。[①] 按，此言非虚。杨思圣任河南右布政使时，曾拜访过理学大儒孙奇逢，孙奇逢“欢然以道统相属曰：吾所见仕宦人超然如此君盖寡耳”[②]。他与申涵光、魏裔介、魏象枢等人也共以道德文章相互砥砺，故其思想上无疑是尊崇理学的。另外张维屏《国朝诗人徵略》引《百家诗小引》曰：“犹龙与魏环溪、申凫盟诸先辈互遵性命之业。”[③]也可作为佐证。杨思圣性情谦退恬淡，宦情萧然，不以官位矜人，而能礼贤下士。申涵光《杨方伯传》载：“公为人和易，无崖岸，而中实质直。意所不可，虽显贵不与交，而素所往来，称忘形之交，多布衣寒士。”[④]顺治十年（1653 年），申涵光因其父佳胤被除名殉难恤典之事入京师申诉，已身为翰林院编修的杨思圣曾前往慰问，申涵光《且亭诗序》载：

> 今岁来京师，冲泥千里，面垢不袜，犹龙顾予萧寺，班荆道故，退然若布衣，因叹息泣下。今人稍通显，所亲皆侪辈，视贫时故人，落落如未识面。阍人高颡扬眉，刺灭没不可达。贵而易交，在古人亦有然者，犹龙有慨于中，岂亦矫而为之欤？及予过犹龙，门庭肃肃，盆沼秋花，有类篱舍。披帷竟入，则凝坐乌几，手哦一编，问之交游，盖无日不然者。嗟乎！读书如是，无怪乎目轻朱绂，隐显如一日也。[⑤]

此外，明遗民胡介在其尺牍中也曾称赞过杨思圣谦退下士、平易随和的品性[⑥]，其《与杨犹龙学士》云：

① 代亮：《清初河朔庙堂诗人群体诗学思想述略》，《济南大学学报》2015 年第 4 期。

② 申涵光著，邓子平、李世琦点校：《聪山诗文集》，第 30 页。

③ 张维屏辑：《国朝诗人徵略初编》卷一，周骏富辑：《清代传记丛刊 · 学林类 29》，台湾明文书局 1985 年版，第 44 页。

④ 申涵光著，邓子平、李世琦点校：《聪山诗文集》，第 29 页。

⑤ 申涵光著，邓子平、李世琦点校：《聪山诗文集》，第 7—8 页。

⑥ 胡介（1616—1664 年），原名士登，字彦远，号旅堂，浙江钱塘人。少年成名，与吴伟业、龚鼎孳、周亮工、曹溶等名士交游，入清不仕，贫病以终，著有《旅堂诗文集》二卷。

长安十丈尘中，每过玄亭，辄有高山大泽之气。入座披对，古心古貌，使人自亲，不见君子，几不信人间功名得意中有如许人物也。辱君子下交，忘年忘分，有布衣昆弟之雅，此意尤今人所不一二见也。康生南下，再辱惠书，兼拜远赠。昔人云："相去万余里，故人心在尔。"先生义深缟纻若此，心勒之矣。①

按，"义深缟纻"语出《左传·襄公二十九年》："（吴公子季札）聘于郑，见子产，如旧相识，与之缟带，子产献纻衣焉。"杜预注曰："吴地贵缟，郑地贵纻，故各献己所贵，示损己而不为彼货利。"②从胡介的推许中可见杨思圣为人之崇仁尚义。杨思圣虽身历高官，但他与许多明遗民都有交往，如阎尔梅、丁耀亢、方孝标、查继佐等。特别是顺治十三年（1656年）任山西按察使期间，他还曾与名士傅山有过交往。然傅山《霜红龛集》中却没有直接提到过杨思圣，仅在《与戴枫仲书》中提到"臬司""臬阁"，论者以为此"臬司"即山西按察使杨思圣③。检杨思圣《且亭诗钞》中有《赠傅青渚》诗曰："此地谁相识，清修尚见君。才高防薄俗，身隐累深文。学道丹应幻，忘机鸥可群。云山春正好，何处有尘氛。"④诗中对傅山高洁出尘之致颇为心折。编刻者将"傅青主"改作"傅青渚"，显然是出于文禁避讳之故。正是因为杨思圣折节于遗民寒士，故其死后，"缙绅先生闻而悼痛，孤寒之士为位而哭，哭之而涕泗交颐者，指不胜屈"⑤。

二、六卷本《且亭诗》与八卷本《且亭诗钞》之异同

杨思圣的诗集，于其卒后由申涵光编定刊刻，魏裔介为之序。目前所见杨

---

① 周亮工编选，乔继堂点校：《尺牍新钞二集　藏弆集》，上海科学技术文献出版社2022年版，第373页。

② 杨伯峻编：《春秋左传注》，中华书局1981年版，第1166页。

③ 姚国瑾：《傅山与清初官员之关系》，《中国书法》2017年第1期，第104页。

④ 杨思圣：《且亭诗钞》卷四，《清代诗文集汇编》第74册，上海古籍出版社2011年版，第429页。

⑤ 魏裔介著，魏连科点校：《兼济堂文集》卷五，第114—115页。

思圣的诗集有两种版本:第一种未标卷数,实为六卷本,名为《且亭诗》,康熙七年(1668 年)刻本,辽宁省图书馆藏,前有魏裔介序、申涵光《本传》(即《杨方伯传》),卷末有康熙七年连佳胤跋,卷前无目录,卷一五古,卷二七古,卷三五绝、卷四七绝,卷五五律,卷六七律,收入《四库全书存目丛书》集部第 213 册。《四库全书总目》、嵇璜《皇朝通志 · 艺文略七》《清史稿 · 艺文志》均著录杨思圣《且亭诗集》,称无卷数,应即为康熙七年刊六卷本。如《四库全书总目 · 集部三十四 · 别集类存目八》曰:"《且亭诗集》,无卷数,直隶总督采进本,国朝杨思圣撰。思圣字犹龙,钜鹿人,顺治丙戌进士,官至四川布政使。申涵光所作小传称有《且亭诗》七集,然不著其卷数。此本乃思圣既殁,其子履吉所编,凡诗八百余首。"①第二种为八卷本,名为《且亭诗钞》,前有魏裔介序、申涵光序、王企埥序、申涵光撰《传》,王企埥序后署"康熙岁次辛丑冬十有二月朔丁巳",则其刊刻时间为康熙六十年(1721 年)。卷前有目录,卷一五古,卷二七古,卷三、四、五为五律,卷六、七为七律,卷八为五、七绝。按,此本有王企埥序,应为康熙六十年王企埥刊《畿辅七名家诗钞》本之一种。《畿辅七名家诗钞》共收录申涵光《聪山诗钞》、杨思圣《且亭诗钞》、王炘《茨庵集诗钞》、郝浴《中山集诗钞》、郭棻《学源堂诗钞》、纪炅《桂山堂诗钞》、庞垲《丛碧山房诗钞》。此八卷本《且亭诗钞》后被收入《清代诗文集汇编》第 74 册。

除了版本、卷数及刊刻时间不同之外,《且亭诗》与《且亭诗钞》在篇目上亦存在较大差异。经详细比核后发现,康熙六十年刊《且亭诗钞》实系康熙七年刊《且亭诗》的删减本,共计删减诗歌 145 首,这对总数八百余首的《且亭诗》而言显然是个不小的比例,当然这也很可能就是编刻者将《且亭诗》改名为《且亭诗钞》的根本原因。至于删减这些诗歌的原因,当是文禁之故。因为到了康熙六十年,清廷之文禁已愈发森严,在"明史案""《南山集》案"等文字狱的接连打击下,人们早已噤若寒蝉,故在刊刻文集时颇为谨慎,会特意将那

① 永瑢等:《四库全书总目》卷一八一,中华书局 1965 年版,第 1641 页。

些“违碍”内容予以删除。检《且亭诗钞》所删减的诗歌可以发现，其中有些是因为透露出杨思圣与反清复明人士及明遗民的交游痕迹，如《送黄心甫》《送丁野鹤》《赠别戴枫仲》《白耷山人来》《白耷山人至限韵同赋》等，编刻者为隐藏这些痕迹，故加删减。还有些诗歌涉及明末清初易代之史实，故亦需删除。如《追愤》云：“乾坤莽回互，惨淡日月黄。妖星动宸极，赤羽插雕梁。明明天子国，鞠为戎马场…… 满洲十万弦，骁腾若云骧。一洗鲸鲵秽，复睹日月光。”①诗中虽亦歌颂清武定天下的功绩，却直呼其为“满洲”，涉嫌不敬，故予删削。此外还有些诗歌表现的内容和感情较为激烈，涉嫌攻击朝廷时政，如《征妇叹》《苦雨歌》《叫天歌》《野人叹》《纪变》等，故亦需加以删除。

三、杨思圣的诗学理论倾向

杨思圣仅有诗集传世，其文集已散佚不传，故其诗歌主张已不易直接获知。② 然据王士禛《孝廉申君墓志铭》称，申涵光“与故相国高阳李公（李蔚）、柏乡魏公（魏裔介）、故尚书蔚州魏公（魏象枢）、故翰林侍读学士巨鹿杨公（杨思圣）为诗社”③，则杨思圣当与同社申涵光、李蔚、魏裔介等人的诗学倾向一致。今河北省博物馆藏《清初名流诗翰卷》载魏裔介诗云：“犹龙与凫盟，我辈论文早。王孟如复生，晨夕相倾倒。”④也可作为杨思圣与魏裔介、申涵光等人共结诗社之佐证。至于杨思圣等人结诗社的时间，窃以为应在顺治十年申涵光入京为父请恤之时。魏裔介《荆园小语序》曰：“申凫盟困守菰芦中，至长安，与余晤，复与杨犹龙、魏环极诸子游，无胫而走，不翼而飞，诗名遂噪海

① 杨思圣：《且亭诗》，《四库全书存目丛书》集部第 213 册，齐鲁书社 1997 年版，第 627 页。

② 杨思圣存世之文较少，今见其撰《刘文烈公世系》，收录于（明）刘理顺《刘文烈公全集》卷首，《四库禁毁书丛刊》集部第 144 册，北京出版社 1997 年版，第 11—35 页。

③ 王士禛著，袁世硕等整理：《王士禛全集》，齐鲁书社 2007 年版，第 2252 页。

④ 陈耀林：《读清初名流诗翰卷》，《书法丛刊》2001 年第 2 期。

内。”①杨思圣与魏裔介“以文章道义相劘切,如左右手”②,又与河朔诗派主将申涵光、殷岳相为莫逆,故其诗学倾向与魏裔介、申涵光等人应基本相同。此外,杨思圣与申涵光均曾为魏裔介《屿舫诗集》作序,今检《兼济堂全集》却未载二人之序,不过《畿辅通志·艺文志》中收录了杨思圣的《屿舫诗序》,文曰:

风雅之道,岂不关乎人哉!今世士大夫,动称杜少陵、李献吉。聿考少陵值播迁流离,每念不忘君父。其救房琯也,事虽可惜,识者知其于朋友之际,有不能恝然者。献吉当阉寺披倡之日,人皆工为俯仰,独能挺立不屈,首发其奸,一时弹文,皆出其手,至今诵陈言一疏,忠愤激烈,千载下思为执鞭。二公者,皆具超世之识、超世之学,故能为超世之言。庶几读其诗者,忾叹而知其人哉!吾友魏石生,双眸炯炯,智勇深沉,读书论世,明于治乱之故。为谏议疏凡数十上,皆开创时大务,天下想望丰采。吾辈与之游者,肝胆立罄,如东橐往而捆载归也。出其绪余为诗,雄浑苍茫,自快胸臆,求一凑泊语不可得。由此而上,少陵、献吉固可量乎?嗟乎!诗以道性情者也。昔元次山痛风雅沦亡,谓世之作者,更相沿袭,喜尚形似,只可以施闺房,不可以见士君子,故作为《箧中集》以反正之。今日之诗,弊极矣。若乃性情真挚,语关风雅,则振衰起弊,不得不惟吾友为中原独步也。兹将检而付梓,谓余曰:“子知我,为我序之。”余不佞,何足为吾友玄晏,聊发风雅之旨,使读吾友之诗者,兼求吾友之人可也。③

这是了解杨思圣诗学倾向的珍贵材料。在序中,他以杜甫和明代李梦阳为楷模,高度推崇二人之见识与人品,以为其“皆具超世之识、超世之学,故能为超世之言”。魏裔介《祭方伯杨犹龙年兄文》云:“独我友(杨思圣)与余推尊少陵,挽回狂澜之东而砥柱之。海内文人墨士至都者,风走响应,一登龙门,

① 申涵光著,邓子平、李世琦点校:《聪山诗文集》,第237页。

② 申涵光著,邓子平、李世琦点校:《聪山诗文集》,第29页。

③ 于成龙修,郭棻纂:《(康熙)畿辅通志》卷三十八《艺文三》,清康熙二十二年(1683年)刻本。

声价十倍，岂虚语哉！”①杨思圣在《屿舫诗序》中还提出“诗以道性情者也”，对当时风雅沦亡、诗道大弊的现实，主张“若乃性情真挚，语关风雅，则振衰起弊”。申涵光在《屿舫诗序》中亦云：“诗以道性情，性情之事，无所附会，盛唐诸家，各不相袭也……性情不失，和平之音出矣。”②其“诗以道性情”之论与杨思圣所云如桴鼓相应，从中可见杨思圣与申涵光诗学主张的一致性。另外魏裔介《丛碧山房诗初集序》曰：

> 近日惟吴梅村、杨犹龙用其性情以为诗，卓然成一家言，乃两公既逝，几致叹于《广陵散》之遂绝矣。儿辈自都中旋，得一卷诗，乃任丘庞子《丛碧山房集》，诸体俱备，掉臂独行。……盖不以摹拟为工，而意之所至，直抒其所欲言，此其所以可传也。而岂刻划凑泊者之所能及也欤？呜呼！余于此如见犹龙方伯也。③

其中亦提及杨思圣用其性情为诗，反对摹拟之风。魏裔介《且亭秋响序》又云：“自且亭诗一出，如长离苞羽，扬翚九霄，天下莫不争先睹之为快。于是论者远拟王、孟，近媲何、李，余独以为杨子之真诗而已。”④另外，杨思圣在《屿舫诗序》中还明显地表现出对前七子领袖人物李梦阳的推崇，魏裔介《四川布政使钜鹿杨公犹龙墓志铭》亦曰：“公之于诗也，抉开元、大历之精髓，明人中独喜李空同、何大复。”⑤又魏裔介《申凫盟传》曰：“盖凫盟之于诗，一以少陵为宗，而沐浴于高岑、王孟，若李空同、何大复，亦兼采所长，其他弗屑也，遂以诗名海内。”⑥李邺嗣《清国史》亦曰：“思圣于诗，抉唐贤之精髓，明人中独喜李空同、何大复。”⑦可见推崇学习前七子代表人物李梦阳、何景明，是杨思圣、

---

① 魏裔介著，魏连科点校：《兼济堂文集》卷十三，第 334 页。

② 申涵光著，邓子平、李世琦点校：《聪山诗文集》，第 5—6 页。

③ 庞垲：《丛碧山房诗初集》，《清代诗文集汇编》第 155 册，上海古籍出版社 2011 年版，第 5—6 页。

④ 魏裔介著，魏连科点校：《兼济堂文集》卷五，第 120 页。

⑤ 魏裔介著，魏连科点校：《兼济堂文集》卷十一，第 303 页。

⑥ 魏裔介著，魏连科点校：《兼济堂文集》卷十一，第 300 页。

⑦ 李邺嗣：《清国史》，清嘉业堂钞本。

申涵光等人共同的诗学倾向。其实清初诗坛对明代前后七子的批评非常多,论者主要是反对其过度模拟之弊。不过相对而言,后七子比前七子的模拟之风更甚,故受到的批评更多。

总之,杨思圣与申涵光、魏裔介等人的诗学倾向大致相同。其论诗推尊杜甫,又推尊明代前七子李梦阳、何景明,主张学习王孟高岑等盛唐诗人,提倡诗歌应以性情为主,反对过度模拟之弊。

四、诗宗少陵,取法盛唐:杨思圣诗歌的艺术宗尚

杨思圣论诗以少陵为宗,故《且亭诗》的宗杜特色最为明显,其中以入蜀诗最具代表性。清人对于杨思圣入蜀诗历来评价较高,以为既得山水之助,又能得少陵遗意。如申涵光《杨方伯传》云:"公诗风格宗王、孟,俊音亮节,上宗老杜,近比信阳。入蜀之后,山水之助,老气横发,得少陵遗意,时贤莫及也。"[①]魏裔介《杨犹龙续刻诗集序》云:"丙戌、丁亥诗已工,己丑、庚寅以后,超忽入神。至蜀道、阆中,则人谓子美复生。"[②]魏裔介《祭方伯杨犹龙年兄文》亦曰:"及叱驭蜀藩,历栈道,览剑阁之崔巍,哭武侯孤坟于定军山中,访工部遗迹于浣花溪间,其诗遂空前后作者。"[③]陶樑《国朝畿辅诗传·凡例》曰:"申凫盟诗以少陵为宗,而出入高、岑、王、孟之间。同时杨犹龙才力亦足相埒,入蜀后诗尤为波澜老成,于南施北宋外别树一帜。"[④]杨思圣的入蜀诸诗确属《且亭诗》中最酷肖杜诗之作,如《入栈纪行》云:

> 极望峰峦稠,云飞常没顶。空翠沾衣裳,吹落涧溪影。花鸟乱听闻,心眼细细领。晞阳射碧潭,石粼碎光炯。蒙笼草叶阴,树老身戴瘿。山鬼时一啸,肃肃毛发冷。前行隔后行,后岭迷前岭。(其一)

---

① 申涵光著,邓子平、李世琦点校:《聪山诗文集》,第30页。

② 魏裔介著,魏连科点校:《兼济堂文集》卷五,第114页。

③ 魏裔介著,魏连科点校:《兼济堂文集》卷十三,第334页。

④ 陶樑辑,江合友、程宇静点校:《国朝畿辅诗传》,国家图书出版社2017年版,第4页。

戒途首茶坪，跼步凌盘磴。登登仆马劳，相顾色不定。石气凉生雨，停午山色暝。感叹发中怀，何暇赏幽胜。客子多畏人，履险忧蹭蹬。（其二）

暮投黄牛宿，荒垣驻洩烟。树栅防虎过，昏黑灯火连。旅食敢求余，菽麦性所便。屋角枕巨壑，水石声潺湲。劳生惊物役，忧心中夜煎。起坐当语谁，仗剑泪潸然。（其四）

栈云易为雨，朝行蒙雾露。崖树架连桥，奔流涧石怒。攀缘争一罅，陂陀马足误。山禽鸣翠屏，幽阴众壑赴。始知所历高，下见夜来路。壮怀在驰驱，漫自赋感遇。（其五）

客子悲远道，旅途未遑安。整装凌晨发，带雨度柴关。滩石相激聒，云生暗峰峦。步滑屡欹仄，衣湿几时干？强颜慰僮仆，谈笑轻波澜。中情默自伤，何能驾羽翰。（其八）①

这些诗雄奇荒幻、险奥清削，明显有模仿杜甫蜀道纪行诗的痕迹。沈德潜《清诗别裁集》称杨思圣这些诗“胎原少陵入蜀诸诗，而不袭其面目”②，而《四库全书总目》则称“其入蜀诸作，刻意摹杜，而刻画之痕未化也”③。这两种评价虽截然相反，但对杨思圣入蜀诗学杜的判断却是完全一致的。这组诗刻意模仿杜甫蜀道纪行诗，化用了很多杜诗中的成语和成句。如“谈笑轻波澜”来自杜甫《水会渡》“歌笑轻波澜”，“空翠沾衣裳”来自杜甫《大历三年春白帝城放船》“空翠扑肌肤”，“局步凌盘磴”来自杜甫《木皮岭》“屡局风水昏”，“旅食敢求余”来自杜甫《积草岭》“食蕨不愿余”，“始知所历高”来自杜甫《飞仙阁》“始觉所历高”等等。由于大量化用杜句，这组诗和杜诗的相似度很高，这大概就是四库馆臣称其“刻意摹杜，而刻画之痕未化”的主要原因。

① 杨思圣：《且亭诗钞》卷一，第410—411页。

② 沈德潜选编，吴雪涛、陈旭霞点校：《清诗别裁集》卷二，河北人民出版社1997年版，第27页。

③ 永瑢等：《四库全书总目》卷一百八十一，第1641页。

除了蜀道纪行诗之外，杨思圣的其他诗歌学杜痕迹也相当明显。如《过草堂赠离指上人》“禅宫背郭隐精庐”①系模仿杜甫《堂成》“背郭堂成荫白茅”，《立春》“去岁兹晨事”②化自杜甫《至日遣兴》“去岁兹晨捧御床”，《过金粟寺》“地是王孙造，名因浩劫留”③化自杜甫《送蔡希鲁都尉还陇右》“官是先锋得，才缘挑战须”，《汉丞相武侯墓》“行客年年过，莺啼不忍闻”④化自杜甫《别房太尉墓》“唯见林花落，莺啼送客闻”，《见山堂秋日杂咏示儿履吉兴至遣书遂不次第焉》其十三“江乱鱼儿出，山惊燕子翻”⑤化自杜甫《水槛遣心》“细雨鱼儿出，微风燕子斜”。而且《除架》《旅夜书怀》《摇落》《可惜》《旅夜书怀》《秋兴八首》等诗便直接使用杜诗原题。此外，甚至还有整首诗之章法构思全摹杜诗者，如《悼马》诗云：

远道谁相伴，长鸣尔独亲。艰难关塞阔，迟暮雪霜频。病骨埋荒草，征魂托主人。风尘骐骥少，老泪欲沾巾。⑥

而杜甫《病马》云：

乘尔亦已久，天寒关塞深。尘中老尽力，岁晚病伤心。毛骨岂殊众？驯良犹至今。物微意不浅，感动一沉吟。⑦

两诗相比较，无论是从遣词立意还是章法结构上，杨思圣的《悼马》对杜甫《病马》的学习模拟痕迹都相当明显。又如《雪樵子行》曰：

昂藏七尺雪樵子，浪迹金门饥欲死。十载栖迟守一官，不堪重问少年事。少年意气颇不群，共羡作赋凌青云。纵横岂屑秦王父，指顾常轻霍冠军。交游尽是天下才，置酒论文登高台。屡欲将身献圣主，手拯苍生何雄哉！

---

① 杨思圣：《且亭诗钞》卷七，第 458 页。
② 杨思圣：《且亭诗钞》卷四，第 429 页。
③ 杨思圣《且亭诗钞》卷四，第 429 页。
④ 杨思圣：《且亭诗钞》卷四，第 435 页。
⑤ 杨思圣：《且亭诗钞》卷五，第 441 页。
⑥ 杨思圣：《且亭诗钞》卷五，第 437 页。
⑦ 仇兆鳌：《杜诗详注》卷八，中华书局 2015 年版，第 751 页。

物换星移陵谷改，相看无复旧颜在。著书誓拟老吾庐，采药频期入沧海。偶触世网困风尘，敝裘羸马走踆踆。自怜不是公卿器，且复低头随众人。懒慢从来不同调，强学磬折何由肖。婆娑每使长官嗔，蹭蹬微闻僮仆笑。以此感叹独闭门，萧条谢客负朝暄。一岁苦吟诗一卷，眼暗手皴双鬓髡。君不见浔阳陶元亮，囊悬乞食犹无恙。罢官彭泽乏酒钱，黄花满把坐相向。又不见浣花卜居叟，离乱衣衫露两肘。朝移西瀼暮东屯，旅病年年艰升斗。历观古来达人高士大抵皆如此，况我才疏已老丑。雪樵子，尔何痴！郭外有田，床头有醨。绕屋青山云叆叇，当阶流水竹离披。何如早归去，耕尔田，啜尔醨。登山临水，读书弹棋。胡为汩没名利场，鱼鱼鹿鹿，下气低眉。黄金不可聚，官高亦足危，以穷以老安足悲！①

诗写自己少年意气，壮志凌云，欲拯苍生，然因性情孤耿，不能与世俯仰，磬折难学，故其晚年只好寄情山水，既贫且病。此诗从整体上来看，其章法乃是学习杜甫的《丹青引》，特别是以昔日意气之盛作为铺垫，与今日之萧索落寞进行对比，抒发自身失意之感慨，都和《丹青引》有异曲同工之妙，故而能得杜诗之神髓。再如《雪中柬乔文衣》曰：

朔风飒飒枯树响，长安雪花大如掌。泥滑街迷沽酒垆，夜寒烛冷读书幌。乔子傲傥世无伦，偶来燕市逐风尘。僵卧禅房不肯睡，狂呼每使老僧嗔。兴来落笔字如斗，一夜吟诗三十首。今晨重枉瑶华篇，囊钱罄尽涎流口。兀坐茅堂客思枯，把子奇文色敷腴。挑灯咏罢还复咏，泠泠哀声扣珊瑚。我有储醑瓶未开，忍寒珍重待君来。相见不必劳相问，竟须一饮三百杯。天地冻裂蛟龙藏，黄昏寒鸱啸空梁。与尔同谋今夕醉，世上啁啾空自忙。②

邓汉仪《诗观初集》收录此诗并评曰："悲歌跌宕，似子美赠郑虔、毕曜诸

① 杨思圣：《且亭诗钞》卷二，第 413—414 页。
② 杨思圣：《且亭诗》，第 636 页。

篇。”①将其与杜甫《偪侧行赠毕四曜》《醉时歌》相较，可知邓氏所言非虚。

除了尊杜学杜之外，杨思圣亦推尊明代的李梦阳、何景明，对前七子“诗必盛唐”之说颇为服膺，故其诗歌取法于盛唐，学习王孟、高岑等盛唐诗人之高浑格调，不愿落中、晚唐下乘。如《关山月寄宋玉叔兵备陇右》曰：

为忆关山月，征人几度看。不堪悲玉塞，何处梦长安。影乱黄榆冷，秋生画角寒。男儿期报国，清啸漫凭栏。②

又如《送人》云：

黄沙千里塞天曛，疋马萧条出送君。一曲骊歌肠欲断，前程望望起行云。③

《人日》其二曰：

满城丝管伴愁吟，人日题诗泪不禁。独把青樽成晚眺，昏鸦飞尽远钟沉。④

《金山寺》曰：

峭壁开初地，中流瞰大江。涛惊逆石走，佛怒喝潮降。云木围僧榻，龙雷护法幢。青苍望不极，终古自淙淙。⑤

这些诗歌或慷慨昂扬，或衰飒苍凉，富含盛唐边塞诗神韵。比较有代表性的还有其大型组诗《秋响》二十二首，诗云：

不觉逢摇落，层轩纳晚晴。看花秋惨淡，步月夜虚明。露冷虫多语，云深雁有声。忧来堪独寤，肃肃旅魂清。（其一）

寥落重阴夕，秋风独掩扉。霜钟云外彻，萤火雨中飞。愁病颜应换，家山梦不稀。十年干禄客，彳亍欲何依。（其三）

---

① 邓汉仪：《诗观初集》卷三，《四库禁毁书丛刊》集部第 1 册，北京出版社 2005 年版，第 284 页。

② 杨思圣：《且亭诗》，第 657 页。

③ 杨思圣：《且亭诗》，第 642 页。

④ 杨思圣：《且亭诗》，第 643 页。

⑤ 杨思圣：《且亭诗》，第 646 页。

身世惊虚掷，息息岁序流。悲风嘶代马，夕日冷吴钩。生计贫逾拙，狂图老未休。何当随侠少，射猎北山头。（其八）

驱马过燕市，苍凉只暮云。悲歌人不见，击筑事空闻。酹酒酬黄叶，题诗送落曛。江山常在眼，俯仰意何勤。（其十五）

上书悲乐毅，结客感燕丹。易水河流咽，高台草木寒。那能怜骏骨，空复忆危冠。万愤填胸臆，时时把剑看。（其十六）

驱我来城市，看山梦亦悭。可怜秋气肃，况是夕阳间。落叶深辞树，归僧晚闭关。幽寻何日事，堪怅鬓毛斑。（其二十二）①

魏裔介《且亭秋响序》称，当时论者以为杨思圣的《秋响》诗“远拟王孟，近媲何李”。这组诗歌气韵沉雄，格调清远，从风格上看，与王维、孟浩然的山水田园诗及高适、岑参的边塞诗都颇为接近，置诸盛唐人集中几不可复辨。可见杨思圣确实能抉取盛唐诗歌之精髓，并将其熔为一炉，从而形成了自己幽清高敻、慷慨豪迈的艺术风格。

五、杨思圣诗歌的地位及影响

杨思圣为清初河朔诗派中的重要诗人，他不仅与河朔诗派的领袖人物申涵光、殷岳为莫逆之交，诗歌理论倾向基本一致，其诗歌成就亦可与之比肩。龚鼎孳曰：“近时燕赵间多诗人，其在邢洺之间者，杨犹龙、申凫盟、殷伯岩为最著。”②“畿辅七子”之一的郝浴在其《中山文钞》卷四《田髴渊诗跋》中曰：

近渡河见苍岩（梁清标）、昆林（魏裔介），渡江有梅村、芝麓（龚鼎孳），此四家所述，各有成集行世……华亭髴渊（田茂遇）、广平凫盟（申涵光），间以笙镛，全力位置其际。其于四先生者，不啻横生八翼……顾恨钜鹿犹龙不得尽其天年，使海内读其四十以外之作，为同人之一憾耳，然

① 杨思圣：《且亭诗》，第658—660页。

② 龚鼎孳：《龚端毅公文集》，清钞本。

幸有《且亭》之刻流布人间，天下尚几见之。①

可见郝浴对杨思圣之诗颇为推重，并以其未尽天年为恨。申涵光曰："魏裔介作《五君咏》，首推思圣及蔚州魏象枢，时称杨魏。"康熙十一年(1672年)，邓汉仪《诗观初集》收录杨思圣诗歌8首。② 康熙六十年(1721年)，杨思圣《且亭诗集》被收入王企埥编刻的《畿辅七名家诗钞》之中。《四库全书总目》一九四《总集存目四》著录的《四家诗钞》中，亦收录了杨思圣《且亭诗集》，另外三家是郭棻《学源堂集》、庞垲《丛碧山房集》、纪炅《桂山堂集》。今人李俞静指出，《四库全书总目》著录的所谓《四家诗钞》，其实应是《畿辅七名家诗钞》的一部分，并非单独之选本。③ 另外，魏宪辑《百名家诗选》(清康熙魏氏枕江堂刻本)卷十三收录杨思圣诗32首。陈维崧辑《箧衍集》卷九收录杨思圣《惜梅》，徐釚编《本事诗》后集卷七(清光绪徐氏自刻邵武徐氏丛书本)收录杨思圣《席上听拂琴》。陶樑《国朝畿辅诗传》为杨思圣单列一卷(卷四)，共选诗106首。徐世昌《晚晴簃诗汇》卷二十三选录杨思圣诗31首，评曰："《诗话》：犹龙与永年申凫盟、鸡泽殷伯岩同以诗鸣河朔间。人品高洁，虽历仕中外，无一日不思归隐，读其诗，可以知之。凫盟言其少无宦情，举荣名富贵俗所营营者皆不屑，而志在山水、朋友、诗文间，盖在当时，其名最著。石生、环溪、夏峰、青主皆慕与之交，然其诗似不敌凫盟。石生叙其集，称为'子美复生'，不免溢美，至谓其'人品卓绝，无一点尘'，庶几近之。"④张维屏《国朝诗人徵略》摘其警句："好友难为别，名山只借看""居今方信天难恃，吊古常疑史未明"⑤。以上这些都可以看出杨思圣诗歌在清代诗坛上的地位和影响。

① 郝浴：《中山郝中丞全集》，《清代诗文集汇编》第83册，上海古籍出版社2010年版，第65页。

② 邓汉仪：《诗观初集》卷三，《四库全书存目丛书补编》第39册，齐鲁书社2001年版，第103—104页。

③ 李俞静：《王企埥〈畿辅七名家诗钞〉研究》，河北大学2020年硕士学位论文，第36—40页。

④ 徐世昌编，闻石点校：《晚晴簃诗汇》卷二十三，中华书局1990年版，第720页。

⑤ 张维屏辑：《国朝诗人徵略初编》卷一，周骏富辑：《清代传记丛刊·学林类29》，台湾明文书局1985年版，第45页。

总之,杨思圣论诗,推尊杜甫,兼宗明代前七子李梦阳、何景明,主张学习盛唐诗人,提倡以性情为主,反对诗歌过度模拟之弊。其《且亭诗钞》中的诗歌以宗杜为主,其入蜀诸诗模拟少陵,取得了较高的成就,堪称河朔诗派的主将之一。杨思圣与河朔诗派的领导人物申涵光、殷岳等人互为莫逆之交,诗学理论主张一致,共同为清初慷慨悲歌的燕赵诗坛做出了重要贡献。

第四节　乔钵诗歌考述

一、乔钵生平及其《乔文衣集》考略

乔钵(1605—1670 年),①字文衣,一字叔继,别号苓塞棘人,晚年因官剑州,自号剑叟,直隶顺德府内丘县(今属河北邢台)人,太原府通判乔中和长子(中和,字还一,著有《跻新堂集》《说易》《葩经旁意》等)。《(崇祯)内丘县志》载,乔钵为明崇祯"壬午功贡"②。崇祯十四年(1641 年)任河南郏县主簿,代理知县之职,射杀贼首何黑子。入清后,顺治四年(1647 年)补宁波府经历,剿灭海盗,以功署定海县令,参与平定舟山残明势力。顺治九年(1652 年)丁父忧,十一年(1654 年)服阕,补莱州府经历。十二年(1655 年)升南城兵马司副指挥,与魏裔介、杨思圣等人在京师结诗社,互相唱和。顺治十四年(1657年),任江西湖口知县。康熙二年(1664 年)升剑州知州,均徭役,除虎患,人民赖之,卒于官。其生平事迹见魏裔介撰《四川剑州知州文衣乔公墓志铭》(《兼济堂文集》卷十七)。

乔钵著有《乔文衣集》,柯愈春《清人诗文集总目提要》曰:

---

① 关于乔钵之卒年,魏裔介所撰墓志铭中未载,朱则杰通过考证认为乔钵应卒于康熙九年(1670 年),今从其说,参见朱则杰:《〈清人诗文集总目提要〉订补——以王公弼等七位河北籍作家为中心》,《中国语言文学研究》2019 年第 1 期。

② 高翔汉修,乔中和纂:《(崇祯)内丘县志》卷三《人纪 · 乡贤》,国家图书馆藏崇祯十五年(1642 年)刻本(善本书号:CBM0696)。

《乔文衣集》,无卷数,乔钵撰。钵生于万历三十三年(1605年),卒年不详。字文衣,号剑叟,别号苓塞棘人,直隶内丘人。光绪《畿辅通志》卷一三六载其有《乔文衣集》八卷。今存此集七册,又名《海外奕心》,烟饔草堂刻,中国国家图书馆藏。前有苓塞棘人《海外奕心自序》云:"余居海外,魂伤心沮,血尽肝枯,生平又不好为奕,亦且无与奕者。兀坐残岛,惟愁是对,惟死是惧,无可奈何矣。乃以楮为枰,以研为友,随所意起,或所目触,细而入情物性,小而烟水虫鱼,以及亵鄙纰漏之语,但可寄心,即可信手,不过数行,消磨一日,与髯苏说鬼之意同,用奕道也乎不死也,故曰奕心。"钵于顺治七年尝从征大兰山,九年以任官为奴,辞官不得,两度渡海,独居海岸环绝处。卷首又有顺治九年闻性道《读乔子海外奕心引》,称此集"段段都是没要紧学问,句句都是没雕当批评",正言其"国破家倾忍死辱"之苦心。卷中评语者署蕊泉道人,即闻性道。评语清新,富于哲理。首为杂著,皆记事诗文,记海上事最详,诸如风云雨雪等,《夜观云水记》堪称绝妙之作。次《苦吟》,有魏裔介、杨思圣、魏一鳌序,又有顺治十六年自序,皆顺治初及十年至都下所作诗,多动情之作。次《燕齐咏》,皆顺治十一、十二年游览之作。次《匡蠡草》,则顺治末年所作诗。次《剑阁草》,有魏贞庵序评,皆康熙初年所作,止于六年,集当此时刻成。次《乔子野语》,有魏象枢小引,皆杂记。末为《毛诗乐府》,题无名氏编,剑叟谱正,门人梁绳武校正,王绍鳌校补,有剑叟自识,将毛诗故事谱成乐曲。《剑阁草》有康熙三年所作《六十初度》诗,则康熙六年此集刻成时年已六十余。①

按,柯先生《清人诗文集总目提要》中称《乔文衣集》又名《海外奕心》,其论有误。其实《海外奕心》只是《乔文衣集》所收的第一个小集,并非全集之名。除了《乔子野语》和《毛诗乐府》之外,乔钵诗文集分为《海外奕心》《苦

① 柯愈春:《清人诗文集总目提要》,北京古籍出版社2001年版,第52页。

吟》《燕齐咏》《匡蠢草》《剑阁草》诸小集。这些小集的名称大都是按照其任职经历之地命名的，而《海外奕心》是其任官宁波时居海岛所作，故以为名。魏裔介《四川剑州知州文衣乔公墓志铭》曰："在郏有《游苏坟记》，在宁波有《越吟》，有《海外奕心》，在莱州有《野语》，在都门有诗文二选，有《燕齐吟》，在剑州有《寤言》，有《剑阁草》，有《褫虎亭传言》，有《汇次孟子内外篇》，有订补《毛诗乐府》。"①可见《海外奕心》确实只是乔钵文集之一种而非全部。"在都门有诗文二选"是指乔钵曾参与编选《燕台文选》《燕台诗选》，今检《四库禁毁书丛刊》集部第122册收录顺治十三年李蕃玉刻本《燕台文选初集》八卷《补遗》一卷，署田茂遇辑，乔钵增辑。《毛诗乐府》乃是套曲，吴晓玲先生以为"似明代曲道大昌时村野腐儒授徒歌决也"②。国家图书馆藏清初刻本《海外奕心》署为《蕊泉庵读乔子海外奕心》，烟鬟草堂藏，此集目次中每个诗题下均有标注，如《海浅》下标注"乔一则，闻一则"，《夜海又记》下标注"乔一则，闻二则"，因此《蕊泉庵读乔子海外奕心》实为乔、闻二人同题文辞酬和之合集。蕊泉庵是评点者闻性道之室名，闻性道，字天逌、天遒、大直，一字蕊泉、鉴西，鄞县人，明诸生，国变后弃之。康熙十七年，力辞巡道许宏勋博学鸿词之荐，与李邺嗣、胡文学友善，又与宗谊、董剑锷、张立中、周志嘉、周斯盛并称"西村六子"，曾编纂《鄞县志》，主修《天童寺志》，又有《贺监纪略》《环流草堂集》，《鄞县通志人物编》卷三文学有传。另外，《畿辅通志》著录《乔文衣集》八卷曰："是集有《苦吟》一卷、《越吟》一卷、《野语》一卷、《剑阁草》《燕市草》《匡蠢草》《燕齐咏》《石钟集》各一卷。"③这与国图本存在差异，国图本并无《越吟》《燕市草》《石钟集》，应系不全之残本。另外，《大清畿辅书徵》亦著录八卷本

① 魏裔介：《兼济堂文集》卷十七，《清代诗文集汇编》第57册，上海古籍出版社2010年版，第154页。

② 吴晓铃著，吴葳、于润琦编：《吴晓铃序跋》，文津出版社2014年版，第239页。

③ 李鸿章修，黄彭年纂：《（光绪）畿辅通志·艺文略四》卷一百三十六，清光绪十年（1884年）刻本。

《乔文衣集》,为清初刻《乔氏丛刻五种》本,与《畿辅通志》著录相同。① 此外,国家图书馆还藏有乔钵《匡蠡草》,为单行本,分为上下两卷,但未标明卷数。扉页上署"乔子近诗",下署"本衙藏板",首页前署"匡蠡草　内丘乔钵文衣甫著"。此本收入陈红彦、谢东荣、萨仁高娃主编《清代诗文集珍本丛刊》第三十三册,国家图书馆出版社 2017 年出版。石家庄市图书馆亦藏有一种《乔文衣集》,仅收《苦吟》《燕齐咏》《燕市草》《石钟集》各一卷,其详可参孙国良、南玉对该本之介绍。② 今以国家图书馆所藏《乔文衣集》及《匡蠡草》为中心,试对乔钵诗歌略作考述如下。

二、乔钵诗歌思想内容及艺术风格论析

乔钵为人豪侠勇武,武艺超群,诗中时常流露出英雄豪气。如《射虎》曰:

忽报山前虎起,弯弓纵马如飞。乱箭恨为啮断,笑拈血镞而归。③

在任剑州知州期间,乔钵曾下大力气治理当地虎患,其《虎逃》曰:

万虎三年遁,残城道路通。牛羊朝放野,鸡犬夜笼空。久不惊蹄印,谁还信啸风。为诗传后世,杀逐自文翁。④

从上述诗中都可以想见其英雄气概。魏一鳌为《乔文衣集》所作《引》曰:

元章嗜酒癖石三绝,与虎头称并,昔人谓"不可无一,不可有二"。文衣幽瘴仙骨,入道通神,精心众技,尤为远过,故其诗悲愤留连,超轶奔放,如嗔如笑,如戏如骂,如水峡鸣,如钟夜吼,令人读其诗想见其人。⑤

乔钵诗歌确实继承了燕赵诗人慷慨悲歌的传统,诗中充满险峭奇崛的力

① 徐世昌纂,杜泽逊等订补:《订补大清畿辅书徵》卷二十九,北京联合出版公司 2020 年版,第 1402—1404 页。

② 孙国良、南玉:《馆藏冀人所撰数种稀见古籍提要》,《北京图书馆馆刊》1999 年第 3 期。

③ 乔钵:《匡蠡草》,陈红彦、谢东荣、萨仁高娃主编:《清代诗文集珍本丛刊》第三十三册,国家图书馆出版社 2017 年版,第 294 页。

④ 乔钵:《乔文衣集》,国家图书馆藏清顺治刻本(普查编号:110000-0101-0068098,索书号:23851)。

⑤ 乔钵:《乔文衣集》卷首。

量,如《画石》云:

钟山有怪石,风雨迷江岸。今宵酒力酣,叱起归君扇。①

又如《宿江矶寺》云:

烟雨迷江岸,江矶古寺存。四围松乱簇,一径草黄昏。有鸟僧何处?无声客到门。夜来猛虎过,蚤起看蹄痕。②

邓汉仪《慎墨堂诗话》评曰:"结得陡健。"③又曰:"文衣宰湖口,日坐云涛岚翠间,故笔墨秀岸尔尔。今剌三巴,不知新诗又如何险峭也。《宿寒亭驿》'当年夜哭人何处,细雨萧萧不可闻。'萧瑟不堪,大是诗境。"④乔钵入蜀后,为蜀地险仄的自然风光所激发,其诗歌确实更加雄奇峭拔,如《翠云廊》云:

剑门路,崎岖凹凸石头路。两行古柏植何人?三百长程千万树。翠云廊,苍烟护。苔滑荫雨湿衣裳,回柯垂叶凉风度。无石不可眠,处处堪留句。龙蛇蜿蜒山缠互,传是昔年李白夫,奇人怪事教人妒。休称蜀道难,莫错剑门路。⑤

诗中描写剑阁古蜀道之幽僻险怪,深得太白《蜀道难》之神韵。乔钵还有一些仄韵古体,亦写得劲健有力,如《有怀》云:

雨晴秋山苍,风落吹山响。高空雁南翔,寂历清斋敞。兀坐动人怀,砧声隔林莽。辽落各天涯,白日徒悲往。⑥

秋山风落,南雁高翔,诗人兀坐怀人,然天涯相隔,不能相见,不禁令人寥落生悲。又如《九江夜泊》:

天气四更深,月照水山白。船在九江湾,蓬底孤眠客。归梦甫天涯,

① 乔钵:《匡蠡草》,第 277—278 页。
② 乔钵:《匡蠡草》,第 278 页。
③ 邓汉仪撰,陆林、王卓华辑:《慎墨堂诗话》卷五,中华书局 2017 年版,第 181 页。
④ 邓汉仪撰,陆林、王卓华辑:《慎墨堂诗话》卷五,第 181 页。
⑤ 乔钵:《乔文衣集》。
⑥ 乔钵:《匡蠡草》,第 281 页。

鸡声落南陌。①

时当深夜，明月相照，诗人泊舟江湾，辗转难眠，听到鸡鸣之声，不禁倍加思念家乡。以上两诗均采用短促跳荡的仄声韵，这对于表达兀傲不平之情起到了很好的加强作用。又如《九江庙》："古庙枕江干，风雨潇潇夜。风声与涛声，都在禅床下。"②亦是用仄韵表达夜宿古庙孤冷险绝的独特境遇。又如《探梅》云："散吏萧闲步探梅，一尊独醉古墙隈。淋漓日落不归去，只等林梢月上来。"杨钟羲以为此诗正是"申凫盟评其诗所谓横臆而出肝胆外露者也"③。又如《魏石老以诗见讯却寄》云：

万国谁为宪，遐心念故人。我无一字到，子有五言新。古道生颜色，交情识假真。感君无以报，敬此世途身。④

魏石老，即魏裔介，因其号石生，故称。友人寄诗慰问，古道真情，令人感动，无以为报，只能遥致敬意。在两人真挚的友谊中，显示出燕赵士人倾盖如故、意气相亲的慷慨气质。又如《过樵舍》：

樵舍西江上，依山列草房。逶迤迷绿树，上下掩湖光。一幅王维画，陶潜五柳庄。奚囊收不了，载入米家航。⑤

值得注意的是，此诗颈联"一幅王维画，陶潜五柳庄"对仗并不工整，有对仗之意却无对仗之实，显然是有意为之，这也充分体现出乔钵豪放粗犷的艺术个性。

河朔诗派主张学杜，在乔钵诗歌中也可以看到学杜痕迹，如《补花朝》曰：

老去怜春倍可怜，订期约社望花前。官程不遂良辰愿，好友空联过后篇。但使留连人尽雅，何妨再续酒如泉。虽然一半轻抛掷，只说南天易北

① 乔钵：《匡蠡草》，第287页。

② 乔钵：《匡蠡草》，第278页。

③ 杨钟羲：《雪桥诗话》续集卷二，《丛书集成续编》第203册，新文丰出版公司1988年版，第345页。

④ 乔钵：《匡蠡草》，第293页。

⑤ 乔钵：《匡蠡草》，第292页。

天。(北花朝在上巳)①

“老去怜春倍可怜”似是模仿杜甫“老去悲秋强自宽”(《九日蓝田崔氏庄》),颈联“但使留连人尽雅,何妨再续酒如泉”是流水对,乃是模仿杜甫“但使闾阎还揖让,敢论松竹久荒芜”(《将赴成都草堂途中有作先寄严郑公五首》其一)。又如《上巳将晴社集石钟山》尾联云:“无劳头上黑,阵阵促诗筹。”②乃是直接化用杜甫《陪诸贵公子丈八沟携妓纳凉晚际遇雨二首》其一尾联“片云头上黑,应是雨催诗”。不过乔钵学杜主要是继承了杜甫以诗纪史的诗史精神,并不太重视从艺术形式上学杜。在乔钵任宁波府经历及定海参军期间,恰逢鲁王朱以海监国,定海成为反清复明力量的最后据点。顺治八年(1651年),清兵进攻定海,乔钵亲身经历了这一历史事件,但作为清廷官吏,他对反清复明运动极端仇视,这种立场集中表现在其《海警》五首之中,诗云:

不信痴顽孽,居然近石城。哀鸿三嗅急,风鹤九江惊。慷慨幽燕客,迷藏南国情。登陴凭一剑,笑拥万山横。

益传烽火急,乌散一林空。聚畏终成累,守愚适自雄。弹琴枫树下,长啸月明中。所恃能知敌,昔年百战功。(与贼曾战舟山)

燕赵悲歌士,闻风眼自红。吾儿朝刷马,女婿夜弯弓。数骑思轻战,一戈胆益雄。背城堪借一,不觉气冲冲。

孰计空城得,伏兵我数人。预窥驰马地,突出引弓身。谋遂堪成异,捐躯不负仁。料知为小丑,阔步且纶巾。

何处天兵至,先声总未闻。排江帆已下,一望静如云。草窃何须道,王师自不群。归来屐齿折,妻子笑欣欣。③

诗中称残明势力为“痴顽孽”“贼”“小丑”“草窃”,称清兵为“天兵”和“王师”,其所持立场昭然可见。清军攻陷定海后,有内徙居民于大陆之议,乔

---

① 乔钵:《匡蠡草》,第273页。
② 乔钵:《匡蠡草》,第275页。
③ 乔钵:《匡蠡草》,第283—285页。

钵作《昌国怀古诗》曰：

环海多膏壤，况通万里津。山川唐旧邑，文物宋遗民。要地需封守，残黎仗抚循。重迁应轸念，谁为上书陈？

昌国，即定海古城。乔钵反对内迁，主张封守要地、抚循百姓，表现出高远的见识和对黎庶的仁爱精神。定海一役，明将张肯堂、刘世勋等人奋力抵抗，城破后英勇就义，清兵屠城，死伤者甚众。乔钵在战后收殓殉难者遗体，火化后葬在城北龙峰山麓，名为“同归域”，并竖碑纪念。乔钵的好友闻性道作《同归域歌为内丘乔参军文衣》，诗曰：

天星昼韵纷如雨，蹈刃投缳照烈炬。魂游寥廓剩遗骸，崩崖碎炮相支拄。蛟能怒吼不敢窥，乌鸢哀号空复聚。朝朝暮暮暴露久，何人动念收羁旅？海东波沸连鼓鼙，城北土高失钟簴。（时战舰林立，海沙普慈寺已焚。）参军见之心骨悲，诉天不应叩地许。与余俯拾堆高冈，掘坎瘗藏共一宇。虽缺陈奠自春秋，不系姓名自客主。林风凄其日色暗，恍惚云旗争飘举。神物巨灵来呵禁，山君龙伯守永御。埋余肃容特下拜，泪迸飞泉垂万缕。野草先为渍血红，吞声谷鸟寂无语。他年定逢好事人，漫题三字凭记取。①

乔钵在宁波、定海任上积极参与剿灭南明残余势力，此种行为令那些期盼复国的明遗民深恶痛绝。全祖望《续甬上耆旧诗》于东林四先生之一的董守谕《云石》诗后评曰：

先生最恶乔钵，以其为吾乡府倅，冯公跻仲之死，乔与有力焉。乔为云石之会，吾乡诗人征言殆遍，先生以幸灾观变之说应之，可谓张胆不讳者矣，乔亦不以为忤。（诗话）②

按，冯京第，字跻仲，宁波慈溪人。鲁王朱以海在绍兴监国，冯京第上《中兴论》，拜御史。清兵陷福建，冯京第兵败，浮海至日本乞师，未果，归国后起

① 全祖望辑选，沈善洪审定，方祖猷、魏得良等校点：《续甬上耆旧诗》卷六十五，杭州出版社 2003 年版，第 947—948 页。

② 全祖望：《续甬上耆旧诗》卷二十，第 612 页。

兵四明山，兵败被杀，事见朱溶《忠义录》之《冯京第传》。① 冯京第被杀时，乔钵正任宁波府经历，他应该参与了抓捕冯京第的行动，导致冯京第被杀，故董守谕深恨之。可见乔钵并不像魏裔介、杨思圣、申涵光那样对明遗民充满同情，这或许正是乔钵难以和河朔诗派诸人达成精神契合的真正原因。

乔钵诗歌虽有豪侠粗犷的一面，但其体调亦有近于中晚唐的一面，往往颖秀纤微，清丽喜人，如《憩汪家桥看山》云：

山何知我至，坐对百情生。夕照围苍紫，薄云拥翠城。溪飞泉一道，春送鸟三声。寂历将终古，谁能识汝名？②

《庐山僧将乞藏归九峰》云：

匡庐奇绝处，苍翠九峰庵。续法藏三佛，高僧少万函。金钱能布地，贝叶到幽龛。伫看深云里，灯光斗紫岚。③

《治平寺听蛩》云：

深秋临古寺，永夜响寒蛩。细听怜何急，弗闻声亦空。三更须避露，对月莫悲风。有客浑难寐，参禅正未穷。④

《过涝家渡》云：

此是涝家渡，孤舟何处横？山空林鸟乱，江瘦浦鱼惊。极目匡庐迥，遥看烟缕平。羁怀今日阔，谁与话峦情。⑤

这些诗歌句式清丽，声律工稳，用典含蓄，风调清远，代表了乔钵诗歌艺术风格的另一方面。王铎《乔文衣诗序》曰：

予数过内丘，乔子文衣辄相见论诗，今年方见所刻卷，大略才爽颖秀而词微纤，侪侣嘉之。孔子曰：兴于诗。诗之道，关世道，攸以精微，尽广

① 姜垓、朱溶等撰，高洪钧等整理校点：《明清遗书五种》，北京图书馆出版社 2006 年版，第 679 页。

② 乔钵：《匡蠡草》，第 269—270 页。

③ 乔钵：《匡蠡草》，第 276 页。

④ 乔钵：《匡蠡草》，第 288—289 页。

⑤ 乔钵：《匡蠡草》，第 289 页。

大，经纪三灵，其质欲省，非小栎之用，文衣其有以塞乎其大焉者乎？夫诗必堑断晚近者何也？元白苏黄，多废古法，譬之蝘蜓，非不眉颏荧然，爪尾轻秀，音响清细，无粗猛之气，然非龙之顿颃也。龙则力气充实，近而虎豹鬼彪不敢攫，远而紫日丹霄云翳电火金石不能锢，小之巨之，屈之伸之，可以舞天，可以擘岳，可以掀海，可以入地中，可以出宙外，亦粗亦猛，亦细亦幽。于戏！向蝘蜓问之，能如此粗猛幽细否？一化一不化，一不囿于无，一滞于有，是故有以立乎大之命根，不空枯乎大之骨神，即谓小谓巨，谓屈谓伸，果足尽龙之伎俩也，天下有如是之龙焉哉？求其大高，曾三百，祖少陵，祢崆峒，终当论定，难为不深造者言也。文衣噬肯然吾言，则有夏商周秦汉经学史学诸书在，掖世暩道，必繇乎是。于纤词秀颖，幸勿终身诵之也。犹龙之诗，吾能限文衣欤？或曰：子不极诩乔子，而嘈嘈焉以其大相惑也。嗟乎！予实爱文衣诗，即谓予尽黜幽细而存粗猛，亦奚不可？①

王铎对乔钵的诗歌不无微词，称其“才爽颖秀而词微纤”，有类元白苏黄，多废古法，因此劝其多读夏商周秦汉经学史学诸书，并欲令其祖少陵，祢崆峒，尽黜幽细而存粗猛。王铎一贯反对元白苏黄诗风，从其对乔钵的批评和规劝中，亦可看出乔钵诗歌的某些风格特征。

三、乔钵与陈铎的南北互嘲曲简述

乔钵与陈铎的南北互嘲散曲在当时很出名，刘廷玑《在园杂志》载：

门前一阵骡车过，灰扬，那里有踏花归去马蹄香？
棉袄棉裙绵袴子，膀胀，那里有佳人新试薄罗裳？
生葱生蒜生韮菜，腌臜，那里有夜深私语口脂香？
开口便唱冤家的，歪腔，那里有春风一曲杜韦娘？
开筵便是烧刀子，难当，那里有兰陵美酒郁金香？

① 王铎：《拟山园选集》卷二十九，《清代诗文集汇编》第7册，上海古籍出版社2011年版，第17—18页。

头上鬏髻高尺二，村娘，那里有雾髻云鬟宫样妆？

行云行雨在何方，土坑，那里有鸳鸯夜宿芙蓉帐？

五钱一两戥头昂，便忘，那里有嫁得刘郎胜阮郎？

右金陵陈大声嘲北妓也，名曰《南嘲北》。

几层薄板为家业，穷蛮，那里有鸡犬桑麻二顷田？

出门便坐竹兜子，斜颠，那里有公子王孙压绣鞍？

惰民婆子村庄俏，情牵，那里有十二红楼人似仙？

黄橙梅子充佳味，牙酸，那里有云枣哀梨蜜比甜？

竹篱茅舍几多高，一钻，那里有甲第连云粉画垣？

八搭草鞋精脚上，难穿，那里有门迎珠履客三千？

低头不敢偷睛看，皇天，那里有赵女燕姬玉笋尖？

广法苏马弄机关，骗钱，那里有千金一掷胆如天？

右顺德乔文衣作，名《北嘲南》，所以答大声也。

《南嘲》虽少蕴藉，然不过讪笑翠馆红楼中粗鄙之甚者耳，词旨分明，原无涉于北方人士。引诗既雅，亦足解颐。《北嘲》则肆声谩骂，尽人为仇，俨然平分南北，反置南妓于不问，不独有伤忠厚，且词意上下不能贯串，殊无足取。更有《南北解嘲》八则，不知出自何人，以南北之方言方物比合较量，权得其平。如此之某某也配得过彼之某某，此之这般也配得过彼之那般，俚句聱牙，更堪捧腹，又出《北嘲》之下，词不足存，故未附入。①

陈铎，字大声，号秋碧，下邳（今江苏邳县）人，居金陵，明末著名散曲家。陈铎之作，本由嘲妓而连及嘲讽北方，乔文衣却接过话头改为直接嘲讽南方，明显有偏离主题之嫌，不过这一嘲讽触碰了历代南北方人互不相容、互相嫌弃的旧话题，故而乔、陈二人的南北互嘲之作在当时影响很大，引发了系列的评论和追和。如蒋一葵曰："金陵陈大声嘲北地巷曲中人，半亦近诬，不尽然

① 刘廷玑撰，张守谦点校：《在园杂志》卷四，中华书局2005年版，第164—165页。

也。”①彭孙贻《陆大謇士寄示代北客嘲南歌反嘲寄陆》云：

> 王西樵作《嘲北客歌》，久传都下，近时内丘乔文衣作《嘲南》以敌之，一时并传佳话。余在京邸有《长安十二咏》，亦西樵余意也，录之别本，不敢示人。陆生所作，则文衣之余也。南士嘲南，无乃为佞，更作反嘲以解之。

> 吴侬嘲燕人，批窾已濡血。苟遇荆卿辈，拔刃必指发。北伧嘲南士，吴楚连闽粤。未能令士衡，绝倒笑颠蹶。王郎作恶谑见奇，宵娘空倩乔知之。宁从苦笋酪奴饮，不羡羊羔美酒卮。陆生流寓呜珂里，南士嘲南胡为尔？宜令革响尽怀椹，反似踰淮身化枳。我踏凤城车马尘，爬搔壁虱缘裾巾。茗熏煤灶烟一色，虀杂蒜畦气五辛。题成品物藏夹袋，未出都门不示人。君今自嘲众无忤，我更嘲君心独苦。公乃为诗敢诮公，能令公喜令公怒。安得杨雄作解嘲，南北相看各起舞。②

按，王士禄《十笏草堂诗选》及《考功集选》均未收录《嘲北客歌》，当是因为这样的诗歌易招致事端，故于编定诗集时删掉了。彭孙贻（1615—1673年），字仲谋，号茗斋，浙江海盐人，彭孙遹从兄，入清不仕，著有《茗斋诗文集》。陆棅，字麟士，号匏湖，平湖人，著有《鹊亭乐府》，其《代北客嘲南歌》亦已散佚不传。彭孙贻认为陆麟士身为南人反而代北客嘲南实在不妥，故作此诗戏谑之。其实作为南人，彭氏自己也曾作过嘲北之诗，但怕引起都门人士的公愤并不敢示人，可见南北互嘲实乃一敏感话题。而乔钵不避世俗毁誉，勇于任事，对陈铎嘲北之作针锋相对地予以回击，其曲子内容虽有伤忠厚，但无疑体现了燕赵士人的豪侠性格。

四、乔钵的诗文交游及影响

徐世昌《大清畿辅先哲传》卷十九《文学一》将乔钵附于杨思圣之后，与连

---

① 蒋一葵：《长安客话》，北京古籍出版社1982年版，第34页。

② 彭孙贻：《茗斋集》卷十五，《清代诗文集汇编》第52册，第210页。

佳樗、周鐈、杨继芳并列，并称乔钵“与魏裔介、杨思圣、魏一鳌、米寿都、陈一得、高光国立社相酬唱，新城王士禛为一代诗宗，而独盛推钵”①。魏荔彤辑《魏贞庵先生年谱》曰：

公与钜鹿杨犹龙、永年申凫盟、内丘乔文衣、太仓吴梅村、合肥龚芝麓唱和，四方诗人多酬答之。②

可见乔钵与河朔诗派的主将申涵光、杨思圣关系非常密切，与魏裔介亦以诗相知，其成名时间尚早于申涵光、杨思圣等人。从取得的成绩和影响来看，乔钵完全可以称得上河朔诗派中重要的一位羽翼诗人。申涵光《乔文衣诗引》曰：

京师者，诗之薮泽也，如贡税然：四方所产，梯航而集于上国，故外而入者，视其箧累累然也；内而居者，视其壁若屏帐累累然也。于是众技毕陈，而精者出矣。

诗之精者必真，夫真而后可言美恶。范墐为轮廓钱也，不适于用；削桐为偶，又衣饰之，虽竖子不信以为人。诗不真，即雕绘满眼，只墐钱、木偶耳。貌谨愿而心浇刻，性情之伪，延于风教，而诗其兆焉。

吾读文衣诗，喜其真。不无故为啼笑，横臆而出，肝胆外露，摧坚洞隙，一息千里。我燕赵人多沈毅英爽，无夸毗之习，文衣其尤著哉！

嗟乎文衣！“真”之一字，为世所厌久矣。少陵不云乎：“畏人嫌我真。”其在当时，流离困踬，皆真之为害，故人嫌，亦自嫌也。然而光焰万丈，至今益烈，真之取效颇长。少陵不愿入州府，予谓即居京师，舍此无他道也，诗云乎哉！③

潘承玉指出，清初遗民诗人重提“真诗”，是对前人求索精神的接续，和当

① 徐世昌：《大清畿辅先哲传》卷十九，北京古籍出版社1993年版，第591页。

② 魏荔彤辑：《魏贞庵先生年谱》，清光绪五年至十八年（1879—1892年）定州王氏谦德堂刻《畿辅丛书》汇印本。

③ 申涵光著，邓子平、李世琦点校：《聪山诗文集》，第23—24页。

时诗坛的现状直接相关。① 针对清初诗坛墐钱木偶盛行的颓靡现状，申涵光大力推崇乔钵诗歌之“真”，欲以肝胆外露、沈毅英爽之真性情振衰起溺，从中可见乔钵诗歌之风格是与河朔诗派完全一致的。杨思圣还曾为乔钵《苦吟》作序，其《乔文衣苦吟序》曰：

文衣乔子在里中称诗，先予十年。及余从事于书，稍稍知慕诗也，倾盖而与之谈，以其风华来相掩映，亦足津渡乎予，如是者五六年。乔子既博雅，翔步遍历燕魏齐梁间，去而为官，不得与谈诗者复一年。客冬自郏底燕手一帙示余使序，而自题曰“苦吟”，则两年来南北之游皆在焉。夫乔子服古好奇，磊落半生，偃蹇一簿，以感愤疾俗之意，舒为风雅比兴之词，其清响苦调，一一摇人，读之至可痛哭，吁！可谓苦矣。②

从序可知杨思圣确为乔钵之知音。杨思圣还有几首赠乔钵之诗，如《次乔文衣上元集春雪斋韵》云：

佳节轻寒雪作花，围炉小阁隐灯纱。客怀易感难成醉，老友相看即是家。但遣金门闲白日，何须绝域问丹砂。可怜此夜笙歌剧，握手同惊两鬓华。③

《送乔文衣之任莱州兼讯王玄芝诸年丈》云：

杨柳风吹游子颜，东莱马首隔燕关。一生宦迹多溯海，到处奚囊不厌山。春老莺花谁共醉，梦回岛屿几时还。故人倘忆长安客，为报疏狂鬓已斑。④

魏裔介《乔文衣诗序》曰：

乔子十余年来诗道日进，声誉藉藉，公卿间争折节交之恐后，乔子何以遂能诣至此哉？吾闻诗有别才别解，不尽关于学与理，大端在能悟耳。太史公游天下名山大川，故其文疏宕有奇气。名山大川何与文事，而文以进？则太史公之善悟也。诗与文盖非有二矣。自丧乱既平，乔子簿于郏，

① 潘承玉：《“真诗”的探寻：清初明遗民诗论》，《中山大学学报》2004年第5期。

② 乔钵：《乔文衣集》卷首。

③ 杨思圣：《且亭诗》，《四库全书存目丛书》集部第213册，齐鲁书社1997年版，第692页。

④ 杨思圣：《且亭诗》，第692页。

历四明，再历蓬莱。凡波涛汹涌，山林窅冥，人世骇奇之状，尽收吟橐，而又有迂怪之士、恢谲之书扩其见闻所未及。乔子夙受庭训，有所大悟于中，无不镕铸而裁正之，宜其胸之浩浩落落，发为歌咏，点尘不滓也。入长安以后，潦倒沉瘁，亦绝无龊龊之态。每一篇出，苍苍凉凉，爽秀扑人眉宇。嗟乎！余与犹龙氏言诗久矣，得乔子乃益张吾军。海内之习声律者，莫不思一见乔子之为快，岂无所悟于道而能然与！故吾尝谓乔子之遇似岑参，而诗如贾岛。①

序中"遇似岑参，诗如贾岛"之评具有高度的概括性，非深知乔钵者不能道也。魏裔介还有《八声甘州·和乔文衣雪中遣怀》，词云：

甚帝城、一夜北风来，琼瑶满阶飞。正孤灯明灭，炉烟缥缈，万籁俱微。叹息人间万事，转眼便成非。尚有春衣在，何用言归。

记得四杨桥畔，正松寥昼静，花雨霏霏。奈江南江北，握手与君稀。况今朝鬖鬖两鬓，念向平、初愿久相违。松醪美，隔邻呼取，敲送柴扉。②

又有《送乔文衣归里》云：

爱尔悲歌士，官卑志不违。闻鸡提剑舞，秉烛惜花飞。春促燕山月，青归泜上薇。著书满石室，伯玉正知非。③

这些诗文都充分表明魏裔介与乔钵的深厚友谊。王士禛《望剑州怀乔文衣》，题下注曰："名钵，内丘名士，以湖口令迁守剑州，卒官。"诗云：

次公狂自好，名字满人间。才士无高位，吟魂寄百蛮。音书湖口县，生死剑门关。太息青蝇吊，交州几岁还。④

此外，乔钵的友人亦多有酬赠唱和之作，如魏象枢《柬乔文衣》曰：

数年惊宦海，无日不高吟。冰雪幽人气，琴书侠士心。世情添白发，

---

① 魏裔介著，魏连科点校：《兼济堂文集》卷六，中华书局 2007 年版，第 152—153 页。

② 叶恭绰编：《全清词钞》卷一，中华书局 1982 年版，第 42 页。

③ 魏裔介著，魏连科点校：《兼济堂文集》卷十九，第 507 页。

④ 王士禛著，李毓芙等整理：《渔洋山人精华录》卷五，上海古籍出版社 1999 年版，第 842 页。

交谊冷黄金。留客坐山月，床头话古今。①

又有《送乔文衣之湖口令》曰：

我来君去意相关，白雁飞飞不可扳。几载漫游江海上，一官恒寄笑谭间。定知僚友诗堪把，只读农书吏亦闲。（君梓农书行世）仙令双凫何日到，好传风雨过庐山。②

倪粲《送乔文衣之剑州》曰：

渝峡远通涪万水，嘉陵险接阆中山。分符刺史初行部，旧语参军正解蛮。橦布芋田征税薄，青松白鹤讼庭闲。他年更奏殊方绩，应在文翁伯仲间。③

周令树《柬乔文衣司城文衣曾参军齐越》曰：

金门听晓漏，不作帝城看。骚雅安千里，山川隐一官。树经秦代古，月度海天寒。半醉歌燕市，风尘拂马鞍。④

陶樑《国朝畿辅诗传》和徐世昌《晚晴簃诗汇》均未选录乔钵之诗，揣其原因，大概是因为乔钵的《乔文衣集》传世极少，编者寻访未见所致。而这些著名选本的缺选，恐怕也是乔钵诗歌不为后人所知的重要原因。袁行云《清人诗集叙录》著录《乔文衣诗》四卷曰：

诗不足名家。《海警五首》斥郑成功、张煌言为顽孽，盖钵曾相战舟山，余可知矣。又染明季陋习，边幅狭窘，任情抒写，魏象枢序谓“有理有道，有情有景，有谑有哭，有史有画，有佛有仙”，适见其诗之不类。唯所交缙绅甚多，与降臣王铎、陈名夏，遗民申涵光俱有寄投。⑤

① 魏象枢：《寒松堂全集》卷五，《清代诗文集汇编》第60册，第373页。

② 魏象枢：《寒松堂全集》卷五，第377页。

③ 沈德潜选编，吴雪涛、陈旭霞点校：《清诗别裁集》卷十二，河北人民出版社1997年版，第234—235页。

④ 魏宪辑：《百名家诗选》卷三十四，《续修四库全书·集部·总集类》第1625册，上海古籍出版社2002年版，第72—73页。

⑤ 袁行云：《清人诗集叙录》，文化艺术出版社1994年版，第274页。

袁先生此评对乔钵之诗颇多贬抑，持论稍显苛刻，未为公允之论。

总之，乔钵的交游比较广泛，特别是其与河朔诗派的申涵光、杨思圣、魏裔介等人均交往密切，是河朔诗派重要的羽翼诗人，在清初诗坛影响较大。乔钵诗歌豪侠粗犷，苍劲悲凉，继承了燕赵诗人慷慨悲歌的传统，诗中充满险峭奇崛的力量。除此之外，乔钵诗歌亦有颖秀纤微、风调清远的一面，格调近于中晚唐。然因《乔文衣集》流布极罕，后世对其人其诗了解不多，这与其在清初诗坛的地位是极不相称的。

第二章　保定府诗学名家王馀佑和王炘

清代保定府的诗学家族颇为繁盛，知名诗人辈出。诸如易州赵氏家族的赵春熙、赵元睦、赵亨钤祖孙三代被称为“易水三赵”，清苑陈氏家族的陈僖、涞水赵氏家族的赵文涵皆有文名。雄县诗人王炘名列“畿辅七子”之中，为清初著名诗人。新城王馀佑作为明遗民，负家国之痛，怀乾坤之志，发而为诗，多瑰奇豪迈之音，其《乾坤大略自序》曰：“不肯涂朱傅粉，争妍取怜于世人。”[①]体现出不合流俗、高蹈独行之精神。以下分别以王馀佑和王炘为例，对其诗学成就及其特色进行分析。

第一节　新城王馀佑诗歌论析

王馀佑是明末清初大动乱之中涌现出的一位燕赵奇人，他不仅是慷慨任侠的豪杰、熟习兵略王霸之奇才，还是北方理学大儒孙奇逢的门人弟子，同时也是慷慨悲歌的诗人。张京华先生称：由颜李学派而言，王馀佑为“明末清初北学的先驱”；[②]而由鹿善继之江村学案、孙奇逢之夏峰学案溯源，王馀佑可谓

① 王馀佑：《乾坤大略》，内蒙古人民出版社 2006 年版，第 1 页。

② 张京华：《明末清初北学的先驱——〈乾坤大略〉及其作者王余佑》，《朱子学刊》2004 年第 1 辑，第 309 页。

为北学中坚。① 目前学界对王馀佑的研究,以张京华先生为代表,对王馀佑的理学思想、兵法战略、武术成就已经进行了较为细致深入的阐发,取得了丰硕的成果,但对王馀佑的诗歌创作研究尚不够深入,故本节试对其人其诗稍作解析,以期对全面了解王馀佑的成就稍有补裨。

一、王馀佑生平事迹及其著述概述

王馀佑(1615—1684年),字申之,一字介祺,号五公山人,先世为小兴州(今河北滦平)人,宓姓,明初迁保定新城,改王姓。早年师从孙奇逢、鹿善继、茅元仪等人问学。甲申之变发生时,王馀佑正校试于易州,闻讯后投笔而归,路经容城,与孙奇逢共谋起兵。其父王延善率三子建义旗,聚众千余人,会同孙奇逢共同收复了雄县、新城、容城三县,并诛杀了李自成所署伪官。清兵入关后,义军被遣散,王延善遭仇家陷害,以抗清之罪被捕入京,王馀佑之兄馀恪慷慨赴京,与其父延善共同罹难。其弟馀严夜率壮士入仇家,歼老幼三十余口,部行公文,缉拿馀佑、馀严、馀厚等兄弟,幸得保定知府朱嵚、易州道副使黄国安排解方得以免除。父兄遇害后,王馀佑痛不欲生,招魂葬父兄毕,奉继父母隐居易州五公山双峰村,自号五公山人,躬耕养亲,三十年不入城市,读书治学益勤。

从顺治七年(1650年)开始,王馀佑复从其师孙奇逢研治经史,务实学,兼文武,讲忠孝。孙奇逢赞曰:"申之见解已极分晓,既得同人之助,当益自策励。"②康熙十一年(1672年),王馀佑应河间知府王奂之请,主纂《河间府志》,成书后王奂为其在献县置宅,聘请他主讲献陵书院,培养门人弟子众多,四方豪俊争相造访。晚年幅巾褐氅,乘牛车往来上谷、瀛海、嵩岳间,儿童野夫见其过,皆聚众迎观曰:"王先生来矣!"康熙二十二年(1683年),弟子李塨闻其在

① 张京华:《遂老双峰下,谁明廿载心——北学中坚王余佑事迹新探》,《河南科技大学学报》2011年第4期。

② 孙奇逢著,张显清编:《孙奇逢集》下册,中州古籍出版社2003年版,第107页。

蠡县阎中宽处，派车迎至家中，传授枪法刀法。是年冬，王馀佑在弟子李兴祖家中病笃，赋《绝命诗》曰："一天雷电收风雨，欲使乾坤暗里行。尚有高灵护残喘，争留面目见诸生。"①卒后门人私谥庄誉，世称庄誉先生。

自孙奇逢殁后，北方学者以王馀佑为尊，门人弟子中的颜元、李塨后来皆成为北方实学大师。李塨《夜思五公先生》云："谁舒天地之大文，先生竟尔骑白云。天地何不智？使君日月光不丽。山川何不仁？使君草木空呻吟。云高南斗聋，唧唧何处蛩？泪下如霰不可扫，马奔轮转心恍恍。"②黄彭年《新城县重修圣庙碑记》云："有明之孙鹿、国初之颜李，莫不敦崇大节，焜耀儒林，即以新城一邑而论，远则道远之博、许茂之精，近则五公山人怀文武之才、抱忠孝之节，隐居乐道，确乎不移。……士之有志于圣人者，闻诸贤之风，其亦知所兴起乎！"③

王馀佑著述甚丰，有《乾坤大略》十一卷、《居诸编》十卷、《皇舆志略》《十三刀法》一卷、《涌幢草》三十卷、《五公山人集》十六卷等。其著作多散佚不传，诗文集《涌幢草》三十卷只见于前人著录，迄今未见，或已散佚，仅有门人李兴祖编纂的《五公山人集》传世，然因被清廷列为禁书，亦流传殆危。2011年上海古籍出版社《清人诗文集汇编》第52册收录了王馀佑《五公山人集》。今人张京华先生将此本整理点校，2011年由华东师范大学出版社出版。此外，辽宁图书馆还藏有王馀佑的手钞本诗文集《甲申诗集》《甲申二集》《甲申三集》，是颇为稀见之文献。于万复先生将《五公山人集》及"甲申"三集中的王馀佑诗歌辑出，编为《王馀佑诗集》，由河北大学出版社2019年出版。以上这些文献整理为学界研究王馀佑诗文提供了极大的方便，以下便据《五公山人集》及《王馀佑诗集》试对王馀佑诗歌内容及艺术风格进行解析。

---

① 王馀佑著，于万复辑校：《王馀佑诗集》，河北大学出版社2019年版，第269页。
② 李塨著，邓子平、陈山榜点校：《李塨文集》，河北人民出版社2011年版，第504页。
③ 黄彭年：《陶楼文钞》卷三，江苏书局1923年刻本。

二、从王馀佑诗歌管窥其于明末清初之际的心路历程

（一）王馀佑诗歌中的反清复明意识

作为一个国破家亡的明遗民，父兄均为清廷所杀，王馀佑无疑具有强烈的反清复明意识，这在其诗歌中均有反映。其《题济南大明湖吕祖庙》云："此泉曾饮胡儿马，未识先生记得不？背后青峰肯解我，定教血染大明湖。"①从中可见其对清政权的刻骨仇恨。又如《满江红·和岳武穆》云："腰下剑，光如雪。男儿气，耿不灭。望神州陆沉，汉家宫阙。何人为作西归赋，英雄徒拭东风血。须有时，雷雨遍乾坤，洗帝阙。"②词中同样抒发了欲驱除鞑虏、恢复中华的英雄壮志。潘承玉指出，清初遗民诗人形成了比较系统深刻的诗史观念，重视"以诗补史""以诗正史"，强化诗史的纪实叙事功能。③ 在王馀佑的"甲申三集"中，我们明显可以看到以诗存史的痕迹。如《见故乡流户有感》记述了清兵野蛮圈地对河北人民的迫害，《剃发志感》《剃头后见公弼》《宾兴之期，时已有剃发之令矣，诸士头颅突然，地主仍命是日着衣冠，前一夜旅宿感赋》等诗写清初"薙发令"后被迫剃发的痛苦感受。由于始终不能忘怀故国，王馀佑被迫改发易服后在诗中常有黍离之悲，如《阔领山衣屡典不售》云："无钱呼取典山衣，几次相将未售归。不是质家嫌百结，先生制度与时违。"④其所典当之山衣屡不获售，是因为这件衣服仍保持着前朝旧制，此诗通过衣服的样式表达了王馀佑对明王朝的无限留恋之情。又如《申之尝言不如作一戏子，时人不解其故，诗以晓之》云："傲骨年来谁与欢？欲随优孟强登坛。情知歌笑非吾事，图带叔敖旧日冠。"⑤时人不理解王馀佑为什么想做一个戏子，实际上他在意

---

① 王馀佑著，于万复辑校：《王馀佑诗集》，第 267 页。
② 王馀佑著，于万复辑校：《王馀佑诗集》，第 184 页。
③ 潘承玉：《清初明遗民诗人的诗史意识》，《古典文学知识》2004 年第 2 期。
④ 王馀佑撰，张京华点校：《五公山人集》，华东师范大学出版社 2011 年版，第 107 页。
⑤ 王馀佑著，于万复辑校：《王馀佑诗集》，第 155 页。

的并不是那些戏剧情节，而是在戏台上才能够有机会再次穿戴前朝衣冠，从中可以看出王馀佑的遗民本色。另外，《秋期不赴，因述怀》则表示坚决不赴清廷科举，诗云："照眼槐花近小楼，晚凉吟罢更生愁。文章也自堪登第，无那西风非旧秋。"①俗话说"槐花黄，举子忙"，清廷的丙戌秋试马上就要开考了，以王馀佑之卓绝才华完全可以轻取一第，但作为一个身负国难家仇的反清志士，他岂能去参加科举，又岂能去入仕清廷！"无那西风非旧秋"，是隐晦地指旧朝往日，说明其遗民立场非常坚定。

从《王馀佑诗集》可以看出，王馀佑常与志同道合的明遗民互通声气，如《石头吟》（又名《十望歌》）诗序云："有美一人，曰傅青主。我不见之，我思大苦。聊以作歌，写我心腑。傅之其人，留兹晋土。冀其见之，勿我遐阻。"②可知其与傅山为莫逆之交。又《陈去病诗文集》载："（彭蕴秀）先生又于其暇，率三四遗老与五公樽酒浩歌，睥睨笑傲，吊河山之兴废，付涕泪于一觞，时人莫能识也。"③亦可知王馀佑曾与彭蕴秀等遗民一起诗酒唱酬，抒发黍离之悲、沧桑之慨，寄托亡国哀思。明遗民群体义不仕清，以气节相砥砺，对屈原、杜甫诗歌中的忠爱精神与陶渊明的不合作态度极为推崇，故明遗民诗歌中对两位大诗人的模拟学习最为常见。徐世昌《晚晴簃诗汇》曰："（王馀佑）与及门论诗，谓诗本性情，必以忠孝为根柢。子美入蜀、子瞻海外，忠君爱国之念肫然于中，触景流连，遂为咏歌，嗟叹不已。此盖自道其意，然诗亦多端，其佳处不尽在此。"④王馀佑以杜甫、苏轼为楷模，提倡忠孝精神，不仅是其儒学思想的体现，更流露出浓厚的家国意识。在其诗文集中，有许多缅怀明末死难的志士仁人、节妇孝子之作，如《吊朱贞明》曰："一生侠烈气，热血沸重泉。力屈空填海，魂归欲叫天。凄风悲马鬣，苦月冷渔船。芦荻萧萧处，谁凭义士阡。"⑤《过立节

① 王馀佑著，于万复辑校：《王馀佑诗集》，第 156 页。
② 王馀佑著，于万复辑校：《王馀佑诗集》，第 142 页。
③ 殷安如、刘颖白：《陈去病诗文集》下，社会科学文献出版社 2009 年版，第 535 页。
④ 徐世昌编，闻石点校：《晚晴簃诗汇》卷十四，中华书局 1990 年版，第 352 页。
⑤ 王馀佑著，于万复辑校：《王馀佑诗集》，第 35 页。

吊袁紫烟将军墓》曰："一世英雄气，萧条何处归。龙精埋地血，马革绣苔衣。空忆频阳卧，难筹即墨围。遥凭宿草墓，雨泪不胜挥。"①另如《晋十一忠八义》对明末死难的忠臣义士蔡德懋、赵建极、周遇吉等人予以伤悼咏叹，由于悲愤填膺、气结难平，故纯任性情，甚至不求押韵和句式的整齐，给人乱头粗服、不衫不履之感。与傅山、顾炎武等明遗民一样，王馀佑也试图通过全国的考察游历，与各地反清力量互通声气，图谋恢复。然而随着抗清力量的渐次消歇，清廷的统治渐趋稳定，王馀佑等明遗民的复国希望也逐渐破灭，他们只好效仿陶渊明过起了隐居生活。《偶句足成有怀山中诸友》云："云树千层水一湾，幽人此际好闲闲。钓矶坐去携残卷，樵斧腰来耐远山。宁子不离牛口下，石生何事马蹄间。总无长统良田乐，丘壑生涯足闭关。"②《用寄蔼公韵示文辅》云："壮心看渐冷，且共老渔樵。"③在这些貌似闲适的诗歌背后，其实正隐藏着明遗民心中共同的深哀剧痛。

不过王馀佑的反清复明意识在诗中只是偶尔流露，在大多数情况下，为了避祸，他都只能把这种强烈的民族情感隐藏起来，故其《偶感》云："逢人只合长缄口，避客终当讳读书。"④《偶咏》云："为避风波镇闭门，安心不说旧朝恩。无端梦起兰根土，自取青衫拭泪痕。"⑤为了离群避祸，诗人只好闭门索居，闭口不谈旧朝之恩，想起前朝旧事，只能暗自掬一捧清泪。"兰根土"，乃用南宋遗民郑思肖画兰不画土之典，隐言国土为北人所夺之痛。《清诗纪事初编》称王馀佑"诗似谢皋羽（翱）、郑所南（思肖），文模陈同甫（亮），然辞旨隐约，不作陵厉指斥之语"⑥，这正是所有明遗民在清朝统治下采取的全身避祸之道。他在《驯雀咏序》中说："祁署有二鹊，时来近人，童子辄以粒食之，依依无惧

① 王馀佑著，于万复辑校：《王馀佑诗集》，第39页。
② 王馀佑著，于万复辑校：《王馀佑诗集》，第47页。
③ 王馀佑著，于万复辑校：《王馀佑诗集》，第21页。
④ 王馀佑著，于万复辑校：《王馀佑诗集》，第47页。
⑤ 王馀佑著，于万复辑校：《王馀佑诗集》，第116页。
⑥ 邓之诚：《清诗纪事初编》卷二，上海古籍出版社1984年版，第152页。

色。忽一日为小婢所得,仍放去,此后再不近人矣。嗟乎!山梁色举,海畔惊飞,网不可以再罹,心不可以常忖,物固有然,人亦宜尔。彼有知进而不知退,机已发而惘然莫避者,对此可以稍思矣。"①此诗以鸟喻人,道出了诗人在清初森严网罗下如履薄冰、时刻警醒的避祸心态。

(二)英雄失路、壮志难酬的苦闷之情

王馀佑是明末亲历金戈铁马的英雄豪杰,那些慷慨激烈的往事常盘绕其胸中,故于诗中常抚今追昔,感慨不已,王源《五公山人王馀佑传》便称其"感激慷慨之志,一发于诗"。如《感怀》云:"世事如翻掌,流光似逝波。英雄零落尽,空噫大风歌。"②《步答魏澹园》曰:"平生豪宕意,白发作闲人。倚马心犹壮,屠龙技已贫。酒杯妨病眼,诗卷累余身。勖我真良药,踌躇动远神。"③《灯下起草,眼花感赋》云:"倚马才犹在,挑灯泪暗伤。平生飞动意,到此倍凄凉。"④《读史》云:"横腰一剑血犹新,不尽恩仇肯赠人。千里订交寻义侠,两番破产为君亲。逃余伍子还堪将,浪去韩侯未是贫。白眼世情何见论,安排只手挽金轮。"⑤这些诗歌充分展现了王馀佑的豪侠本色,将其壮志未泯的落寞之情表露无遗。在咏史诗中,他也常常通过对历史人物的凭吊来表达个人的悲壮情怀。如《过瀛吊高斗南先生》云:"天运同逝水,孤忠难奏功。廿年江海上,悲歌动秋风。浩气凌霜白,血泪洒杯红。叹息此人去,萧条燕赵空。"⑥在对高斗南悲剧命运的深沉咏叹中,无疑也寄寓了王馀佑个人的悲怆与不甘。

通读王馀佑诗歌可以发现,他心中有着挥之不去的"绝顶"情结。当然其登山有时是考察山川形胜,思考用兵方略,这大概与其撰写《乾坤大略》一书

---

① 王馀佑著,于万复辑校:《王馀佑诗集》,第 137 页。
② 王馀佑著,于万复辑校:《王馀佑诗集》,第 145 页。
③ 王馀佑著,于万复辑校:《王馀佑诗集》,第 32 页。
④ 王馀佑著,于万复辑校:《王馀佑诗集》,第 76 页。
⑤ 王馀佑著,于万复辑校:《王馀佑诗集》,第 172 页。
⑥ 王馀佑著,于万复辑校:《王馀佑诗集》,第 268 页。

有着密切关联，如《题革山二首序》曰："余游鹿泉，见凭吊者多在土门淮阴祠，而此山绝远，登眺者盖少，罕有纪其迹者。余乙酉冬偶登，因二诗以纪之，且以此山之形胜为不可没云。"①不过更多时候，诗人登上绝顶是为了抒发壮志难酬、复国无望的苦闷，排遣胸臆间奔涌的万千心事，便如谢皋羽之西台恸哭一般。李塨《颜习斋先生年谱》称王馀佑于甲申之际"隐居五公山双峰，每登峰顶，慷慨悲歌，泣数行下"②，这在其诗歌中多有体现。如《寄怀北城诸友》云："愁来松下三秋句，消处峰头数寸云。"③《登山游诗纪》中载，其与友人游釜山，乃黄帝会诸侯合符之地，遂作《釜山岳庙左题》曰："帝驭龙升久，合符尚有山。万年人气肃，百里甸烟环。古树村村聚，春云片片闲。弓裘何处是，尊酒酹苔斑。"④此诗表面上是对黄帝龙升的缅怀，实则暗含对崇祯帝的吊唁。又如《山中赋赠张元甫》云："携手峰头谈往事，长林丰草总伤神。"⑤《入山留谢诸友》云："不是仙家不是僧，游行惟仗一枯藤。世间尘事休相访，身在云烟几百层。"⑥《山上和刘静修先生韵》云："名山常是晚年游，皓首青峰对肃秋。却忆题诗刘赞善，至今绝顶姓名留。"⑦他总是期待在人迹罕至的峰顶，和志同道合的同道促膝长谈，互诉心曲，如其赠给傅山的《石头吟》云："西山一片光明石，与君风雨坐峰头。"⑧"光明石"，显然是隐指大明；而矢志于恢复的两位胜国遗民不畏风雨并坐于峰头，他们会谈些什么呢？一定是在共谋如何恢复大明的江山社稷吧。不过王馀佑也知道，在险峰绝顶的恸哭和喟叹并不能使他真正得到解脱，眼前的大好河山已经沦入异族之手，对此只能徒增伤怀罢了，

① 王馀佑著，于万复辑校：《王馀佑诗集》，第147页。
② 李塨著，邓子平、陈山榜点校：《李塨文集》，河北人民出版社2011年版，第605页。
③ 王馀佑著，于万复辑校：《王馀佑诗集》，第255页。
④ 王馀佑撰，张京华点校：《五公山人集》卷十，第215页。
⑤ 王馀佑著，于万复辑校：《王馀佑诗集》，第69页。
⑥ 王馀佑著，于万复辑校：《王馀佑诗集》，第107页。
⑦ 王馀佑著，于万复辑校：《王馀佑诗集》，第119页。
⑧ 王馀佑著，于万复辑校：《王馀佑诗集》，第142页。

故《山中久住》云:“攀崖造顶几回游,匹马先归咏四愁。”①《题寤言序》则慨叹曰:“若使逃名能度世,蒲团压破万山头。”②总之,英雄失意、壮志难酬是王馀佑诗歌的主调,其慷慨悲凉、意气纵横的气概令人耸然动容。王源《五公山人传》曰:“予久知山人名,特不详其生平。后交李刚主,始闻其详。而今乃得读其遗书,抚卷流涕曰:此诸葛武乡之流也!天之生此人也,谓之何哉?既已生之,又老死之,天乎!吾不解其何意也!”③张其淦《明代千遗民诗咏·王介祺馀佑》曰:

> 介祺青主友,阵图写满纸。倚马数万言,雷电发目齿。岂料命世才,终老岩壑里。五公号山人,醉卧呼不起。王公志高山,于公志流水。爱听成连琴,一洗清净耳。④

三、王馀佑诗歌的艺术风格与艺术宗尚

燕赵自古多慷慨悲歌之士,清初更是出现以申涵光为代表的“河朔诗派”。目前所见文献中尚未找到王馀佑与“河朔诗派”诗人交往的材料,但窃以为这并不妨碍王馀佑可厕身于河朔诗派之中。作为慷慨悲歌的英雄诗人,王馀佑当之无愧地可与申涵光为首的“河朔诗派”鼎足并肩。对王馀佑的诗文,四库馆臣多有贬损之词。《四库全书总目》之《五公山人集》提要曰:“恒以谈兵说剑为事,又精于技击,喜通任侠,不甚循儒者绳墨,其诗文皆不入格,考证尤疏。”⑤对于四库馆臣“考证尤疏”之评,王馀佑定当颔首认可,因为他本不屑于繁琐考据。然因王馀佑是“谈兵说剑”“喜通任侠”的武人,便贬损其“诗文皆不入格”,无疑是四库馆臣的个人偏见。王馀佑好友田桐说他“讲求

---

① 王馀佑著,于万复辑校:《王馀佑诗集》,第119页。

② 王馀佑著,于万复辑校:《王馀佑诗集》,第120页。

③ 王馀佑撰,张京华点校:《五公山人集》,第396页。

④ 张其淦著,祁正注:《明代千遗民诗咏(一)》初编卷八,周骏富辑:《清代传记丛刊·遗逸类一》第67册,台湾明文书局1986年版,第288页。

⑤ 永瑢等:《四库全书总目》卷一八一,中华书局1965年版,第1636页。

霸王之术,不屑屑于章句,偶为诗辞,务求粗豪,恐伤元气,损壮志也"①,这才道出了王馀佑对诗歌技巧不甚在意的真正原因。实际上,已有论者指出,明遗民诗歌中普遍存在着不暇求工而情至则工的普遍倾向。② 王馀佑也正是如此。作为有志难骋、被迫隐居的志士,王馀佑只是借助诗歌这种形式消遣苦闷,通过寄情山水、联系同志抒发胸中积蕴的雄韬伟略,又岂暇计较词句之工拙？当然更不屑屑于斟酌章句。于万复先生在《前言》中将四库馆臣"诗文皆不入格"之评理解为"其诗作不太受格律束缚",说他"不是不懂格律,不是不会锤炼词句,而是不愿受格律的拘束,不愿因雕琢词句而损伤诗作的'元气'。他有雄才大略,不屑于在这些枝枝节节上花费时间精力"③,这种说法虽有一定道理,然检核王馀佑留存的诗作,却并不完全符合事实。检核整部《五公山人集》及《王馀佑诗集》,其绝大部分诗歌对仗精工,粘对纯熟,章法严整,又怎么说他在格律上未曾留意呢？

至于王馀佑诗歌的风格特色,于万复先生在《王馀佑诗集》的《前言》中说:"王馀佑诗歌明白平易,清新流畅……极少有晦涩难懂的诗句和诗篇。"④所论虽大致不差,然"明白平易,清新流畅"似不足以概括王馀佑诗歌之整体艺术风貌。悬揣于先生所论,似出于李塨"工诗字,浩气清风,见者倾倒"之评。纵观《五公山人集》,王馀佑的慷慨悲歌中虽不乏明白平易、清新流畅之作,然其艺术风格却不仅限于此。窃以为王馀佑诗歌之主体风貌是清刚雄健,同时亦不乏跌宕疏朗,这种风格的形成与其特殊的人生经历密切相关。其诗歌之所以给人以"明白平易,清新流畅"的印象,与王馀佑的创作内容及个人学养有关。王馀佑本身是刚毅果敢、慷慨豪迈的英雄,又从小受到理学熏陶,注重知行合一、养气修身,尚节义,轻生死,重然诺,故其发而为诗文,气畅理

① 田桐著,王杰、张金超编:《田桐集》,华中师范大学出版社 2011 年版,第 392 页。

② 李瑄:《明遗民群体心态与文学思想研究》,巴蜀书社 2009 年版,第 526—534 页。

③ 王馀佑著,于万复辑校:《王馀佑诗集》,第 8 页。

④ 王馀佑著,于万复辑校:《王馀佑诗集》,第 7 页。

足,往往脱口而出,王源《五公山人王馀佑传》中便称其“为文数千言立就”,这样创作出来的诗文当然容易给人留下“平易流畅”之感,然而其艺术风格却并非以“平易流畅”而能概括者。

关于王馀佑诗歌之艺术宗尚,前人虽未论及,但我们从其诗文中可获知其瓣香所在。王馀佑显然通读过杜诗,且对杜诗下过一番工夫,故其《偶吟》曰:“闲摊凤尾临王帖,自拂虬髯赋杜诗。”①又《显月斋集序》曰:

人之负慷慨坚确之气者,率与时龃龉而不合,故于仕途亦坎壈。杜工部以挺出之才,未登要路,虚其致尧舜、淳风俗之志,穷愁有骨,流注篇章,人赏其诗之工,而不知其人之可大受也。②

他对杜甫“与时不合”“穷愁有骨”表示激赏,其中也体现出个人情志。王馀佑《皇舆志略》论陕西曰:“陕西山河形胜甲天下,周、秦、汉皆起于此,以成帝业,隋唐因之。唐张仁愿筑三受降城于河外,布置昭然。榆林河套,兵锐地腴,甘凉以西,番虏可招而用,昔人所云关西出将,关东出相,信不诬也,杜甫诗云:‘秦中自古帝王州’,于此益信。若汉中称重镇,又宜加控制矣。”③王馀佑在论军事地形时仍会联想到杜诗,正是其平时沉潜杜集之自然流露。又如《秋夜与耿友梧、耿保汝同榻,因忆子美“夜眠秋共被”之句》曰:“境逢同调洽,话到古人传。”④他因与友人同榻共被,遂想起杜甫“醉眠秋共被,携手日同行”(《与李十二白同寻范十隐居》)之句。《筑喧台》云:“典衣买得墙东地,且可迎阳向暖天。若待诒赀王录事,几时结果草堂缘。”⑤杜甫修复草堂时王录事曾许诺为其提供资助,却迟迟不能到位,故杜甫写诗催问,作《王录事许修

① 王馀佑著,于万复辑校:《王馀佑诗集》,第93页。

② 王馀佑撰,张京华点校:《五公山人集》卷九,第193页。

③ 李培:《灰画集》第四册第八卷,民国间(1915—1917年)训练总监编辑局刊铅印本,第482—483页。

④ 王馀佑著,于万复辑校:《王馀佑诗集》,第246页。

⑤ 王馀佑著,于万复辑校:《王馀佑诗集》,第100页。

草堂赀不到聊小诘》，诗云："为瞋王录事，不寄草堂赀。左属愁春雨，能忘欲漏时？"①可见王馀佑此诗正是化用杜诗之典。此外，王馀佑晚年在献县讲学，亦曾在友人的帮助下建造迎薰亭，所以他在《迎薰亭诗序》中曰：

昔杜少陵营茅屋，王司马送资材助成之，故杜诗云："怜我营茅屋，携钱过野桥"，至今传为佳话。余寓居献陵，欲构一楹为偃仰所，而无其具。徐孚尹送木材一车，解殿一借砖木兼造墼，彭蕴秀乃辇柴以落其成。余废弃闲身，非少陵雅望，而诸公高谊则远轶王司马矣。时属盛夏，偃仰其中，颇有薰风南来、殿角生凉之意，遂题"迎薰"。以视少陵草堂，广狭不同，虽无桤林碍日、笼竹和烟之概，而一卷一几，婆娑于土锉纸窗之下，三五良朋朝夕谈谳，陶然不知老之将至，或亦有不愧少陵者。聊著荒言，以述其志，质之同侪，和而歌之，其亦仿佛草堂诸咏耶？②

杜甫当年在成都西郊营建草堂时，其表弟王司马慷慨解囊，承担了全部费用，杜甫十分感激，作《王十五司马弟出郭相访遗营草堂赀》云："客里何迁次，江边正寂寥。肯来寻一老，愁破是今朝。怜我营茅屋，携钱过野桥。他乡惟表弟，还往莫辞遥。"③王馀佑将自己营建迎薰亭之事与杜甫修建草堂进行类比，从中可见他对杜诗的熟稔。又如《甲申二集》中有《中元日诗序》曰：

自余寓三借堂，寂无一人，惟终日踞床闭门而已。忽中元日有馈白酒一壶者，无与共饮，余乃入斋取床头书，任手翻之，得《阮嗣宗传》，大喜曰："得此一位嘉客，足了此一壶酒矣！"乃置芥根一块、盐一匙于庭，与相劝酬，极欢而罢。时复有杜子美在旁，余曰："此客昔为白酒醉死，恐其忌此，不敢强之饮，令之听诗而已。"

诗云："一代诗名竟若何，闻余豪饮应狂歌。牛炙白酒不须忌，毕竟如君

① 仇兆鳌：《杜诗详注》卷十三，中华书局2015年版，第1370页。
② 王馀佑著，于万复辑校：《王馀佑诗集》，第28页。
③ 仇兆鳌：《杜诗详注》卷九，第882页。

得味多。”[①]在无边的寂寞中，王馀佑只好虚拟地拉来阮籍和杜甫两位诗人与其共饮，并借杜甫卒于“牛炙白酒”之故事，慨叹一代诗圣命运之坎坷，当然是借他人之杯酒，浇自己之块垒。显然他是将杜甫引为知己的。

王馀佑在其诗歌中经常化用模拟杜诗。如《哭次女》“姊妹窗前学语时，捋须争诵老夫诗”[②]，系化用杜甫《遣兴》“骥子好男儿，前年学语时。问知人客姓，诵得老夫诗”；《偶占》“青鞋布袜久因循”[③]，化用杜甫《奉先刘少府新画山水障歌》“青鞋布袜从此始”。韩成武先生指出，杜甫是将“当句对”引入七律的第一人。[④] 王馀佑在诗中也有意识地对这种特殊对仗形式进行学习模仿，如“身原汉裔还思汉，家既清朝却戴清”（《与满洲人翟姓者语往事志感》）、“开国遽关亡国恨，微臣尽识去臣机”（《读大明逊国遗事》）、“有我尚玄或尚白，从他呼马更呼牛”（《宾兴之期，时已有剃发之令矣》）等。另外，王馀佑有些诗歌的整体构思系出自杜诗，如《破茶器》云：“缺口疑如月未盈，犹堪炉底沸松声。兴来供得卢仝碗，不羡当年折脚铛。”[⑤]按，此诗全乃模仿杜甫《少年行二首》其一：“莫笑田家老瓦盆，自从盛酒长儿孙。倾银注玉惊人眼，共醉终同卧竹根。”[⑥]杜诗谓农家的老瓦盆与富贵人家的银壶玉盏具有同样的功能，故不必嫌贫爱富；而王馀佑此诗则谓破茶器犹堪于炉烧煮，并不羡慕那名贵的折脚铛，其构思和杜诗可谓如出一辙。此外，王馀佑诗歌亦有学习陶谢、李白、高岑、李贺、苏轼等人之处，限于篇幅，在此不一一赘述。

总之，王馀佑诗歌表现出强烈的反清复明意识、慷慨激烈的英雄情怀及难以排遣的苦闷之情，展现了其于明末清初之际曲折复杂的心路历程，具有以诗存史的意义。四库馆臣在《四库全书总目》中贬损其“诗文皆不入格”，实属偏

---

① 王馀佑著，于万复辑校：《王馀佑诗集》，第200—201页。

② 王馀佑著，于万复辑校：《王馀佑诗集》，第90页。

③ 王馀佑著，于万复辑校：《王馀佑诗集》，第89页。

④ 韩成武：《杜诗艺谭》，河北教育出版社2002年版，第178页。

⑤ 王馀佑著，于万复辑校：《王馀佑诗集》，第91页。

⑥ 仇兆鳌：《杜诗详注》卷十，第1028页。

见;而今人以“平易清新”概括王馀佑诗歌风格,亦未能准确把握其诗歌的总体风貌,对其艺术渊源亦缺乏明确认识。实际上王馀佑诗歌师法盛唐,有明显的学杜痕迹。从整体上来看,王馀佑诗歌具有清刚雄健之风,同时亦不乏跌宕疏朗之作,堪与申涵光为首的“河朔诗派”鼎足并肩,共同对燕赵诗坛慷慨悲歌精神特质的形成做出了重要贡献。

第二节　雄县王炘诗歌论析

清初雄县籍诗人王炘为名门之后,入清后隐居不仕。王炘名列“畿辅七子”之一,其诗格调高古,多河朔幽燕之气。作为明遗民,有感于明清鼎移、国破家亡,故郁勃之怀、兴亡之感时时流露于笔端。

一、王炘生平事迹概述

王炘(1617—1672 年),字济似,号晓岩,别号茨庵,直隶雄县(今属河北)人。幼聪慧,事亲以孝闻,九岁读《尚书》,即通晓大义。长而博览经史,肆力诗文,下笔千言立就,高阳孙承宗以孙女妻之。父王乔栋,以进士仕至湖广督粮道参议。王炘随父历官闽浙,政务多与参酌,悉合机宜,乔栋叹其有经世之才。李自成陷武昌,王乔栋时驻兴国州(今湖北阳新),城陷后自经城楼而死,事见《明史·忠义传》。其父王乔栋殉国后,王炘恸哭呕血,绝而复苏,遂绝意仕进,徙居于真州六合(今江苏南京六合区)之西圩,老屋三间,训课诸子,暇时教两女为诗,不问世事,凡四十年。宛平王文靖、章武刘端毅皆其少年好友,官阶贵盛,王炘未尝以片札相求。尝客游金陵,知府访之,拒不见。至康熙十年(1671 年)始还里,从游者益众,一年后病卒于家,康熙四十六年(1707 年)祀先贤。著有《越啸近言》《西圩草》《茨庵前后集》《归来稿》《病馀录》凡几百篇，辑《史存》《史钞》《历朝诗钞》数百卷，俱散佚，仅有《茨庵诗钞》六卷传世。① 生平事迹见济宁潘应宾撰《茨庵先生传》（载《茨庵诗钞》卷首）、《（雍正）畿辅通志》卷七十九《人物志·文翰》《皇明遗民传》卷六、《大清畿辅先哲传》卷二十七。

二、王炘《茨庵诗钞》中的郁勃之怀与兴亡之感

由于其父王乔栋在明清鼎革之际殉国自杀，王炘于明亡后选择隐居不仕，作为一个明遗民，他在《茨庵诗钞》中经常表现兴亡之感与郁勃之怀，如《甲申三月志感》曰：

> 年来生死若浮沉，无那艰难历此身。饥渴梦中逢父母，功名目下见君臣。陆生马上诗书赘，李广蹊前桃李新。东海洋洋秦欲帝，仲连今日敢辞贫？②

在甲申国变之际，王炘以义不帝秦的鲁仲连自许，表现出慷慨激昂的家国情怀。又如《初夏即事呈萧山令贾四》其二曰：

> 不必逢人说向来，十年客次可胜哀。自贪函丈席间久，岂料阿翁马上催。秦并布衣且有志，韩亡孺子亦多才。青油欲入悲衰老，犹带宣明面孔回。③

诗中"秦并布衣且有志"仍用鲁仲连义不帝秦之典，"韩亡孺子亦多才"乃用张良之典，秦灭韩之后，张良为报国仇，曾于阳武县的古博浪沙刺杀秦始皇，故此诗颈联表现出诗人对国恨家仇的切齿痛恨。又如《武林岁暮》曰：

> 几向苔痕叹客装，迷离烟雨旧钱塘。年光不尽思乡处，春色才逢归路旁。沧海行歌频雪涕，风尘击筑一衔觞。由来意气横燕市，今日为文吊越王。④

诗人忆及荆轲与高渐离当年在易水河畔击筑悲歌，不禁意气纵横。越王勾践卧薪尝胆，终复国仇，故诗人"为文吊越王"之举中，亦暗含欲报国仇之

---

① 刘崇本等纂：《雄县新志》第 6 册，台湾成文出版社 1969 年版，第 604 页。

② 王炘：《茨庵诗钞》卷三，清康熙六十年（1721 年）敬事堂刻本《畿辅七名家诗钞》。

③ 王炘：《茨庵诗钞》卷三。

④ 王炘：《茨庵诗钞》卷三。

意。有学者指出，王炘诗歌往往能结合自身经历抒写兴亡之感。[①] 如《乙酉避乱渡钱塘感赋》云：

悲风遍四野，万物同凄咽。荡析靡所止，忧乱心如结。兵火起仓卒，轻与几杖别。权臣执国柄，士气先为折。群然树羽翼，相济为容悦。所志惟金帛，名节良不屑。姻娅虽膴仕，周全情更切。杀謦乱国是，公道自此绝。为患已剥肤，尚自扪其舌。一旦敌渡江，奔溃门不闭。载观出亡者，往往行不缺。余本北方产，来吴力已竭。又相从而南，何适乃乐国？琐尾流离子，处处见人衰。暂息越山下，安危未可测。出入依草木，山泉流甚冽。幽寂似可栖，恐遂成吾劣。寝食思猛步，弗愿藏予拙。何事出师者，靡旗而乱辙。时事既如此，究竟安可说。[②]

此诗不假修饰，直抒胸臆，将个人颠沛流离的经历与明祚覆亡之历史紧密地结合起来，反映了诗人于易代之际的复杂感受及心路历程，堪称史外传心之史。又如《秋日同诸友登山》云：

弗弗西风秋欲深，乱离此日共浮沉。孤城远望云栖树，野浦斜看鸟入林。烽火烟迷山律律，江流声合马骎骎。新亭孤酌堪流涕，暮雨无端送笛音。[③]

《秋夕寄慨》曰：

枫叶纷披向晚阴，萧条篱落值秋深。数枝野菊非予意，几处寒苔寄客心。灯下有怀闻雁过，雨中无事听蛩吟。蹉跎岁月由来恨，好对新亭泣陆沉。[④]

以上二诗使用晋代王导等人"新亭对泣"之典，表现出对国家覆亡、神州陆沉的深哀与剧痛。又如《即事》曰：

昨夜秋风鼓角催，江干颈血溅青苔。子胥涛上魂仍在，勾践城中梦不回。

---

① 马良春、李福田总主编：《中国文学大辞典》第2卷，天津人民出版社1991年版，第638页。

② 王炘：《茨庵诗钞》卷一。

③ 王炘：《茨庵诗钞》卷三。

④ 王炘：《茨庵诗钞》卷三。

壮士执殳常掩泪，元戎秉钺有余哀。万家坐吊肠堪断，当事何劳然死灰。①

明朝覆亡之际，有无数志士仁人为之杀身殒命，此诗凭吊了那些为国捐躯的英灵，认为其精魂毅魄仍在为恢复明朝而不懈奋争。王炘之父王乔栋于兴国州陷落之时自杀殉国，诗中“江干颈血溅青苔”“子胥涛上魂仍在”等句很容易让人联想到王乔栋殉国的壮烈事迹。

王炘于明亡后隐居不仕，故在其诗中亦多自明其志之语。如《读史》其一曰：

自古多充隐，往往狗虚名。顾盼烟霞色，流连爵禄情。皓首采玄芝，回车待汉廷。纪逡与二唐，失志薄簪缨。新莽传诏旨，低头就其征。捷径感仕路，移文误山灵。贪婪以竞进，究竟何所成。我观高士传，叹息陶渊明。贞操轻荣宦，峻节垂丹青。乃祖太尉公，功存石头城。沧桑已迁改，烈士徒抚膺。宁守丘壑贱，无希他姓荣。②

《汉书·鲍宣传》曰：“自成帝至王莽时，清名之士，琅琊又有纪逡王思……沛郡则唐林子高、唐尊伯高，皆以明经饬行显名于世。纪逡、两唐皆仕王莽，封侯贵重，历公卿位。”③诗人对纪逡、二唐这样冒充隐士以博虚名之徒极为鄙薄，而将“贞操轻荣宦”的陶渊明引为同调。陶渊明的曾祖父陶侃在石头城平息苏峻之乱立下不世功勋，王炘之父王乔栋亦历仕高官，这是他和陶渊明身世经历的相似之处，故其对陶渊明“峻节垂丹青”之激赏，隐然有自抒怀抱之意。《读史》其二以汉代贾谊上书文帝却落得“名位既不扬，年寿尤多蹙”之结局警醒世人应安隐保身，故诗最后曰：“寄语蓬蒿人，无须叹幽独。旦夕理残编，真气留茅屋。”《读史》其四曰：“嗟尔少年人，每被繁华误。以此思物理，富贵休须慕。雅志观古今，闲情托毫素。拄颊对西山，怀抱于此足。”其五曰：“君子修其身，名与日月悬。令德自不朽，何用求神仙。”《行路难》其六曰：

① 王炘：《茨庵诗钞》卷三。
② 王炘：《茨庵诗钞》卷一。
③ 班固：《汉书》卷七十二，中华书局1962年版，第3095页。

"人生贵贱应难料，世态亲疏未可思。举手褰裳谢尘境，餐霞驭鹤从安期。"其九曰："人生福祸分锱铢，奈何一身尚难保。天道乘除有定期，栖迟岩壑吾将老。"①以上这些诗歌都表现了王炘欲全身避害于乱世的隐逸思想。此外，《江北西圩杂兴》八首则描写了在西圩农耕田园之乐，诗曰：

风尘知世态，兵火剩浮生。北郭堪投迹，西溪好寄情。放舟波浩浩，伐木鸟嘤嘤。松菊依人老，烟云入目平。秋风山叶殒，春雨石泉清。细草侵阶合，寒蛩入梦惊。霞光分旦暮，林色变阴晴。岁晚伤怀祖，途穷感步兵。儿童劳口授，田舍事躬耕。地僻逢人少，壶觞只独倾。（其一）

半世依南土，结茅向草莱。流泉随曲径，垂柳荫莓苔。种竹时将迫，莳花手自栽。孤虫鸣晚照，细雨逐人来。僻境慵巾栉，虚堂任往回。行歌山可答，觅句鸟能催。怪石移危砌，荒斋寄古槐。卷帘看雾起，扶杖待云开。远忆城中客，闲登江畔台。辋川多胜事，诗思自悠哉。（其四）②

这些诗歌表现了江南秀美的田园风光及诗人对躬耕隐居生活的热爱。然而王炘作为名门之后，身负济世之才，终究不能长久地安于隐逸，那些用世之志在其心中会不时泛起波澜，故在其诗中常可见到愤愤不平之词。如《金陵行》曰："步兵憔悴穷途哭，子真寂寞依岩谷。莫向龙门策太平，好入商山结茅屋。燕市何年尚筑台，平津东阁未曾开。所嗟采蕨三江客，徒抱凌云万丈才。"③《山庄秋获即事纪感》曰："铜驼才失意，田舍已知名。叹息来湖海，元龙气未平。"《寄愤》其二④曰：

几年乾没此心伤，岩壑蹉跎发欲霜。米价江东忘贵贱，鸡声夜半感兴亡。河汾著作文章富，松菊盘桓岁月长。咄咄书空非一事，老来羞佩会稽章。⑤

《元日寄慨》云：

① 王炘：《茨庵诗钞》卷一。
② 王炘：《茨庵诗钞》卷五。
③ 王炘：《茨庵诗钞》卷一。
④ 王炘：《茨庵诗钞》卷二。
⑤ 王炘：《茨庵诗钞》卷三。

白头犹作远游人，问舍求田寄此身。茅屋数椽才度腊，布衣几结又经春。故乡迢递惊千里，孤客沉沦近五旬。万绪萦怀思被酒，椒盘偏感阮家贫。①

《丁巳秋杪书悔》云：

有志何须慕隐沦，天涯无地可容身。眼枯尚下穷途泪，衣破犹沾逆旅尘。五十年来宁作我，三千世上不如人。岁华冉冉真如驶，一往风光问水滨。②

王炘也曾入金陵、吴会干谒，但他生性傲岸，落落寡合，最终仍选择回西圩隐居。《都中志感》曰：

冠盖峥嵘满洛阳，愿依岩壑寄他乡。八年未减狂奴态，三十犹非散骑郎。如意杖头扶病久，遂初赋里寓愁长。克期即觅江南路，不禁心为离别伤。③

邓之诚《清诗纪事初编》评王炘之诗曰："其诗格调高古，多河朔幽燕之气，郁勃之怀，兴亡之感，时流露于笔端。少与王熙共笔砚，及熙贵，拒不与通，唯共纪灵交往，亦处士也。教两女分题赋诗，惜集中不举其名字，与自矜一门风雅者盖有别矣。"④

三、"雅爱刘随州"：王炘诗歌之艺术宗尚

王企埥在《畿辅七名家诗钞序》中记载了王炘的诗歌理论：

其言曰："字句欲炼，声韵欲谐，寄托欲深，丰神欲静。"又曰："取材于《选》，效法于唐，润色于明，而不滥觞于宋元，则为诗之道备矣。"

可见王炘的理论倾向是以学唐诗为主，同时取材于《文选》，并借鉴明诗，而对宋元诗歌保持着一定的警惕。此外，康熙六十年刊《畿辅七名家诗钞》本《桂山堂诗钞》前有王企埥《序》曰：

先中丞赋性孤介，不能与俗人交游，凡亲知故旧中，亦少许可，惟与胐

① 王炘：《茨庵诗钞》卷三。

② 王炘：《茨庵诗钞》卷四。

③ 王炘：《茨庵诗钞》卷三。

④ 邓之诚：《清诗纪事初编》卷二，上海古籍出版社1984年版，第150页。

庵徵君称莫逆，笃志下帷，以诗古文词为事，名噪一时，有《秋兴》唱和诗，静海高文端公大加称赏曰："此亦何减元白也！"先中丞心不谓然，盖平日雅爱随州，而元白非其所好，徵君亦曰："吾岂寄长庆篱下者乎？"①

"静海高文端公"，即高尔俨。② 元稹、白居易二人集中有大量唱和诗，高氏因见王炘、纪炅集中有《秋兴》唱和诗，遂以"何减元白"表示赞赏。然而王炘与纪炅二人却均不认可高尔俨之评，可见其自视甚高，而王炘实则"雅爱随州"，即以盛唐诗人刘长卿为楷模，这里恰好于无意中透露了王炘诗歌之艺术宗尚。通览《茨庵诗钞》，可以发现其在艺术上对刘长卿诗歌颇多学习模拟痕迹。如《阻雨宿方九别业》曰：

才酌东堂下，云生江外峰。咽蝉催暮柳，残雨引疏钟。夜色余归意，苔痕着客踪。酒怀那可恃，遮莫此愁浓。

《七月十二日入山收稻有怀纪仲霁》曰：

两寺钟声咽，山桥夕路幽。未几新落叶，已满旧溪头。西去时将晚，东游事亦休。秋苔新月上，杂沓使人愁。

《和丁大声登皆山楼之作依韵》曰：

山色侵楼重，竹阴傍涧清。绿峰群寂寂，黄鸟独声声。雾聚松枝合，樵稀石面生。云收余峭壁，日影北林更。③

这些诗歌深得盛唐山水诗之清幽逸致，置诸《刘随州文集》中几不可辨。

此外，王炘的歌行体亦有模仿唐诗之痕迹。如《金陵行》曰：

细雨梧桐满阡陌，树头落叶纷狼籍。孤棹芦花扑面飞，长江滩影连天白。
燕子矶头日影沉，谢公台畔暮云深。南朝事业皆芜没，北客登临念古今。
我来八月游南国，二水三山染秋色。历历金城旧著名，滔滔天堑谁能测。

---

① 王企埥编：《四家诗钞》，《四库全书存目丛书》集部第 403 册，齐鲁书社 1997 年版，第 546 页。

② 高尔俨（1605—1654 年），字中孚，静海人，崇祯十三年（1640 年）中探花，授翰林院编修，入清后累官至礼部尚书、弘文馆大学士，卒谥文端，著有《古处堂集》四卷。

③ 王炘：《茨庵诗钞》卷二。

关河创业尽英雄，形胜全收百战中。朝宁讦谟同定命，君王宵旰始成功。
天关地轴争回斡，荆棘销除虎狼散。宰相风流有谢安，将军慎密推陶侃。
古来守令重循良，清白流芳姓字香。一亩未移吴隐志，五更难挽邓侯装。
更闻此地多英妙，雕龙铺锦遥相照。彩笔呈才位既高，池塘得句年方少。
天台石径水潺湲，羽客飘飘去不还。见说达摩遥泛海，却逢支遁远寻山。
况有名卿经丧乱，一门节义同璀璨。战骨千年泣下壶，忠魂百世留袁粲。
未能廷尉望山头，犯阙称兵不自羞。督护抽刀先赴阵，丹阳挥涕乃登舟。
自从万里长城坏，书生白面多摧败。代陂去后心已灰，桑落归来势何惫。
充隐当年最可嗟，何人耽志在烟霞。弹琴羞作王门客，种菊同称处士家。
千古豪华重然诺，死生不负平生约。樗蒲百万孰敢当，复壁三年信堪托。
百愿名篇已擅奇，三刘姊妹复相宜。张姬弱质兰闺艳，谢女清谈步障移。
历观世主多骄侈，六代年华疾如驶。自谓金瓯巩四方，徒夸玉历绵千祀。
玉历金瓯未可凭，陂池宫阙自繁兴。桂殿椒房常互映，黄扉朱邸自相仍。
遥遥九陌红尘起，万户千门通戚里。绅佩周旋内苑前，冠裳跄济南宫里。
南宫文物自缤纷，画阁雕栏复道分。甲第东邻曾拂日，楼台北里欲连云。
秦淮箫鼓中流急，银烛清樽贵游集。乐部新声杂绮筵，冰厨精膳倾丹粒。
娼家日暮理红妆，一曲霓裳锦瑟傍。云鬓花钿临翠幌，香车宝马映垂杨。
繁华千载空驰逐，争名争利何碌碌。荣枯自昔有乘除，祸福由来多倚伏。
一入浓团不自知，人生行乐几何时。堂前象洞杯初引，座上雍门泪已澌。
桑田沧海有时变，叹息铜驼草中见。浮生蹀躞久推移，人事萧条独流转。
最怜当日帝王身，常侍还来作两亲。琥珀钗成惟献媚，金莲花动转含春。
俄闻杜预修兵仗，王浚楼船雄虎帐。高韩诸将立勋名，北军飞渡天威壮。
那堪四面鼓鼙声，玉树歌犹满后庭。铁锁徒沉杨子渡，降幡已出石头城。
世上荣华难少待，人间得失须臾改。新亭客泪只空流，钟山王气今何在？
草昧经营心力枯，祖宗辛苦创皇图。四方羽檄烟尘动，一夕戈矛庙社输。
步兵憔悴穷途哭，子真寂寞依岩谷。莫向龙门策太平，好入商山结茅屋。

燕市何年尚筑台，平津东阁未曾开。所嗟采蕨三江客，徒抱凌云万丈才。①

从思想内容和表现手法来看，此诗与卢照邻《长安古意》和刘希夷《代悲白头翁》有些相似。而从艺术风格来看，此诗与吴伟业的《永和宫词》《雁门尚书行》《萧史青门曲》《鸳湖曲》等诗非常接近。叶君远指出："吴梅村诗歌这种精美绝伦的艺术形式，同其史诗般的宏阔场景与丰富内容，发自内心的哀感怨情相融合，造成了一种既激楚苍凉、沉雄悲壮又缠绵凄婉、富丽精工的艺术风格。"②而王炘的《金陵行》同样是通过反复追忆金陵的繁华历史与历代人物，并将今昔构成强烈对比，抒发了"世上荣华难少待，人间得失须臾改"的深沉感喟，沧桑悲壮之情感内涵与繁复华丽的语言形式相结合，颇具"梅村体"之神韵。

四、王炘《茨庵诗钞》的流传及影响

邓之诚《清诗纪事初编》曰："（王炘）子企埥登第，刻《畿辅名家诗》，所以承炘之志也。"③王企埥《畿辅七名家诗钞序》曰："余年逾六旬，老病交至，感前事之已往，恐来日之无多，谨以先中丞及徵君诗付之剞劂，而并采申、杨、郝、郭、庞之遗集汇而梓之，为《畿辅七名家诗钞》，以俟后之尚论者。"可见王企埥编纂《畿辅七名家诗钞》之初衷，正是为了将其父及纪灵之诗集刊刻行世，而"七名家"中的其他五家仅仅是作为附庸和衬托。当然也正是由于王企埥将《茨庵诗钞》收入《畿辅七名家诗钞》之中，王炘才得以预名"畿辅七子"之列，然若平心而论，王炘在"畿辅七子"中的成就似乎要稍弱一些。其实王企埥除了编选《畿辅七名家诗钞》之外，还编过《明诗百卅名家集钞》，其中选录了其祖父王乔栋、外祖父孙鉁之诗，马卫中、尹玲玲已经指出：

> 王企埥编《明诗百卅名家集钞》的目的之一是使其先人能列于明代诗坛。王企靖以之前王崇简编《畿辅明诗》未采入其先人为憾，于是编有

① 王炘：《茨庵诗钞》卷一。

② 叶君远：《吴梅村诗选》，人民文学出版社2000年版，第9页。

③ 邓之诚：《清诗纪事初编》卷二，上海古籍出版社1984年版，第150页。

是选，其祖王乔栋、外祖孙鋑皆入选，并垂于将来。《续修四库全书总目提要》也看到了《明诗百卅名家集钞》的这一缺陷："王乔栋、孙鋑之作赖此以传，而卓卓名家者，尚在所遗。"①

王炘《茨庵诗钞》有《畿辅七名家诗钞》本，为康熙六十年（1721年）敬事堂刻本。然而《畿辅七名家诗钞》的流传却并不广泛，故后人很难见到其中的王炘《茨庵诗钞》。又加之《畿辅七名家诗钞》在流传中出现散裂现象，曾遗落三家或二家，以《四家诗钞》《五家诗钞》之名传世。朱则杰、夏勇已经指出，《四库总目》所谓《四家诗钞》《中国丛书综录》所谓《五家诗钞》，实际上都不是足本，而仅仅是《畿辅七名家诗钞》中的一部分。② 而在《四家诗钞》中，仅收录了杨思圣《且亭诗集》、郭棻《学源堂集》、庞垲《丛碧山房集》、纪炅《桂山堂集》，却并未收入王炘《茨庵诗钞》，这无疑使得《茨庵诗钞》的流传再一次受到影响。今人整理出版的《四库全书存目丛书》《四库未收书辑刊》《续修四库全书》《四库禁毁书丛刊》等均未收录王炘《茨庵诗钞》，因此该书之流传仍不广泛。2010年，河北人民出版社曾影印出版《畿辅七名家诗钞》，然因印量较小，其流播范围颇为有限。2017年，国家图书馆出版社出版《中国古籍珍本丛刊·保定市图书馆卷》，其中收录了王企埥编选《畿辅七名家诗钞》。2020年，北京燕山出版社出版了《京津冀畿辅文献丛刊》，其中第十二、十三、十四册为康熙六十年（1721年）敬事堂刻本《畿辅七名家诗钞》，王炘的《茨庵诗钞》至此方稍为世所知。另外，王炘之诗在清人选本中有少量选录，如陶樑《国朝畿辅诗传》收录王炘诗22首，③徐世昌《晚晴簃诗汇》选录王炘诗4首，并引《诗话》曰："茨庵少聪颖，高阳孙文正器之，以女孙妻焉。寻遭家国之难，徙居六合，课子女为诗。子企靖（埥）成进士，康熙中为湖北巡抚，著声绩，序父集，称

① 马卫中、尹玲玲：《清人选明诗研究》，苏州大学出版社2017年版，第27页。

② 朱则杰、夏勇：《〈四库全书总目〉十种清诗总集提要补正》，《浙江大学学报》2007年第1期。

③ 陶樑辑，江合友、程宇静点校：《国朝畿辅诗传》卷十五，国家图书出版社2017年版，第433—441页。

先中丞,令甲赠以子官也。”①张维屏《国朝诗人徵略初编》则未选录王炘之诗。今人王长华主编《河北古代文学史》中亦未提到王炘及其《茨庵诗钞》。相信随着《茨庵诗钞》的流布渐广,学界对王炘诗歌的关注程度会进一步增强。

总之,王炘作为“畿辅七子”之一,是清初畿辅地区的重要诗人。王炘之诗“取材于《选》,效法于唐,润色于明,而不滥觞于宋元”,对盛唐诗人刘长卿在艺术上颇为效法,其七言歌行亦有学习模仿“梅村体”的痕迹。在明清易代之际的特殊遭际,使他在诗中常寓兴亡之感与郁勃之怀,同时仕与隐之间的纠结与矛盾在其诗中亦多有表现,从他的诗歌中可以了解明清易代之际部分知识分子的心路历程和人生抉择。

① 徐世昌编,闻石点校:《晚晴簃诗汇》卷三十四,中华书局 1990 年版,第 1199 页。

第三章　介山杨氏文学家族

——以《潜籁轩诗草》为中心

第一节　杨自牧生平交游考略

昌平介山的杨氏家族是一个历史悠久的文学家族，从明代的杨采臣开始，便以仕宦和文学著称。此后杨春茂、杨自牧、杨稠、杨清贻、杨灏等世代均有诗文传世，被收入《介山杨氏家集》之中。在介山杨氏家族中，明末清初杨自牧的交游颇为广泛，且诗文成就较高，故值得引起关注。杨自牧《潜籁轩诗草》二卷为孙殿起《贩书偶记续编》著录，[①]然传本甚少，似仅收入《介山杨氏家集》，有国家图书馆藏本六册，其中杨自牧的著作有《潜籁轩文集》一卷、《潜籁轩诗草》一卷，另有《潜籁轩诗外集》一卷、《潜籁轩题赠诗》六卷，均为杨自牧友人题赠之作。又据《续修四库全书总目提要·丛书部》谢国桢为《介山杨氏家集》所撰提要可知，《介山杨氏家集》另存六种七卷本，与国图藏本卷帙稍有差异。[②] 国家图书馆出版社 2018 年出版了徐雁平主编《清代家集丛刊续编》，其中第三册收入国图藏本《介山杨氏家集》，此书方得以刊刻行世，其传遂广。以下试以《清代家集丛刊续编》之《潜籁轩诗草》为中心，对杨自牧之交游与诗

① 孙殿起：《贩书偶记续编》卷十四，上海古籍出版社 1980 年版，第 236 页。

② 中国科学院图书馆整理：《续修四库全书总目提要》稿本第 27 册，齐鲁书社 1996 年版，第 563 页。

歌加以考辨梳理，以期认识和了解介山杨氏家族的文学成就及其与主流诗坛之关联。

杨自牧（1646—1696年），字下人、谦六，号预斋，昌平人。杨春茂之子，康熙二十六年（1687年），以荫补官江苏娄县县丞，卒于官。为人宦情淡泊，唯嗜吟咏，著有《潜籁轩诗文集》。生平事迹见其子杨稜所撰《皇清诰授迪功郎江南松江府娄县县丞先考下人府君行述》（《介山杨氏家集·杨氏家乘》）。

在杨自牧所交往的友人中，以顾炎武最为著名，也最引人注目。《潜籁轩诗草》开篇第二首即为《赠顾宁人先生》，诗云：

凤览违乡远，龙鳞阅岁多。人如吴季子，道在魏西河。山水情何极，渔樵志不磨。寝园来又去，白露入悲歌。①

另外还有《读顾宁人先生昌平山水记》曰：

昌平山水堪凭吊，来往频频不惮劳。野史深心搜石室，遗民痛哭荐樱桃。劫灰莫问黄图旧，著述应传越绝高。入夜挑灯方快读，满窗风雨助萧骚。②

实际上杨自牧为时人所重的主要原因，便是因其与著名学者顾炎武有交往，如嘉兴谭吉璁为《潜籁轩诗草》所作序云：

杨子谦六出所为《潜籁轩诗草》见示，且问序于余。见渡黄河，入大梁，伊汝漳台之滨，多辙迹焉。又泛江，循庐州，陟泰山以归。凡登眺怀古之什，古近体俱备。所为赠答者，率皆四方名士，而独于昆山顾宁人往来尤数。集中有云："人如吴季子，道在魏西河。"又云："野史深心搜石室，遗民痛哭荐樱桃。"可谓深知宁人者矣。盖宁人著《昌平山水记》，而且有筑室军都之意，故谦六更乐得而道之……乃于昌平得谦六之诗，如睹吾宁人焉，其喜为何如也！宁人论诗，断断有难可其意者，观斯诗也，则为宁人

① 杨自牧：《潜籁轩诗草》，徐雁平主编：《清代家集丛刊续编》第三册，国家图书馆出版社2018年版，第197页。

② 杨自牧：《潜籁轩诗草》，第311—312页。

之所许，可知矣。①

从序中可以见出，谭吉璁对杨自牧《潜籁轩诗草》的推许，几乎完全是因为顾炎武之故，可谓爱屋而及乌。另外刘献廷《题潜籁轩和韵》云：

玉峰有高士，痛哭寿山隈。铁马夜千里，麻衣时一来。自注：昆山顾宁人先生每至军都，必主潜籁。自从丹旐返，不复草堂开。珍重遗编在，沉吟日几回。②

由此诗之自注可知，顾炎武之所以与杨自牧产生交集，是因为他于明亡后曾多次前往昌平军都山拜谒明陵，而杨自牧的别业潜籁轩便是顾炎武每次来昌平的落脚之处。可是翻检顾炎武的诗文集，却并未发现有给杨自牧的回赠诗文，这不禁令人感到诧异。邓之诚《骨董琐记》曰：

《寄园寄所寄》引《啸虹笔记》云：金中都被围，完颜承晖以矾写奏告急。金人用矾及胶以铁钉共煮，用其写白纸上，视之无迹，以墨涂纸背，则其字毕现。按，予旧得康照三十年虞山周鼎楷书《潜籁轩题词》卷子。潜籁轩者，昌平杨自牧别业，亭林每谒陵，必住潜籁，竹垞首赠五言一章，属而和者三十六人，诗四十二首。自达官贵人，以至山林隐逸，一时名士，大抵皆备，尤以刘继庄律为难得。初以为拓本，谛审之，笔有浓淡，晕痕显然，正用矾所书。③

邓之诚先生所见周鼎楷书《潜籁轩题词》乃用矾所书，颇类似于后世的密写文件，这种异乎寻常的书写方式似乎提示我们，《潜籁轩题词》在当时实属秘密文件，揣其原因，当与顾炎武等明遗民的谒陵活动有关。而从杨自牧与众遗民联系的广泛性与密切程度来看，他无疑是清初组织谒陵活动的关键人物，其在昌平的潜籁轩则更像是一个明遗民的地下联络站。《潜籁轩题词》中众人的署名题词无疑是一份反清复明志士的详细名单，若为清廷侦获，后果不堪

---

① 杨自牧：《潜籁轩诗草》，第191—192页。

② 沈德潜编：《清诗别裁集》卷六，吉林出版集团股份有限公司2017年版，第199页。

③ 邓之诚著，邓瑞整理：《骨董琐记全编》卷六，中华书局2008年版，第200页。

设想，故需要采用矾书的特殊形式进行保密。另外，现存《介山杨氏家集》中《潜籁轩诗草》的保存形式也很怪异。此书前半卷为刻本，收诗191首，前有康熙十七年(1678年)谭吉璁序，诗后多有杜茶村、赵二火、郭快圃、周向山等人之评语；而此书的后半卷却是钞本，收诗64首，且无任何友人评语。这种钞、刻本配补的特殊方式，不禁令人对此书原刻本到底遭遇了怎样的命运而浮想联翩，是为清廷所禁导致全本散佚还是杨氏出于保密需要自毁其书呢？据《清史稿·儒林二》载，顾炎武曾"四谒孝陵，六谒思陵"①。顾炎武撰有《昌平山水记》专记昌平地理形胜，另外《恭谒天寿山十三陵》《二月十日有事于欑宫》《陵下人言，上年冬祭时，有声自宝城出，至祾恩殿，食顷止，人皆异之》等诗亦皆作于昌平谒陵之时，然其中均未提及杨自牧及潜籁轩，或许也是出于保护之需要。然若明乎顾炎武与杨自牧之关系以及杨自牧的特殊身份，将其《赠顾宁人先生》《读顾宁人先生昌平山水记》等诗与顾炎武《亭林诗文集》对读，无疑对了解《昌平山水记》等诗文的撰写动机颇有帮助，也可以作为顾亭林年谱的补充和参考，甚或对李因笃、朱彝尊等人的行迹研究亦有助益。

据《潜籁轩诗文集》及《潜籁轩题词》可知，除了顾炎武以外，杨自牧的友人还有朱彝尊、卢元昌、杜濬、邓汉仪、孙旸、刘献廷、钱德震、赵潜、袁龢、潘问奇、董含等，其中以华亭籍者较多，这当与杨自牧于华亭任职有关，以下择其要者稍作介绍。

朱彝尊《曝书亭集》有《题汤上舍自牧潜籁轩》，诗云：

香草芹城外，幽居虎峪隈。淄尘吹不到，白鸟有时来。万籁入门寂，群花绕屋开。家僮闻剥啄，知得异书回。②

诗题中之"汤"字，显系"杨"字之误，当然这个讹字或许也是出于保护杨自牧的需要而故意写错的。若再联系亭林故意隐去题赠杨自牧诗文之举，后人当可体会到其中的良苦用心。此外，诗中提到的芹城，距杨自牧的潜籁轩所

① 赵尔巽等撰：《清史稿》卷四百八十一，中华书局1977年版，第13166页。
② 朱彝尊：《曝书亭集》卷十，《四部丛刊》本，上海商务印书馆1919年版。

在之介山村仅有十五公里。芹城，又名秦城，现以监狱著称。顾炎武《昌平山水记》对芹城曾有考证，[①]李因笃随顾炎武拜谒明陵时亦曾对芹城进行过详细考察，并撰写了一部《芹城小志》。该书已佚，朱彝尊《日下旧闻钞撮群书目录》及《光绪昌平州志・艺文录》《光绪顺天府志・艺文志》均予著录。《芹城小志》是李因笃寓居芹城时所作，然而陕西的著名学者为昌平的一个小村作志，其动机难免会让人感到疑惑。悬揣李因笃编撰此书之目的，或许和他与顾炎武曾欲卜居军都山为崇祯帝守陵之想法有关。而通过《题汤上舍自牧潜籁轩》一诗可知，朱彝尊对杨自牧居所周边的地理环境相当熟悉，窃疑其亦曾到过芹城。或者朱彝尊虽未曾亲身参与，然对顾炎武、李因笃、杨自牧等人的谒陵活动相当关注和了解，这应是不争之事实。

关于杨自牧友人袁龢的生平，徐侠《清代松江府文学世家述考》"袁龢世家"条曰：

> 袁龢，字介人，号雪皋，华亭人，居萧塘，袁定子。弱冠补诸生，为人沉静端雅，有儒者风，王光承称其"闭门键户，风雅自娱，日吟数章，以当薇蕨。"先是，同里宋征舆作《于陵孟公传》，宋与陈子龙虽旧交，而取舍异路，辞多失实，介人为文以驳之。著有《雪皋草堂集》，同里吴骐为序。（乾隆《奉贤县志》卷七杂传、嘉庆《松江府志》卷五十六、光绪《重修奉贤县志》卷十一文苑）。[②]

袁龢吟诗以当薇蕨云云，明显是以明遗民自处，其志趣可知。《潜籁轩诗草》卷末有《题潜籁轩集》，其中袁龢《题词》云："迟迟偃室未通名，高山流水久心倾。神交元在缟纻外，黄菊丹枫对月明。"[③]"黄菊丹枫对月明"之句特意突出"黄菊""丹枫""明月"，明显是反清复明的隐语。山西的戴廷栻曾建丹

---

① 顾炎武撰，黄珅、严佐之、刘永翔主编：《顾炎武全集》第四册，上海古籍出版社 2011 年版，第 617 页。

② 徐侠：《清代松江府文学世家述考》，生活・读书・新知三联书店 2013 年版，第132 页。

③ 杨自牧：《潜籁轩诗草》，《清代家集丛刊续编》第三册，第 343 页。

枫阁,与傅山一起进行反清复明活动,正可为旁证。因此从袁龢的《题词》来看,杨自牧的遗民身份就显得更为明确了。

卢元昌(1616—1693年),字文子,号观堂,华亭(今上海松江)人。明诸生,为几社名士。崇祯十五年(1642年)与彭宾、王广心、顾大申等在华亭举赠言社。入清不仕,著述以终。有《半林诗集》《东柯鼓离草》《思美庐删存诗》《杜诗阐》《左传分国纂略》《明纪本末》等。杨自牧《潜籁轩诗草》有《卢文子先生招饮思美庐同用灯字韵》。

赵潜,一名炎,字双白、二火,号莼客、松痴,漳浦人,寓居福州。廪贡生,黄道周死殡金陵,赵潜与其子扶榇归葬,有《冷鸥堂集》,宋琬有《赵双白诗序》及《赠别赵双白诗》。

孙旸,号赤崖,少负才藻,常熟人,与兄承恩并称"二孙"。顺治十四年游京师,应顺天乡试,以"科场案"牵连谪辽左。后归里,以博学鸿词荐,不就。

潘问奇(1632—1695年),字雪帆、云程,浙江钱塘人。诸生,家贫,游食四方。至大梁拜信陵君墓,吊屈原于汨罗,入蜀悼诸葛武侯,又北谒明十三陵,后入扬州天宁寺为僧。有《拜鹃堂集》。杨自牧《潜籁轩文集》有《书潘先生墓表后》记其与潘问奇之交往始末,又《怀潘雪帆》诗云:"十载京华著缊袍,我来君去广陵涛。江湖浪迹分燕筑,身世悲歌入楚骚。痴欲传神方占绝,贫虽到骨不妨豪。空悬老泪千秋外,海内何人识谢翱。"①诗中将潘问奇比为南宋遗民谢翱,可谓雪帆知己。又《潘云客避地昌平,有诗见赠,赋答》云:"既访陵山老更慵,感时怀古傍居庸。高人因树应为屋,隐士无桥不赁舂。酒券频赊千古泪,芒鞋回忆十年踪。相怜只是吟诗苦,独坐霜天到晓钟。"②诗中记述了潘问奇来昌平谒陵之事及二人间的酬唱交往。

董含(1626—?),字阆石,号榕庵,华亭(今上海松江)人。顺治十八年

① 杨自牧:《潜籁轩诗草》,第239页。
② 杨自牧:《潜籁轩诗草》,第307页。

(1661年)进士,观政吏部,以奏销案被黜,削籍归里。与其弟董俞并称“二董”,为诗苍凉幽咽,有骚人哀怨之遗,著有《安蔬堂集》。董含《三冈识略》“卑官能诗”条提到了杨自牧,文曰:

> 昌平杨自牧,任子也,家贫力学,意气傲兀,闻有异书,口诵手抄,至老不倦。喜吟咏,有《潜籁轩稿》行世。为我邑二尹,诸公皆折节下之,安得谓卑吏中遂无其人哉?曾有《秋日感怀》云:“且将生事付沉冥,领略秋光到草亭。阮籍酒能浇垒块,陶潜菊可度颓龄。步来野鹤形同瘦,看到孤松眼倍青。采药赁舂千古上,何人浪许少微星。”①

此外,董含《题潜籁轩集》云:“看君傲骨尚嶙峋,银管挥毫字字新。莫为田园赋归去,一官彭泽是何人?”②杨自牧《潜籁轩诗草》有《新春即事和榕庵先生》等诗。

沈白,字涛思,号贯园,又号天庸子,华亭(今上海松江)人。荃弟,诸生,高隐不仕。《青浦县志》曰:“以布衣耽高尚,辟所居而广之,有萧闲堂、海荣径诸胜。工书,真、行、草皆入妙。”③

总的来看,杨自牧的友人中以明遗民占绝大多数,其中顾炎武、李因笃、朱彝尊、潘问奇、赵潜等人均曾拜谒过明十三陵,而家于昌平的杨自牧显然是这些明遗民谒陵活动的重要联系人。正是由于介山潜籁轩独特的地理位置,方令杨自牧与海内众多遗民产生了交集。这些明遗民在《潜籁轩题词》中有大量署名,为了保护他们的信息不被清廷侦知,故《潜籁轩题词》使用了矾书密写的特殊方式;而《潜籁轩诗草》中亦有众多明遗民的署名评语,同样也是出于保护的需要,《潜籁轩诗草》的刻本后来才被人故意毁坏,这或许就是仅存的《潜籁轩诗草》以半部钞本配补半部刻本这种特殊形式的重要原因。

---

① 董含撰,致之校点:《三冈识略》,辽宁教育出版社2000年版,第186页。
② 杨自牧:《潜籁轩诗草》,第329页。
③ 杨卓修、王昶纂:《(乾隆)青浦县志·凡例》,乾隆五十三年(1788年)刻本。

第二节　杨自牧《潜籁轩诗草》思想内容述略

虽然杨自牧生于入清之后，属于二代遗民，但其《潜籁轩诗草》中仍有着较为明显的怀念故国故君的内容。王弘撰《潜籁轩歌》之序曰："军都万户野烟中，而有潜籁轩，杨子下人居之，饮酒赋诗，优游卒岁，盖晦迹于时，以自鸣其志也。抑亦知蹇蹇之为患，而顾舍其不能舍耶？夫忠孝之性，悱恻高深之情，本之自致，故咏歌嗟叹，如不得已，有莫知其然而然者，其斯以为潜籁乎？"歌云："与子期兮慎行藏，眷玉辂兮白云乡。葆光兮息声，依古初以为邻兮，渺渺乎俯视万物掩大荒。"①所谓"军都万户野烟中"，是暗中化用唐代王维《凝碧池》诗"万户伤心生野烟，百僚何日更朝天"之句。因为昌平的军都山为崇祯帝思陵所在地，故王弘撰将"百僚何日更朝天"作为歇后，只以"万户野烟"隐晦地暗示潜籁轩与祭拜故君之关系。家处昌平的杨自牧常去凭吊明陵，为明代帝王洒一捧遗民孤泪，这在《潜籁轩诗草》中多有表现。如《天寿山三首步潘雪帆韵》其一曰：

眼看颓址渐为村，阡陌纵横寝殿门。几处烧畬明野火，频年伐木到云根。樵儿时代祠官拜，中使谁招列帝魂。最是残碑无意绪，春风一路碾苔痕。

杜茶村评曰："看题便堕泪，何况读诗！"郭快圃评曰："悲凉高爽。"卢元昌评曰："下马寻故事，有此悲壮。"②天寿山是明朝历代帝王陵寝所在地，对明遗民来说无疑具有象征意义，难怪杜濬看到诗题中的"天寿山"字样便会为之悲痛堕泪。其二曰：

翁仲无言石兽眠，陵山丰草郁绵芊。神宫箕簴移何地，原庙衣冠罢几年。魂与松风同谡谡，泪随池水共涓涓。凄凉雪鬓中官在，一片荒丘折俸钱。

卢元昌评曰："不胜铜人头髻之哭。"所谓"铜人之哭"，即魏明帝拆汉武帝

① 杨自牧：《潜籁轩诗草》，第320页。

② 杨自牧：《潜籁轩诗草》，第221—222页。

金铜仙人，仙人临载，潸然泪下之事。李贺《金铜仙人辞汉歌》云："空将汉月出宫门，忆君清泪如铅水。"其三曰：

红门迤逦路偏长，苦月荒风似北邙。游客任登三级殿，陵军空守四围墙。神逢抱犊谁为李，手种冬青不用唐。犹幸凋零金碧在，仍留宰树御牛羊。

邓孝威评曰："下人家营平，应有此凄丽之章，徘徊旧事。"①诗中提到在天寿山手种冬青之事，表现出潘问奇、杨自牧等人对明代帝王的追悼之情。冬青意象在中国古典诗歌史上有着追怀前代帝王的特殊内涵。至元二十二年（1285年），杨琏真伽盗毁宋陵，唐珏、林景熙等人秘密收拾诸陵遗骨，葬于兰亭山南，并掘宋殿冬青植于其上，从此冬青便成了忠义的象征，当然也寄寓了对光复故国之期待，其详可参廖寅《忠义之魂长存：宋六陵冬青树文化意义之演进》一文②。又如《赠司香太监》云：

司香犹得在山陵，汲水挑柴两鬓星。白露荒凉人未改，年年来问老冬青。③

诗中的司香太监亦为明陵守墓者，杨自牧对太监的题赠，其中无疑蕴含着对崇祯帝的怀念。又如《望京楼》其一曰：

疑是丹霞起，高楼逼太清。何人千里目，此日百年情。木落秋无际，乌啼恨不平。凝尘满函道，久矣罢霓旌。

杜茶村评曰："三、四浅而深。"孙赤崖评曰："奇创之语，可称绝调。"④杜濬为何称"何人千里目，此日百年情"二句"浅而深"呢？这是因为在诗人极目千里、遥望京师行为的背后，正蕴含了对前朝旧君的无限眷恋之情。《望京楼》其二曰：

莫道京华远，登楼望岂遥。虽虚花萼寝，仍向紫宸朝。一旦同鄜邺，

---

① 杨自牧：《潜籁轩诗草》，第221—223页。

② 廖寅：《忠义之魂长存：宋六陵冬青树文化意义之演进》，《绍兴文理学院学报》2018年第5期，第97—102页。

③ 杨自牧：《潜籁轩诗草》，第303—304页。

④ 杨自牧：《潜籁轩诗草》，第206页。

何人问斗杓。不堪秋色苦,鸳瓦草萧萧。[1]

“虽虚花萼寝”系用唐玄宗造花萼相辉楼之事。鄘、邶是商朝旧都,“一旦同鄘邶,何人问斗杓”是说望京楼所望之京师已成前朝旧都,现在已无人再过问故君何在,故此诗对崇祯帝的凭吊之情显得更为隐晦。除了对故国故君的伤悼之外,杨自牧《潜籁轩诗草》中亦多寄赠友人之作,从中可见其交游。沈白《题潜籁轩诗集》云:

使君少奉宪副公庭训,为昌平名士,才气豪上,人以管乐期之。来贰吾娄,于今八年,调鹤哦松,聊以自遣,视彼风尘俗吏,不啻与绛灌为伍也。诵其诗,可以知其人焉。若《豫让桥》《漂母》《嵇侍中》《狄梁公》《椒山先生祠》诸篇,及赠顾宁人、傅青主、杜茶村、吴日千、王山史诸君作,寄怀古之深思,发伊人之永叹,高山流水,春树暮云,结契千秋,驰情万里,其人岂今之人,其诗岂今人之诗乎![2]

除上文已提及的《赠顾宁人先生》《怀潘雪帆先生》外,杨自牧集中还有《客谈傅青主先生高致慨然成咏》《怀杜茶村先生》《赠邓孝威先生》《新春即事和榕庵先生》《晦日社集董榕庵先生光复堂用春字韵》《卢文子先生招饮思美庐同用灯字韵》《赠吴日千先生》《赠王山史先生》等诗,通过这些诗歌均可以看出其与傅山、杜濬、董含、卢元昌、邓孝威等明遗民的交往痕迹,这都是其遗民思想的直接反映。其《书梅村诗后》曰:

诗到梅村已自佳,残篇吟罢怆人怀。宫槐当日诚何似,篱菊终身忽已乖。薜碣秋霜催史笔,枫林夜雨共僧鞋。骚魂不作青燐化,天马山头拜铁厓。[3] 注曰:公诗有云“记送铁厓诗句好,白衣宣至白衣还。”又有云:“定愁黄纸诏,端羡白衣归。”

吴伟业于鼎革之后被迫仕清,他对自己未能死节愧悔不已,在其诗中多有

① 杨自牧:《潜籁轩诗草》,第207页。
② 杨自牧:《潜籁轩诗草》,第323—324页。
③ 杨自牧:《潜籁轩诗草》,第302页。

体现，而杨自牧读了梅村诗后，深为感慨认同，这正是其思想上倾向于明遗民的自然流露。

在杨自牧的怀古登览之作中，燕赵诗人尤敦气谊、崇节尚义、慷慨悲歌之特点亦多有反映。如《豫让桥》曰："心胆尽三跃，恩仇付一衣。古桥今尚在，疑有白虹飞。"①豫让桥，即赤桥，在今河北邢台。春秋时豫让为智伯报仇，在赤桥刺杀赵襄子未遂，在自杀前要求拔剑击斩其衣，以示为主复仇，后称"斩衣三跃"，此诗前两句"心胆尽三跃，恩仇付一衣"所咏便是此事。《史记·鲁仲连邹阳列传》曰："昔者荆轲慕燕丹之义，白虹贯日。"②《战国策·魏策四》曰："夫专诸之刺王僚也，彗星袭月；聂政之刺韩傀也，白虹贯日；要离之刺庆忌也，仓鹰击于殿上。"③诗的尾句"疑有白虹飞"通过化用此典表彰豫让之侠义忠烈可以感昭日月。又如《嵇侍中祠》曰：

绵邈千秋下，谁知溅血心。荒祠传晋代，古道问荡阴。忽忆广陵散，聊为梁甫吟。行人暮惆怅，风起沙沉沉。④

晋代嵇绍在荡阴之战中为保护晋惠帝而溅血殒命，此诗追想嵇绍之忠勇事迹，又连带忆及其父嵇康之疏放，怀古之情显得既深沉而又含蓄。又如《经漂母祠有感》云：

击絮河边迈等伦，千金为报似轻尘。至今淮水遗祠在，那是当年蓐食人。

丹穴成家累世传，英雄饿死不堪怜。黄金努力输权贵，高筑怀清日月边。⑤

韩信微时，漂母曾怜而饭之，却不接受韩信的千金之报，诗中慨叹漂母的无私大爱，对其重义轻利的高尚品格表现出无限敬仰。再如《赠边溥》序云：

① 杨自牧：《潜籁轩诗草》，第200页。
② 司马迁：《史记》卷八十三，中华书局2014年版，第2993页。
③ 刘向集录：《战国策》卷二十五，上海古籍出版社1985年版，第922页。
④ 杨自牧：《潜籁轩诗草》，第202页。
⑤ 杨自牧：《潜籁轩诗草》，第234页。

“溥母将产，几殆，溥祷于神，愿取蓐血吞之。已产，则尽吞之，且一步一膜拜，雨行五十里以报神也。”诗云：

营平边孝子，不愧百年身。蓐血原非秽，丛祠欲见神。仓皇空古辙，感激任天真。绰楔何时建，乡闾又一新。①

边溥因母亲难产而于神前许愿，愿意吞下蓐血以换取母亲的生命平安，等母亲渡过难关后，他尽吞蓐血，以践前诺，杨自牧在诗中对边溥敦孝义、守然诺的侠烈性格予以高度赞扬。又如《程节妇苦节歌》：

我闻天都山，摩云还巀嶪。间气之所钟，往往多贤哲。有宋节妇氏为孙，邑乘相传谁可颉？事往于今五百年，同乡同姓仍同辙。良人早丧藐无遗，黄鹄歌成冰玉洁。归舟旅榇痛闻鹃，永夜孤衾寒卧铁。心存目想日成秋，形悴神伤头变雪。一息余生恨未亡，人间诸福何多缺。谁云荼苦尚余甘，可见筠枯犹抱节。千秋不愧义桓门，毕世能同共伯穴。寄语同枝勿复悲，行见乌头崇绰楔。②

《徽州志》载有宋代节妇孙氏事迹，五百年后天都山又有孙氏节妇，事迹与之相仿佛。“义桓门”乃是用典，沛刘长卿妻桓氏夫卒子殁，乃豫割其耳以自誓，沛相王吉上奏高行，表其门闾曰“行义桓嫠”。共伯，西周人，与妻子共姜伉俪情深，共伯去世后，共姜坚不改嫁，作《柏舟》以明志。“绰楔”，即旌表之牌坊。全诗对程氏之坚贞苦节予以揄扬赞颂，以今天之眼光来看固属迂腐，但在当时无疑是社会之“正能量”。又如《谒杨椒山先生祠》曰：

冠裳仿佛见威仪，异代英灵系我思。筮仕何须簪白笔，读书原不草青词。彤庭日月生前胆，西市风雷定后诗。极目容城如斗大，瓣香千古更寻谁？③

明代著名谏臣杨继盛，号椒山，因上书弹劾权相严嵩“五奸十大罪”被诬处死，谥为“忠愍”。诗人入椒山祠拜谒，表示愿瓣香英灵，表现出对前贤的高

① 杨自牧：《潜籁轩诗草》，第 239—240 页。
② 杨自牧：《潜籁轩诗草》，第 268—269 页。
③ 杨自牧：《潜籁轩诗草》，第 200 页。

度敬仰之情。又《读容城二贤集》曰：

容城奇士薮，挺然生刘因。诗赋撞洪钟，名业追关闽。渡江已有作，退斋仍复陈。亦有椒山子，道节何嶙峋。梦寐在虞韶，坦然婴逆鳞。是集列二贤，将以启后人。静修与椒山，何由辨其真。予也难自信，此意靡可伸。苏门孙钟元，高踪迈风尘。再拜往相问，莫使终泯泯。①

元初著名理学家刘因与名臣杨继盛均为直隶容城人，并称为“容城二贤”。杨自牧读《容城二贤集》后，有感于刘、杨二贤之名节风范，又联想到当时容城的理学大家孙奇逢，对这些容城先贤的品格节操亦深致敬仰。以上诗歌对忠臣烈士、孝子节妇的歌颂，反映出燕赵地区崇尚节义、骨梗多气的文化底蕴，同时也反映出杨自牧侠义豪迈的思想性格。

此外，《潜籁轩诗草》中亦常表现安贫乐道之怀，如《读高士传有感严遵夏馥》曰：

绝俗心原冷，无营道自真。豪难移夏馥，富不溷严遵。泉石经纶古，茅茨太古春。偶披高士传，二季见斯人。②

皇甫谧《高士传》云：“夏馥，字子治，陈留圉人也。少为诸生，质直不苟，动必依道。”③袁宏《后汉纪》载：“陈留人夏馥，字子治。安贫乐道，不求当世。郡内多豪族，奢而薄德，未尝过门，躬耕泽畔，以经书自娱。”④《高士传》云：“严遵，字君平，蜀人也，隐居不仕，常卖卜于成都市，日得百钱以自给，卜讫则闭肆下帘，以著书为事。”⑤显然杨自牧是以严遵、夏馥这样的隐士为榜样的。

---

① 杨自牧：《潜籁轩诗草》，第 301—302 页。

② 杨自牧：《潜籁轩诗草》，第 299 页。

③ 皇甫谧：《高士传》卷下，《丛书集成新编》101 册，（台湾）新文丰出版公司 1985 年版，第 575 页。

④ 袁宏撰，周天游校注：《后汉纪校注》卷二十二，天津古籍出版社 1987 年版，第 623 页。

⑤ 皇甫谧：《高士传》卷中，第 571 页。

第三节　《潜籁轩诗草》的诗学宗尚及艺术风格

关于杨自牧的诗学宗尚，从其文集中可窥到些许端倪。《潜籁轩文集》中有《书李空同集后》《书李西涯咏古乐府后》《跋何大复雍大记后》《跋王遵岩集后》等篇，表明其对李东阳、李梦阳、何景明等人颇为推崇。如其《书李空同集后》云：

> 钱受之于空同极其诋毁，而于论诗最推服孟阳（嘉燧）。按，娄子柔（坚）《学古绪言》引程孟阳之言曰：孟阳少喜为诗，于古人之遗编无所不窥，而尤爱少陵之作。其在于今，常称李献吉，虽规规模拟，而才气实非余人所及也。其持论之公如此，岂受之独未之闻耶？①

杨自牧指出，钱谦益激烈批评李梦阳，同时又最推服程嘉燧，然而程嘉燧却又常常称许李梦阳，因此钱谦益诗论中存在着明显的自相矛盾之处。这其实表明杨自牧对钱谦益批判李空同之不满，也说明其对李梦阳颇为服膺，这种倾向在其诗歌中均有反映。如《上关》云："千峰排剑戟，如护旧边城。苍鹳窥蛇下，乌鸦报虎行。荒丛西日隐，众窍朔风生。列戍何年事，空多塞上情。"邓孝威评曰："笔力透辟，如空同边塞诸作。"②又如《秋夜》颔联"清角孤城知夜永，寒蛩四壁觉秋多"，孙赤崖评曰："沧溟佳句。"③从中可见李梦阳对杨自牧诗歌所产生的影响。按，明代前后七子均是学杜的，因此学习李梦阳其实也是学杜的间接体现。纵观杨自牧诗歌，除了学习李东阳、李梦阳等人之外，还有明显的学杜倾向。

杨自牧诗歌学杜，主要表现为从语词造句及构思立意两个方面对杜诗进

---

① 杨自牧：《潜籁轩文集》，《清代家集丛刊续编》第三册，第147页。
② 杨自牧：《潜籁轩诗草》，第223页。
③ 杨自牧：《潜籁轩诗草》，第204页。

行模仿。首先，杨自牧诗歌中存在许多化用杜诗语词之处。如《长白山》云："峰似儿孙列，江如衣带分。层霄风浩浩，太始雪雰雰。"卢元昌评曰："似子美《桥陵》作。"①按，此诗不仅篇章结构与杜甫《桥陵诗三十韵因呈县内诸官》神似，诗中"峰似儿孙列"语出杜甫《望岳》"诸峰罗立似儿孙"②，"太始雪雰雰"语出杜甫《铁堂峡》"嵌空太始雪"③。又如《赠边溥》"感激任天真"出自杜甫《促织》"感激异天真"④，《程节妇苦节歌》"良人早丧藐无遗"出自杜甫《乾元中寓居同谷县作歌七首》其四"良人早殁诸孤痴"⑤。《十月朔沈秩庭先生招饮赏菊限红字》"悲秋底是昨宵终"，自注曰："工部《九月三十日》诗'悲秋向夕终'。"⑥可见乃是对杜甫《大历二年九月三十日》"为客无时了，悲秋向夕终"⑦的直接模仿。又如《苗焦冥炼师至自辽左，以诗集见示》云：

榆关落木飒秋风，又起乡心逐塞鸿。垂老无家甘自放，高才玩世许谁同？藜床皂帽悲歌里，蓬户朱门道眼中。更喜新诗携满帙，肯来相访菊花丛。

赵二火评曰："全首清警，得少陵之神。"⑧按，此诗颔联"藜床皂帽悲歌里，蓬户朱门道眼中"乃仿杜甫《九日登梓州城》颈联"弟妹悲歌里，乾坤醉眼中"，尾联又与杜甫《王十五司马弟出郭相访遗营草堂赀》"肯来寻一老，愁破是今朝。忧我营茅栋，携钱过野桥"颇相类似。

另外，杨自牧《潜籁轩诗草》中有直接使用杜甫诗原题者，如《斗鸡》《喜雨》《偶题》《除架》等，这些诗歌无论是从构思立意还是风格方面均有仿效杜诗的痕迹。如《除架》曰：

---

① 杨自牧：《潜籁轩诗草》，第 209—210 页。
② 仇兆鳌：《杜诗详注》卷六，中华书局 2015 年版，第 589 页。
③ 仇兆鳌：《杜诗详注》卷八，第 818 页。
④ 仇兆鳌：《杜诗详注》卷七，第 737 页。
⑤ 仇兆鳌：《杜诗详注》卷八，第 840 页。
⑥ 杨自牧：《潜籁轩诗草》，第 285 页。
⑦ 仇兆鳌：《杜诗详注》卷二十，第 2162 页。
⑧ 杨自牧：《潜籁轩诗草》，第 224 页。

绕园深浅色，犹似与秋争。倚仗寒风落，挥镰返照明。家贫依老圃，岁晚住荒城。万物看如此，萧条空复情。

刘继庄评曰："可以伯仲杜陵。"①按，杜甫《除架》曰：

束薪已零落，瓠叶转萧疏。幸结白花了，宁辞青蔓除？秋虫声不去，暮雀意何如？寒事今牢落，人生亦有初。②

经比较后可以发现，杨自牧的《除架》与杜甫原作一样，都是借咏秋畦残蔬而抒写人生盛衰之慨，杨自牧对杜诗的仿效痕迹较为明显。又如《榆肉》曰：

翠釜烹原别，明驼市不轻。生成当雪窖，珍贵出星精。远驾鸡枞品，评分竹蓐名。食经传有益，竞入五侯鲭。

赵二火评曰："老杜咏物，有此工细。"③按，此诗与杜甫《白小》等咏物诗较为接近，亦系从杜诗中化出者。又如《斗鸡》云：

雄鸡竦立身昂藏，见者惊为双凤凰。千金角胜犹谓薄，华堂大厦为鸡坊。
健距稜稜动金色，悍目闪闪流朱光。久战血殷势未已，但见毛羽纷飞扬。
四旁观者眼为眩，壮士须发亦怒张。如此激昂岂无谓，人应努力争沙场。
促织为经却可笑，草虫何以风四方。

刘继庄评曰："直入浣花堂奥。"④按，此诗虽与杜诗为同题之作，然两诗主旨却不尽相同，杜甫《斗鸡》是通过明皇喜爱斗鸡感慨盛唐的兴衰治乱，而杨自牧此诗之主旨却是从观看斗鸡感悟"人应努力争沙场"。悬揣其立意和结构，与杜甫《缚鸡行》颇为相似，二者都是通过描写日常生活小事生发出耐人寻味的道理，故刘继庄遂有似杜之评。《九龙池》云：

一池空碧卷寒湫，今日何堪更此游。不见玉纶开荇藻，徒传翠辇驻松楸。

---

① 杨自牧：《潜籁轩诗草》，第236页。
② 仇兆鳌：《杜诗详注》卷八，第743页。
③ 杨自牧：《潜籁轩诗草》，第278页。
④ 杨自牧：《潜籁轩诗草》，第218—219页。

墙低旷野狐踪乱,殿冷荒山藓印浮。莫怪临流频雪涕,昆明别有劫灰不?

邓孝威评曰:“凭吊意苍寒深警,读过如闻四壁哀蛩。”又曰:“如读‘阴房鬼火’之句。”①所谓“阴房鬼火”之句,是指杜甫《玉华宫》:“阴房鬼火青,坏道哀湍泻。”②九龙池疑为明代帝王游幸之行殿,如今殿冷墙低、狐乱藓浮,不禁令人无限怆怀,这与杜甫《玉华宫》之主旨完全相同。又《抵里述怀》云:“里人秋社盛鸡豚,恰得归来共酒樽。相见依依情话好,恍如杜甫到羌村。”赵二火评曰:“诗亦具《羌村》神韵。”③诗人于秋社之际返回家乡,与邻里把酒共话,浓浓的乡情感染了诗人,不由联想起杜甫当年由凤翔回到羌村的场景,不禁异代同慨,此诗虽未于字句上学杜,却能得杜诗神髓。又如《小李将军瓜里佛歌》云:

月麓月麓宋龙种,黍离抱痛归僧伽。本一禅院好埋照,忠孝脱屣吴兴家。
所遗八骏松雪笔,神物恍惚如喷沙。复有元昇多宝塔,舍利变幻空中霞。
最古莫如瓜里佛,旃檀琢就团团瓜。擘来半露水精域,层波叠浪纷交加。
灵山之会俨在此,趺座狮象青莲花。旁列十八应真像,愁眉怒眼拳搔爬。
意匠能令悲喜见,人天瞻仰为咨嗟。谁为此者曰小李,绝艺岂止丹青夸。
丈六金身现茎草,何劳像教盈中华。

此诗借物咏人,寓今昔盛衰之感,明显是模仿杜甫的《丹青引》,故卢元昌评曰:“本一古迹,尘封久矣,得此一笔,复开生面。余有《八骏图歌》附录松雪卷后,未及此作之直追少陵也。”④此外,杨自牧还有很多诗歌学杜仿杜,如卢元昌评《秋夜》曰:“似少陵夔府永夜之作。”⑤刘继庄评《盗者饮潘子瓶酒并窃

① 杨自牧:《潜籁轩诗草》,第 199 页。
② 仇兆鳌:《杜诗详注》卷五,第 473 页。
③ 杨自牧:《潜籁轩诗草》,第 276 页。
④ 杨自牧:《潜籁轩诗草》,第 244—245 页。
⑤ 杨自牧:《潜籁轩诗草》,第 204 页。

其氈以去戏作》曰:“趣似杜陵。”[①]赵二火评《芹城》曰:“浣花风味。”[②]又评《赠子端》曰:“可以伯仲杜陵。”[③]苗焦冥评《闻有应君抝谦偻居数载,称病不肯下》曰:“少陵气格。”[④]从以上这些友人评语来看,无论是从语词、句法还是布局谋篇方面,杨自牧对杜诗的模仿痕迹都相当明显。

除了杜甫之外,杨自牧对高适、岑参、王维、孟浩然、常建、王昌龄、贾岛等唐代诗人亦多有模拟。如刘继庄评《嵇侍中祠》曰:“置之高、岑集中不可复辨。”[⑤]孙赤崖评《处处春云生》曰:“三、四摩诘得意笔。”刘继庄评《沟沟崖纪游》曰:“有《选》诗之幽秀,兼常建、王昌龄之奇峭。”[⑥]卢元昌评《喜雨》曰:“老致幽情,深得王、孟之神。”[⑦]又如《稻香楼》“菡萏直从亭上折,沙鸥故绕席边飞”,赵二火评曰:“画出刘文房清真淡远之句。”[⑧]其《偶题》云:“落落羞为世所怜,孤云无着自悠闲。商量往事知予僻,不绣平原铸浪仙。”[⑨]说明杨自牧对晚唐诗人的苦吟之风亦多有模仿学习,限于篇幅,此处不一一列举。

《潜籁轩诗草》卷前有郭快圃评语曰:“讽佳什神清秋水,魄印寒潭,媲林和靖之澄骞,非贾浪仙之枯索,而一往孤行遗世,上格也。”周向山评曰:“谦六沉酣风雅,尤敦气谊,南游而访余于选楼,意良殷矣。诗俱英剀,无凡近笔,当与宇内见之。”[⑩]邓孝威评曰:“谦六诗英剀,无凡近语,得边塞之气居多。”[⑪]总的来看,杨自牧之诗作调高格老,秀劲高浑,给人以英爽豪健、慷慨激宕、刚劲峭拔之感,显示出燕赵诗人独有的侠烈气质。

① 杨自牧:《潜籁轩诗草》,第 230 页。
② 杨自牧:《潜籁轩诗草》,第 225 页。
③ 杨自牧:《潜籁轩诗草》,第 237 页。
④ 杨自牧:《潜籁轩诗草》,第 240 页。
⑤ 杨自牧:《潜籁轩诗草》,第 202 页。
⑥ 杨自牧:《潜籁轩诗草》,第 211 页。
⑦ 杨自牧:《潜籁轩诗草》,第 233 页。
⑧ 杨自牧:《潜籁轩诗草》,第 235 页。
⑨ 杨自牧:《潜籁轩诗草》,第 230—231 页。
⑩ 杨自牧:《潜籁轩诗草》,第 195 页。
⑪ 徐世昌编,闻石点校:《晚晴簃诗汇》卷五十,中华书局 1990 年版,第 2003 页。

第四节　从《潜籁轩题赠诗》及清诗选本看杨自牧诗歌的影响

《潜籁轩诗草》后附录了《潜籁轩诗外集》（又名《潜籁轩题词》）一卷、《潜籁轩题赠诗》六卷。从《潜籁轩题词》来看，诸人赠诗多表彰杨自牧之诗才与吏隐，如余怀《赠杨下人》云："国士能兼吏隐名，几年踪迹五茸城。哦诗栎下孟东野，对酒鲈边张季鹰。莫叹官微难宦达，只愁客广费经营。龙潭曾系螭头舫，今日重来水更清。"①孙琮《赠杨下人先生》云："云间傲吏擅诗名，不把诗情换宦情。"②《潜籁轩题赠诗》卷五之末有娄县周鼎跋云：

潜籁轩者，昌平杨下人先生所居别墅也，花竹参差，轩窗精好。禾下朱竹垞太史首唱四韵题赠，南北能诗之士，属而和者，凡一百二十四人，计诗一百五十二首，汇为五卷，其韵体之别出者不与焉。非先生深于诗而又笃好，其何能致多如此耶？鼎既辑而录之，自惭谫劣，以附名简末为幸。若先生交游日广，连篇投赠，又将不止于此，故并识年月，以归典签。时康熙辛未首夏，古娄周鼎轩三氏拜跋。③

可见杨自牧的《潜籁轩诗草》在当时产生了较大影响，这是因为杨自牧将朱彝尊题赠潜籁轩之诗作为样板，遍请诸人为之步韵赓和题赠，并由京师携至江南，随着交游范围的逐渐扩大，潜籁轩题赠诗的和诗规模竟至六卷之多，题赠人数多达一百五十余人，这无疑使得"潜籁轩题赠诗"成为清初诗坛上值得关注的一桩文化事件。其实类似的大规模诗文题赠现象在清初还有其他一些例子，如袁骏为表彰母节、孙默为归故乡黄山都曾发起过大规模

---

① 周鼎辑录：《潜籁轩题赠诗》卷六，《清代家集丛刊续编》第三册，第404页。

② 周鼎辑录：《潜籁轩题赠诗》卷六，第406页。

③ 周鼎辑录：《潜籁轩题赠诗》卷五，第396—397页。

的诗文征集活动。不过杜桂萍教授已经指出，袁骏、孙默二人并不擅长诗文，其真实角色实为文化经纪人，他们只是以诗文征集活动为由，行“文人牙行”之实。① 因此相比较而言，杨自牧征集潜籁轩题赠诗的目的无疑更纯粹一些，其征诗主要是想广结同志，同气相求，取得诗坛对其诗艺人品的认可，从而扩大个人影响，并无任何经济目的。当然杨自牧能够征集到如此规模的潜籁轩题赠诗文，除了朱彝尊、顾炎武的名人示范效应外，极有可能与杨自牧作为明遗民谒陵联络人的身份有关，说明由他参与组织的谒陵活动得到了明遗民的广泛认可与同情。顾炎武等遗民在顺治朝的谒陵活动尚属机密，故《潜籁轩题词》曾有矾书密写之举，至康熙中期以后，此事似已无须再加遮掩，故杨自牧方敢于发起大规模题赠活动，当然这种活动仍然限定于遗民故老之内。

杨自牧之诗，在清诗选本中亦多有选录。邓汉仪《诗观二集》选录杨自牧诗歌 10 首，分别是《流沙寺》《二关》《驻跸山》《暮秋游岣岣崖三首》《九龙池》《天寿山二首》《刘谏议祠》。② 陶樑《国朝畿辅诗传》选录杨自牧诗歌 8 首，分别是《流沙寺》《暮秋游岣岣崖》（二首）《涿鹿怀古》《滹沱河》《途中重九》《刘谏议祠》《秋夜思家》。③ 此外，席居中《昭代诗选》、孙鋐《皇清诗选》、吴元桂《昭代诗针》均选录了杨自牧之诗。《晚晴簃诗汇》选录杨自牧诗歌 4 首，分别是《暮秋游岣岣崖》（二首）《途中重九》《秋夜思家》。④

总之，杨自牧虽然仕清，却以遗民自处，并与明遗民有着广泛的联系，其于昌平的别业潜籁轩更成为顾炎武、李因笃等明遗民谒陵活动的联络站。杨自

---

① 杜桂萍：《“名士牙行”与清初“赠送之文”的繁荣——以袁骏、孙默征集活动为中心的考察》，《求是学刊》2016 年第 5 期。

② 邓汉仪：《诗观二集》卷十一，《四库全书存目丛书补编》第 40 册，齐鲁书社 2001 年版，第 210—211 页。

③ 陶樑辑，江合友、程宇静点校：《国朝畿辅诗传》卷二十三，第 667—669 页。

④ 徐世昌编，闻石点校：《晚晴簃诗汇》卷五十，第 2003 页。

牧论诗推尊杜甫和李梦阳，其《潜籁轩诗草》以学杜为主，对高、岑、王、孟等唐代诗人亦有学习和模拟，总体上呈现出英爽豪健、刚劲峭拔的艺术风貌，显示出燕赵诗人独有的侠烈气质，是清初燕赵诗坛上值得注意的人物。

第四章　献县诗学家族

陶樑《国朝畿辅诗传》引《红豆树馆诗话》曰："畿辅诗人，盛于河间一郡。"①清代献县属河间府，涌现出众多诗学家族及著名诗人，为河间府诗群的重要组成部分。献县的诗学家族先后有丰尔庄戈氏、护持寺刘氏、韩店史氏、崔尔庄刘氏等。其中戈氏家族的戈涛与纪昀同为"河间七子"之翘楚，又与边连宝并称为"瀛洲二子"。戈涢为戈涛族弟，虽诗名不著，然其《追逋集诗钞》亦有可称者。刘氏家族则诗人辈出，以刘廷楠、刘青书、刘肇均祖孙三代为代表，刘肇均又与张之洞、边瀹慈并称"畿南三才"。晚清以迄民初的史氏家族中亦出现了史光简、史汝箴、史树瑛、史树璋等诗人。总之，献县诗学家族及诗人群体是清代畿辅诗坛的中坚力量，以下便以诗人为例，对献县这些诗学家族的创作实绩分别进行研讨。

第一节　戈涛及其《坳堂诗集》考论

戈涛（1717—1768 年），字芥舟，号蘧园，直隶献县丰尔庄人，乾隆十六年（1751 年）进士，选庶吉士，授编修，改湖广、山西、河南道监察御史，充江西乡试副考官，云南、福建乡试正考官，终刑科给事中，著有《坳堂诗集》《坳堂文

① 陶樑辑，江合友、程宇静点校：《国朝畿辅诗传》卷三十八，国家图书出版社 2017 年版，第 1106 页。

集》等。戈涛是乾隆诗坛的代表诗人，早年与戈济、戈源、李棠等结“香泉诗社”，又与边连宝等人结“续真社”“慎社”，同边连宝、刘炳、戈岱、李中简、边继祖、纪昀并称为“河间七子”，又与边连宝并称“瀛洲二子”。戈涛诗文兼善，诗名更著，然因其诗文集屡遭灾厄，流布甚稀，故而学界对戈涛诗文的研究尚处于起步阶段，目前所见者仅有刘青松在《清畿辅诗人边连宝、戈涛诗歌理论初探》（《华夏文化论坛》2015年第2期）及《坳堂诗文集》整理本《前言》中对坳堂诗文进行了总结，具有导夫先路的意义，然其论尚属椎轮大辂，对坳堂诗文的研究尚有待于进一步深入。

一、“欲拔新城帜”：戈涛对王渔洋“神韵说”之反拨

在“河间七子”中，戈涛和边连宝都是王渔洋“神韵说”的反对者。戈涛《坳堂诗集》前本来有边连宝之序，但由于边氏在序中对王士禛的“神韵说”大加挞伐，以至于翁方纲后来为《坳堂诗集》作序时删去了边序，如今我们要讨论戈涛的诗学理论倾向，就必须首先厘清这段公案。边连宝《坳堂诗集序》虽已被翁方纲删去，不过此序的片段仍存于《病馀长语》之中，其云：

> 自严沧浪以禅喻诗，创为“不落言诠，不堕理障”“如空中相，如镜中花”之说，其为风雅之祸者甚烈。而近世之劫文柄者复宗其说，而改其面目，谓诗当以神韵为主，于是天下学者靡然趋风，社稷而尸祝之。下者循吻希声，高者摹神追象，务为无所归存、不著痛痒之言以相高，以为不如此不足以为神韵也，于是乎诗道至此而大敝。夫诗以性情为主，所谓老生常谈，正不可易者。不主性情而主神韵，得无影之掠而风之扑乎？杜甫氏千秋宗仰，求其所设神韵者，不过曰“浣花溪里花含笑，肯信吾兼吏隐名”而已，再则曰“巡檐索共梅花笑，冷蕊疏枝半不禁”而已，外此无有也。善乎周珽氏之评杜也，曰：“绝脂粉以坚其骨，贱风神以实其髓”，神韵家不磕

自碎矣。①

边连宝认为诗以性情为主，而王渔洋倡导的神韵说偏离了性情之轨，天下竟靡然趋风响应，遂导致诗道大敝。并且他还举出杜诗为例，认为杜诗中表现神韵之处不过两句，可见神韵说在诗道中所占比例极小，实不足道也。然而翁方纲却极力反对边连宝此说，其《坳堂诗集序》云：

司空表圣生于王官谷，元遗山在汾晋，王渔洋在济南，皆北地诗家之秀，而皆能知神韵之所以然，今人顾专目渔洋言神韵者，何哉？献县戈芥舟《坳堂诗集》，不蹈格调之滞习，亦不必以神韵例之。顾其稿有任丘边连宝一序，极口诋斥神韵之非，甚至目渔洋为“神韵家”，彼盖未熟观古人集，不知神韵之所以然，惟口熟渔洋诗，辄专目为神韵家而肆议之。且又闻其尝注杜诗，其注杜吾未见也，第就此序举杜诗“浣花溪里花饶笑”二句、“巡檐索共梅花笑”二句，谓杜集中只此二处是神韵，不通极矣。神韵者，非风致情韵之谓也，今人不知，妄谓渔洋诗近于风致情韵，此大误也。神韵乃诗中自具之本然，自古作家皆有之，岂自渔洋始乎！古人盖皆未言之，至渔洋乃明著之耳。渔洋所以拈举神韵者，特为明朝李、何一辈之貌袭者言之，此特亦偶举其一端，而非神韵之全旨也。诗有于高古浑朴见神韵者，亦有于风致见神韵者，不能执一以论也。如“巡檐索共梅花笑”二句，则是于情致见神韵也。若“浣花溪里花饶笑”，“笑”字则不如此，此乃窃笑、取笑之笑，与笑乐之笑不同，且此二句亦与情致不同，彼举眼但见二处皆有“笑”字，遂误混而言之，可乎？即观此语，则所谓注杜者，其谬更何待言！而以序坳堂诗，其可乎？芥舟昔为边君作序，亦何尝无稍憾渔洋之意？然而不害者，芥舟之意，先举信阳以影出渔洋，则切合矣。愚曩者固已于藐姑神人之喻，微觉渔洋拟不于伦矣。渔洋又尝谓杜《吹笛》一篇为大复所本，即此类也。神韵者，本极超诣之理，非可执迹求之，而渔洋犹

① 边连宝著，马合意校点：《病馀长语》卷六，齐鲁书社 2013 年版，第 209 页。

未免于滞迹也。芥舟诗正妙在不滞迹，虽不滞迹，亦不践迹，观者聊以存其真可矣，故削去边君序而为之说如此。①

按，翁方纲是渔洋再传弟子，故对边连宝贬斥渔洋“神韵说”极为不满。平心而论，边连宝对诗歌神韵的理解过于褊狭与质实，其对神韵说的批评也显得过于偏激，而翁方纲之说又明显带有流派之偏见，二人所云均非公允持平之论。戈涛对王士禛神韵说的态度，虽然没有边连宝表现得那么激烈，但他在诗序中亦多次批评神韵说因复古而失真之弊。其《默堂诗叙》曰：

诗道歧出久矣，自瓣香沧浪者以“神韵”为解，于是尽举济南、竟陵、公安互角，争树之帜而摽之。而江西宗派亦由之以不振，于今六七十年，几于比户尸祝矣。然而论者犹或疑其有流而失真之弊。夫至于失真，则于济南、竟陵、公安诸派，卒无以相胜。而所谓真者，又非可假老妪能解之言，以自文里陋也。诗之为道，固何如哉！固何如哉！②

此外，戈涛在《随园诗草叙》中曰：

诗自汉魏以降，作者众矣。汉不以人著，自成为汉，然都尉、属国、北海，人数篇耳，读之使人想见其为人。其后魏成为魏，晋成为晋，陶自成为陶。唐反六朝为唐，宋继唐而不袭唐为宋。元诗至卑弱，犹能成其为元。明以数巨子劫持一代，号称起衰振靡，而不成为明。请言其然：明之盛，何、李最著，信阳温文都雅，诸体具美，似无可议；然试取唐之拾遗、供奉、襄阳、次山、苏州、昌黎，以及东野、乐天、长吉诸人之作观之，虽途分派别，而各留性情面目于数百年之后，与读者相见于蓬窗土屋之间。东坡、山谷、放翁宗杜，欧阳宗韩，而不得名之为杜、为韩，无他，各有真也。信阳兼收并采，循声体貌，规规然惟古人为步趋，诗则美矣，曰此自成为信阳之诗，吾不谓然。北地才加纵，而一于尸杜，厥失则均。于鳞、元美而下，流滋滥矣。故余尝谓宁为钟、谭，勿为王、李，非好诡趋，故有激云然也……

① 翁方纲：《复初斋文集》卷三《坳堂诗集序》，《续修四库全书》第1455册，第376—377页。

② 戈涛著，刘青松辑校：《坳堂诗文集》，河北大学出版社2016年版，第154页。

杨诚斋诗数变其体，一旦取而焚之，遂自成一家之言。学者仰天俯地作为文章，不尽读古人之书，不能自成其文；不尽去古人之书，亦不能自成其文……近日新城之学遍天下，余以为一信阳而已。信阳画自唐以上，新城则兼泛滥宋元以下，故每作一诗，胸中先据有一成诗，而后下笔追之，必求其肖而止，所作具在，可一一按也。余非敢瑕疵前人，然恐诗道坐敝于此，则明七子不独任咎。①

戈涛指出，历代诗歌均能自具面貌，只有明代诗歌不然，这是因为从前后七子以至于竟陵派"惟古人为步趋"，诗歌虽然写得很美，却迷失了自我，失去了性情之真，不能像唐宋诗人那样"各留性情面目于数百年之后，与读者相见于蓬窗土屋之间"。而清初王士禛倡导的"神韵派"同样有此流弊，只是其学习模仿的对象由唐以上兼学宋元以下罢了，故诗道大敝的责任不仅在于明七子，神韵说同样也难辞其咎，其批判的矛头直指王渔洋。边连宝《酬芥舟为作生传，并叙诗稿，兼索杜、苏二家诗注叙》称其"愤然欲拔新城帜，舌锋笔阵争腾翻""孤军锐卒捣窟穴，百年壁垒失完坚"。②《寄呈芥舟》云："一自新城张伪帜，百年坛坫走滕郲。定知感慨今犹昔，敢道英雄君与孤。"③可见戈涛和边连宝一样，均是神韵说的反对者。刘青松指出，戈涛看到王渔洋过度强调"神韵"最终陷入自相矛盾，从而失去性情，属于知本之论。在王士禛"神韵说"笼罩诗坛的情况下，戈、边二人以大量的文学作品，传达了不同的文学理念，在北方诗坛上呈现出鲜明的特色。④

二、戈涛的诗学途径：由韦应物而入，泛滥于李杜韩苏之间

戈涛早年从沈阳戴亨学诗，又受知于嘉兴钱陈群。戴亨（1690—?），字通

① 边连宝著，刘崇德主编：《边随园集》，中华书局 2008 年版，第 1875—1876 页。

② 边连宝著，刘崇德主编：《边随园集》，第 389 页。

③ 边连宝著，刘崇德主编：《边随园集》，第 459 页。

④ 刘青松：《清畿辅诗人边连宝、戈涛诗歌理论初探》，《华夏文化论坛》2015 年第 2 期。

乾，号遂堂，与陈景元、长海并称为“辽东三老”，有《庆芝堂诗集》十八卷。金兆燕《庆芝堂诗集跋》称戴亨之诗“上自汉魏，下逮初盛唐诸大家，皆撷精取液，如金人冶而镕铸之，不肯稍降一格以徇时目”①，《清史稿·文苑传二》曰：“其诗宗杜少陵，上溯汉魏，卓然名家”。② 戴亨与戈涛之父戈锦为同年友人，作为戈涛的诗学启蒙者，其兼取众长、自成一格的诗学路径无疑对戈涛产生了一定的影响。对于戈涛的诗学途径，边连宝《刑科掌印给事中芥舟戈公传》曰：

芥舟之学甚邃，尤长诗古文词。其少作风怀疏逸，绝似右丞，时而穆然玄淡，则直探左司之奥。迨其后两游豫章、滇南，尤得江山之助，演迤涵泓，闳大以肆，汪茫浩衍中其风骨仍复稜然可揣，盖不可以一家名矣。③

所谓“左司”，即唐代诗人韦应物，因其曾任检校左司郎中，故称。边连宝指出，戈涛早年诗歌主要模拟王维和韦应物这两位唐代山水田园诗人，崇尚“穆然玄淡”的诗风，在其游历江西、云南后，因得江山之助，诗风发生了明显变化。在《周萎亭诗序》中，戈涛亦曾提及自己早年对韦应物的钦慕，其曰：

余幼学诗，窃慕左司风格，已而泛滥于李杜韩苏之间，虽极力驰逐出之，终不免于艰蹶。其率然有得，虽不敢谓阑入陶韦之室，然每恍然自悦于心。④

他交代了自己从幼年学陶渊明、韦应物进而泛滥于李杜韩苏之间的诗学过程，并指出之所以对陶、韦应之诗“每恍然自悦于心”，是因为性之所近。戈涛在《苹果诗》中曰：“于诗韦苏州，于人林处士”⑤，也可见其对韦应物之心仪。边连宝《赠芥舟》诗云：“我爱子戈子，华年慧业深。吟诗学古淡，直抉古

① 戴亨：《庆芝堂诗集》卷末，《清代诗文集汇编》第 267 册，上海古籍出版社 2011 年版，第 522 页。

② 赵尔巽等撰：《清史稿》卷四百八十五，中华书局 1977 年版，第 13378 页。

③ 边连宝著，刘崇德主编：《边随园集》，第 812 页。

④ 戈涛著，刘青松辑校：《坳堂诗文集》，第 150 页。

⑤ 戈涛著，刘青松辑校：《坳堂诗文集》，第 21 页。

淡心。萧萧松竹韵，泠泠琴磬音。音韵岂徒古，性情实匪今。坐令浮竞者，浩叹空弥襟。"[①]诗中也提到戈涛早年"吟诗学古淡"的经历。由于性喜陶渊明、韦应物之诗，戈涛早年诗作确实多有平淡清远之风，如《访东涧僧不遇》曰："我闻东涧僧，能诗似齐己。策杖一寻幽，潺潺两涧水。深院闭无人，微闻松落子。"[②]深得陶、韦诗淡远之风神。又如《别盘山》云：

青沟住独久，珍重别髯髡。石订重来约，山留昨夜魂。东西分涧水，次第下烟村。回首从前路，天城近石门。[③]

《自玉石庄达天成寺五首》云：

步步泉声急，层层石色分。入天无寸土，横路有孤云。野鼠时惊客，林猿各觅群。郁然深处望，岚气晓氤氲。

稍缘一径仄，渐逼万峰齐。曲折藏幽处，人家过涧西。数惊石欲堕，回讶路全迷。几日桃含蕊，残红流满溪。

余寒犹中客，知是入山深。踯躅花迎路，栗留声出林。偶随渔者去，或负钓竿吟。小坐莲池北，萧然净我心。

云壑都回转，峰峦互带缨。于山为曲室，有寺号天成。绝壁宸章迥，高峰佛塔声。老僧谙旧迹，指点涧泉名。

树影沉沉合，山光簇簇浓。苍烟来绝壑，落日在高峰。晚饭抄云子，香泉芼鹿茸。耽吟殊不寐，卧听上方钟。[④]

这些描摹自然的山水诗平淡自然、清新如画，都酷似王孟韦柳之作。纪晓岚《曹绮庄先生遗稿序》曰："芥舟戈太史前辈则山水清音，翛然自远。"[⑤]说的大概都是戈涛此类诗歌。

除了早年醉心于陶、韦之外，戈涛中后期的诗歌则"泛滥于李杜韩苏之

---

① 边连宝著，刘崇德主编：《边随园集》，第180—181页。

② 戈涛著，刘青松辑校：《坳堂诗文集》，第8页。

③ 戈涛著，刘青松辑校：《坳堂诗文集》，第7页。

④ 戈涛著，刘青松辑校：《坳堂诗文集》，第6页。

⑤ 刘金柱、杨钧主编：《纪晓岚全集》第二卷，大象出版社2019年版，第376页。

间”。至于其原因,边连宝已经指出与其游历西南的经历有关。戈涛在《默堂诗叙》中也曾述及典试云南的经历对其诗歌创作的影响:“丙子夏,余与默堂先生典试云南,往返百八十余日,舆相踵,舍相比,每过名山大川,幽奇隐怪之境,晦明风雨,朝夕变幻,以及荒墟废迹,骚人逸士之所留遗,予往往有所述作。”①由于为西南地区奇丽的山水所激发,戈涛诗歌开始由陶、韦之平淡转为奇崛恣肆。另外从个性气质来看,戈涛亦不喜绮靡而喜雄奇。陶樑《国朝畿辅诗传》曰:“其论诗也,绮语、理语、剽窃语、靡弱语皆所切戒,故所作格律峻整,气力磅礴,于高岑、李杜、王孟、韩苏诸家均登其堂而哜其胾焉。”②边连宝《刑科掌印给事中芥舟戈公传》也称其“居恒谈议以及诗歌,从不作绮语,余尝为小词示之,辄颦蹙曰:‘何必为此?’余为之竦然”③。另外李中简《哭芥舟戈六兄》云:“神解先登大雅林,沨沨正始有遗音。芟除绮语还昌谷,早识崆峒莫逆心。”诗后自注曰:“简早岁学诗,兄屡以靡弱为戒。”④也就是说,在审美类型上,戈涛不取绮丽柔靡,而取李杜韩苏之雄浑壮丽、大气磅礴,当然这也是慷慨悲歌的燕赵诗人中最为常见的风格类型。

戈涛诗歌学习李白的痕迹相当明显,如《天姥峰》曰:“天姥插天势奇绝,灵峰自古压瓯越。下瞰方城拱赤城,举头夕阳乍明灭。遥见无边青色变,巉崿峦岗纷折叠。兀然拔起四万仞,不知乾坤何郁结。”⑤明显是模仿李白的同题名作《梦游天姥吟留别》。此外,《破石崖》《庐山》等诗模仿李白乐府的痕迹也相当明显。如《破石崖》曰:

> 忽然突兀二万八千丈,疑是西华玉女之芙蓉。南望海天黝然黑,不知大道何冥冥。光收电影暗,雨洗岚烟青。庞眉老宿有时拄杖而独立,时有

① 戈涛著,刘青松辑校:《坳堂诗文集》,第153页。

② 陶樑辑,江合友、程宇静点校:《国朝畿辅诗传》卷三十八,国家图书出版社2017年版,第1106页。

③ 戈涛著,刘青松辑校:《坳堂诗文集》,第218页。

④ 刘青松、马合意辑校:《河间七子文徵》,中国社会科学出版社2020年版,第111页。

⑤ 戈涛著,刘青松辑校:《坳堂诗文集》,第24—25页。

松鼠无数上下跳跃松林中。①

《由隘口入归宗寺历开先观瀑布过三峡至栖贤禅院》曰：

瀑布挂天七万八千四百尺，银河乱落明珠跳。逡巡却立不敢逼，寒气飒飒吹鬓毛。坐我漱玉亭，我怀南唐朝。万金之堂易彼万乘国，对此令我名心消……雷霆硃訇三峡斗，九十九水汇此回塘坳。泝流上层梯，鸟道摩秋毫。回首宫亭湖，波光动林梢。松林趺坐耸肩息，时有松鼠跳踯衔人袍。②

其宏大豪迈的气魄、大胆的想象和夸张、腾挪跳荡的句式和音节，都很容易让人联想到李白的《蜀道难》《梦游天姥吟留别》诸篇。此外，戈涛诗中有些字句也有模仿李白诗歌的痕迹，如《九日偕周挹源、李召林荇洲登瀛台集香泉社四首》其四“大雅久不作”直接用李白《古风五十九首》之成句，《西川行送吴右襄》“短衣长剑缦胡缨”亦直接化用李白《侠客行》“赵客缦胡缨”，《庐山》“问君庐山何时还”化自李白《梦游天姥吟留别》“别君去兮何时还”等。

在“河间七子”中，戈涛和边连宝均师法杜诗，边连宝还著有《杜律启蒙》，戈涛为之作序曰：

诗律之有杜也，犹制举义之有正希也。自有律，律与古分；自有杜律，律与古合。……杜之律，起伏转换、屈伸掩抑，几于不可方物，而切切求之，尺寸不失，呜呼！此其所以为杜律也。③

和其友人边连宝一样，戈涛对杜律亦极为推崇，在其诗中化用杜诗之处很多，如《望盘山》“忍向尘埃没”，出自杜甫《自京赴奉先县咏怀五百字》“忍为尘埃没”；《自洛阳寄随园》“魂来昨夜隔枫林”，化自杜甫《梦李白二首》其一“魂来枫林青，魂返关塞黑”，“手把新诗细细吟”，出自杜甫《解闷十二首》其七“新诗改罢自长吟”；《卢生祠》“疏帘清簟应无梦”，化自杜甫《七月一日题

① 戈涛著，刘青松辑校：《坳堂诗文集》，第 24 页。
② 戈涛著，刘青松辑校：《坳堂诗文集》，第 11 页。
③ 边连宝著，韩成武等点校：《杜律启蒙》，齐鲁书社 2005 年版，第 1 页。

终明府水楼》“清簟疏帘看弈棋”;《九日偕周挹源、李召林苻洲登瀛台集香泉社四首》其四“风竹娟娟净”,出自杜甫《狂夫》“风含翠篆娟娟净”;《送周觐光》“况当俦侣稀”,化自杜甫《归燕》“其如俦侣稀”;《自玉石庄达天成寺五首》其三“萧然净我心”,出自杜甫《刘九法曹郑瑕丘石门宴集》“萧然净客心”。戈涛学杜能够加以变化,自成一格,如《天姥峰》“俯而一望众山小,荡胸云生眦鸟决”,明显化用杜甫《望岳》“荡胸生层云,决眦入归鸟。会当凌绝顶,一览众山小”等句,却进行了凝缩,句式也由五言变为七言。又如《自玉石庄达天成寺五首》其五“晚饭抄云子,香泉芼鹿茸”,句法出自杜甫《与鄠县源大少府宴渼陂得寒字》“饭抄云子白,瓜嚼水精寒”;其一“入天无寸土,横路有孤云”,句法出自杜甫《别房太尉墓》“近泪无干土,低空有断云”,但戈涛能在继承中加以变化,故能学杜而不似杜。另外,杜甫七律中多用“当句对”,如《曲江对酒》云:“桃花细逐杨花落,黄鸟时兼白鸟飞。”戈涛对杜诗中的这种特殊句法也曾进行模拟学习,边连宝《杜律启蒙》曰:

> 《丹铅录》:梅圣俞“南陇鸟过北陇叫,高田水入低田流”,黄山谷“野水自添田水满,晴鸠却唤雨鸠来”,李若水“近村得雨远村同,上圳波流下圳通”,其句法皆自杜来。余友芥舟亦有句云:“东家篱借西家竹,上阪泉浇下阪田”,其对句与梅、黄诸公同,出句实为创获。然此种句法不可屡学,恐入恶道。①

戈涛“东家篱借西家竹,上阪泉浇下阪田”二句明显是学习杜甫七律中的“当句对”,可惜该诗仅剩此残句,若非边连宝征引,恐怕后人已难以窥知其模拟杜甫此种句法之痕迹。

此外,从戈涛某些诗句打破自然节奏、诗句的散文化、用字的生硬以及诗风的横放来看,其诗歌亦有学习韩愈、苏轼的痕迹,然杜诗也是韩诗、苏诗之源头,故而宗杜学杜无疑是戈涛诗歌的主要倾向之一。

---

① 边连宝著,韩成武等点校:《杜律启蒙》七律卷一,齐鲁书社 2005 年版,第 371 页。

三、“上下沿溯，归于自得”：戈涛诗歌之艺术风格述略

戈涛的诗歌虽由韦应物而入，进而泛滥于李杜韩苏诸大家，但由于他秉持以性情为主的诗学观，故能转益多师后自成一格。李中简《芥舟先生小传》称戈涛诗“上下沿溯，归于自得，体气苍凉高洁，类其为人”①。“归于自得”之评乃知己深契之言。在戈涛看来，学习模仿前人诗歌只是手段，其目的仍是表达个人之真性情，故他论诗强调“自得”和保持自我个性。其《随园诗序》曰：“不尽读古人之书，不能自成其文；不尽去古人之书，亦不能自成其文。”又曰：“今读随园诗，纵横排奡，不可方物，而各有一随园者存。即其晚年深造自得，其刚果之气不能尽没于冲夷澹寂中，此随园之真也。其骨近韩，其神近孟，其气近李，其情思近卢……至谓某篇学某、某篇学某某篇，则断断无有。”②此外，边连宝《病馀长语》曰：“芥舟论余诗……所谓‘随园之诗，自成其为随园而已’。又曰：‘各有一随园者存’，则非知余之深者不能道也，故余《酬芥舟》有云：‘敬取一语敢拜受，行间字里皆随园。’”③戈涛指出，边连宝“深造自得”后仍保持自我的个性，并不随人俯仰，所谓“行间字里皆随园”，这才是“随园之真”。戈涛《边徵君传》曰：“故其率然有作，直吐其胸中所欲言，倏如风檣骏马，快剑长戟，奔流激湍，粗沙乱石，悬崖绝涧，瘦竹枯木，枒杈万状，不可睨瞩。”④戈涛认为边连宝能直抒胸臆，表达真性情，并不屑在古人门下求活计，这才是其诗歌最可宝贵之处，这虽是在称赞边随园之诗，其实又何尝不是夫子自道呢。戈涛诗歌中虽有模拟前人的痕迹，但他更着意于抒发个人的真情，如《奉使过河间夜宿》云：

五更钟又动，梦断自沉吟。一作京华客，栖栖直到今。荒庐门径改，

① 李中简：《嘉树山房文集》卷六，《四库未收书辑刊》第 10 辑，北京出版社 1997 年版，第 102 页。

② 戈涛著，刘青松辑校：《坳堂诗文集》，第 148 页。

③ 边连宝著，刘崇德主编：《边随园集》，第 1575 页。

④ 戈涛著，刘青松辑校：《坳堂诗文集》，第 78 页。

老屋雨风侵。何意邮亭宿，居然是故林！①

诗人奉使途中经过故乡河间，夜宿馆驿之中，慨叹自己多年来宦海浮沉，竟至故园荒废，有家难回。此诗次联失对，突破了格律限制，却将诗人的感慨之情强烈地表达出来。又如《上谷归途避雨夏调元村居》云：

伏雨动浃日，积潦忽成川。驱车何所适，始叹行路难。泥沙湍未穷，云雷方遘患。仆者嗟沉瘁，客子衣裳单。故人居道左，停鞭叩松关。跣足倒舄履，握手捐温寒。呼儿具茗荈，斗酒萦襟颜。苦云命不易，莫辞酒杯宽。往者暨边子，乘春来追攀。壁上有遗句，蠹蚀半凋残。春雨杏花白，秋风槲叶丹。拈指六七载，历历思前欢。与君共郊牧，晨夕阻往还。美人况已远，秋水生寒烟。人生感聚散，睽隔在中年。顾我颔须满，悲君鬓发斑。儿女累须毕，功名志宜闲。庶当理袯襫，从子桑麻间。②

这是一首叙事诗，写途中于友人村居避雨情事。从篇章结构、情感线索、遣词造句来看，此诗都明显有模仿杜甫《赠卫八处士》的痕迹。但戈涛抒发的是"人生感聚散，睽隔在中年"之慨叹，与杜诗"人生不相见，动如参与商"的感慨又明显不同；而从表现手法来看，此诗过滤掉了杜诗"夜雨剪春韭，新炊间黄粱"那样的人间烟火味，用"春雨杏花白，秋风槲叶丹""美人况已远，秋水生寒烟"抒发了对时光流逝的怅惘之情，意象清新明丽，富含盛唐韵味。可见虽源于古人却能自铸新词，这就是戈涛诗歌的"自得"。

总的来看，戈涛的诗歌除了具备自然平淡、清新明丽之风外，亦多有雄奇豪迈之音。如《入滇歌》云：

娥娜坡袅双髻鬟，石虬尾掉江沧烟。一声长啸万山顶，此身真落天南端。玉虚九阙呼吸接，天风泠泠吹昼寒。回首下视云漫漫，海色灭尽黔中山。鹰崖狼箐稍倔强，蚁蛭破碎中蹲屼。青丝辔头黄金缠，玉豌不惜石子弹。

---

① 戈涛著，刘青松辑校：《坳堂诗文集》，第 10 页。

② 戈涛著，刘青松辑校：《坳堂诗文集》，第 8 页。

远山离立如静女，翠螺窕窈刚齐肩。北溟客到南溟天，六月正御扶摇旋。平生壮游差一快，浩歌抵当逍遥篇。我闻四极八度九万里，日月不到无穷边。此于天地万万一，安得侈语周人寰。夏虫春秋朝菌朔，委蜕欲往从群仙。浮邱拍手洪崖笑，挥斥六合骖龙鸾。不然弄笔老牖下，俯仰斗室何其宽！①

诗中描摹了云南奇丽的山水景物及其对诗人产生的强烈心灵震撼，边连宝在《病馀长语》中将此诗与王渔洋之诗进行了对比，其曰：

戈芥舟涛乾隆丙子典试云南，著《滇游草》一卷，其《入滇歌》云……。阮亭《登高望山绝顶望峨嵋三江作歌》首段云："四海复四海，九州还九州。河伯海若更相笑，蟪蛄何足知春秋。"中段云："峰峦八面簇金碧，下瞰江海如浮沤。八十四盘在衣带，气凌五岳骄公侯。"案：芥舟诗末一段，分明于阮亭此诗特为下一转语，较王诗所见更阔大，令人读之有神游八极之想。至其结句，又进一解，可谓纳须弥于芥子。余尝以老于牖下为恨，读此可以释然矣。二诗功力悉敌。②

此外，《庐山》《天姥峰》《破石崖》《荆门行》《入滇歌》《老鹰崖》诸篇，也颇能代表戈涛五、七古雄奇豪迈、清旷超逸之诗风，如《破石崖》曰：

有仙超超越八极，我亦千载腾高空。长啸四山应，立久心自清。君不见老鹰崖相对，终古人难行。③

《天姥峰》曰：

浙江潮声八月来，鞭打雷霆走冰雪。伍胥一去钱镠住，百万神兵弩飞铁。渺渺水影东南流，十丈长帆鸟一瞥。扶桑指点日出处，遥闻雄鸡天欲白。云为车，风为马，徘徊俯仰灵岩下。李白一梦又千年，瑶草灵芝更谁把？④

① 戈涛著，刘青松辑校：《坳堂诗文集》，第17页。
② 边连宝著，马合意校点：《病馀长语》卷三，第106—107页。
③ 戈涛著，刘青松辑校：《坳堂诗文集》，第24页。
④ 戈涛著，刘青松辑校：《坳堂诗文集》，第25页。

《庐山》曰：

熊虎叫啸绒狖啼，蛟虬怒蟠赴深穴。远树叠远峦，远峦乍明灭。五老苍颜耸肩立，岌岌峨冠拱揖客。大笑风来飘翠带，影落鄱阳半湖碧。①

这些诗歌超凡脱俗，想落天外，充满雄奇奔放的浪漫主义色彩，既是出入李杜韩苏诸大家的表现，同时也是戈涛独特个性的诗化体现。

四、戈涛在清代诗坛的地位及其影响

戈涛的诗歌在清代颇受推重，钱陈群是其最早的赏识者，翁方纲《坳堂集序》云："乾隆辛未，予始从香树钱先生论诗，先生于北方学者首推宋蒙泉、戈芥舟二君。"②戈涛是纪晓岚的同里前辈，故纪晓岚对其人其诗极为推崇，其《赠戈芥舟二首》曰：

长鲸跋浪出，万里沧溟开。三山岌欲动，倏忽生风雷。夫君振高节，早岁驰雄才。胡为久蹉跎？幽郁使心哀。绿草春离离，感激黄金台。

饥鹰思掣鞲，疲马思疆场。壮志虽不遂，猛气犹飞扬。缅怀古烈士，抚己多慨慷。不有辛苦人，焉识劳者伤？长铗发哀弹，恻恻沾衣裳。③

另外，纪晓岚《镂冰诗钞序》曰："雪庄以后，北士之续其响者，惟景州李露园、曹丽天，任丘边随园、李廉衣、献县戈芥舟，寥寥数人，惜其遗集皆在存亡间，不甚著也。"④法式善《试墨斋诗集序》云："我畿辅之地，沿燕赵遗风，悲歌慷慨，使酒挟剑，奇气郁勃，皆能摇撼星斗，镂刻肾肝也……李文园、边秋崖、戈芥舟诸先辈，余皆获侍其杖履，闻所议论，东南人士无不奉为依归。生平著述，

① 戈涛著，刘青松辑校：《坳堂诗文集》，第 25 页。

② 翁方纲：《复初斋文集》卷四，《续修四库全书》第 1455 册，上海古籍出版社 2002 年版，第 388 页。

③ 刘金柱、杨钧主编：《纪晓岚全集》第二卷，大象出版社 2019 年版，第 72 页。

④ 刘金柱、杨钧主编：《纪晓岚全集》第二卷，第 367 页。

脍炙人口，惜无人发凡起例，勒成卷帙。”①陶樑《国朝畿辅诗传》引《红豆树馆诗话》曰：“乾隆中，畿辅诗人盛于河间一郡，而必以芥舟先生为巨擘。”②范鸣凤《愚仙吟草序》云：“夫献陵为日华故壤，我朝二百年来，名流辈出，馆阁钜公如纪文达、戈芥舟，皆以燕许手笔，鼓吹休明。”③徐世昌《晚晴簃诗汇》称戈涛“诗格律谨严，气势浩瀚，兼有高岑、王孟、苏陆诸家胜概”。④ 柯愈春《清人诗文集总目提要》之《坳堂诗集》提要曰：“边连宝与戈涛互作序言，共同驳斥神韵之非，于乾嘉诗坛独树一帜。”⑤总之，戈涛在清代诗坛占据着重要地位，可惜的是，由于《坳堂诗文集》流传甚少，当代学界的诸种清代诗学史均未提及戈涛。王长华主编，李延年、江合友撰《河北古代文学史》第三卷第二编《清代河北文学》部分，于第一章第三节“任丘边氏家族及其河北籍友人诗歌创作”中首次提及戈涛诗歌⑥，然其所论过于简短，显然只是将戈涛作为边连宝的陪衬看待，且只涉及戈涛山水纪行诗的地域特色，尚未能对戈涛诗歌的整体特色进行全面分析。2016 年，刘青松整理的《坳堂诗文集》由河北大学出版社出版；2017 年，刘青松辑校的《戈涛、戈涢诗集》亦由河北大学出版社出版。相信随着戈涛诗文集整理本的相继问世，学界对戈涛诗歌成就特色的认识会愈发深入，对其在清代诗歌史上的地位当会有更为精准的判断。

总之，戈涛为“河间七子”之翘楚，清代中期的代表诗人。在“神韵说”和“格调说”此消彼长的交替期，他和边连宝共同反对“神韵说”机械拟古之流弊，强调抒发真性情，保持个性独立，并以丰富的创作实绩践行了自己的诗歌理论。戈涛的诗歌由陶、韦而入，泛滥于李杜韩苏诸大家之间，形成了清旷超

---

① 法式善：《存素堂文集》续集卷一，《清代诗文集汇编》第 435 册，上海古籍出版社 2011 年版，第 390 页。

② 陶樑：《国朝畿辅诗传》卷三十八，《续修四库全书》第 1681 册，第 480 页。

③ 戈涛著，刘青松辑校：《坳堂诗文集》附录一，第 259 页。

④ 徐世昌编，闻石点校：《晚晴簃诗汇》卷八十，中华书局 1990 年版，第 3357—3358 页。

⑤ 柯愈春：《清人诗文集总目提要》，北京古籍出版社 2002 年版，第 686 页。

⑥ 王长华主编：《河北古代文学史》第三卷，人民出版社 2019 年版，第 197—198 页。

逸、雄奇豪迈的独特风格，被清人推为畿辅诗人之“巨擘”，其在清代诗学史上理应占据一席之地。

第二节 戈涢《追逋集诗钞》考述

戈涢（1749—？）①，字仲坊，号南村居士，直隶献县东南村人。戈涛之族弟，乾隆四十五年（1789年）举人，屡试不第，一生未仕。酷嗜吟咏，曾与同里纪宝田、纪道原、纪海林结吟秋社。乾隆五十七年（1792年），族兄戈源任山西学政，招其入幕，教授生徒，间或曾至上党、沁州。后客游济南，晚年随其子赴任至浙江永嘉。戈涢《追逋集诗钞》五卷，有道光十三年（1833年）鸥城张氏录古斋刻本，求有愧斋藏版，乃其子任永嘉县丞时所刻，中国社科院文学所藏本。另有今人刘青松辑校《戈涛戈涢诗集》，河北大学出版社2018年版。以下依据刘青松辑校本《追逋集诗钞》，试对戈涢之诗歌进行初步考述。

一、戈涢《追逋集诗钞》的题材内容

关于将诗集命名为《追逋集》的原因，戈涢在《追逋集自序》中云：

> 余学殖疏芜，性复懒慢，于一切文字虽未尝不仿而有作，作矣而未敢自信也，亦辄随手弃。今行年将五十，垂老矣，启视箧中，虚无有也。顾教授生徒学侣，每询所旧作，愧无以相示，往往于夜坐烛残、晨兴钟动时追忆之，盖什百中或得一二焉。因案置一编杂录之，如追逋逃然，稍纵即逝，故命之曰《追逋集》。粗分其类为三：先之以制艺，志本业也；次以诸体诗，童而习焉者也；又次以杂著，则各体文咸在，盖无可名而强名之，因其杂而

① 文献中关于戈涢的生年无明确记载，今按其《追逋集自序》云“今行年将五十”，署为“嘉庆丁巳”，即嘉庆二年（1797年），既称“年将五十”，若按是年49岁计，则其应生于乾隆十四年（1749年）。至于戈涢之卒年，其子道光十三年（1833年）所作《追逋集跋》中称“先君子南村公遗稿”，则其应卒于是年之前。

谓之杂焉，非敢自谓希踪古人也。至其时日之先后，强半遗忘，亦不复编次焉。噫！窭人炫富，计出无聊，败絮残毡，杂充故篚，岂复暇计其好丑哉！

嘉庆丁巳闰月念三日南村居士识于昭馀县署之莱猗轩[①]

通过此序可知，戈涢所作诗歌虽多，却随作随弃，并未留存诗稿，故于嘉庆二年（1797年）在昭馀县署凭借记忆追录旧作辑成《追逋集》。其内容分为三类：第一为八股制艺，第二为诗歌，第三为各体文章。然刘青松辑校《戈涛戈涢诗集》中却仅收录《追逋集诗钞》四卷，八股制艺及各体文章则未见，或已散佚不存。戈涢《追逋集诗钞》的题材内容较为丰富，以下就其述怀、咏物、纪行等诗作进行简要介绍。

由于屡败于科场，未能跻身仕途，戈涢一生辗转漂泊，常为人作幕。通过戈涢的述怀诗，可以了解其个人经历及其情志襟怀。如《济南旅邸书怀》云：

此生真觉百忧攻，得失难询塞上翁。有快意时惟对酒，到无聊处但书空。授徒自笑笼中鸟，献赋谁收爨下桐。才别燕台旋历下，年来踪迹信飘蓬。[②]

诗人由京师漂泊到济南为人作塾师，在旅店里百感交集，自觉身如笼中之鸟，局蹐不展。追想在京时曾献赋阙下，却未被采纳，感觉便如爨下焦尾之桐般有志难伸，不禁为之黯然神伤，百忧攻心。又《将之陵邑途中口占呈徐苏亭明府同年》其三曰：

故人天末半离居，密迩惟余城北徐。也识莱芜清似水，可能分我釜中鱼？[③]

"城北徐"，典出《邹忌讽齐王纳谏》："城北徐公，齐国之美丽者也。"[④]因

① 刘青松辑校：《戈涛戈涢诗集》，河北大学出版社2018年版，第41页。

② 刘青松辑校：《戈涛戈涢诗集》，第78页。

③ 刘青松辑校：《戈涛戈涢诗集》，第77页。

④ 刘向集录：《战国策》卷八《齐策一》，上海古籍出版社1985年版，第324页。

徐苏亭明府姓徐，故用此典以扣其姓氏。《后汉书·范冉传》载，东汉廉吏范冉，字史云，桓帝时为莱芜长，后遭党人禁锢之祸，全家颠沛流离，却依然穷居自若，闾里歌之曰："甑中生尘范史云，釜中生鱼范莱芜。"①友人徐苏亭为官清廉，本已一贫如洗，诗人却打趣说欲分莱芜釜中之鱼，其幽默不禁令人捧腹，但笑过之后却能品味出诗人为生计而到处奔波的心酸与困窘。不过即使历经坎坷与艰辛，生性乐观的戈涢于其诗中却常能表现出豁达与释然。如《中秋书怀》云：

> 壮年无壮志，不如衰朽姿。佳节无佳怀，不如闲岁时。我来客京师，中秋忽两遇。碌碌何所得，坐观流年度。便拟乘长风，飘然归帝阙。自愧樗散材，恐非神仙骨。天上无瑶京，海上无蓬瀛。人生贵适志，风月殊有情。②

诗人在京城碌碌无为已经有两年，对此常人难免会颓唐沮丧，然诗人却能以"人生贵适志，风月殊有情"自我排遣，乐观面对困境，从中可见其超脱的性格。又如《将抵太原先呈家仙舟先生》云："半生得失怜蜗角，满目云山付酒瓢。真乐岂关浮世事，宵灯共话且频挑。"③戈涢于作幕太原期间再次前往京师应试，落第后返回太原，从此诗中可以看出他并不怨天尤人，而是能够笑对苦难，看淡挫折。又如《新筑落成戏题二十韵》曰：

> 人生若逆旅，万事等戏剧。忆昔孩稚初，朋戏相络绎。学人事兴筑，瓦砾互堆积。哗然喜落成，曾不及豚栅。持今与曩较，何啻天壤隔。呼童疾扫除，此是吾安宅。④

诗人的新居本极为简陋，不数日即草创完工，但诗人却将其与童年过家家时盖的瓦砾堆进行对比，从而感到满足，并表示"此是吾安宅"，实系苦中作

---

① 范晔撰，李贤等注：《后汉书》卷八十一，中华书局 1965 年版，第 2689 页。
② 刘青松辑校：《戈涛戈涢诗集》，第 49 页。
③ 刘青松辑校：《戈涛戈涢诗集》，第 67 页。
④ 刘青松辑校：《戈涛戈涢诗集》，第 76 页。

乐,表现了达观开朗的性格。另如《丁香》云:"如游妙香国,笑作识丁人。"①这里诗人故意将丁香的"丁"字假借为"目不识丁"之"丁",自称为"识丁人",也可见出其性格之幽默。

戈涢集中还有不少咏物诗,如《文房四咏》咏笔砚纸墨,《十二辰诗》咏十二生肖,《鼻烟分韵得香字二首》咏鼻烟壶,《用元人故物八咏同张铭渠明府赋》分咏焦桐、尘镜、断碑、旧剑、废檠、残画、蠹简、破砚,《叆叇分韵得可字》《折叠扇分韵得动字》《淡巴菰分韵得物字》分咏眼镜、折扇、淡巴菰,《齐头五咏》分咏藤萝、垂柳、山桃、松、丁香等。这些咏物诗不仅体物贴切,描摹细致,用事典雅,也常能借物咏怀,抒发个人情志。如《文房四咏》之咏笔曰:"东涂西抹何人事,老我中书是棘闱。"②对自己一生仕途蹭蹬、困于科场的经历发出哀叹。又如《焦桐》云:"无为焦桐叹,焦尾匪奇阨。多少英雄人,未遇头先白。"③诗从焦尾琴无知音而遭焚的经历引申到英雄未遇头先白,抒发了个人遭际之感慨与悲愤。再如《破砚》云:

平生八口计,恃此方寸田。幸免冻饿忧,敢曰不逢年。年来舌敝齿又折,我力已疲君体缺。呼童将瘗笔冢旁,中有寒儒心上血。④

此诗通过题咏案头之破砚,表现了诗人以笔耕为生计的寒儒生活,情感含蕴极深。

因长期辗转于山西、山东等地从事游幕生涯,戈涢《追逋集诗钞》中还有一些纪行诗,记录了其漂泊踪迹,如《将之上党自太原早发》《白圭驿》《自交口镇早发晚抵沁州》《井陉道中山色甚佳,前游未之奇也》《济南纪游诗三十韵》《观趵突泉》等。其中《井陉道中山色甚佳,前游未之奇也》云:

昔畏井陉道,乱石如猛虎。今爱井陉山,遥峰如静女。前岁与今岁,

① 刘青松辑校:《戈涛戈涢诗集》,第92页。
② 刘青松辑校:《戈涛戈涢诗集》,第51页。
③ 刘青松辑校:《戈涛戈涢诗集》,第88页。
④ 刘青松辑校:《戈涛戈涢诗集》,第89页。

所历非有殊。今乃下心意，昔但忧驰驱。譬如读异书，聱牙初不免。既深遂忘疲，文奥义自显。紫翠非一状，烟峦逾千重。延绵不可极，转转相为容。是岁秋雨足，宿麦有万亩。环山一翦齐，绿若春初韭。既以增妩媚，弥用清心神。又如画工妙，设色多于皴。翻恨迫长途，不得恣幽讨。何当万峰巅，一览众山小。同行无朋侣，谁与赏此奇？顾笑语僮仆，顽石亦解颐。①

此诗开篇以今昔不同对起，声势颇壮，中间写景亦清新如画，最后用僮仆解颐作为旁衬，从不同角度极尽描摹山色之奇绝，虽中间夹杂少许议论冲淡了诗味，但通篇意完神足，洵足为纪行之佳构。

二、戈涢诗歌之学杜学苏倾向

戈涢自称“半生辛苦事清吟”（《题王朴斋诗后》）②，说明其于诗歌创作上下了很大工夫，然其《追逋集自序》却说“于一切文字虽未尝不仿而有作”“非敢自谓希踪古人”，并未明言其诗学宗尚。今细读其诗集可以发现，戈涢之诗有明显学习杜甫和苏轼的倾向，以下分别论之。

戈涢诗歌中学习杜诗之处较多，如《访朴斋归，用工部〈南邻〉诗韵赋赠（朴斋为余南邻）》诗云：

侧帽浑疑折角巾，萧然衣履不关贫。交缘比户情偏洽，犬解应门状亦驯。苟礼岂绳衰病叟，狂歌元是太平人。与君况喜年相若，漫兴何须得句新。③

诗题已明言用《南邻》之韵，按杜甫《南邻》诗云：

锦里先生乌角巾，园收芋栗不全贫。惯看宾客儿童喜，得食阶除鸟雀驯。秋水才深四五尺，野航恰受两三人。白沙翠竹江村暮，相送柴门月色新。④

① 刘青松辑校：《戈涛戈涢诗集》，第 67 页。
② 刘青松辑校：《戈涛戈涢诗集》，第 87 页。
③ 刘青松辑校：《戈涛戈涢诗集》，第 87 页。
④ 仇兆鳌：《杜诗详注》卷九，中华书局 2015 年版，第 920 页。

可见戈涢此诗确系步韵杜诗之作，且其句式多仿原作，如“侧帽浑疑折角巾，萧然衣履不关贫”化自“锦里先生乌角巾，园收芋栗不全贫”，“犬状驯”化自“鸟雀驯”，两相比较，模仿的痕迹相当明显。又如《闷》云：

不断淫霖旦至昏，今朝始喜见朝暾。银鞍便拟冲泥出，空谷何人折简存。日影徐随砖影度，市声还杂鸟声喧。青山白水何曾恶（“卷帘惟白水，隐几亦青山”，工部《闷》诗也），却怪诗人易语言。①

按，此诗“青山白水”二句出自杜甫《闷》诗，诗云：

瘴疠浮三蜀，风云暗百蛮。卷帘唯白水，隐几亦青山。猿捷长难见，鸥轻故不还。无钱从滞客，有镜巧催颜。②

大历二年（767 年）冬，杜甫因久滞夔州，百无聊赖，故卷帘隐几只见白水青山亦使他感厌倦。戈涢此诗“青山白水何曾恶，却怪诗人易语言”二句便由此翻案，指出青山白水之景色本非恶，只是由于诗人心情不佳，故诗中仅用“唯”“亦”二字稍作点逗，便充分表现出诗人的烦闷无聊，这正是悖理以达情之手法。此外，戈涢诗中还有很多句子直接化自杜诗。如《梦携友探春得一诗》“试推物理将无信”化自杜甫《曲江二首》其一“细推物理须行乐”，《馈岁》“空囊苦羞涩”化自杜甫《空囊》“囊空恐羞涩”，《腐儒一首赠王汉廷》“荒乡一腐儒”化用杜甫《江汉》“乾坤一腐儒”，《五十自寿诗》其四“士子倘能恒作士，老翁虽老复何求”化自杜甫《江村》“但有故人供禄米，微躯此外更何求”，《观趵突泉》“如从三峡倒词源”化自杜甫《醉歌行》“词源倒流三峡水”。诸如此类，诗例尚多，此不备举。另外，戈涢《梦携友探春得一诗》中的名联曰“此日好花他日果，今年流水去年冰”，花与果、水与冰恰好构成前后因果关系，炼句确实绝妙，又系诗人于梦中得之，亦令人称奇。需要指出的是，戈涢此联中“此日”与“他日”为对，“今年”与“去年”为对，构成“句中自对”，又称“当句对”。韩成武先生指出，杜甫虽非当句对的创始者，却是将当句对引入七律的

① 刘青松辑校：《戈涛戈涢诗集》，第 94—95 页。

② 仇兆鳌：《杜诗详注》卷二十，第 2166 页。

第一人。① 则戈涢此联之句法亦源自老杜。

《追逋集自序》云“非敢自谓希踪古人”，实乃自谦之词，其实我们从此句正好可以窥见戈涢对苏轼的心仪和学习。《追逋集诗钞》卷二有《岁事将阑，旅怀堆积，念流光之荏苒，慨老病之侵寻，忆东坡有〈馈岁〉〈别岁〉〈守岁〉三诗，依韵和之，非敢希踪古人，亦聊以自遣云尔》，此诗题中再次出现“非敢希踪古人”之语，则其所谓“古人”，应包括苏轼在内，实际上此诗正是对苏轼三诗的赓和，诗云：

客居虽寡俦，同舍日相佐。岁暮通殷勤，礼也能无货？况复辱先施，为赐亦以大。空囊苦羞涩，坐筹复仰卧。翻悔折柬时，卤莽辄入座。强思龟刮毛，劳比蚁旋磨。投琼乃报李，戋戋幸勿过。将之以新诗，不鄙尚予和。（馈岁）

日月有常度，不驶亦不迟。来本非我恋，去宁容我追。岁去复有几，吾生自有涯。酌酒与岁别，问岁来何时？岂知岁与我，秦越视瘠肥。岁别我不惜，我别岁自悲。予生已半百，行且与岁辞。造物果有情，缓我老于衰？（别岁）

力士虽有力，能拔蜀山蛇。不能翻日车，而将羲辔遮。今岁尽今夕，逝者将如何！儿童喧爆竹，奔走群相哗。好事竞薄塞，厌闻谯鼓挝。我自酌一樽，用慰暮景斜。妻孥幸团圞，兹日非蹉跎。坚坐遂达旦，矍铄犹堪夸。（守岁）②

苏轼原作诗题为《岁晚相与馈问，为馈岁；酒食相邀，呼为别岁；至除夕夜，达旦不眠，为守岁，蜀之风俗如是。余官于岐下，岁暮思归而不可得，故为此三诗以寄子由》，其中《馈岁》云：

农功各已收，岁事得相佐。为欢恐无及，假物不论货。山川随出产，

① 韩成武：《杜诗艺谭》，河北教育出版社2002年版，第178页。

② 刘青松辑校：《戈涛戈涢诗集》，第71页。

贫富称小大。置盘巨鲤横,发笼双兔卧。富人事华靡,彩绣光翻座。贫者愧不能,微挚出舂磨。官居故人少,里巷佳节过。亦欲举乡风,独唱无人和。

《别岁》云:

故人适千里,临别尚迟迟。人行犹可复,岁行那可追。问岁安所之,远在天一涯。已逐东流水,赴海归无时。东邻酒初熟,西舍彘亦肥。且为一日欢,慰此穷年悲。勿嗟旧岁别,行与新岁辞。去去勿回顾,还君老与衰。

《守岁》云:

欲知垂尽岁,有似赴壑蛇。修鳞半已没,去意谁能遮。况欲系其尾,虽勤知奈何。儿童强不睡,相守夜讙哗。晨鸡且勿唱,更鼓畏添挝。坐久灯烬落,起看北斗斜。明年岂无年,心事恐蹉跎。努力尽今夕,少年犹可夸。①

苏轼三诗作于宋仁宗嘉祐七年(1062年)岁末,乃是年终在凤翔怀念其弟苏辙所作。戈涢三诗依苏诗原韵和之,可谓亦步亦趋,从中可见其对苏诗的学习和追拟。又如《侨寓》云:

侨寓因人处处家,柴门深掩似盘蜗。更无鸡犬随行李,剩与琴书阅岁华。未了宿逋仍觅句,偶思清供且烹茶。年来渐解谋生事,拟学东坡置画叉。②

尾联"东坡置画叉"事,见苏轼《答秦太虚七首》其四:

初到黄,廪入既绝,人口不少,私甚忧之,但痛自节俭,日用不得过百五十。每月朔便取四千五百钱,断为三十块,挂屋梁上。平旦用画叉挑取一块,即藏去叉,仍以大竹筒别贮用不尽者,以待宾客,此贾耘老法也。③

戈涢在诗中用此典故,说明其对苏轼事迹非常熟稔。又如《清明日书

① 王文诰辑注,孔凡礼点校:《苏轼诗集》卷四,中华书局1982年版,第159—161页。
② 刘青松辑校:《戈涛戈涢诗集》,第45页。
③ 苏轼著,孔凡礼点校:《苏轼文集》卷五十二,第1536页。

怀》云：

故园杨柳又逢春，整顿门庭事事新。诸弟重招联旧社，痴儿初课慰慈亲。四时佳节惟寒食（东坡与人书云："人生惟寒食、重九慎不可虚掷，四时之美，无逾此节。"），几度愁怀属旅人。今日全家共团聚，始知至乐在清贫。[1]

检《苏轼文集》可知，戈涢所谓"东坡与人书"，实即苏轼《与李公择十七首》其十二。[2] 戈涢将苏文翻为诗句，不仅说明其对苏文之熟悉，亦可见其对苏轼的推崇。戈涢《追逋集诗钞》中还有《社会观剧，与宝田兄弟限以东坡诗韵，分得〈游径山〉诗》《前题道原分得〈游金山〉诗邀同赋》《前题宝田分得〈和蒋夔寄茶诗〉邀同赋》等诗。[3] 戈涢与戈宝田、戈道原兄弟结吟秋社唱和时以东坡诗韵分别赋诗，也从侧面反映出戈氏诗人群体对苏轼诗歌共同的喜爱。此外，《叆叇分韵得可字》云："我笑杜陵对佳节，看花愁向雾中坐。又笑东坡看细字，问龙乞水计何左。"[4]这四句诗分用杜甫和苏轼诗歌之典，其中"我笑杜陵对佳节，看花愁向雾中坐"来自杜甫《小寒食舟中作》"春水船如天上坐，老年花似雾中看"；"又笑东坡看细字，问龙乞水计何左"则出自苏轼《游径山》"问龙乞水归洗眼，欲看细字销残年"，自注曰："龙井水洗病眼有效。"[5]叆叇即眼镜，戈涢晚年视力欠佳，故诗中并用杜甫、苏轼的相关诗句以为典要，从中可见其对杜诗和苏诗之熟悉，亦可以窥见其诗歌之瓣香所在。戈涢族兄戈涛在《周萎亭诗序》中自评其诗歌曰"泛滥于李杜韩苏之间"，[6]而戈涢之诗歌取径于杜、苏，这与戈涛的诗学趣向颇为相似，从中似乎也可见出戈氏家族诗人间的相互熏陶与影响。

---

① 刘青松辑校：《戈涛戈涢诗集》，第 47 页。
② 苏轼著，孔凡礼点校：《苏轼文集》卷五十一，中华书局 1986 年版，第 1500 页。
③ 刘青松辑校：《戈涛戈涢诗集》，第 60—61 页。
④ 刘青松辑校：《戈涛戈涢诗集》，第 56 页。
⑤ 王文诰辑注，孔凡礼点校：《苏轼诗集》卷七，第 350 页。
⑥ 戈涛著，刘青松辑校：《坳堂诗文集》，河北大学出版社 2016 年版，第 150 页。

三、戈涢诗歌的地位及其影响

刘青松在《戈涛戈涢诗集》的《后记》中云：

> 戈涢没有官职，族中知道他的人也不多，以至于他的名字在《畿辅诗传》《献县志》《续修四库全书总目》等书中被误作“戈涓”。但从他和诗友的作品来看，在同辈中他的才思是优胜的。纪昀在《阅微草堂笔记》中数次提到“戈仲坊孝廉”，《青县志》人物载刘天谊“受业戈南村先生之门”，可见戈涢在畿辅一代还是小有名气的。①

总的来看，戈涢在清代诗坛的地位不高，其诗歌的影响也并不算大。不过陶樑辑《国朝畿辅诗传》选录戈涢诗歌2题3首，分别是《侨寓》《送钱湘芹归江南》（二首）。② 徐世昌《晚晴簃诗汇》选录戈涢诗歌5首，分别是《题丹崖老人画册》《眼镜分韵得可字》《扑满分韵得复字》《阻雨窦田家》《井陉道中山色甚佳，前游未之奇也》。③ 作为一个名不见经传的地方诗人，戈涢之诗能够为《国朝畿辅诗传》《晚晴簃诗汇》所收录，还屡次被纪昀《阅微草堂笔记》提及，可见其在清代诗坛还是能够占据一席之地的。

总之，在献县戈氏文学家族中，戈涢与戈英、戈懋伦、戈锦、戈涛、戈源、戈济、戈廷模、戈廷楠等人共同构成一个令人瞩目的家族诗人群体，在清代畿辅诗坛上扮演着极其重要的角色。其中戈涛、戈涢无疑是戈氏家族中的代表诗人。与戈涛的《坳堂诗集》一样，戈涢的《追逋集诗钞》亦是戈氏家族诗学的重要组成部分。

---

① 刘青松辑校：《戈涛戈涢诗集》，第133页。

② 陶樑辑，江合友、程宇静点校：《国朝畿辅诗传》卷四十八，国家图书出版社2017年版，第1434页。

③ 徐世昌编，闻石点校：《晚晴簃诗汇》卷一百二，中华书局1990年版，第4331—4332页。

第三节　刘廷楠诗歌考述

刘廷楠(1753—1820年),字让木,号云冈,直隶献县护持寺人。性豪放,喜游,试辄冠军。乾隆四十五年(1780年)举人,乾隆五十二年(1787年)进士。登第后拒绝攀附和珅,遂以知县归班候选。嘉庆三年(1798年),授广东信宜知县。嘉庆五年(1800年),摄惠州河源知县。在任上平息蓝珂和、陈四、曾六之乱及以何常、李七、郑明为首的天地会数万之众,复擒洋商吴三、海盗姚麻、李崇玉。嘉庆六年(1801年),量移潮州揭阳知县。嘉庆十四年(1809年),说降海盗张保,徙南海知县。嘉庆十九年(1814年),补嘉应州知州。嘉庆二十四年(1819年),摄廉州知州。卒后入祀广东揭阳、嘉应名宦祠及畿辅先哲祠,生平事迹见曾国藩《广东嘉应州知州刘君事状》、徐青《景廉堂年谱》、徐世昌《大清畿辅先哲传》。刘廷楠著有《景廉堂偶一草》,已散佚,后由其曾孙刘修鉴辑钞为《景廉堂偶一草拾遗》,收入献县刘氏家集《清芬丛钞》卷二,国家图书馆藏清稿本。又收入今人杜书恒辑校《清芬丛钞诗全集》,河北大学出版社2018年出版。今试对刘廷楠诗歌作简略论述如下。

一、刘廷楠《景廉堂偶一草拾遗》的题材内容

刘廷楠的《景廉堂偶一草拾遗》虽仅存诗歌七十余首,从题材内容来看却颇为丰富,有军旅诗、题画诗、女性诗、述怀诗、酬赠诗等诸多类型,以下择其要者分别论之。

(一)军旅诗

刘廷楠任职广东期间,长期参与平叛行动,这在其诗中均有反映。如《军中即事(时博罗甫平,永安复叛,奉檄督兵截剿)》云:

罗浮一炬阵云高,又报军中驰羽毛。知有风霜凌草木(各路军俱调集),

谁教牧竖长酋豪。三山移阵朝传箭(三神山俱揭属),万弩防江夜伏涛。便拟铁衣随定远,卷旗径渡海门潮。

羽书飞不到江浔,云压孤城白日阴(时永安被围旬日)。困兽只今无斗志(贼遇官军即溃),王师自古尚攻心。筹边司马星轺促(黄东井司马奉檄堵御),拥节元戎玉帐深(请兵经旬不报)。南裔从来开府地,那堪车辅望氛侵。

连营代鼓渡横流(时官军已渡横流),襟带山河控上游。悬赏已闻酬李愬(博罗之役,诸将有奖花翎者),捷书何不下循州(惠郡为古循州)。一丸已弃当关险(贼弃天字阵不守,为大兵所据),三窟频烦上将忧。应念潢池皆赤子,不堪谈笑取封侯。

千群面缚远惊风,一扫欃枪战垒空。闻说疮痍尚尝胆,宁留枭獍早藏弓。绥蛮旧忆王新建,入蔡今看裴晋公。愿祝烽烟从此息,承恩诸将好论功。①

这组诗作于惠州河源知县任上,题注所谓“博罗甫平,永安复叛”,是指嘉庆五年(1800 年)博罗陈四、永安曾六聚众叛乱之事。组诗采用诗注配合的形式,清晰地描述了官军与叛军双方的军事形势及平叛进程,收到了以诗纪史之效。需要特别指出的是,刘廷楠秉持儒家的民本思想,认为参与叛乱的民众皆为“赤子”,并不贪功好杀,而是提倡“攻心”和劝降,希望尽快平息叛乱,使得饱受战争摧残的人民能够安居乐业,这种仁者情怀和思想境界正是那些欲凭战功博取高官的诸将所达不到的。又如《张保受降口号》云:

鼙鼓声中泛上游,海门何处觅封侯。城头指点洪涛里,刘令生还一叶舟。

题下有按语曰:“诗凡四首有序,纪受降始末,仅存末首。”②《晚晴簃诗汇》引《诗话》曰:“让木佐文敏招降张保事,具详《畿辅先哲传》。所著《偶一草》身后散佚,曾孙修鉴从他处搜辑,仅得数十首。其《受降口号》四首久佚,

① 刘廷楠:《景廉堂偶一草拾遗》,陈红彦、谢冬荣、萨仁高娃主编:《清代诗文集珍本丛刊》第 339 册,国家图书馆出版社 2017 年版,第 96—97 页。

② 刘廷楠:《景廉堂偶一草拾遗》,第 107 页。

张文襄曾见之,仅忆其一首,为修鉴口诵之,故得附编。文襄为当代名臣,乃于乡先进遗事殷殷留意如此,亦足觇其识抱也。"①此诗作于南海知县任上,张保为当地海盗,刘廷楠冒着生命危险单骑前往招降,书写了一段人生传奇。《大清畿辅先哲传》载其事曰:

张保之寇海也,自嘉庆初年始,后与其党郭学显内嗌,学显来降,保亦思归义,首鼠进退。百龄欲遣使招降,廷楠请行,与之卫,曰:"无益也。"从二仆,棹小舟,径至海口,贼数百艘,交刃成列,保出,众斥曰:"跪吾王!"曰:"吾,天子命吏,岂屈若曹?且编民之不得,何王也?"即睨保曰:"吾以汝为海上豪杰,乃效匹夫怒目恐人,刘某畏死者,不来此矣!"保亦起揖,即屏左右。语之曰:"十年来,粤中巨寇若蓝阿和、何阿常、郑阿明之属,海盗若姚阿麻、李崇玉,今有存焉者乎?"保默然曰:"亡有,然今且奈何?崇玉以杀掠平民之故,尚伏天诛,况保纵横海上十余年,杀二总兵、一参将、三游击,罪在不逭,今弃众内首,则鱼肉耳。"曰:"汝何虑之浅也!朝廷并包海外,荒类萌生,削逆育顺,以劝来者,犹惧不继,若革面自效,不赀之庆也。学显贷死,有明徵矣。且知莫大于知几,行莫亏于食言,祸莫酷于杀已降,汝视刘某,岂诱人徼功者哉?吉之与凶,在此须臾。"保再拜曰:"谨受教。"乃泣送廷楠归,七日而张保降。②

《(民国)献县志》亦载:"海寇张保纵横洋面十余年,戕总兵二、参将一、游击三,百龄督两广,将使人降之,楠请往,遂棹小舟、从二人,叩其营,保大惊,楠为陈祸福,慷慨激切,保感泣,遂降。"③成功说降张保是刘廷楠一生中的闪光点,通过《张保受降口号》仅存的这一首诗,可以窥见刘廷楠此次说降张保时不避生死的无畏精神,以及成功生还后的激动心情。

---

① 徐世昌编,闻石点校:《晚晴簃诗汇》卷一百五十,第4475页。
② 徐世昌:《大清畿辅先哲传》卷三十三,北京古籍出版社1993年版,第1174页。
③ 薛凤鸣修,张鼎彝纂:《(民国)献县志》卷十一上,民国十四年(1925年)刻本。

（二）题画诗

题画诗是刘廷楠诗歌的重要题材之一，集中有《题仲柘庵〈海天一览图〉》《题王苇塘〈幽篁独坐图〉二首》《题章坦庵〈爱菊图〉二首》等。其中《题王苇塘〈幽篁独坐图〉二首》曰：

我爱坡老诗，不可居无竹。公余辟荒园，手栽千竿绿。岂曰栖鸾凰，聊以供眺瞩。无那对使君，益惭形骸俗。羡汝凌霄姿，天寒倚空谷。不种和靖梅，不采元亮菊。人似竹有筠，竹肖人如玉。物我两俱忘，各得真面目。

嵇阮号七贤，竹林寄高致。云何王濬冲，足迹未一至。徒以冠冕羁，胜游莫能遂（竹林之游，王戎以仕不与）。从识造物心，清福是所忌。君系出琅琊，家风期无坠。皎皎玉笋班，翻教投笔吏。折腰比菖蒲，无乃非本志。抗怀写兹图，聊补未逮事。①

前首称赞王苇塘《幽篁独坐图》的高远立意，以修竹之清高映衬画家之人格节操，人竹相映，曲尽其妙。后首通过竹林七贤中王戎不与竹林之游的事典慨叹造物嫉妒人间清福，对王苇塘以名门高族而屈身下僚表示同情，结尾点出其画图心事及图中寓意，紧扣题目。又如《题章坦庵〈爱菊图〉二首》云：

四面楼台十里花，天然图画不须赊（坦庵家杭州）。而今懒作湖山主，写入柴桑处士家。

仲蔚清标自昔闻，满城风雨恰逢君。披图细认秋容淡，输与黄花瘦几分。②

章坦庵本为杭州人，却作《爱菊图》，故以“而今懒作湖山主，写入柴桑处士家”调侃之。刘廷楠诗中“四面楼台十里花”之句与刘凤诰描绘大明湖的名联“四面荷花三面柳，一城山色半城湖”的上联较为相似。考二人生年，刘廷

① 刘廷楠：《景廉堂偶一草拾遗》，第98—99页。
② 刘廷楠：《景廉堂偶一草拾遗》，第111—112页。

楠尚长刘凤诰八岁，则刘凤诰此联或受刘廷楠之启发亦未可知。又如《题彭井南太守〈随缘去住图〉六首》云：

清修已得到岷峨，道是随缘却逐波。应笑禅机似坡老，括锋难悟又生魔。（出山）

百战身经蜀道难（教匪滋事，井南督兵勇剿捕），虎头投笔弃儒冠。如何才试和羹手（井南时摄运同），却忆荒斋苜蓿盘。（秉铎）

射虎雄心老已违，无端见猎又神飞。乞君饮我黄羊血，同上天山雪打围。（射虎）

鲸鲵跳浪海云隤，杨仆楼船去不回（时林、许两镇战殁）。记与先生分半壁（时与总理剿抚），经年才筑受降台（海面平靖，筑受降台于香山）。（降鲸）

远岫平林足牧刍，自趋乌悖课奚奴。佩牛带犊缘奚事，且看先生戴笠图。（司牧）

看罢羊昙一局棋，悬崖撒手不须疑。出山仍践归山约，独使山灵笑我迟。（归山）①

"苜蓿盘"是用典，意即小官或塾师的清苦生活，语见五代王定保《唐摭言》："薛令之，闽中长溪人。神龙二年及第，累迁左庶子。时开元，东宫官僚清淡，令之以诗自悼，复纪于公署曰：'朝旭上团团，照见先生盘。盘中何所有？苜蓿长阑干。饭涩匙难绾，羹稀箸易宽。何以谋朝夕，何由保岁寒？'上因幸东宫，览之，索笔判之曰：'啄木觜距长，凤皇羽毛短。若嫌松桂寒，任逐桑榆暖。'令之因此谢病东归。"②因彭井南所绘《随缘去住图》有厌倦宦海、欲回乡归隐之意，刘廷楠这组诗便围绕着入仕与归隐这一主题展开。诗中回忆了彭井南所立功勋及其豪情壮志，并将这些功业豪情与其归山之愿进行对比，委婉地透露出惋惜之情，最后借西晋羊昙典故和孔稚珪《北山移文》之典对彭井南选择急流勇退表示了强烈认同。又如《题颜明经（崇衡）〈湘帆图〉二

① 刘廷楠：《景廉堂偶一草拾遗》，第120—121页。

② 王定保撰，陶绍清校证：《唐摭言校证》卷十五，中华书局2021年版，第642页。

首》云：

无端写出汨罗秋，万顷苍波一叶舟。多恐轻帆不得泊，天风吹送到瀛洲。

杜若洲边烟漠漠，黄陵庙外雨冥冥。一生不识萧湘水，只爱衡山九面青。①

第一首正面咏湘帆，以帆轻难泊、被风吹送到瀛洲抒发了观图所感，构思风趣活泼。第二首从《湘帆图》生发联想，猜测这一叶孤帆的目的地应该是九面皆青的衡山，那是诗人心目中的乐土，借咏画抒发个人情志，显得活泼可喜。又如《题戴鹤门〈举杯邀月图〉二首》云：

明月前生事有无，停杯对影且相须。儿痴不解先生意，道是青莲觅句图。（幼子六岁，从其学诗）

三五清光分外圆，几生修到大罗天。广陵多少飞仙戏，独有吴刚夜不眠。②

“明月前生”是用典，语见王重阳《悟真歌》：“一轮明月前生约。”③第一首前二句点出戴氏所绘《举杯邀月图》乃是自己举杯邀月，因为他曾梦月而生。刘廷楠幼子不懂画之寄意，以为戴氏画的是李白举杯邀月。诗人截取了生活中这一富有趣味的场景，生动地表现了题画这一主题。第二首由举杯邀月的画面进一步展开联想，慨叹人生的艰难，真正做到解脱着实不易，将世间嫦娥飞仙戏之热与月中吴刚之冷清孤独进行对比，以吴刚夜不能眠作结，余味不绝，令人浮想联翩。又如《题仲柘庵〈海天一览图〉》云：

南溟上接银汉遥，谁实主之赤与寥。乾轮坤轴双丸跳，阳冰阴火冶不销。浑沌之初如浮泡，狂澜不肯循汐潮。飓母吹浪鼋鼍号，山泽错遌无支条。王公设险磐石牢，东峙大虎西崖蕉。三门一束如堂坳，零丁鸡足吾垌郊。

① 刘廷楠：《景廉堂偶一草拾遗》，第125—126页。
② 刘廷楠：《景廉堂偶一草拾遗》，第128页。
③ 王重阳著，白如祥辑校：《王重阳集》，齐鲁书社2005年版，第138页。

利涉索度达沃焦，梯航万国百宝饶。商贾重利狎风飙，帆樯出没无昏朝。
守兹土者若斗筲，蚤人龙户俱雄枭。海防海战纷哓哓，谈兵纸上嗤虚枵。
柘庵吏事迈常僚，亭鼓无警民不佻。还虑萑苻伺劫剽，欲穷澳屿擒酋豪。
山垄碨磊紫澜高，望涛远决色无挠。惊帆如叶舟如瓢，长年如豆橹如毛。
海童马衔不敢邀，怳驱雷霆鞭巨鳌。天水混茫一色包，云谲波诡万象昭。
或若神山隐岧峣，或若岛夷分土茅。或若冯夷击灵鼍，或若阳侯驭云骢。
或若群妖视眇瞭，或若鬼国状僬侥。或若蜃窟吐虹桥，或若鲛室挂冰绡。
灵变惚恍难具描，风激浪骇促归桡。逻卒沙丁远然膏，鱼姑蚬妹夜吹箫。
测海今知众言淆，世所未名目已遭。忆昔氛祲尚未消，水犀三千久垂橐。
天昊不戢鲸鲵骄，幻化介鬼长鳞妖。红旗黑帜连千艘，安得周郎赤壁烧。
帝咨元老建节旄，楼船五月下南郊。封狼生貙雉卵蛟，岠虚负蟨蝯援猱。
右臂宜断左宜招，近者用抚远用剿。顾我素未谙钤韬，徒以命薄轻洪涛。
慷慨请行浮一舠，冲其壁垒捣其巢。渠魁面缚不血刀，群丑解甲齐山腰。
受降台筑拜嫖姚，不数伏波铜柱标。书生蹈险幸偶徼，虎穴得子敢告劳。
披君此图白首搔，双眸犹眩心旌摇。方今环海涤腥臊，彯沙礐石无逋逃。
余殄犹恐孕蠨蛸，安不忘危是吾曹。与君谊结古同袍，老矣壮志未全抛。
共抒心力答熙朝，非徒奇绝记游遨。①

《海天一览图》景物纷呈，境界阔大，诗人览之而逸兴飞扬、神思飘举，乃极尽描摹想象之能事，"或若神山隐岧峣"以下八句使用博喻形容云谲波诡、海天混茫的景色，令人叹为观止。然而这观图所感终究离不开刘廷楠的个人经历，诗的后半"顾我素未谙钤韬"以至"群丑解甲齐山腰"一段分明是回忆自己招降张保的传奇经历，正可与《张保受降口号》互相印证。作为一首长篇歌行，此诗逐句押韵，且一韵到底，却并不显得局促窘迫，显示出诗人游刃有余、举重若轻的过人才力。

① 刘廷楠：《景廉堂偶一草拾遗》，第122—125页。

（三）女性诗

刘廷楠《无题八首（有序）》云：

潮妓蕴玉，吴姓，本良家女，明慧丰艳，略知书，涉岐黄，尤精音律，色艺声价，甲于平康。一时贵官富贾、冶客词人，无不逐影寻香，挥金买笑，非强有力者莫能致也。而居恒郁郁，欲于风尘中物色吉偶，为终身托，蹉跎未就。后归巨商为小星，嫡不能容，逼遣之。自出所积缠头赀，买宅委巷，裾布钗荆，闭门课婢媪操作，居然素封矣。未几，商以事籍没，当事者觊其所蓄，诬以寄顿，遂并罹瓜蔓之抄，至仳离不能自存，仍归依假母。虽不作倚门妆，每遇名流宴集，或有时一赴，盖其初志未忘也。某年，予将于役北上，息肩后小住金山，始遇之于某太史筵中，时将花残莺老矣！虽娥眉淡扫，而丰韵天成，妍笑工颦，流光四照，偶话平生，辄欷歔欲啼，殆亦有心人之沦落不偶者。濒行，诸名士复饯予于凤凰台，招以侑觞。比至，则啼眉慵髻，绿惨红愁。酒半，客有吹长笛者，促之度曲，乃离席敛衽，歌《折柳》一阕，凄清宛转，声与泪俱，满座为之动容，觉商妇琵琶不独浔阳江上。予遽解缆以去。逾年，返棹韩江，询之，则埋香黄土，墓草已青矣！抚今追昔，情见乎词，非如扬州杜牧，聊比之《板桥杂记》云尔。

盈盈十五斗妖斜，云懒烟慵初破瓜。锦水有鱼多比目，雕栏无树不双花。虚传越客千丝网，漫御金夫七宝车。赢得青衫老司马，樽前重与记琵琶。

秦镜何能照覆盆，筐箱没入更鸡豚。谁令槁木延瓜蔓，悔把闲田种葛根。南部烟花词客泪，西陵松柏美人魂。春塘看遍鸳鸯戏，难见惊鸿旧爪痕。

绿杨影里画桥边，翠袖银筝晚放船。杜牧三生犹入梦，徐娘半老竟长眠。风风雨雨华严劫，色色空空忉利天。见说簪花图尚在，还愁执手飏如烟（玉有簪花小照）。

六张五角日蹉跎，弹指流光付逝波。梦里莺花情绪减，天涯风月别离多。何时才解丁香结，此处休闻子夜歌。纵有掌珠能效母，一船两桨怕经过。

桃花流水绕江亭，十里珠帘独闭扃。倚棹懒敲金屈戌，隔窗愁听玉东丁。空将旧事询沙董，无复新妆斗尹邢。五马曾闻说共载，误人偏是假惺惺(玉为某太守所眷，欲纳之，不果)。

岂是千花藏里身，维摩榻畔证前因。迷云梦雨愁飘汝，见影闻声总可人。漫拟城南逢好好，只从壁上唤真真。青天碧海无多日，已阅红尘廿八春。

听残鶗鴂乍惊秋，才买珠江下濑舟。小别犹沾他日泪，再来忽报此生休。浮家只住梅花国(玉，梅州人)，幻影仍凭燕子楼。凄怆凤凰台上月，那堪重照大刀头。

到老春蚕未断丝，博山沉水意迷离。荡舟何处迎桃叶，走马无心折柳枝。岂有黄金买歌舞，偏劳红豆种相思。青山欲表真娘墓，安得娄淞画里诗(吴梅村有《真娘墓》诗)。①

诗中有些典故需要稍作疏解："六张五角"，即五角六张，语见宋马永卿《懒真子》："世言五角六张，此古语也……谓五日遇角宿，六日遇张宿，此两日作事多不成。"②"只从壁上唤真真"，事见《松窗杂记》：唐代进士赵颜，于画工处得一软障，上画妇人甚丽，画工谓此画为神画，此女名真真，呼其名百日必应。"燕子楼"，为唐代尚书张建封之爱妾关盼盼之居所。"真娘"为中唐苏州名妓，白居易有《真娘墓》诗。诗序最后所谓《板桥杂记》，是清初余怀所撰笔记小品，书中追忆明末清初南京秦淮河畔的妓院旧事，记述了不少才子佳人生离死别的动人故事。刘廷楠在诗序中细致描绘了吴蕴玉的生平经历，字里行间充满了对她坎坷命运的同情与悲悯。他还将自己对吴蕴玉的感情比作白居

① 刘廷楠：《景廉堂偶一草拾遗》，第102—107页。
② 马永卿：《懒真子》卷一，《丛书集成初编》，商务印书馆1929年版，第5页。

易之于商妇、杜牧之于张好好、赵颜之于真真、张建封之于关盼盼，说明他对吴蕴玉是有真感情的，故整组诗写得缠绵悱恻、哀婉动人。

刘廷楠还有一首咏节妇的《邹贞姑歌》，诗云：

壮士伏节甘损躯，匹夫负义死不渝。公孙杵臼志慷慨，程婴不死为存孤。存孤难比杀身难，巾帼须眉总一般。岂无匹夫经沟渎，未尽芳徽照简编。贞姑之难无与比，所难初不在一死。难在平生未见夫，肯为其难竟如此。平生未见梦中见，衣冠黯淡形非幻。羊灯焰碧燐火青，幽魂未变初识面。一面知为永诀来，爷娘劝女信还猜。果传江上青鸾信，顿折窗前玉镜台。此际只思同穴好，转念同穴犹草草。哀哉留此未亡人，万事艰难殊未了。沉沉风雨夜凄其，忍使重泉泣馁而。拼令翠幕金闺质，练裙缟素成于归。升堂再拜泣如霰，舅姑无言心自惨。皖山迢递楚山高，异乡旅榇何时返。志决力果身任之，匍匐扶归千里远。归来卜葬芝山头，谁奠山头土一抔。自是德门敦孝友，早教犹子续箕裘。都将别鸾离鹤泪，并入丸熊画荻流。更虑高堂伤迟暮，情如乌鸟待反哺。卅年忧戚变欢娱，虽失佳儿得佳妇。呜呼妾身未分明，梦中一诺许平生。人间信有女贞树，到老不知河鼓星。我与兄公敦孔李，愧无银管书青史。长歌并俟采风人，田家还有奇女子（南海仲大令孀媳田亦未嫁守志）。①

邹贞姑从未见过丈夫，只因梦中见到未婚夫的魂魄前来告别，便不顾家人劝阻，毅然嫁入夫家，为其守了一辈子“望门寡”。她先是将客死异乡的丈夫尸骨扶归故乡安葬，又教育侄子长大成人，同时照顾公婆的生活。邹贞姑并未为丈夫死节，但她在丈夫去世后全力承担了丈夫的家庭重担，这种艰难更有甚于简单一死，故诗中以程婴、公孙杵臼比之。如今看来，刘廷楠这种封建妇女观无疑是对妇女的戕害和摧残，应当大力批判和鞭挞，但在那个时代，邹贞姑这种行为却属于为社会所提倡和效法的“正能量”，在这种观念的统治下，也

① 刘廷楠：《景廉堂偶一草拾遗》，第136—138页。

不知酿成了多少人间悲剧。

二、刘廷楠的诗学宗尚与艺术风格

民国八年(1919年),张润为《景廉堂偶一草拾遗》所作《序》曰:

> 读《畿辅先哲贤能传》载先生之宰南服也,民功曰庸,战功曰多,既兼之矣。吟咏撰述,文人学子所挟以擅长者,在先生为余事。摛藻扬芬,敲金戛玉,令读者口涎而手胝,相与商度而扬榷之,似矣。虽然,吏才贵乎文事。昔颜平原捍边著节,以善书掩;王新建平寇策勋,以理学掩。吾国趋重文学,结习旧矣,可勿鉴哉!有清乾嘉之际,号称盛事,君臣赓歌于殿陛,贵游啸咏于坛社者,风靡一时。先生躬逢此会,则不期而然之流露,非必抚意呕心以竞工而求胜也明矣。故尝眷怀,不以问世,后遂散失。先生曾孙式三明府网罗散失,得杂体诗七十余首,骈散文九,裒为一册,伻来示余。余受而读之,觥觥乎如韩文杜诗,无一字无来历,至千言不少衰,于先生诸作叹观止矣!证以向者志乘之纪录,愈以知吾乡先进之发名成业者,虽余绪犹足以传后云尔。①

张润指出,刘廷楠一生着意于宦途,本无意作诗人,诗歌仅是其功业之绪余。他还以"觥觥乎如韩文杜诗,无一字无来历,至千言不少衰"概括刘廷楠的诗歌,确实道出了刘廷楠诗歌的部分特色。"如韩文杜诗"之评指出了刘廷楠的宗唐倾向,且在唐代诗人中他又特别服膺杜甫和韩愈,具有刚健峭拔之风,且又用典繁密,有"无一字无来历"的特点。"至千言不少衰"应该是指《题仲柘庵〈海天一览图〉》《送温廉访华甫夫子入觐六十四承志韵》《李东田明经用东坡石鼓韵留别次韵奉和》《题蓉宾遗草》等长篇七古和五言排律。此外,《续修四库全书总目提要》集部引崔旭《念堂诗话》云:"献县刘让木太守诗,七古如《和李东田明经留别》《题仲柘庵〈海天一览图〉》,皆气足神完,有盛唐之

① 杜书恒辑校:《清芬丛钞诗全集》,第3页。

格调焉。”[①]除了学杜之外，刘廷楠诗歌在艺术上确实有模仿韩孟诗派的痕迹，兹试举一例说明之。《戊寅宾兴示诸生六首》其六颈联曰：“古战场曾惊劫火，新花样又看传灯。”[②]因为出现了“古战场”与“新花样”的三字对仗，这联的意义节奏变为3/2/2，打破了七律2/2/3的音韵节奏，使得意义节奏与韵律节奏发生了明显冲突，且难以调和，这种做法恰恰与韩愈、孟郊、皇甫湜等韩孟诗派诗人故意打破诗歌自然节奏的做法完全相同。但刘廷楠并非专宗唐人，其对宋代的苏轼、谢枋得以及江西诗派亦多有学习。因此总的来看，刘廷楠诗歌表现出兼宗唐宋诸名家的倾向。

从艺术风格来看，刘廷楠的诗歌气势贯畅，神韵飞扬，虽重视典故的运用，却不屑于过分地雕章琢句，这些做法确实有别于一般文人，因而造就了其诗歌风格的独特性。如《题蓉宾遗草》云：

> 寰区代出雕龙手，类享声华膺福寿。况君系本高贤裔，宜有达人嗣其后。彼苍何事迫不待，星容黯淡灵祇走。天符夜召绿衣童，遽令旌鹤空中守（柘庵自述梦中所见）。若云长吉呕心肝，例与修文亦才咎。前宵凉雨滴梧桐，衙斋秋深灯在牖。细繙遗草一再三，盎盎春云出岩薮。水流花放自成溪，泠泠朱弦涤尘垢。大波忽起冯夷愁，龙蛇欲捉还蚴蟉。才豪气壮语言工，春蚓秋蝉不敢嗾。九岁杨乌十岁弦，今日蓉宾应不负。有子如斯真可人，神仙入梦洵非偶。忆昔羊城识乃翁，公子当年呼小友。犀角玉颊双瞳青，濯濯丰姿灵和柳。依稀犹是眼中人，石火电光惜不久。傥令造物假之年，天下文章谁能右。不作才人作才鬼，地下朱衣偏点首。明识彭殇理本齐，奈何多与才八斗。镌劖刻画造化忌，事虽渺茫非乌有。药炉病榻想孤吟，煤纸蛛丝诵万口。岂无皓首穷经者，只供人间覆酱瓿。珍重一编寿枣梨，谨防六丁更下取。雏凤声清老凤衰，骏骨虽朽文不朽。寄语柘庵作达观，

---

① 中国科学院图书馆整理：《续修四库全书总目提要（稿本）》第17册，齐鲁书社1996年版，第500页。

② 刘廷楠：《景廉堂偶一草拾遗》，第135页。

君不见,刘景升儿如豚狗。①

柘庵之子蓉宾有着极高的诗歌天赋却短命夭折,故诗的开篇以愤愤不平起笔,质问苍天之不公,为下面的抒情进行了很好的铺垫。诗的第二部分借短命诗人李长吉死后成为天上修文郎的神话传说映衬蓉宾的高才,又通过描绘阅读《蓉宾遗草》的丰富感受,侧写对其早逝的惋惜之情,最后又用“镌劖刻画造化忌”“骏骨虽朽文不朽”“刘景升儿如豚狗”等语安慰其父柘庵应节哀顺变。总的来看,全诗逻辑清晰,思路贯畅,用典恰切,感情波澜起伏,反复低回,从而充分地表现了诗歌的主题,堪称气完神足的佳作。又如《榕江号四首》:

襆被匆匆取次过,海滨邹鲁近如何?诸君莫话当年事,前度刘郎鬓已皤(予两宰揭阳,绅士相见,多话旧事)。

剧怜城市似山家,草色苔痕一径斜。蛱蝶不来蜂又懒,荒庭开罢紫荆花(奉檄谳狱,书役、人犯,屡催不至)。

江城风雨晚凄凄,又作飞鸿踏雪泥。不识几生修得到,一龛灯火伴昌黎(假寓韩祠)。

儿童竹马绕江干,迎得新官胜旧官(时揭又易官)。我闻父老从头说,十五年中岁岁看(十五年中,官易十四)。②

刘廷楠曾两宰揭阳,这次又经榕江,与士绅相见叙旧,前度刘郎今又来,可是鬓发今已皤白,不禁令人无限唏嘘。自己本想在揭阳韩愈祠过“一龛灯火伴昌黎”的生活,怎奈宦海沉浮,身不由己,此次重过江城,又是匆匆过客,亦令人慨叹人生之无常。揭阳的父老向这位昔日的父母官述说着他走后揭阳的情况,现在刚刚又换了新的县令,十五年间,揭阳的官员如走马灯一般不停更换,人事代谢,如水流转,更加令人感慨。这组绝句言简意丰,包蕴丰富,颇为

① 刘廷楠:《景廉堂偶一草拾遗》,第126—128页。
② 刘廷楠:《景廉堂偶一草拾遗》,第101—102页。

耐人寻味，体现出刘廷楠诗歌凝练蕴藉的一个方面。

三、刘廷楠诗歌的影响及传播

刘廷楠的诗歌影响并不大，仅限于其同僚、诗友及亲属之间，流传范围较小。但他是献县刘氏诗学家族的先驱者，对刘氏家族的著名诗人刘书年、刘肇均等无疑产生了较大影响。同里诗人戈涢与之友善，有《喜晤刘云冈夜话感赋》《题云冈刺史且住亭小照》①等诗。其诗友李燧、陈梓等人曾与之唱和。李燧《旅夜书怀呈刘云冈》云：

归心休问大刀头，千里云山作壮游。浪迹重携燕市侣，边声初度雁门秋。三生旧梦浑难记，廿载生涯半是愁。已分蓬踪随去住，漫怜贾岛客并州。②

陈梓《罂粟花为刘让木作》云：

昨暮歌桃叶，新传种玉方。风倾千朵艳，天雨一庭芳。出卜徵家兆，盈囊祝岁穰。淮南仙术秘，鸦片密收藏。

挈瓶非小智，抱瓮不虚营。下种黄鹂骂，开花紫燕惊。玉房收御米，菽乳佐香羹。莫遣风轻覆，高春拟泛觥。③

又有《刘让木寄衣冠禽兽图》：

丹青貌兽群，短赞集千文（让木有《集千文赞》）。世上垂明鉴，人间广异闻。彼哉宁足责，此物又何云。更有伤心者，伦常逸典坟。④

陶樑《国朝畿辅诗传》收录刘廷楠诗八首，分别是《李东田明经用东坡石鼓韵留别奉和》《将赴广州途中即事口占》《军中即事》《送广州太守高青田归里》《无题》四首。⑤ 徐世昌《晚晴簃诗汇》选录刘廷楠诗三首，分别是《题仲栢

① 刘青松辑校：《戈涛戈涢诗集》，河北大学出版社 2017 年版，第 95 页。

② 陶樑辑，江合友、程宇静点校：《国朝畿辅诗传》卷五十四，国家图书馆出版社 2017 年版，第 1590—1591 页。

③ 陈梓撰，黄懿、徐修竹、沈娟娟编校：《陈梓全集》，西泠印社出版社 2020 年版，第 149 页。

④ 陈梓撰，黄懿、徐修竹、沈娟娟编校：《陈梓全集》，第 199 页。

⑤ 陶樑辑，江合友、程宇静点校：《国朝畿辅诗传》卷五十，第 1487—1490 页。

庵〈海天一览图〉》《李东田明经用东坡石鼓韵留别次韵奉和》《张保受降口号》。① 刘廷楠曾孙刘修鉴为《景廉堂偶一草拾遗》所作《附记》曰：

鉴髫龄随宦蜀中，习闻先曾祖嘉应公有《偶一草》行世，顾未之见。窃意虽未流传于蜀中，必久刊布于河朔也。弱冠奉本生先大夫讳东下武昌，晋谒张文襄公，留读节署。一日，询文嘉姊氏曾见《偶一草》否？曰：未也。既而曰：昔读先祖贵阳公手书嘉应公纪降张保七绝四首，系以长序，然已佚亡，诗亦不复全忆，惟记其末首云：鼙鼓声中泛上游，海门何处觅封侯。城头指点洪涛里，刘令生还一叶舟。谨识而藏之。癸卯北还于都，于里索之，终不可得。又嘱黄君本甫求之岭南，亦无知者。深虑先世手泽之湮没也。壬子重莅都门，主于君立姊丈可园，见《念堂诗话》（庆云崔旭撰）载有《无题》四首，复录而藏之。嗣旅津沽，遇纪丈香骢钜维示以《畿辅诗传》（长洲陶樑辑），亦经选载八首。虽全集不可得，而其诗固已散见于各简编之中，私心窃喜。迨丙寅秋，从侄积洵忽于书簏中得抄本寄示，频年探索而不可得者，今不期得而得之，不禁大喜之过望也。捧而读之，诗凡七十余首，文仅九篇，大都从政岭南所作。

谨按：《青梅巢诗抄序》尚有序，《李东田详批唐赋》一首亦已佚去，无从搜辑，此本虽非全豹，然较昔之所藏不又多耶？惟言多鲁亥，编颇散漫，兹就所知，讹者校之，逸者补之。诗文则按《年谱》事迹先后编次，订为二卷，颜曰"偶一草拾遗"，录而藏之，俟力少裕，当并徐青撰之《年谱》梓以寿世焉。②

通过刘修鉴所记可知，刘廷楠的《景廉堂偶一草》流布甚稀，家族内的亲属仅能凭记忆背诵类似《张保受降口号》这样的零星篇章，然全本已不见流传，幸亏从侄积洵从书簏中检得一抄本，刘修鉴据之整理，方辑为《景廉堂偶

---

① 徐世昌编，闻石点校：《晚晴簃诗汇》卷一百五，第4475—4477页。

② 刘廷楠：《景廉堂偶一草拾遗》，第181—183页。

一草拾遗》，此集能最终传世，实属万幸之事。

总之，刘廷楠是晚清献县刘氏家族诗学的开创者，对刘氏家族的刘肇均、刘书年等著名诗人影响较大，在当时的诗友间亦产生了一定的影响。《国朝畿辅诗传》和《晚晴簃诗汇》对其诗歌均有选录。其诗歌兼宗唐宋诸大家，气势贯畅，神韵飞扬，虽重视典故的运用，却不过分雕章琢句，擅长五言排律和长篇七古，在艺术上颇多可取之处。因此在晚清燕赵诗坛上，刘廷楠理应占据一席之地。

第四节　史氏家族诗学考述

——以《退思阁诗集》为中心

在晚清以迄民初的献县史氏家族中，史光简、史汝箴、史树瑛、史树璋等诗人均取得了一定的成绩，其诗歌大都收录于史汝箴著《退思阁诗集》之中。《退思阁诗集》有民国二十二年（1933 年）铅印本，书后附录其子史树瑛《农游杂咏》及史树璋《凤儒诗草》，实为史氏之家集，后被收入徐雁平、张剑主编《清代家集丛刊》第 12 册。今人张纪岩将此本《退思阁诗集》重加辑校，编为五卷，卷一《虫吟小草》、卷二《汴游杂咏》、卷三《晋引诗存》、卷四《赵州吟》、卷五《退思阁诗存》，并连同史树瑛《农游杂咏》、史树璋《凤儒诗草》及史光简《红椒园试帖》一并整理，命名为《史汝箴、史树瑛、史树璋、史光简诗集》，2019 年由河北大学出版社出版。今以此本为中心，试对献县史氏家族之诗学特色略作考述如下。

一、史汝箴《退思阁诗集》考述

史汝箴（1846—？），字右铭，直隶献县韩店人，同治十二年（1873 年）举人，历任保定府教授、衡水县训导，著有《退思阁诗集》二卷。《退思阁诗集》前有静海高毓浵序曰："献邑史右铭先生，吾乡耆宿，蚤为名孝廉，秉教畿辅各郡邑，所至士林矜式。”[1]《清代官员履历档案全编》于光绪二十九年（1903年）六月有史汝箴之履历记录曰：

臣史汝箴，直隶献县举人，年五十二岁，现任衡水县训导，六年俸满，经原任直隶总督裕禄等验看，得该员明白安详，年力尚强，堪以保荐，奉文调取。今据直隶总督袁世凯给咨到部，敬缮履历，恭呈御览，谨奏。[2]

《（民国）献县志》曰：“史汝箴，大总统褒曰：儒林模范。”[3]民国十三年（1924年）五月二十四日颁布的大总统令第八百四十一号云：“令内务总长程克呈耆绅史汝箴，节孝妇蔡陈氏、安张氏，贤孝妇赵曹氏等，行谊难能，恳请特褒，缮单呈鉴由呈悉均准颁给匾额，并分别加给褒辞褒章，以资激劝，此令。”[4]

作为前清遗老，史汝箴的思想保守顽固，其政治立场在诗歌中多有反映。如《伏日》云：

自造中华国，吟怀顿减前，岁时新去闰，壬子旧编年。伏有悲鸣枥，挥无先着鞭。浮瓜与沉李，几处杂歌弦。[5]

因对清王朝充满眷恋，而对新成立的中华民国怀有对立情绪，故使吟怀顿减，从中可见其思想的落后与局限。又如《感时》曰：

西风瑟瑟满城楼，变阅沧桑易感秋。鄂渚曾惊前度梦，边陲又触此时愁（蒙藏时传不靖）。联盟强国无遗策（列强谋我日甚），独立将军有断头（张勋帅四十营据徐兖成独立势）。南北况犹存芥蒂，当筵谁借箸先筹。[6]

“独立将军有断头”之句表明，其对意欲复辟的辫帅张勋寄予了很大希

① 张纪岩辑校：《史汝箴、史树瑛、史树璋、史光简诗集》，河北大学出版社2019年版，第3页。

② 秦国经主编，唐益年、叶秀云副主编，中国第一历史档案馆藏：《清代官员履历档案全编》第29册，华东师范大学出版社1997年版，第568页。

③ 薛凤鸣修，张鼎彝纂：《（民国）献县志》卷十一中下，民国十四年（1925年）刻本。

④ 中国第二历史档案馆整理编辑：《政府公报（影印本）》第208册，上海书店出版社1988年版，第352页。

⑤ 张纪岩辑校：《史汝箴、史树瑛、史树璋、史光简诗集》，第88页。

⑥ 张纪岩辑校：《史汝箴、史树瑛、史树璋、史光简诗集》，第88页。

望。又如《清裕隆太后挽词,时癸丑正月十七日》曰:

心迹光明事可伤,曾将周宋感兴亡。好生只识扶民国,失计谁怜误奏章。旧苑金人新入邺,当年玄鸟枉生商。临终未免留余恨,孤托无言指让皇。①

诗中对裕隆太后在袁世凯逼迫下终至失国之事仍耿耿于怀,伤心不已。《感时十四首》是有感于慈禧和光绪在八国联军逼近北京时仓皇西幸之事,诗曰:"无计能清外侮尘,皇舆西幸倍酸辛","荆棘纵生终剪刈,朝来时望翠华归。"②《阅太原行在邸抄有感》曰:"数道纶音出上方,普天喜见日重光。燕山云影飞尘急,一一从龙向晋阳。"③从这些诗句中可看出其对清廷的拥戴与忠诚。

史汝箴的政治立场虽然体现了其思想的局限性,然而作为一个传统的知识分子,他在诗中时时关注国家民族的命运,其忧国忧民之情仍然值得肯定。特别是其诗歌中记录了许多历史事件,具有以诗存史之功效。如《正月十三日保阳兵变》曰:

乐奏旗扬各界忙(十二日,各界执五色旗游行庆祝共和),谁知兵变起仓皇。火光彻夜烟千丈,枪弹飞空雨一场。搜尽黄金归盗薮,剩余焦土感阿房。未遭此劫由天幸,又得儿书慰远望(瑄儿于十二日赴京师警厅供职,其夜戍兵先变,火车不通者数日,至十七日始得禀函,方释焦灼)。④

1912 年 3 月 1 日,因不满袁世凯扣减粮饷,驻保定东关的北洋陆军第二镇士兵发生兵变,京师乱兵亦乘列车驶抵保定,一起大肆劫掠,巡警及当地土匪地痞和乱兵同时趁火打劫,沿户搜掠,搞得十室九空,哭声载道,大火彻夜不熄,造成了难以估量的损失。至 17 日,北洋第六镇兵前来弹压,枪毙兵匪数人,兵变方才结束。其详可参《申报》所载《保定兵劫始末记》《保定兵劫续

① 张纪岩辑校:《史汝箴、史树瑛、史树璋、史光简诗集》,第 89 页。
② 张纪岩辑校:《史汝箴、史树瑛、史树璋、史光简诗集》,第 34、35 页。
③ 张纪岩辑校:《史汝箴、史树瑛、史树璋、史光简诗集》,第 33 页。
④ 张纪岩辑校:《史汝箴、史树瑛、史树璋、史光简诗集》,第 87 页。

记》。① 兵变发生时史汝箴正在保定城中，目睹了整个事件之始末，并以诗纪之，堪称诗史。此外，史汝箴还有《五月十二日京师巷战》《岳警》《闻连复岳州长沙》《直皖兵争》《近闻榆关道直奉又各增防感赋》《阅报有感》《闻江西滕王阁被焚》《闻美国舰队有来华消息》等诗，这些诗歌记录了清末民初的大量历史事件，反映出史汝箴对国计民生之密切关注，也都具有诗史意义。对史汝箴《退思阁诗集》的价值，张纪岩先生总结道：

诗集不仅给我们展示了作者丰富的人生经历、忧国忧民的情怀，而且给我们提供了一幅幅近代历史事件画卷，包括庚子之变、日俄战争、辛亥革命、张勋复辟等。同时，诗里面还为我们提供了清代晋引制度、科举制度、考课制度以及献县地域内的人文资料等，具有较大的史料价值，为我们研究近代史提供了史实依据。②

关于其诗学宗旨，史汝箴于《退思阁诗集》之《自序五》曰：

盖自诗学沿流，体随代异，风雅选骚之旨渐失其真，和平中正之音终由乎志。余于诗，幼而爱之，长而习焉。第以识惭豹管，学陋牛涔，不敢专仿名家，别思树帜，聊藉微吟小草，见写拘墟，工拙不计，惟求自适而已。虽囊投有句，无孙兴公掷地之声；而稿笑重看，有宗少文卧游之趣。凡所遭逢之境、游历之区，变阅沧桑，尘惊战伐，无不笔之于诗，以识一时之感。③

虽然史氏在序中表示自己并不刻意模仿名家，但实际情况并非如此。高毓浵序曰："其音和以舒，其质厚而茂，盖得香山、剑南之神髓，而涵养于冲夷以出之者，宜其精神之弥固，而眉寿亦与为无穷欤。"④高氏指出，史汝箴之诗得白居易、陆游之神髓。实际上史汝箴瓣香所在绝不只限于此，他对唐宋诸大

① 《申报》1912 年 3 月 14 日、3 月 15 日，第 14029、14030 页。
② 张纪岩辑校：《史汝箴、史树瑛、史树璋、史光简诗集·前言》，第 2 页。
③ 张纪岩辑校：《史汝箴、史树瑛、史树璋、史光简诗集》，第 9—10 页。
④ 张纪岩辑校：《史汝箴、史树瑛、史树璋、史光简诗集》，第 3 页。

家多有所学习和借鉴。总的来看，史汝箴的大部分诗歌通俗浅切，确实颇近白体，故其《吟稿书后》云："遣闷消愁浅近辞，妄灾梨枣任人嗤。"①另外，史汝箴《自遣》云："诗吟杜工部，书法赵吴兴。"②《立夏前三日偶成》："久避钱神贵，囊空不待倾。茅屋悲杜甫，衾布质阳城。"③这些诗句透露出其诗歌学杜的信息。史汝箴诗中时可见到学杜痕迹，如《芦帘》"清簟恰宜人对弈"，④化自杜甫《七月一日题终明府水楼二首》其二"清簟疏帘看弈棋"；《感时十四首》其十三"天时人事近何如"，⑤《有感》"天时人事莫相猜"，⑥出自杜甫《小至》"天时人事日相催"；《廉颇墓》"中原思将帅"，⑦化自杜甫《奉寄高常侍》"中原将帅忆廉颇"；《和栗仲华留别原韵》"径花时扫每躬亲"，⑧化自杜甫《客至》"花径不曾缘客扫"；《感时二十首》其十"洗兵何日挽天河"，⑨化自杜甫《洗兵马》"安得壮士挽天河，净洗甲兵长不用"。诸如此类，不暇枚举。此外，《上元日游保定公园用东坡游黄州女王城诗韵》《燕京除日用东坡尖叉韵》则有模仿苏诗的痕迹。史汝箴的诗歌爱用典故，颇多宋调，然宋诗之弊在其诗中也有明显的体现。如《时局》"前后表陈空忆葛，十三篇在敢师孙"，⑩此联为了对仗工整，将"诸葛亮"略称为"葛"，将"孙武"缩略为"孙"，影响了诗句的顺畅表达，明显是削足适履之举，堪称败笔。类似的情况在其诗中还有一些。此外，用典繁密，议论过多，率尔命笔，在史汝箴诗歌中亦有一定的体现，兹不赘述。

① 张纪岩辑校：《史汝箴、史树瑛、史树璋、史光简诗集》，第172页。
② 张纪岩辑校：《史汝箴、史树瑛、史树璋、史光简诗集》，第11页。
③ 张纪岩辑校：《史汝箴、史树瑛、史树璋、史光简诗集》，第19页。
④ 张纪岩辑校：《史汝箴、史树瑛、史树璋、史光简诗集》，第17页。
⑤ 张纪岩辑校：《史汝箴、史树瑛、史树璋、史光简诗集》，第34页。
⑥ 张纪岩辑校：《史汝箴、史树瑛、史树璋、史光简诗集》，第58页。
⑦ 张纪岩辑校：《史汝箴、史树瑛、史树璋、史光简诗集》，第51页。
⑧ 张纪岩辑校：《史汝箴、史树瑛、史树璋、史光简诗集》，第60页。
⑨ 张纪岩辑校：《史汝箴、史树瑛、史树璋、史光简诗集》，第84页。
⑩ 张纪岩辑校：《史汝箴、史树瑛、史树璋、史光简诗集》，第156页。

二、史树瑛《农游杂咏》考述

史树瑛，献县人，汝箴子。《农游杂咏》前有其弟史树璋所撰《选序》云：

家兄以农专毕业，从事北京农场中垂三十年，自万生园开办以迄于今，靡役不与，躬亲树艺，自托老农，几如桃花源中人，不知有魏晋。余游江南北，得间辄北归，每于京尘扰攘中晤对一室，常愧弗如。其胸怀恬淡，多见于诗，不争一字之工，不作可传之想，天机所至，自然成诵。得句恒佚，其存者亦不轻示人，故知其以诗鸣者甚鲜。①

从此序可知史树瑛一生在京从事农业，并不刻意为诗人，故其《农游杂咏》仅存诗歌21首。从题材内容来看，《农游杂咏》中绝大多数诗歌都是史树瑛作为农业官员巡行各地的游览述怀之作。如《出居庸关》题下注曰："时赴京绥全线劝农。"②知其曾沿京绥线巡视，《游沙城老龙潭》《新保安车站观雨》《早发张家口》等诗应都是此次出行所作。或许是因为旅途匆匆之故，史树瑛之诗多采用五七绝体式，共有14首，另有五律、五古各1首，七律5首。

总的来看，史树瑛的诗歌既清新流畅，又不乏含蓄典雅之风致。如《戏题南山中财神庙》曰："能令物阜与财丰，的是人间第一功。举世正殷庚癸诺，如何远避在山中。"③诗的前两句欲抑先扬，说财神庙中的财神能使物阜财丰，为功不浅；后两句又陡然一转，说人间正是迫切需要钱粮之时，而财神却为何躲入深山之中呢？紧扣诗题之"戏"字，颇为耐人寻味。诗中的"庚癸诺"乃是僻典，语出《左传·哀公十三年》："吴申叔仪乞粮于公孙有山氏……对曰：'粱则无矣，粗则有之。若登首山以呼曰"庚癸乎"，则诺。'"注曰："《越绝书·计倪内经》分货为十等，甲乙为高等货，庚为下等货，癸更下。"④按，史树瑛之弟史

① 张纪岩辑校：《史汝箴、史树瑛、史树璋、史光简诗集》，第175页。
② 张纪岩辑校：《史汝箴、史树瑛、史树璋、史光简诗集》，第176页。
③ 张纪岩辑校：《史汝箴、史树瑛、史树璋、史光简诗集》，第177页。
④ 杨伯峻编著：《春秋左传注》，中华书局1981年版，第1679页。

树璋《齐省长六十寿诗》其二“比户未闻庚癸诺，相公原是甲辰雄”，①亦是使用此典，这说明史氏兄弟同样有爱用僻典的倾向。又如《新保安车站观雨》曰：“春云密布雨如丝，正是山村播种时。到此不徒田畯喜，劝农今日有新诗。”②诗意明白晓畅，末句“田畯喜”系用《诗经・七月》“田畯至喜”之语典。《出居庸关》尾联“总逾函谷险，不待一丸封”，③乃是反用《后汉书・隗嚣传》“请以一丸泥为大王东封函谷关”之语。又如《闪电河道中》尾句“牛羊又到下来时”，④系化用《诗经・王风・君子于役》之成句。《正定大佛寺讲演》曰：“妙相庄严石不磨，千年古寺尚巍峨。点头非说生公法，劝稼曾容我一过。”⑤第三句系反用晋末高僧竺道生“道生说法，顽石点头”之典。《登黄鹤楼》：“鹦鹉洲前草自芳，千年黄鹤竟高翔。”⑥乃化用崔颢《黄鹤楼》语意。此外，史树瑛诗歌中亦有不用典故、纯任自然之作。如《夜渡黄河》云：“灯火连天照逝波，役车午夜渡黄河。长桥十里如虹贯，始信神工鬼斧多。”《由正沟回张家口》云：“塞草枯黄九月天，蒙疆游罢又南旋。群山两岸相迎送，谁识归心在马先。”⑦这些诗无复依傍，仿佛信口脱出一般，反而能够更为顺畅地表达诗人的情感。

三、史树璋《凤儒诗草》考述

史树璋，字凤儒，号明湖钓徒、河北诗隐，献县人，汝箴子。早年求学京师，入大学师范馆。于民国八年（1919 年）曾任萧县知事，代理丰县知事。据民国十四年（1925 年）七月十七日《政府公报》载：“前代理丰县知事史树璋，抗令

① 张纪岩辑校：《史汝箴、史树瑛、史树璋、史光简诗集》，第 218 页。
② 张纪岩辑校：《史汝箴、史树瑛、史树璋、史光简诗集》，第 176 页。
③ 张纪岩辑校：《史汝箴、史树瑛、史树璋、史光简诗集》，第 176 页。
④ 张纪岩辑校：《史汝箴、史树瑛、史树璋、史光简诗集》，第 177 页。
⑤ 张纪岩辑校：《史汝箴、史树瑛、史树璋、史光简诗集》，第 178 页。
⑥ 张纪岩辑校：《史汝箴、史树瑛、史树璋、史光简诗集》，第 178 页。
⑦ 张纪岩辑校：《史汝箴、史树瑛、史树璋、史光简诗集》，第 177 页。

生事，违背职务……著交文官高等惩戒委员会依法惩戒。”[①]后被停职六个月。民国十六年（1927年）任安徽烟酒事务局局长，十七年六月任第一集团军第二军团总指挥部军法处长。[②] 民国十八年（1929年）任济南历城县长，卸任后寓居济南，自号小隐。高毓浵在《退思阁诗集序》中称其为“贤嗣凤儒大令”，又云：“凤儒博达能诗，有治略，重节概，其得力于家学者多矣。”[③]

史树璋生当清末民初之际，诗中的易代之感颇多。和其父史汝箴一样，史树璋亦有一定的遗老遗少思想，常为清廷之倾覆而痛惜伤怀，只是没有其父史汝箴表现得那么强烈而已。《凤儒诗草》前有交河苏耀宗《题词》曰：“好古悲歌韩吏部，高名继世戴王纶。开编字字怜珠玉，知是新亭泪点新。”[④]“新亭泪点”云云，说的也正是史树璋诗中此类内容。作于辛亥革命之年的大型组诗《哀影吟》正是其易代之际心态的代表作，诗序云：“某家居燕赵，只解悲歌。旅食京华，谁伤沦落。……斯世滔滔，又遭离乱。恨不学万人敌，逐鹿关中；徒自抱七尺躯，闻鸡夜半。慨用武之无地，惟走笔以自娱。感叹世变，激越商音。计自变起，迄于停战，得诗卅九首。虽词未工，而意皆有指。愿效离鸿之警，梦醒龙城；欲呈万象之形，光分犀渚。名曰哀影，附会吟坛。呜呼！中原已矣，悲哀讵止江南；君子如何，形影还期天末。此日倘评月旦，休疑乱世之音；他年若序风骚，知系伤时之作。”诗云：

落拓他乡剧可哀，雄心生怕岁华催。帝京人物随秋老，武汉军声动地来。

壮士不还如易水，黄金无复有高台。天涯漂泊知何似，辜负黄花次第开。

月明千里共中秋，黄鹤楼前倦夜游。警报忽来群看剑，将军从此不鸣驺。

---

① 中国第二历史档案馆整理编辑：《政府公报（影印本）》第221册，上海书店出版社1988年版，第317页。

② 张研、孙燕京主编：《民国史料丛刊244·政治·军队战争》，大象出版社2009年版，第173页。

③ 张纪岩辑校：《史汝箴、史树瑛、史树璋、史光简诗集》，第3页。

④ 张纪岩辑校：《史汝箴、史树瑛、史树璋、史光简诗集》，第184页。

长江自古称天险，大错于今竟九州。三楚健儿齐拍手，亡秦何必事狐篝。①

总之，史树璋在组诗中对摇摇欲坠的腐朽朝廷仍寄予莫大的期望，且斥武昌革命为“大错”，他于时代剧变中欲奋身效力，却又请缨无路，因此在诗中极尽其哀叹痛惜之情。虽然史树璋未能认清历史发展的潮流，选择站在清廷的立场上敌视辛亥革命，但这些诗歌真实记录了旧式文人于时代激变中的心路历程，亦有一定的认识价值。此外史树璋还有《德宗挽词》，哀悼光绪帝之死，也都能窥见其政治立场。

通观史树璋的《凤儒诗草》，可以感受到其诗风豪宕激烈，颇具燕赵诗人慷慨悲歌之概。如《侠少年》云：

碣宫崩倒金台圮，后三千年无奇士。英雄不幸入屠沽，干将化作经天气。南昌先生应运生，不与豺狼共朝市。陈东本是人中龙，东鲁诸生安足齿。黄金千斤轻一掷，醇酒千杯尽一吸。浊禄千钟耻一食，惟将肝胆酬知己。朝逢丞相嗔，暮系长安狱。谈笑囚南冠，慷慨歌金石。将军难护解家贫，茂陵豪富从今徙。太学千人尽白衣，一世之雄真去矣。男儿不作无名死，博浪一椎犹待尔。②

诗中对南宋学生运动领袖陈东舍生忘死的侠义精神进行歌颂，对张良于博浪沙刺杀秦帝之举亦高度认同，这些都反映出诗人慷慨激烈的性格。史树璋的诗歌常给人一种剑拔弩张、圭角尽露之感，这正是燕赵诗人侠义精神的反映。又如《拟古诗十九首》其三曰：

青青陵上柏，恒为不平鸣。游子远行役，时闻长叹声。长安多显宦，轮蹄殷九城。辇金走都下，布衣跻公卿。叔世重富贵，伦纪鸿毛轻。大盗忽移国，侠士死无名。③

《古诗十九首》多游子思妇之词，以深衷浅貌著称，而史树璋的拟作却一

① 张纪岩辑校：《史汝箴、史树瑛、史树璋、史光简诗集》，第200页。
② 张纪岩辑校：《史汝箴、史树瑛、史树璋、史光简诗集》，第190—191页。
③ 张纪岩辑校：《史汝箴、史树瑛、史树璋、史光简诗集》，第195页。

改原作的平易深婉,变得慷慨激烈,对大盗移国、侠士身死的社会现实愤愤不平,此类诗中体现出的刚劲豪健诗风也正是其侠烈个性的反映。另如《九月登西山放歌》《登雨花台》《陈氏周鼎歌》《观滕县古物歌》,都写得恣肆奔放、慷慨豪健,代表了史树璋诗歌的主体风貌。

至于其诗学宗尚,史树璋在《凤儒诗草自序》中云:“余少喜吟咏,兴至辄成篇,顾造诣未深,不足与言诗也。及长,游学京师,稍涉猎新旧,友天下之士,自以为较进,然仍无宗法。旋阅关山,涉江河,奔走四方,为诗始识门径,每欲瓣香少陵、玉溪、山谷、青田,常苦力有未逮,不敢以诗质人者有年。”①通过其自述可知其诗有兼宗唐宋的倾向。今检《凤儒诗草》,发现其中确有学杜之痕迹。如《归兴五首》之题注曰:“用工部《重游何将军园林》韵”,可知其有意效仿杜诗。又有《四哀吟》,乃仿杜甫《八哀诗》。《哀影吟》则篇章字句上全学杜甫。此外,《寿朱渐逵道尹》“大鹏冀拂渤海水,扶摇而上九万里”,直接化用李白《上李邕》“大鹏一日同风起,扶摇直上九万里”。《二月二日效玉溪体》曰:

二月二日城上行,春城处处闻啼莺。和风丽日偶相值,近水远山皆有情。十里平湖新柳外,谁家楼阁绣帘横。美人正忆辽西梦,枕上犹余杀敌声。②

按,此诗于题中明言“效玉溪体”,所仿即李商隐的《二月二日》,李商隐诗曰:

二月二日江上行,东风日暖闻吹笙。花须柳眼各无赖,紫蝶黄蜂俱有情。万里忆归元亮井,三年从事亚夫营。新滩莫悟游人意,更作风檐夜雨声。③

经比较后可以发现,史树璋此诗完全脱胎于义山,从中可见其对李商隐诗歌的效仿和学习。除了李商隐之外,在晚唐诗人中,史树璋亦学温庭筠,如《过下邳忆陈琳墓》曰:

---

① 张纪岩辑校:《史汝箴、史树瑛、史树璋、史光简诗集》,第183页。
② 张纪岩辑校:《史汝箴、史树瑛、史树璋、史光简诗集》,第226页。
③ 刘学锴、余恕诚:《李商隐诗歌集解》,中华书局2004年版,第1325—1326页。

笔挟风雷一檄传，建安余子已如烟。诸侯放恣犹今日，词客飘零似往年。蹊土一抔空想象，遗文千载动流连。飞卿徒起从军志，书剑相过倍惘然。①

按，此诗乃是温庭筠《过陈琳墓》的仿作，温庭筠诗云：

曾于青史见遗文，今日飘蓬过此坟。词客有灵应识我，霸才无主始怜君。石麟埋没藏春草，铜雀荒凉对暮云。莫怪临风倍惆怅，愿将书剑学从军。②

史树璋之诗与温庭筠原作的相似度较高，不过温庭筠原诗仅限于个人伤怀，史树璋此诗则加入了对时事的忧虑，并说“飞卿徒起从军志”，在原作的基础上又翻进一层，故而将怀古伤今的主题表现得更为深刻。此外，史树璋《卜居》“万山排户绿，一柿向人黄”，似仿王安石《书湖阴先生壁》“一水护田将绿绕，两山排闼送青来”，然却并不是学古不化，而是能加以变化，故能新警动人。

史树璋受江西诗派的影响最大，这导致其诗歌讲究“无一字无来历”，用典较为繁密，有时甚至使用僻典。如《九日登外城》其二颈联曰：“空余易水寒荆庆，枉矢浮图报进明。”③下句“枉矢浮图报进明”是用唐朝安史之乱期间张远部将南霁云乞师贺兰进明之事。韩愈《张中丞传后叙》载：“云知贺兰终无为云出师意，即驰去。将出城，抽矢射佛寺浮图，矢著其上砖半箭。曰：‘吾归破贼，必灭贺兰，此矢所以志也。’”④上句的“荆庆”同“荆卿”，即荆轲，不过从声律来看，此句为单数句，尾字应仄，而“卿”或“轲”字均为平声，故史树璋为了适应平仄声调，特意将“荆卿”写成“荆庆”。按，《战国策·赵策三》曰：“内无孟贲之威，荆庆之断，外无弓弩之御，不出宿夕，人必危之矣。”⑤此典之“荆庆”并非荆轲，而是指成荆与庆忌，均为古代勇士，然却与“易水寒”毫无关联。古人用典讲求使事无痕，如水中着盐，而此处像“荆庆”这样僻典的使用，既使

① 张纪岩辑校：《史汝箴、史树瑛、史树璋、史光简诗集》，第218页。
② 温庭筠著，曾益等笺注：《温飞卿诗集笺注》卷四，上海古籍出版社1980年版，第97页。
③ 张纪岩辑校：《史汝箴、史树瑛、史树璋、史光简诗集》，第189页。
④ 韩愈著，刘真伦、岳珍校注：《韩愈文集汇注校笺》，中华书局2010年版，第297页。
⑤ 刘向集录：《战国策》卷二十，上海古籍出版社1985年版，第712—713页。

诗歌生硬难懂,又不符合语意,无疑损害了诗歌自然流畅之美,难免会得不偿失。不过史树璋诗中亦不乏典故用得含蓄隽永,耐人寻味的成功之例。如《高潜子为定诗稿特柬》:"小草处山为远志,仙人有著活枯棋。"①上句出自《世说新语·排调》:"于时人有饷桓公药草,中有'远志',公取以问谢:'此药又名小草,何一物而有二称?'谢未即答。时郝隆在坐,应声答曰:'此甚易解,处则为远志,出则为小草。'"②另外,史树璋诗中也颇有佳句,如《登雨花台》:"高台不知白日老,大旗独向秋风斜。"③《重过漂母祠》:"一饭见怜嗟世冷,几人到此叹穷途。"④这两联意境鲜明,对仗工稳,颇见锤炼之功。然总体来看,史树璋的诗歌颇多江西诗派掉书袋之弊,这无疑制约着其诗歌取得更高的成就。

四、史光简《红椒园试帖》考述

史光简,字鲁泉,献县人。《(咸丰)平山县志·职官志》载其生平曰:"史光简,献县人,道光乙酉(1825年)拔贡,(咸丰元年,1851年)由国史馆誊录议叙选补(平山县教谕)。"⑤另据《缙绅全书》可知,史光简于道光三十年(1850年)选平山县教谕,⑥这与《(咸丰)平山县志》所载时间相差一年。史光简曾参与纂修《(咸丰)平山县志》,名列校对,著有《红椒园试帖》。

乾隆二十二年(1757年),清廷规定科举加试五言八韵排律一首,此举在社会上产生了极大的反响,此后涌现出大量的试帖诗选本。梁章钜《试律丛话·例言》评点清人试律选本曰:"近人说诗律者,既以纪文达师为宗,则《唐人试律说》之外,不可不首读《我法集》……《试律说》及《我法集》外,惟《庚辰

① 张纪岩辑校:《史汝箴、史树瑛、史树璋、史光简诗集》,第216页。
② 刘义庆著,刘孝标注,余嘉锡笺疏:《世说新语笺疏》,中华书局2011年版,第695页。
③ 张纪岩辑校:《史汝箴、史树瑛、史树璋、史光简诗集》,第210页。
④ 张纪岩辑校:《史汝箴、史树瑛、史树璋、史光简诗集》,第217页。
⑤ 王涤心修,郭程先纂:《(咸丰)平山县志》卷五,清咸丰四年(1854年)刻本。
⑥ 佚名:《缙绅全书》,北京荣录堂刊本。

集》最行于世，以其诗最近时且有注便读也。……嘉庆初，《九家试帖》震耀一时，实为试律不可不开之风气。自是而降，又有《七家试帖》，虽蕴味稍逊，而才气则不多让，且巧力间有突过前修者。又有《后九家诗》，则后起之秀层见叠出，其光焰有不可遏抑者。"①除此之外，清代的试帖诗选本还有叶葆《应试诗法浅说》、刘涧柟《试帖说》、李守斋《分类诗腋》、翁昱旭《试律须知》等。史光简《红椒园试帖》便是清代试帖诗的一种，只是此书并非多家选本，而是史光简个人所作示范。史光简之门人董式愈所作《序言》曰：

试帖犹时文，其体屡变者也。近科馆阁及乡会墨诗以工切争胜，诂题属对巧过前人，而气体弱矣。吾师以先辈之才学，用时贤之法律，为《红椒园试帖》，予携赴都门，见者争欲得之，爰付梓人，以公同好。吾师著述颇富，所以问世者固不在此也。②

《红椒园试帖》共收试帖诗60题63首。梁章钜《试律丛话》卷前《诗题汇录》载有清代历年科考试帖诗之题目，将《红椒园试帖》与之对照可以发现，其中有数首为科考之题，如《千章夏木清》为道光九年己丑科朝考之题，《麦秋至》是嘉庆七年散馆之题，《夏云多奇峰》为乾隆十九年散馆之题。其余诸题，未见文献载录，窃以为当是史光简任平山县教谕期间课试诸生时所出之题，似可补史料之阙。

虽然从体式上来说，作为五言排律的试帖诗属于近体诗之一种，然而由于是科考专用之诗体，其写法实有异于近体诗。试帖诗的篇章结构与八股文有某些相似之处，讲究诂题还题，照应题面，前后起结承转，皆大有讲究，如固定程式一般。其缺点是虽写得貌似完美，却成了炫耀文字技巧和学问的工具，往往缺少真性情，成了死样活气的标本。史光简的试帖诗写得严密规范，确实足为士子学习揣摩之范本，如《小楼一夜听春雨》云：

料峭东风里，潇潇洒最匀。好将深夜雨，来伴小楼人。寒入珠帘薄，

① 梁章钜著，陈居渊校点：《试律丛话》卷首，第494页。

② 张纪岩辑校：《史汝箴、史树瑛、史树璋、史光简诗集》，第231页。

声随玉漏频。挑灯眠不稳，倚枕梦无因。阁上停针悄，窗前得句新。云堆三径暗，花发一园春。晓树笼轻雾，天街压软尘。枝头红杏湿，准拟卖芳辰。①

前四句以“料峭东风”破题之“春”字，“洒”破题之“雨”字，“深夜”还题之“一夜”，“来伴小楼”还题面之“小楼”，“人”字还题面之“听”字。至此题面还完，以下逐层铺叙，层层叠衍。因陆游原诗“小楼一夜听春雨”的对句为“深巷明朝卖杏花”，故诗的最后以“天街”扣“深巷”，“准拟”扣“明朝”，“卖芳辰”扣“卖杏花”，不仅紧扣原题收结，且能发挥题面之剩义，显得收发有度、神完气足。陈志扬指出，清人试律创作的不凡佳绩，堪称有清一代之胜。② 如果说清代试帖诗是一条大河的话，那么史光简《红椒园试帖》便是其中的一朵浪花，对研究清代试帖诗有一定的参考价值。特别是在其诗文集大都散佚的情况下，我们只能从其试帖诗侧面管窥史光简诗歌的创作特色，虽然其文学成就并不止于此。

总之，《退思阁诗集》所载史光简、史汝箴、史树瑛、史树璋等诗人之诗歌创作反映了清末民国的许多社会现实，具有一定的史料意义。作为一个文学世家，献县史氏家族的诗歌创作多能兼宗唐宋，且受江西诗派的影响较大，家族中的诸位诗人各自取得了不同成绩，在晚清以迄民国的燕赵诗坛上产生了一定影响。

① 张纪岩辑校：《史汝箴、史树瑛、史树璋、史光简诗集》，第 237 页。

② 陈志扬：《论清代试帖诗》，《学术研究》2008 年第 4 期。

第五章 景州张氏诗学家族

——以《张氏诗集合编》为中心

景州张氏家族原籍山东寿光，于明永乐二年（1404年）迁居河间府景州枣林村。明清时期，景州的枣林张氏、孙镇李氏、马庄马氏、王柯枝曹氏是当地四大名门望族，按居住方位被称为"南张""北李""东马""西曹"。① 其中的枣林张氏家族是著名的诗学家族。清咸丰间张畇编有《张氏诗集合编》九卷，有咸丰十年（1860年）中立堂刻本、光绪刻本，收入徐雁平、张剑主编《清代家集丛刊》第十册。其中每卷所收诗集情况如下：

卷一：张文熙《雪庵诗集》。

卷二：张国枢《铨部诗稿》。

卷三：张国范《澹宁草堂诗集》。

卷四：张国谟《南溪草堂遗诗》、张芝眉《歆梅精舍诗》、张羽亮《瞻汉堂诗》、张羽绂《藕花居草》、张嵩年《六锡堂诗》、张华年《古枣堂诗》、张森《南溪草堂诗》、张鹭龄《赐福堂诗》、张郡烈《大椿山房集》、张�《考城公诗》、张圻《古枣堂诗》、张颢《菉竹山房诗》、张景福《笃祜堂遗诗》、张跃龙《积美堂诗》、张汝讷《四勿斋诗》。

卷五：张为矱《慎思堂诗》、张为燾《严训堂诗》、张泽洪《醉吟轩诗》、

① 周连会主编，景县志编纂委员会编：《景县志》，天津人民出版社1991年版，第974页。

张锡璐《烟萝馆诗》、张永铨《古枣堂诗》、张沛《六经堂诗》、张襄世《六锡堂诗》、张九式《聊尔集》、张恩世《沙溪草堂诗》、张锡毂《碧萝书屋诗》、张芬《听云阁诗》。

卷六：张淑舆《瞻汉堂诗》、张宓《三恕堂诗》、张珑《暗香书屋诗》、张麟书《经德堂诗》、张璜《师竹堂诗》、张震《红雨书屋诗》、张麟兆《畊读堂诗》、张招觐《雨香龛诗》、张殿甲《一枝山房诗草》、张招辅《杞树山房诗》。

卷七：张颁《寒竽山房自存诗》。

卷八：张尔多《清宁堂诗》、张尔谨《宁远堂诗》、张锦传《师竹堂诗》、张锦思《孝慈堂诗》、张卺《豹隐庐诗》、张卣《支木斋诗》、张藻《宁远堂诗》。

卷九：张昫《侍竽山房遗诗》。

由于文献较为稀见，学界对河间张氏家族的文学创作特色少有关注，有鉴于此，本章试以《张氏诗集合编》为中心，对河间张氏家族之诗学加以考述。

第一节　张文熙《雪庵诗集》考述

张文熙，字燦衡，号孕白、雪庵，河间府景州枣林（今河北景县）人。明万历壬子（1612 年）举人，癸丑（1613 年）进士，授山东乐安、东阿等县知县，钦取浙江道监察御史，奉命巡南直隶，执法不挠，还，稽查光禄，晋太仆寺正卿、资治尹。归里后，朝夕披览吟咏，学者称之为“雪庵先生”，卒年五十，祀名宦乡贤祠。著有《如是言》《平情录》《雪庵诗集》。

从《张氏诗集合编》所收《雪庵诗集》来看，张文熙的诗歌几乎全学唐诗。如《踏青行》：

东风二月吹芳草，繁华旧说江南道。桃李重城霁景鲜，蘼芜远陌春光好。风景三春满眼新，江南游冶及良辰。清明走马平郊外，上巳驱车曲水滨。游春车马纷相属，山色青青水痕绿。垂柳阴中唤鹁鸠，飞花阵里鸣鸲鹆。

何处王孙美少年，玉鞍金络铁连钱。携樽并坐秋千地，挟瑟同游蹴鞠天。
纷纷来往多佳丽，大道相逢尽凝睇。纨扇徐遮半面妆，罗衣自拥同心髻。
麝帕遗时恨转生，金钿落处愁还细。别有豪雄贵戚家，紫丝步幛网飞霞。
妖童矫健身如虎，媚妾便娟鬓似鸦。行尽玉塘怜芍药，踏残金埒采兰芽。
坡前忽见风筝起，欲坠不坠令人喜。鹰声叫彻万重云，鹤影飞来一千里。
复见城南金粉墙，满园飞絮任飘扬。回廊窃听歌声缓，绮阁微闻笑语香。
杏花村中可沽酒，青帘高挂疏杨柳。沉醉松醪百斛春，美女当垆解垂手。
行乐谁怜暮复朝，繁华转盼竟全销。荆榛自锁葳蕤院，烟雨谁过宛转桥。
寻芳独向茶山路，林立黄蒿窜狐兔。絮酒方浇旧日坟，纸钱又上谁家墓。
东郭桃源树树空，行人无语怨春风。空余细草伤心碧，不见繁花满目红。
一岁春光惟九十，何用伤春向春泣。今春不乐又明春，韶光一去真无及。
寄语高阳旧酒徒，青郊重与唤提壶。落梅一曲人皆醉，莫问奚囊字有无。①

此诗系模仿初唐卢照邻《长安古意》及刘希夷《代悲白头翁》，然而几乎完全过滤掉了《长安古意》中对长安权贵奢靡淫乐生活的讽刺意味，也没有《代悲白头翁》那样深沉悲哀的情感基调。诗的前半部分侧重抒发对江南美好春光的热爱及在春光中冶游行乐之快意，然而韶华易逝、春光不待，“繁华转盼竟全销”，遂致“行人无语怨春风”，但诗人并未沉湎于伤春之情中不能自拔，而是以季节的更替表示了达观的态度，面对“韶光一去真无及”的现实，诗人寄语诗朋酒侣，相期再次提壶青郊，一曲凄婉的《梅花落》中尽皆沉醉，表达了对时光流逝既怅惘无奈又达观顺变的复杂感受。全诗清丽婉转，神采飞动，情感数次起伏，却放而能敛，又几次换韵，形成了腾挪跳荡的节奏和圆美流转的韵律。

张文熙之学唐诗还表现为其诗集中有大量集唐人诗句而成的集句诗，如《题吕祖卖药图》《临高台》《侠少行》《行路难》《行台忆早朝诗仍用集韵四首》

① 张昀编：《张氏诗集合编》，徐雁平、张剑主编：《清代家集丛刊》第十册，北京图书馆出版社 2015 年版，第 42—44 页。

《上金山寺集诗》《又集五言二首》《南郊别业落成集诗写怀十二首》等，这些诗歌都是集句诗，而且都是集唐人之句，从中可见其对唐诗的推崇与服膺。此外，张文熙还有一些拟唐人应制之作，如《拟唐上元近臣侍传柑宴应制》《拟唐人赐扇应制》《拟唐人扈从温泉赐浴应制》，从这些对唐人的追拟之作中亦可窥见其诗学趣向。

张文熙还有《宫史杂咏十二首》，诗云：

玄武楼头夜四更，乾清宫外听铃声。因风倘入君王耳，字字分明祝太平。

注曰：提铃者自乾清门里提至日精门，回至月华门，仍还乾清门，其声方止。提者徐行正步，虽大风雨不敢避，而铃声若四字一句，如曰“天下太平、天下太平”云。

花间化蝶是何年，银钥青青历代传。三百宫娥同日赐，人人分得五铢钱。

注曰：司钥库中积有历代古钱，天启中，滥赐左右，无复存者。

碧野黄云获稻初，苑西风景似田庐。至尊识得农家苦，自写蠲租一纸书。

注曰：西内秋收时有打稻之戏，驾幸旋磨台无逸殿，扮农夫村妇及田畯官吏徵租交税词讼等事，亦祖宗使知稼穑艰难之意。

苍藤古木绿阴交，铁板何年此浪抛。却忆当时初挂处，玉人亲向月中敲。

注曰：寿星殿西门内有树一株，挂铁云板，因年久树长，遂衔云板于干之内，止露十之三，诚古迹也。

夹道垂杨覆御河，飞虹桥下水声多。因知咫尺天门近，白石鱼龙舞碧波。

注曰：飞虹桥以白石为之，凿狮龙龟鳖鱼虾海兽，水波汹涌跳跃如生，云是三宝太监郑和得自西域，非中国石工所能制者。

仙驭何年去复回，茂陵风雨忆蓬莱。内官指点无梁殿，九转丹成昼不开。

注曰：祥宁宫前向北者曰无梁殿，皆砖石砌成条，乃世庙烹炼丹药之处也。

青霞鹤鹭碧绦环，宝相长留宇宙间。不向五云翘首望，那知仙子是龙颜。

注曰：象一宫所供象一帝君，范金为之，高尺许，世庙玄终御容也。

帝王大法传千古，圣母亲书照万春。云霄共瞻龙虎字，临池不数卫夫人。

注曰：文华殿一匾曰："学二帝三王治天下大经大法"，分六行，行二字，乃慈圣皇后御书。

万里河山玉座隅，锦屏千尺彩云扶。遥看日出扶桑处，亦是天朝旧版图。

注曰：文华殿内屏中数扇画舆地图。

题名遥在五云端，养士深恩欲报难。闻道明堂初计吏，我皇亲向画屏看。

注曰：殿内围屏左贴文官职名，右贴武官职名，遇升迁则更易之。

鸾仗初临晓殿开，六宫仙子赴朝来。御前礼数低声赞，昨日新升女秀才。

注曰：宫内选二十四衙门多读书、善楷书者，教宫女读《孝经》《女训》诸书，能通者升女秀才，升女官正，司大局掌印。凡圣母及后妃礼仪事，则女秀才为引礼赞礼官。

双树婆娑种石边，瑶阶叶落子偏圆。自从菩萨亲栽后，佛号惟应颂九莲。

注曰：英华殿前菩提树二株，结子可作素珠，系圣慈皇后所植，神庙因上尊号"九莲菩萨"云。①

① 张昀编：《张氏诗集合编》，第44—48页。

宫词之体多采用连章七绝的形式，是由唐代王建首创，至明代宫词的创作已蔚成大宗，作家作品众多。如秦兰徵《天启宫词》100首，蒋之翘《天启宫词》136首，刘城《天启、崇祯宫词》33首、沈德符《天启宫词》10首、谢肇淛《宫词》42首等等，这些人皆与张文熙同时或稍晚，从中可以窥见一时风气。张文熙因曾官太仆寺卿，故得与闻宫闱之事，遂捃拾宫廷琐闻，成此宫词十二首。每首诗下均有小注注明事情原委，诗注配合，言简意赅，颇能补史书之阙。不过张文熙诗歌亦存在一些率尔命笔、不暇检点之处，如《访夏孝廉茂卿》云：

何处乾坤一草亭，暨阳江上注骚经。频过夏禹看山色，每吊春申问水汀。敝屣功名犹草芥，土苴尘世一浮萍。式庐我自惭缁好，不惜輶轩一暂停。

“何处乾坤一草亭”“土苴尘世一浮萍”这样的句法来自杜诗《暮春题瀼西新赁草屋五首》其三“身世双蓬鬓，乾坤一草亭”，①韩成武先生指出，这是杜甫独到的“以空阔显孤微”手法。② 可问题是张文熙在此诗中两次使用这种手法，未免显得有些重复，而且诗的结句“不惜輶轩一暂停”再使用“一”字，这样一来全篇便出现了三次“一”字，这在素称凝练严谨的律体中是不应有的瑕疵，说明张文熙此类应酬诗的创作态度较为随意。

第二节 张国枢《铨部诗稿》、张国范《澹宁草堂诗集》考述

张国枢（1612—1656年）③，字时宰，号环生，景州枣林（今河北景县）人。张文熙之侄，崇祯乙亥（1635年）拔贡生，己卯（1639年）举人，庚辰（1640年）

① 仇兆鳌：《杜诗详注》卷十八，中华书局2015年版，第1942页。

② 韩成武：《杜诗艺谭》，河北教育出版社2002年版，第55页。

③ 张国枢的生卒年，系据《清故奉政大夫吏部文选司郎中环生张公墓志铭》（景州枣林张后裔19世张海燕先生提供）。按，《登科录》载：“乙卯年正月十四生，景州人。”所载有误，参见龚延明主编：《天一阁藏明代科举录选刊·登科录》，宁波出版社2016年版，第645页。

进士，官山西榆次知县。入清后，于顺治二年（1645年）授江南武进县令。五年，授刑部山东司主事。六年，改吏部验封司主事。七年，转考功司员外郎。九年，再转稽勋司郎中，后晋吏部文选司郎中，顺治丙申（1656年）三月卒于官。著有《盟心草》《南闱稿》《西山记游》《东野漫稿》。

《张氏诗集合编》卷二收录张国枢《铨部诗稿》56首。张国枢为人刚正廉洁，读其诗歌亦可感到一股正气扑面而来，如《却衣篇》曰：

孔奂守晋陵，清白自励，一郡号为神君。有富人见其俭素，馈以毡衣，奂谢曰："百姓未周，岂容独享温饱！"后人德之，追赋《却衣篇》。巡方使者以此命题，余忝属吏，有感而作。

晋陵太守清且贤，神君之号今犹传。妻子冻馁躬俭素，不独坐客寒无毡。
当时富人颡有泚，手执毡衣奉君子。此衣即是古缁衣，愿比羔羊素丝美。
太守闻之掩泪看，感君珍重意尤难。请看此夜孤城雪，谁念隆冬万户寒。
北风烈烈岁云暮，无衣无食谁堪愬。儿女哀号索短襦，上台飞檄催完赋。
惭愧分符作郡侯，我温人冻亦堪忧。还君嘉贶领君意，敝褐逍遥何所求。
吁嗟孔君真孔父，天下循良复谁伍。善政由来冠六朝，清名自足垂千古。
予亦当年衣褐身，谬宰晋陵绾半纶。却衣赋就短篇在，恭献朱旛一怆神。①

孔奂，字休文，会稽山阴（今浙江绍兴）人，陈武帝永定二年（558年）任晋陵太守。《陈书·孔奂传》载："奂清白自守，妻子并不之官，唯以单船临郡，所得秩俸，随即分赡孤寡，郡中大悦，号曰神君。曲阿富人殷绮，见奂居处俭素，乃馈衣一袭，毡被一具，奂曰：'太守身居美禄，何为不能办此，但民有未周，不容独享温饱耳。劳卿厚意，幸勿为烦。'"②张国枢《却衣篇》便以此为背景，歌颂了孔奂廉洁爱民的精神，并表示愿以孔奂为榜样，关心民生疾苦，做一个清正廉洁的好官。《海烈妇行》歌颂寄居昆陵的海氏妇人为保名节自缢而死之

① 张畇编：《张氏诗集合编》，第88—90页。
② 姚思廉：《陈书》卷二十一，中华书局2000年版，第196页。

事,诗中所谓“男儿往往贱巾帼,名教实赖红颜扶”①,如今来看纯属封建教条,而在当时亦属弘扬“正能量”之作。又如《过昌平刘蕡坊下》云:

庄诵十七史,下第人独传。驱车过君里,低回坊表前。天地如此大,鸿文能几篇。公道不容泯,放逐难为捐。古来衣紫者,转瞬销尘烟。独此下第人,金石峙千年。嗟哉明主司,胡为甘蔽贤!②

晚唐刘蕡(? —848年),字去华,幽州昌平人,为人耿介,疾恶如仇,在唐文宗太和二年的举贤良方正科考试中直言极谏,主张除掉宦官,因此落第。《容斋随笔》载,河南府参军李郃曰:“刘蕡下第,我辈登科,能无厚颜?”③后入令狐楚、牛僧孺幕府,授秘书郎,宦官诬以罪,贬柳州司户参军,卒。张国枢在诗中对主司蔽贤之举颇为愤惋,痛斥那些宦官“转瞬销尘烟”,而刘蕡虽然下第遭贬斥而卒,其浩然正气却能绵历千年,其好恶之情可谓溢于言表。

张国枢的七言歌行亦学唐人,如《三月中浣高岱舆冢宰招饮慈仁寺毗卢阁赏海棠花歌》曰:

春光九十已过半,秾李夭桃色零乱。慈仁开士花满园,入户流莺巧相唤。东廊携手西廊行,禅堂寂寂无经声。丁香夭矫雨中立,举头殿角垂红英。解衣扫石共磅礴,火齐木难绕飞阁。花气还从席上流,松声直向檐前落。先生坐花开琼筵,高谈雄辨杯共传。娇羞压栏似无力,半醉欲倚东风眠。吴阊陆生妙音律,曾向瀛台殿前直。白发青衫老蒋生,笙歌旧侍名王宅。陆生度曲蒋生箫,银簧细炙鹍弦调。歌喉如发和丝竹,曲终落日明花梢。前月清明今上巳,转盼韶华逐流水。莫惜飞花檀板前,且看新月金樽里。把酒看花逸兴多,好花将别奈愁何。明年记取花开后,一曲重听花下歌。④

① 张昀编:《张氏诗集合编》,第93页。
② 张昀编:《张氏诗集合编》,第84页。
③ 洪迈撰,孔凡礼点校:《容斋随笔》,中华书局2005年版,第416页。
④ 张昀编:《张氏诗集合编》,第105—106页。

诗写晚春于寺中筵饮赏花情事，抒发了胜事不常有、好景不长待的轻微喟叹，诗人虽然对“转盼韶华逐流水”无可奈何，但仍达观地表示“莫惜飞花檀板前，且看新月金樽里”“明年记取花开后，一曲重听花下歌”，从中可见其疏放胸怀。特别是诗中描写筵席的环境时说“花气还从席上流，松声直向檐前落”，花气可流，而松声无形，本不可落，却落向檐前，这是通感的艺术手法，无疑增强了诗歌的艺术表现力。

张国枢诗歌有明显的学杜痕迹，如《恭祝苏次公学宪》“文章千古事，冰雪百年心”[①]，直接使用杜甫《偶题》中的成句。《海烈妇行》“想像似与常人殊”与杜甫《哀王孙》“龙种自与常人殊”颇为类似，《却衣篇》中的“还君嘉贶领君意，敝褐逍遥何所求”，也与杜甫《太子张舍人遗织成褥段》“领客珍重意，顾我非公卿”“奈何田舍翁，受此厚贶情”较为相似，《春日杂感四首》其四“小苑边笳动客愁”[②]与杜甫《秋兴八首》其六“芙蓉小苑入边愁”相似，《赠曹在山将军镇毗陵》和杜甫《荆南兵马使太常卿赵公大食刀歌》格调亦颇相类。《苦吟歌赠张子词臣》描绘张词臣“昨来谒予何所之，公车下第归来迟。随身童仆向余道，在舆犹读杜陵诗”，而张国枢与其“终朝煮茗坐论诗，人逢二子惊且走”[③]，可知其瓣香所在，正在杜陵。张国枢还有《赠卢德水先辈》云：

商洛高风亦自如，杜陵诗卷共居诸。删除簪绂和云卧，管领琴樽读道书。一钵新秋梧子饭，半帘疏雨菊花庐。傍人不识公先达，错唤磻溪是老渔。[④]

卢世潅，字德水，德州人，明末清初著名注杜学者，有《杜诗胥钞》，其《遵水园集略》亦以学杜为主，张国枢与这样一位注杜学者的交往，亦有助于我们从侧面了解其诗学宗尚。

① 张昀编：《张氏诗集合编》，第 86—87 页。
② 张昀编：《张氏诗集合编》，第 108 页。
③ 张昀编：《张氏诗集合编》，第 97 页。
④ 张昀编：《张氏诗集合编》，第 86 页。

张国范，字式皆，景州枣林(今河北景县)人，国枢之弟。性豁达，有伟略，时明清鼎革，草寇刘姓扰景西，聚众千余人，势甚猖獗，民受其害。国范出资募勇，擒其渠魁，送官伏法，轻骑抵其巢，慨切宣谕，怵其利害，散其余党，一境帖然。顺治戊子(1648年)举人，乙未(1655年)应试不第，曾随兄游宦江南。著有《澹宁草堂诗集》，存诗52首。

张国范《澹宁草堂诗集》所存诗歌以游历诗为主，应是其随兄游宦期间所作。其中《家考功署对长椿寺，暇日过刹中，默公禅师出所藏芝麓先生诗册见示，俾予从和，次韵赋赠二十首》(钞存十六首)是其集中规模最大的组诗，那么张国范在长椿寺为何有此澎湃之诗情呢？原来清初“江左三大家”之一的龚鼎孳与长椿寺关系非常密切，他在金陵为“秦淮八艳”之一的顾横波赎身，一起入京，便在长椿寺内为顾横波置“妙光阁”。王雨容指出：“文坛领袖龚鼎孳就居住在宣武门外，离长椿寺很近，于是长椿寺就成为清初文人宴集觞咏之地。”①难怪长椿寺的默公禅师会藏有龚鼎孳诗册了。然而张国范在这组诗中并未涉及龚鼎孳与顾横波的风流韵事，而是自抒怀抱，诗云：

忆我松间室，庭虚纤月过。苔阶应逗笋，茅屋欲牵萝。遽作经年别，徒滋旅怨多。还缄千载意，炯炯鉴明河。

情尽识天亲，春来寤寐真。机缘犹待我，行止半依人。性定才初竭，途穷道未贫。悠悠海云阔，无事问翔尘。

风雾逼年前，从君乞小安。拈花销物累，隐几竭情澜。华屋行将老，青山住亦难。自怜沧海月，犹照紫芝残。

不第同漂梗，名山亦可图。一庭悬海月，勺水尽荆吴。欲令群峰响，难云吾道孤。缅求良迹在，春思入汀芦。②

第一首写寺中之景逗发了其对家乡松室之怀念，遂生别恨旅怨。“茅屋

① 王雨容：《明末清初词人社集与词风嬗变》，贵州人民出版社2015年版，第7页。

② 张昀编：《张氏诗集合编》，第136—138页。

欲牵萝”，系化用杜甫《佳人》“牵萝补茅屋”①，比喻自己虽处困穷仍坚贞自守。第二首写自己旅寓京师，行止依人，虽处穷途仍存求道之心。诗意含蓄，稍显晦涩，然律调工稳，转接无痕，句法凝练。后两首写面对时光流逝而功业无成，诗人虽竭力宽慰自己，但仕途偃蹇、漂泊无定的人生际遇依然使他倍感孤独。“拈花”“隐几”皆禅家修心养性之举，扣题中“长椿寺”，然诗人所求之“道”，非禅家淡忘之道也，故身处禅寺，并不能销其物累，反而愈强化了其“吾道孤”之感，他寄希望于“群峰响”来削弱自己内心的孤独和寂寞，语调看似平淡，实则苦闷至极。

第三节　张羽亮《瞻汉堂诗》、张羽绂《藕花居诗草》考述

张羽亮，字卧侯，景州枣林（今河北景县）人，张国枢次子。早岁补诸生，旋入国学，屡试不第，遂绝意科举，肆志于诗歌古文以自怡悦。晚号二乡居士，手订《二乡居士集》，又自毁之，语人曰：“士生天地间，弗能立德立功，卓然有补于世，区区以雕虫自见，已属下乘。”②卒年五十八。《张氏诗集合编》辑录其《瞻汉堂诗》28首。

张羽亮的五七律律调深稳，多见锤炼之功，如《留别应羽先》曰：

> 之子年方富，高才莫与俦。情深千尺水，送我潞河舟。酒尽骊歌咽，琴凄风雨愁。不堪三叠唱，回首重离忧。③

全诗虽然使用了“桃花潭水深千尺”“骊歌”“阳关三叠”等典故，然锤炼无迹，显得意脉贯畅、转合自然。特别是颔联“情深千尺水，送我潞河舟”使用流水对，一气贯注，使人不觉其为对仗。又如《文澜亭同友人作二首》云：

---

① 仇兆鳌：《杜诗详注》卷七，中华书局2015年版，第668页。
② 张昀编：《张氏诗集合编》，第146—147页。
③ 张昀编：《张氏诗集合编》，第151—152页。

深秋牢落老芙蓉，紫翠含烟几万重。云压层城衔夕照，寺邻流水响疏钟。茱萸细泛吟红叶，关塞遥连见碧峰。同学少年工作赋，探珠谁复得骊龙。

北郭虚亭几度临，登高此日又相寻。芳芬黄菊开新蕊，浅淡松篁铺旧阴。杯送紫霞须共醉，诗惭白雪且同吟。人生行乐宜如此，堪笑牛山泪满襟。①

前一首前三联全写亭中所见秋景，色彩浓重，笔力雄健，最后以同学作赋、探骊得珠回扣"文澜亭"主题，显得从容不迫、游刃有余，全诗格调不落中晚唐之下。后一首写登亭所见黄菊新开、松篁成阴的美丽秋景，一反古人登高伤怀的惯常情调，而是临酒赋诗，吟赏烟霞，诗风豁达健朗。中间两联对仗工稳，色彩鲜明，末句"牛山泪满襟"用齐景公典故，嘲笑徒为人生短暂悲伤而不知及时行乐之人。另如《闲吟四首》(钞一)："墨池挥洒三杯后，白苎歌呼一棹间。赊酒恰逢朋好至，几回烂醉别青山。"《南屏净寺》："悟心石火三千界，弹指风灯十二时。啼鸟声中天地寂，晓钟鸣处古今悲。"②皆豪放雄健，境界阔大。

张羽亮有些写景小诗亦清新明丽，韵味隽永。如《春日舟行》云："飞翠浮蓝断续连，春风一叶泛晴川。隔堤弱柳新拖黛，情短情长二月天。"③《山行三绝》其一云："数声啼鸟碧山幽，十里清溪宛转流。远岫翠浮天作岸，漫移茅舍筑云头。"④均写得分明如画、兴味盎然，如一幅唐人小品。

张羽绂，字赓佩，景州枣林(今河北景县)人，岁贡生，历任江南镇江府通判、河南裕州知州、山东临清知州、绍兴府同知，署严州府知府。性廉洁，康熙四十二年(1703年)临清水灾，鬻产购米赈灾，以劳瘁致疾卒，临清民为立生祠。有《藕花居诗草》，存诗三首。《江村夜泊》云：

挂帆千里几停船，夜泊湖村水接天。潮退暗闻估客语，灯寒斜照旅人眠。

① 张昀编：《张氏诗集合编》，第153—154页。
② 张昀编：《张氏诗集合编》，第158页。
③ 张昀编：《张氏诗集合编》，第148—149页。
④ 张昀编：《张氏诗集合编》，第149页。

枫林入画霜初落，江浦闻歌月正圆。隔岸晓钟催日上，梦回舟已下前川。①

全书按照时间递进顺序层层写来，抒发了夜泊江村的复杂感受。通体来看，亦学盛唐山水诗之格调。又如《怀故园梅花》云：

池头一树梅，岁岁为谁开。色映偏宜月，香余且泛杯。未归三载客，深负百花魁。寂寞相思梦，宵来逐雁回。②

此诗情真意切，不假雕饰，纯任白描，通过怀想故园之梅花表现了浓烈的思乡之情，结尾再由“雁回”加深表现了思乡主题，从而使全诗构成了一个较为完美的艺术整体。

张勄，字敬存，号蒲邨，景州人。弱冠补博士弟子员，康熙庚子（1720年）举人，官河南考城知县，著有《考城公诗》，存诗三首。《读双清阁诗集有“白发苍颜五十三”三首，偶次其韵，为苐园五侄祝》云：

白发苍颜五十三，归来容易便投簪。宦情早与菊同澹，乡味偏宜稼作甘。见说空群来冀北，非关捷径辟终南。他年著得兴公赋，拟向天台共结庵。③

此诗用典妥帖自然，句势劲健峭拔，格调雄浑苍老，显示出较为深厚的功力。

此外，景州张氏诗人群体于七言绝句的首句往往喜欢使用“当句对”，如张羽亮《春日惜别》“两山对耸一山横”，④张嵩年《题丹枫兄寒竹图》“山色苍苍树色寒”，⑤张森《雪中梅和李金瓯韵二首》其一“雪边篱落水边苔”，⑥张鹭龄《早春雪后郊游》“柳未青青杏未红”，⑦张颢《哭念蓼弟》“赖以支持藉以生”，⑧张

① 张昀编：《张氏诗集合编》，第160—161页。
② 张昀编：《张氏诗集合编》，第161页。
③ 张昀编：《张氏诗集合编》，第176—177页。
④ 张昀编：《张氏诗集合编》，第148页。
⑤ 张昀编：《张氏诗集合编》，第163页。
⑥ 张昀编：《张氏诗集合编》，第168页。
⑦ 张昀编：《张氏诗集合编》，第170页。
⑧ 张昀编：《张氏诗集合编》，第178页。

景福《赏菊》“曲曲朱栏短短篱”,[①]张招辅《李邺侯》“黄衣联辔白衣尊”,[②]这应是张氏诗学家族的独特印记,从中似可窥见张氏家族于诗法传承方面世代沿袭、相互熏陶之迹。

第四节　张永铨《古枣堂诗》、张恩世《沙溪草堂诗》考述

张永铨,字季衡,景州枣林(今河北景县)人,庠生,有《古枣堂诗》,存诗7首。其诗颇多幽燕慷慨之气,如《拟古四首》(钞一)曰:“江水未能掬,长鲸安可钓。弹铗欲何为,仰天一长啸。”[③]又如《杂兴四首》(钞二)其一:“出门望郊原,霜气逼林薮。萧萧一剑鸣,相视频搔首。”[④]这些诗歌都梗概多气、豪放刚健。其《读辟疆园感少陵先生作》云:

> 三唐人物诗中祖,雄浑不与群公伍。高唱自随天籁发,殷怀只为忧时吐。百年时世痛干戈,风霜历尽终身苦。胸中历落如有神,兴酣落笔频起舞。吁嗟乎!寥寥大雅久不作,紫色蛙声空千古。长将抑郁抱生前,当时谁识金琅玕。一生落落不得志,风尘奔走何为然。丈夫遭遇既如此,何用文章要金紫。老来岁月去堂堂,君恩一饭未尝忘。天涯负饿犹不死,相携书剑尚彷徨。书生落寞一何促,蜀江日暮吞声哭。白酒终消万古愁,黄牛更饱千年腹。平生心事托篇章,独弹古调声铿锵。谁期身后逢知己,辟疆诸子详其旨。读来纸上犹嵯峨,呻吟反覆为君歌。为君歌未已,仿佛如闻先生履。孤灯明灭碧窗虚,寒月皎皎光如水。[⑤]

---

① 张昀编:《张氏诗集合编》,第181页。
② 张昀编:《张氏诗集合编》,第302页。
③ 张昀编:《张氏诗集合编》,第195页。
④ 张昀编:《张氏诗集合编》,第195页。
⑤ 张昀编:《张氏诗集合编》,第197—198页。

诗人读到清初顾宸的《辟疆园杜诗注解》，为杜甫一生忧时伤国却落落不得志的坎坷经历所感动，在诗中为其大鸣不平。张永铨不仅服膺杜甫精神，实际上其诗歌亦多学杜诗，如《九日》云：

领略秋光雅抱深，郊原高处一登临。萧萧落木随风下，漠漠寒云接地阴。飙馆徒怀今古意，黄花欣赏岁时心。年来况味尝如此，日暮空为楚客吟。①

"萧萧落木随风下"来自杜甫《登高》"无边落木萧萧下"，"漠漠寒云接地阴"来自杜甫《秋兴八首》其一"塞上风云接地阴"，"日暮空为楚客吟"来自杜甫《登楼》"日暮聊为梁甫吟"，然其袭用杜诗语词的痕迹过于明显，则学杜尚未臻于化境也。

张恩世，字苐园，号蒙溪，岁廪贡生，官户部司务，升云南丽江府知府，有《苐园集》《赴滇日记》。《张氏诗集合编》所辑《沙溪草堂诗》收诗29首，这些诗主要是其赴云南纪行诗，形式上多为七绝，如《新野》云："前朝已过鲁阳关，楸楝花明照客颜。淯水停车频问渡，土人指点望夫山。"②《九华山晚步》云："为访幽栖踏绿莎，花宫竹树夕阳多。九华山路云遮寺，隐隐钟声出薜萝。"③《水星寨》云："舟上推窗望水星，双峰突起插天青。夕阳雨后穿云出，红满山椒古寺亭。"④旅程中既有新奇景物令人目不暇接，也有着对故乡亲人的思念。如《闻蝉》曰："碧静溪山过雨痕，一声高唱夕阳村。舟中未是酸吟客，忽觉乡心满故园。"⑤那似曾相识的蝉声一下子就让行船经过的诗人想起了故乡。又如《三门塘游野丈山庄》云：

晚泊三门塘，偶遇颁白者。杖策观名驹，生平应爱马。自言山中人，崖头有庑房。萍水乍相逢，欢然邀至舍。山盘羊肠路，屋砌鱼鳞瓦。高低开稻田，前后树梧槚。鸡犬晚风闲，牛羊日夕下。虽无多屋宇，盆山都妍雅。

① 张昀编：《张氏诗集合编》，第196页。
② 张昀编：《张氏诗集合编》，第209页。
③ 张昀编：《张氏诗集合编》，第211页。
④ 张昀编：《张氏诗集合编》，第212页。
⑤ 张昀编：《张氏诗集合编》，第213页。

却喜两忘形，箕踞坐广厦。披襟庶人风，颇足消长夏。叙述无伦次，语久灯已灺。乘月携手归，小舟寐须假。遥遥梦故乡，有怀不能写。①

一次途中的邂逅，诗人被好客的田家翁请至家中热情招待，至晚方归。然田翁的热情真淳、田家生活的轻松惬意却勾起了诗人对故乡亲情的怀念。全诗明白如话，对人物的描写虽着墨不多，却栩栩如生。“牛羊日夕下”虽用《诗经·王风·君子于役》“日之夕矣，牛羊下来”之典，却又是描写实景，故用典如水中着盐，浑化无迹。从整体结构上看，此诗完全是模仿杜甫的《遭田父泥饮美严中丞》。此外，《樊城》“正卖春江缩项鳊”似化自杜甫“漫钓槎头缩颈鳊”（《解闷十二首》其六），《燕山头》“一片青山过雨痕”，亦出自杜诗“白帝城西过雨痕”（《返照》）。景州张氏家族诗人对杜诗相当熟悉，常可见到学杜之处。如张宓《右参叔祖盆兰盛开招饮，因成七律二首》（钞一）云：

西风吹老夜凉天，桂绽华堂景倍鲜。蕊缀黄金千簇秀，叶攒碧玉两株圆。直从月窟分仙种，惟觉天香溢舞筵。领略秋光浑不足，百壶况送酒如泉。②

诗的末句“百壶况送酒如泉”系直接化用杜甫《城西陂泛舟》中的成句“百壶那送酒如泉”。③

张恩世诗歌学唐人的痕迹很明显，如《晓游大风洞》一诗：

名山古洞闻大风，我来方耀扶桑红。神光遥闪金银阙，流水曲引仙人宫。仙人宫阙霭冥冥，乳钟倒挂青玲珑。顿觉阴森动毛发，石根泉涌声淙淙。却蹑云梯入曲窦，訇开石扇天光通。道人散发长不剪，闲煮石髓翻秘封。苍苔一片锁幽径，翠竹千叶摇晴空。文禽啼向琪树杪，素蝶飞去茅衣中。恍惚即有松乔辈，翩然来下骑白龙。坐深俯听风尘内，人语唧唧如秋虫。④

此诗构思和词句明显模仿李白《梦游天姥吟留别》，风格亦如李白诗奔放

---

① 张昫编：《张氏诗集合编》，第212—213页。
② 张昫编：《张氏诗集合编》，第226页。
③ 仇兆鳌：《杜诗详注》卷三，中华书局2015年版，第220页。
④ 张昫编：《张氏诗集合编》，第215页。

飘逸。另如《郑镇道中口占》:“三月桃花树树新,东风吹雨浥行尘。今朝有酒还堪把,明日相看万里人。”①构思立意及语言乃模仿王维《送元二使安西》。

第五节　张招觐《雨香龛诗》、张殿甲《一枝山房诗草》、张招辅《杞树山房诗》考述

张招觐,字籽园,号紫垣,晚号再生髡,景州枣林(今河北景县)人。附贡生,屡踬棘闱,遂绝意仕进,随父宦游滇蜀,耽于吟咏,有《雨香龛诗草掇馀》,《张氏诗集合编》辑录其《雨香龛诗》56首。冯春台(字淑清)《雨香龛诗序》曰:“晚年栖心禅悦,于世情益淡,其诗境所造亦益高,大抵纡余骀宕,婉约清新,拟其风格,其在中晚唐间乎!”②赵任《序》曰:“予尝读其东游诸作,力洗纤秾,一归古简,虽掇拾无多,可以见其一斑矣。”③《清明日雨中游灵岩二首》曰:

贾勇登临继岱宗,披烟拨雾造高峰。点头人化皈依石,摩顶僧归回向松。拾级不嫌筋力软,看山翻恨雨云浓。壁间古碣如林立,独剔苍苔觅旧踪。

健步无劳九节筇,佳辰胜景许谁同。时经红蜡青烟后,人在千岩万壑中。遮眼云迷山向背,盘头瀑划寺西东。何当挹取双泉水,一洗尘缨悟妙空。④

二诗炼句劲峭,律调深稳,结联引人遐思,韵味无穷。又如《冬杪怀弼亭弟兼示仲亭弟三首》其一云:

生计年来拙,冲霄仗羽毛。如何千里骏,不遇九方皋。残腊添霜鬓,他乡尚缊袍。点金行有术,风雪莫辞劳。⑤

此诗系冬末怀念其弟张招辅而作。颔联“如何千里骏,不遇九方皋”,通

① 张昀编:《张氏诗集合编》,第207页。
② 张昀编:《张氏诗集合编》,第231页。
③ 张昀编:《张氏诗集合编》,第233页。
④ 张昀编:《张氏诗集合编》,第233—234页。
⑤ 张昀编:《张氏诗集合编》,第237页。

过反问句式对其弟之怀才不遇深表同情。按,此联以“千里骏”对“九方皋”极为工巧,且为一气贯注的流水对,堪称佳联,实乃一篇之警策。末联委婉地向其弟求助,系化用杜甫《王十五司马弟出郭相访遗营草堂赀》“他乡唯表弟,还往莫辞劳”。①

张招覲《雨香龛诗》中所存咏古诗数量较多,这些诗大多为七绝,如《茅容》云:

> 杀鸡为馔佐亲饔,有客不妨粗粝供。盛德终成尘外赏,千秋冰鉴郭林宗。②

“林宗过茅”之事见于《后汉书·郭太传》:

> 茅容,字季伟,陈留人也。年四十余,耕于野,时与等辈避雨树下,众皆夷踞相对,容独危坐愈恭。郭林宗行见之而奇其异,遂与共言,因请寓宿。旦日,容杀鸡为馔,林宗谓为己设,既而以供其母,自以草蔬与客同饭。林宗起拜之曰:“卿贤乎哉!”因劝令学,卒以成德。③

诗歌前半称赏茅容之真率贤德,后半盛赞郭林宗有知人之明。又如《孟敏》云:

> 甑破何由得再成,无情端底是多情。从知咄咄书空者,悔煞拖泥带水行。④

《后汉书》载:“孟敏,字叔达,钜鹿杨氏人也,客居太原。荷甑堕地,不顾而去,林宗见而问其意,对曰:‘甑以破矣,视之何益?’林宗以此异之,因劝令游学。”⑤又《晋书·殷浩传》载:“浩虽被黜放,口无怨言,夷神委命,谈咏不辍。虽家人不见其有流放之戚,但终日书空,作‘咄咄怪事’四字。”⑥此诗将

① 仇兆鳌:《杜诗详注》卷九,第731页。
② 张昀编:《张氏诗集合编》,第237页。
③ 范晔撰,李贤等注:《后汉书》卷六十八,中华书局1965年版,第2228页。
④ 张昀编:《张氏诗集合编》,第237页。
⑤ 范晔撰、李贤等注:《后汉书》卷六十八,第2229页。
⑥ 房玄龄等撰:《晋书》卷七十七,中华书局1974年版,第2047页。

两事并举，用殷浩的拖泥带水反衬孟敏之豁达超脱，认为孟敏之甑破不顾貌似无情，然其敢于放弃无可挽回之事，这才是真正的有情，其论乍看令人疑惑，细加品味便能豁然开朗，真是新颖的史论。又如《咏古七首》之《犊鼻裈》云：

曝衣花下趁朝暾，谁把长竿挂布裈。较胜当垆无赖子，只将犊鼻恼王孙。①

《世说新语·任诞》载，七月七日有晒衣之习，居道北诸阮盛陈纱罗锦绮，而道南之阮咸“以竿挂大布犊鼻裈于中庭”，人或怪之，答曰：“未能免俗，聊复尔耳！”②用以调侃世俗。另外《史记·司马相如传》载：“相如身自著犊鼻裈，与保庸杂作，涤器于市中。”其岳父卓王孙只好分给相如夫妇家财。张招觐将这两个有关犊鼻裈的故事进行对比，认为阮咸远胜司马相如，其爱憎褒贬极为鲜明。又如《刘长卿》云：

轻身一剑马行迟，仲武雌黄总未思。不向长城寻妙格，钱郎空继右丞诗。③

大历诗人刘长卿以“五言长城”自许，“轻身一剑知”是其《送李中丞之襄州》中的成句，然而高仲武《中兴间气集》批评刘长卿诗“大抵十首以上，语意稍同，于落句尤甚，思锐才窄也”④，此外，高仲武还说“右丞没后，员外（钱起）为雄”⑤。张招觐认为这些评论都是信口雌黄，只有从刘长卿身上寻求妙格才是正途，钱起和郎士元都称不上是王维的真正继承者，其论迥异凡俗，出人意表。

张招觐咏古诗除品评人物、表达自己对历史人物不同凡俗的独特见解之外，也流露出对时移事迁、富贵难保的感喟。如《咏古七首》：

① 张昀编：《张氏诗集合编》，第239页。
② 刘义庆著，余嘉锡笺疏：《世说新语笺疏》，中华书局2011年版，第633页。
③ 张昀编：《张氏诗集合编》，第252页。
④ 傅璇琮主编：《唐人选唐诗》，陕西人民教育出版社1996年版，第502页。
⑤ 傅璇琮主编：《唐人选唐诗》，第463页。

风景依然世代非，琅琊内史壮心违。行人莫问青青柳，肠断金城又几围。（《金城柳》）

金谷主人意气粗，手挥如意碎硋砆。凭君结得珊瑚网，楼上谁藏一斛珠。（《击珊瑚》）

前首用《世说新语》中桓温典故，感慨岁月流逝之无情，后一首用石崇典故，石崇自称金谷主人，在金谷园内蓄宝物无数，与王恺争豪，养歌女绿珠，奢靡豪横，终致人去财空。在对史事的深沉感喟中，表现出诗人洞晓人生的清醒意识。

《雨香龛诗》中另有部分记录日常生活感受的小诗亦较有特色。如《听李显业弹琴二首》：

我慕思桐趣，君当一再弹。声超弦指外，心在水云端。渔醉夕阳晚，笳翻刁斗寒。塞鸿不堪听，有弟滞长安。

绿蚁一樽酒，朱弦三尺琴。宫商新入手，勾劈妙随心。古调传流水，秋光散远岑。断文如可试，小阮渐知音。

二诗写听琴声产生的感受，听觉、视觉、感觉交叠，情景交融，音律谐和。“塞鸿不堪听”“古调传流水，秋光散远岑”，巧妙化用钱起《省试湘灵鼓瑟》的语句和意境而翻出新意，即景抒情，巧妙自然。

另如《中秋夜病中忆弟兼以志感三首》（钞二）书写兄弟亲情：

一病抛佳节，三年负月华。窗鸣斜破纸，灯映半残花。药捣长生兔，魔缠搅睡蛇。冰轮千里共，羁客定思家。

别后几圆缺，中秋又值今。痴肠儿女债，皓首弟兄心。老蚌辉新月，飞鸿没远岑。依人非久计，何日对床吟。

中秋之夜，病卧陋室，面对破窗残灯，忆及羁滞远方兄弟，思绪万千，难以入眠。缱绻亲情，溢于言表。第一首中“窗鸣斜破纸，灯映半残花”以及“睡蛇”“冰轮”等语词，凄清寒凉，让人想起孟郊的《秋怀》诗。

张殿甲，字硕亭，景州枣林（今河北景县）人，附贡生，拣发云南通判，候补同知,有《一枝山房诗草》,存诗28首。青阳王宗诚序云:"硕亭先生优游林下,性耽吟咏,其诗和平乐易,颇有长庆风规。至其谊笃孝友,力敦古处,如置祭田、捐义田、立家学诸大端,卓然有古乡先生之风,而至性至情,流露于吟咏间者,则读者自得之。"①检其集中确有《义田》《祭田》等诗,均是敦慕家族、告诫子孙之作,类似于韵文写成的家训,几无文学价值。而其闲适之作则颇有韵味,如《小园十首》(钞一)之《玉溪春涨》:"最好三春祓禊天,柳荫桥畔水涓涓。桃花到处飞红雨,只少樵风送客船。"②景物描写形象生动。"桃花到处飞红雨",化用李贺《将进酒·琉璃钟》"桃花乱落如红雨",着一"飞"字,增加了美感,消除了原句"落"字的萧索之意。《消暑吟七首》(钞二)其一:"杖藜闲步意迟迟,细葛含风纳爽时。百尺梧桐云咫尺,蝉声偏在最高枝。"③后两句意象鲜明,情趣盎然,韵味隽永。

张殿甲诗学杜痕迹较为明显,如《新夏陪同人游宗叔素圃研云亭用工部〈游何将军山林〉韵十首》(钞六)云:

名园东郭外,槐柳夏阴清。款款交飞蝶,声声解语莺。雕胡少陵饭,蓴菜季鹰羹。漫作风尘想,深林把臂行。

解榻情何限,吟颐手自支。草深周子宅,酒汎刁家池。蛩尾香仍在,游鳞乐可知。北窗容寄傲,谈笑素襟披。

花径何须扫,凉亭四望开。清风吟古树,骤雨洒残梅。炙毂谁惊座,弹冠尽异才。当筵展欢谑,鸣鹤傍新苔。

苍松依怪石,略彴卧清泉。浪涌疑飞雪,衣寒尚著棉。攀枝分柳线,汲水动荷钱。多少沧州趣,澄怀似辋川。

高台森夏木,一碧湛清池。酒煮新梅子,凉生古接篱。鸣弦飞白羽,听曲忆红儿。所遇成真赏,陶然夙愿随。

① 张昀编:《张氏诗集合编》,第254页。
② 张昀编:《张氏诗集合编》,第260—261页。
③ 张昀编:《张氏诗集合编》,第265页。

欢会思无极，归来意若何？未携山水去，空惹梦魂多。仰屋看梁月，怀人发寤歌。潇潇风雨夜，能否抱琴过。①

这组诗不仅是步杜甫《陪郑广文游何将军山林十首》之韵，其连章组诗的谋篇布局也全部亦步亦趋地模仿杜诗，如一篇游记般有首有尾，中间或赋景，或写情，经纬错综，曲折变幻。不仅如此，其第一首、第六首与杜甫《陪郑广文游何将军山林十首》其二、其十也极其相似：

百顷风潭上，千章夏木清。卑枝低结子，接叶暗巢莺。鲜鲫银丝鲙，香芹碧涧羹。翻疑柁楼底，晚饭越中行。（其二）②

幽意忽不惬，归期无奈何。出门流水住，回首白云多。自笑灯前舞，谁怜醉后歌。只应与朋好，风雨亦来过。（其十）③

对照可见，其构思立意及用语都与杜诗极为相似。另外，第三首中"花径何须扫，凉亭四望开"，化自杜甫《客至》："花径不曾缘客扫，蓬门今始为君开。"④

张殿甲另有一首七律《酬李吏白见赠之作》亦较有特色：

豹隐庐前不暾名，青莲才调本天成。八仙饮忆长安市，六逸人来历下城。删述襟怀千载壮，烟霞痼疾万缘轻。新诗怪底波澜阔，手掣鲸鲵碧海清。⑤

李吏白，即李清渭，德州人，嘉庆己卯举人，官东阿学博。著有《辛卯诗草》《岱游诗草》《历下诗草》《北上诗草》《赵楼诗草》。⑥ 此诗借李吏白与李白名字的近似之处，巧妙关联起二人的才华品性。首句用《列女传·陶答子妻》典故，称赞李吏白不慕虚名，为保持名节而归隐。第二句用"青莲才调"称其才华气质高洁脱俗，李白号青莲居士，所以这句可谓一箭双雕。颔联继续用

① 张昀编：《张氏诗集合编》，第261—263页。
② 仇兆鳌：《杜诗详注》卷二，第184页。
③ 仇兆鳌：《杜诗详注》卷二，第192—193页。
④ 仇兆鳌：《杜诗详注》卷九，第960页。
⑤ 张昀编：《张氏诗集合编》，第265页。
⑥ 参见徐泳：《山东通志艺文志订补7》集部第2册，第583页。

李白典故称赞李吏白不同凡俗的潇洒逸气。“八仙饮忆长安市”，出杜甫《饮中八仙歌》：“李白一斗诗百篇，长安市上酒家眠。天子呼来不上船，自称臣是酒中仙。”①“六逸人来历下城”用“竹溪六逸”典故。开元二十五年（737 年），李白移家东鲁，与名士孔巢父等六人隐居于徂徕山下的竹溪，他们在此纵酒酣歌，啸傲泉石，吟诗论文，快意无比。颈联说李吏白虽有删述之志，但更向往隐居生活，照应首句和第四句隐居之意。“删述襟怀”亦与李白相关，李白《古风》其一云：“吾志在删述，垂辉映千春。”②尾联评述李吏白诗风怪奇壮阔，具有“碧海掣鲸鱼”般壮浪纵恣的气势，而李白的诗风也有雄奇奔放的特点，这两句不动声色地再次把二人关联在一起。通观全诗，作者始终扣住李吏白和李白之间的共同点来构思立意，首尾呼应，诗思巧妙。

张招辅，字弼亭，景州枣林（今河北景县）人，监生，候选州同，有《杞树山房诗》，存诗 88 首。其诗多记录其薄宦所经之地，抒发宦途感慨及羁旅思乡之情。如《浔阳沙洲夜泊》云：“烟波何处是家山，暮郭朝村日往还。自昔浔阳江上月，青衫常照泪痕斑。”③《立秋》云：“春前皖水借依栖，尚有桃花傍柳堤。转眼金风桐叶落，无聊人在泰山西。”④另如《中秋申阳羁雨偶忆戊辰中秋吴门旧作复寻前韵以记行踪》云：“秋雨淋淋汉水滨，年来佳节苦风尘。轻萍逐浪羞长铗，匹马扬镳叹只身。往事暗惊知自误，潜愁长抱岂无因。桂轮今夜云收去，多恐行人倍惘神。”⑤凄风苦雨，只身漂泊，从“轻萍逐浪羞长铗”句可知诗人“潜愁长抱”的原因，亦可窥见诗人之正直品性。对自己仕途偃蹇的原因，作者自我检讨曰“自误”，这种自责与怅惘的情绪亦曾出现在他的其他诗中，如《悔》云：

> 机缘百事叹因循，棋着迟迴误已频。奋翼那堪伤白发，寻芳每怅失先春。

① 仇兆鳌：《杜诗详注》卷二，第 104 页。
② 詹锳主编：《李白全集校注汇释集评》，百花文艺出版社 1996 年版，第 20 页。
③ 张昀编：《张氏诗集合编》，第 281 页。
④ 张昀编：《张氏诗集合编》，第 291 页。
⑤ 张昀编：《张氏诗集合编》，第 271 页。

虞卿仗义情空切，李广封侯命不辰。一枕黄粱惊幻梦，桃源回首已迷津。①

诗中后悔自己因“因循”“迟迴”总是错失机遇，频频“误己”，虽如虞卿之仗义，有李广之功绩，可叹奈何！如今一切已成黄粱一梦，无可挽回。

羁旅愁怀，忧思怅惘，可以说是张招辅诗歌的底色。在孤独的漂泊旅程中，触目所见，春花春水，莫不令他愁情萦怀，如《子夜歌》钞八：②

彩胜簇春华，新愁乱似麻。玉梅窗外影，欲挽隔窗纱。（其一）

玉树倚荆轲，临风叹奈何。梨花春雨后，莫讶泪痕多。（其五）

碧水涨池痕，临渊欲断魂。谁怜江上鲤，日日傍风豚。（其七）

我是飘蓬客，痴情自惘神。应知如意事，不逐苦吟人。（其八）

自然界的风景总是能触动他易感的心灵，产生别样的感受。“应知如意事，不逐苦吟人”，这是一位历尽风波的江湖“飘蓬客”的自我哀怜，是一位仕途失意者的心灵独白。

除了以诗记行踪之外，张招辅的咏古诗亦颇具功力，如《古城》云：

君臣聚义说当年，残碣苔封古殿前。岂有潜龙终失水，宁无猛虎早收川。南阳方定三分局，西蜀先谣一凤颠。千载英雄空话柄，山城寂寞起苍烟。③

“古城”是指《三国演义》中刘关张桃园三结义之古城，即涿县（今河北涿州）。诗以刘关张的故事起兴，追想三国英雄往事，如今已成历史烟尘，不禁为之唏嘘叹惋。颈联“南阳方定三分局，西蜀先谣一凤颠”，上句是指诸葛亮初出茅庐便定下天下三分的战略构想，下句是指号称凤雏的庞统在落凤坡战死之事。当时童谣曰：“一凤并一龙，相将到蜀中。才到半路里，凤死落坡东。”（《三国演义》第六十三回）诗中“西蜀先谣一凤颠”便指此事。此联不仅含蕴丰富，且对仗工稳，意思错综，实为难得之佳构。

---

① 张昀编：《张氏诗集合编》，第 279 页。
② 张昀编：《张氏诗集合编》，第 273—275 页。
③ 张昀编：《张氏诗集合编》，第 271 页。

第六节　张灏《寒竽山房自存诗》、张昀《侍竽山房遗诗》考述

张灏，字睦庭，号仲亭，一号柳园，晚号木鱼庵主人，景州枣林（今河北景县）人，乾隆四十五年（1780年）副贡生，候选教谕，后绝意仕进，日肆力于诗古文辞以自怡悦，著有《寒竽山房自存诗》一卷，收诗133首。此外尚有《红崖小草集》《大笑出门集》，已佚。《寒竽山房自存诗》后有张灏外孙吴修凤跋云：

自其少时，承阀阅家声，绝无纨绔恶习，惟是承颜嗣母，曲意小心，历寒暑无少懈。而眷恋本支，问视寝膳，则恒于午夜出入，外人弗悉也。性慷慨，喜宾客，乐施于族中，孀孤赖以举火者甚夥。壮岁游历几遍南北，举凡山川隘塞、今古废兴，以及风沙云物之变态，在在悉寄于诗。一时所交，若张亮斋廷寀、周书昌永年、朱青雷文震、黄松鳞阁、吴榖人锡麒，皆当代名流。客至命酌，酒酣耳热，相与上下千古，辨若悬河，洒洒千言，倚马可待。至若风神旷远，襟期磊落，视当时事不屑置意，则略如晋宋间人。故其为诗，直抒胸臆，不假修饰，譬之风水相遭，自成音籁。①

从这段文字中可大致了解张灏的生平交游、人物品性和潇洒风神。同时，文中还指出张灏诗“直抒胸臆，不假修饰”的特点，此言不差。张灏之诗，追求自然平淡，颇具宋调。《挽曹耘皋先生》云：

七日凿破混沌死，世上文字从兹始。典谟训诰继风骚，六朝作俑生淫靡。唐盛中晚宋元明，斫骨几人得真髓。工部吏部及青莲，义山香山后苏子。力大学博历世深，扛鼎畴能方其轨。虽曰调至宋人衰，亦缘世风使然耳。横槊岂能赋大风，柏梁何足赓喜起。吾子独欲策其雄，待向文坛执牛耳。

① 张昀编：《张氏诗集合编》，第314—315页。

宦拙才迂世事疏，抛却秫田归故里。文章期作后人师，静追平淡削奇诡。自言宋调渐渍深，然不失为大家婢。嗟乎此语知者稀，欲呼君语君往矣。遗札属我双凤雏，欲将他山为玉砥。张范交情生死间，缟纻金兰皆敝屣。来生仍是读书家，书生之孽殊未已。文字纠缠茧作丝，何苦自缚乃尔尔。有意无意去来今，童子窥窗一泓水。四野苍凉泪数行，独荐湘兰为君诔。①

诗中历数了中国诗学传统及其发展历程，特别推崇杜甫、李白、韩愈、白居易、李商隐、苏轼等人，而对曹耘皋所谓“文章期作后人师，静追平淡削奇诡。自言宋调渐渍深，然不失为大家婢”颇引为同调。另外，《长歌赠李拟山先生兼寄曹耘老》云：“扫除艰涩还平易，刮磨郑卫调宫商。”②从中可见其诗学旨趣。张濒对苏轼之诗颇为欣赏，《雨中读苏诗》云：

抽卷偶吟苏长公，圭芒四露气深雄。不须音响求弦外，自有须眉落镜中。独醉独眠还独醒，微云微雨又微风。无营即是丹砂诀，荷叶杨花任化工。

注：苏诗“风里杨花虽未定，雨中荷叶终不湿”，有味乎其言。③

诗中推崇苏诗之自然“无营”而臻于化工，这与其“静追平淡削奇诡”“扫除艰涩还平易”之论正可互证。《清明用东坡和子由寒食韵》《病中闻西斋腊梅已开用东坡滕县时同年西园诗韵》等亦皆是和韵东坡之作。有些诗中也常化用苏轼诗句，如《祀灶》“我亦行年三十九，劳生强半总浮沤”，二句后自注曰：“东坡诗：行年三十九，劳生已强半。”④

此外，《吴鲁南表弟种竹甚茂大书题壁喜其清旷附书三绝于后》其三云：“移根醉后试何如，十笏庭阴手自锄。莫怪杜陵痴老子，欲分新翠到吾庐。”注曰：“予乞竹栽，将有生意。”⑤张濒在诗中为何自许为“杜陵痴老子”呢？这是因为此诗化用了杜甫《从韦二明府续处觅绵竹》“华轩蔼蔼他年到，绵竹亭亭

① 张昀编：《张氏诗集合编》，第380—381页。
② 张昀编：《张氏诗集合编》，第368页。
③ 张昀编：《张氏诗集合编》，第386页。
④ 张昀编：《张氏诗集合编》，第372页。
⑤ 张昀编：《张氏诗集合编》，第388页。

出县高。江上舍前无此物,幸分苍翠拂波涛","欲分新翠"来自杜诗"幸分苍翠",张颎欲从表弟处索要竹子,便想起了杜甫的索竹诗,遂加以化用,从中可见其对杜诗的熟悉。

张颎年轻时游历南北,故其前期诗歌,主要是纪行诗,抒写旅途见闻及感受,如《不寐闻潮》:

大海抱双城,奔涛万派鸣。乾坤舒浩气,风雨压潮声。夜寂愁难破,春寒梦易惊。何当凌浩瀚,一为驾长鲸。①

此诗对仗工整,气势壮阔,颇能体现年轻诗人的壮志豪情。更多时候,这些纪行诗中流露的是作者浓烈的思乡情绪,如《七盘岭》:

回首长安远,惊心蜀道难。春随流水尽,雨滞客衣单。树影峰千仞,云屯领七盘。垂鞭愁更怯,不敢倚危阑。②

"垂鞭愁更怯,不敢倚危阑",化用宋之问《渡汉江》"近乡情更怯,不敢问来人"语意而愁苦之情更甚。

另如《秋怀》:

千林霜叶夕阳红,黯澹秋怀四望中。万里浮云瞻北极,双城画角动西风。心随江水流无定,病比秋山瘦更工。天末归帆轻又稳,季鹰何事尚飘蓬。(其一)

匡床布被影萧条,四壁寒蛩共寂寥。往事已随泡影灭,新愁惟借酒杯浇。故园入梦途常失,老母思儿泪未消。陟屺不堪直北望,白云遮断路迢迢。(其三)③

西晋张翰见西风起而思故乡美味,遂辞官还乡,而自己却如飘蓬一般身不由己。极目北望,故园渺渺,只能在梦中拭去老母的思儿之泪。或许正是这种深沉的思乡情愫,是促使他最终放弃禄位、回归家园的深层原因。

---

① 张昀编:《张氏诗集合编》,第 320 页。
② 张昀编:《张氏诗集合编》,第 328 页。
③ 张昀编:《张氏诗集合编》,第 331—332 页。

据张濒外孙吴修凤记载,张濒中副傍后即绝意仕进,归依田园,故其后期诗歌的内容,多是写田园家居生活及与友人交游题赠之作。《寒竽山房自存诗》中第一首《池上晚步》表现其闲适悠游的心境,似是后期之作,诗云:

薰风何处来,水面散霞绮。墙外呼归牛,幽窗落芳芷。尽日无所营,翛然心自喜。俯仰惬素襟,忘却衫与履。①

诗中优美的自然风光、温馨和谐的生活场景与作者愉悦闲适的心境相得益彰,颇有隐逸之趣。他也像陶渊明一样,写了很多记录田园生活的诗,如《种瓜辞赠芥园五兄》:

我闻五色瓜,大药等铅汞。琼液沥冰雪,未剖指先动。芥园有主人,霜锄自平垄。运甓敢笑陶,为圃非希孔。古井自无波,沟壑薄澒洞。长啸据土阜,此志谁烦冗。我方事耕作,约略辨丘陇。未卜收与获,艰难先播种。兼之性偏鄙,纳履每削踵。寒山无片石,有语谁见重。何日访东陵,清谈鼓余勇。②

诗人羡慕五色瓜的美味,可惜自己在耕作方面是外行,只能先艰难播种,能否收获尚不可知,希望能向芥园主人学种瓜。诗中用召(邵)平典故。据《史记·萧相国世家》和《艺文类聚》卷八十七《果部下·瓜》记载:邵平,故秦东陵侯。秦灭后,为布衣,种瓜长安城东。种瓜有五色,甚美,故世谓之东陵瓜。张濒把善于种瓜的芥园五兄誉为东陵邵平,认为只有他能指导自己。

田园生活有辛苦,有收获的喜悦,也有美好的期待,在《别墅新构架室题壁》三首中,他叙述了一个田园劳作者辛苦忙碌的日常生活和朴素的愿望:

书剑悠悠笑不成,敝庐忝在费经营。十年种木为村落,万宝登场足赋征。小麦乍逢秋社雨,稺苗尤爱晚天晴。近来领略田家乐,桑下鸡肥甕酒清。(其一)

---

① 张昀编:《张氏诗集合编》,第316页。

② 张昀编:《张氏诗集合编》,第334页。

火耨烟锄事事忙，如云宝嫁待秋黄。耕耘力竭收须早，禾黍田低患预防。乐土近来无硕鼠，偏灾偶免是飞蝗。农夫尽岁多辛苦，博得盘中玉粒香。（其二）①

从诗中可以看出，经过多年的实践，作者对田间劳作熟稔无比，积累了丰富的农耕经验，再也不像当初那样生涩愚拙了。归依田园是他阅尽世事沧桑之后的主动选择，也让他享受着天伦之乐的美好，《独饮》诗云：

足迹半天下，世事饱艰难。亦曾历险阻，亦曾服绮纨。寒暑生眉睫，千态如转丸。身虽百无成，所遇多甘酸。泡影既销歇，可追惟余欢。便令老丘壑，亦惟命是安。堂堂青春去，留我酒杯宽。（其三）

堂上有慈亲，家政独操治。膝下小儿女，一一肩相次。大儿会呼爷，次儿姿颖异。弱女四龄余，日月才能识，时于阿婆前，逞娇索饼饵。我独一无营，终日饮且睡。儿女在我旁，须发互牵戏。有时见我醒，问爷胡不醉？俯仰人世间，此乐恐不易。（其四）②

诗歌用语朴素，如话家常一般娓娓道来。后一首写慈亲在堂，儿女绕膝，饮酒自娱，一幅美好温馨的家庭生活画面。陶渊明《和郭主簿》其一云："春秫作美酒，酒熟吾自斟。弱子戏我侧，学语未成音。此事真复乐，聊用忘华簪。"二诗表达的是同样的心境吧。

张昫（1794—1866年），字林西，号甸南，景州枣林（今河北景县）人，张灏之孙。弱冠补博士弟子员，以舌耕供甘旨。嘉庆二十四年（1819年）中举，授河南封丘知县，治邑四年，多有善政。道光十九年（1839年）丁母忧，期满赴任，加知府衔。调商虞通判，改下北同知，升沿河知府。道光三十年（1850年），署彰德府知府。咸丰元年（1851年），任河南乡试提调官。咸丰三年（1853年），署开归陈许兵备道，以守城功授粮储法道，历任七年，加盐运使衔。生平亢直敢言，耻事权要，竟以是去官，优游林下，修家乘、置义田，族中贫乏者

① 张昫编：《张氏诗集合编》，第335—336页。

② 张昫编：《张氏诗集合编》，第340—341页。

多依赖之,卒年七十三,著有《侍竽山房诗集》。

张鸿猷《侍竽山房诗集序》曰:“公退余闲,不废吟咏,或寄感触于时事,或见唱和于友朋,命笔成篇,积笺成帙,因自订所著为《侍竽山房诗集》,其曰‘侍竽’者,以其祖仲亭先生曾有《寒竽山房集》而得名也。”①今检《侍竽山房遗诗》,其中主要内容确是纪事与唱和,另有一些题画、咏怀之作。如《癸丑汴省守城纪略》曰:

发逆肆披猖,自粤到江汉。顺流袭金陵,由扬欲北窜。乌合数万徒,诈称贼百万。维时豫省中,抚辕莅他县。兵勇既无多,纪律犹散漫。徒步历长街,大义相激劝。搜捕城中奸,收抚萧墙患。谓睢勇与回民。众志遂成城,驱使听策遣。更邀苍天佑,通宵震雷电。一夜水成渠,城壕皆涨漫。贼谲挖沟隧,沟崩地塌陷。贼携火药来,药湿燃无焰。城头巨炮施,铅子驶于箭。兼有练勇夫,缒城接野战。斩馘复擒魁,余匪势皆涣。满城腾欢呼,齐心追余叛。贼散复合群,从容竟西犯。奇胜忆当时,历历犹如见。②

咸丰三年(1853 年),太平军北伐至河南开封,张昀时任开归陈许兵备道,正在开封城内守备。杨书香(字芸坪)《广川张公墓志》记载了当时的详细情况:

贼攻城时,公冒雨登陴,与士卒同甘苦,仆人以雨衣进,屏不用。有飞炮突中右指,不觉仆地,家人扶掖归署,公曰:“此岂吾卧疾时耶?”次日系腕于项,巡守如故。贼知有备,解围去。③

张昀用诗歌的形式记录了开封之战的详细情况,可补史书之阙,亦可称诗史。又如《读萧廉泉郧阳尽节生气千秋集》云:

男儿欲展长风志,忠贞不限爵与位。丹心矢图报官家,蕞尔之区试利器。

---

① 张昀编:《张氏诗集合编》,第 424 页。

② 张昀编:《张氏诗集合编》,第 438—439 页。

③ 张昀编:《张氏诗集合编》,第 429—430 页。

忆公筮仕滋保康，扶危济困哀痍疮。八年抚字劳心力，衙官子庶胥相忘。不道良苗涸稂莠，郧阳城外走群丑。么魔气焰何凶凶，卷地蜂来遍山薮。公聚耆老运奇谋，当关选健扼其喉。时迫势猝天之数，妖氛狂煽逼城楼。可怜据守既无七里郭，外援又无三千缴。微臣力竭无如何，惟有捐躯赴霜锷。先生捐躯不足奇，奇于全家七口同殉之。妻贞妇烈子孙孝，丹心碧血涂阶墀。呜呼一门从容死，取义不尽胡如此！黎民感愤哭失声，哭声惨咽溪沟水。倘使郡兵刻日来，歼厥渠魁何难哉。杀贼未尽身先尽，天教狭路阨英才。人以路狭为公痛，我以路狭为公诵。路狭身尽气犹生，生有奇谋死有用。君不见，粉青河畔贼据时，将军无计空相持。箬篮一助贼披靡，九泉含笑伊谁知。①

诗中所称萧廉泉，即萧永清，《贵州通志》载其生平曰：

萧永清，字廉泉，平远人，官康保县典史。嘉庆初，教匪犯境，夺门入，永清手刃贼，被三枪仆地，犹骂不绝口，贼怒，毁其尸。长子其馨，挺刃前杀贼，刀折被害。季子其芳、从侄祚超及妻弟林良凤、募士范绍晋皆不屈死。永清妻林氏、媳韩氏及其女孙皆杜门自杀。②

可知萧永清在康保县典史任上死于白莲教起义，张昀在诗中歌颂了萧廉泉力战而死的壮烈事迹以及全家七口共同殉难的惨烈境况，亦有以诗存史之功效。以上这些诗歌皆是以诗记史，无疑继承了杜甫、白居易以来的诗史传统。

吴修凤《侍竽山房诗集序》曰："兄自束发受书即嗜吟咏，信手拈来，天然可爱。大抵兄为人坦率真挚，笃意伦常，日唯矜持，以敦实行恤民瘼为己务，初无意为诗也。而兴之所寄，行诸咏歌，直抒胸臆，不雕饰，复不蹈袭，真趣盎然，正与其人适相肖也。"③马洪庆《侍竽山房诗集序》曰："外舅历宦中州，所至皆

① 张昀编：《张氏诗集合编》，第441—442页。

② 冯楠总编：《贵州通志·人物志》，贵州人民出版社2001年版，第513页。

③ 张昀编：《张氏诗集合编》，第431页。

有政声，晚年赋归，足迹不入城市，周恤宗党，善无不为，未尝规规焉以诗鸣也。然生平佳句，往往流播人口，盖其性情质厚，无所缘饰，故其发于诗者，抒写性灵，不以力构，大抵得于天者居多。”①张昀诗歌用典不多，较少模拟前人，形成了浅近自然的风格。如《萤火》曰：“几误流星傍水滨，萤光点点舞来频。谁家寒士无灯火，可有余辉许借人。”②此诗确实毫无依傍，纯任性情，显得清新流丽。又如《西江口号》云：“芳春惊见雨时行，十日曾无一日晴。洗马池前人闹处，满街踏碎板鞋声。”③通过截取生活中一个小场景，生动传神地写出了当地的风情民俗。又如《卫河决后由德水馆次旋里》云：

奚奴负笈客横缰，廿里迢迢望转长。问讯无人凭马首，崎岖有路似羊肠。农夫樵子争垂钓，竹径花蹊半筑场。遥望蓨南何处是，故乡今在水云乡。④

全诗几乎不用典故，浅切自然，有效地表达了诗人临去前的缱绻绸缪之情。当然，张昀诗歌也不是毫无依傍，其某些诗句亦有学唐人之痕迹，如《癸卯六月念七日中河河决，又复连日苦雨，闷极书此》“入伏之雨如翻盆，行人商贾阻出门”⑤，系模仿杜甫《白帝》“白帝城中云出门，白帝城下雨翻盆”。《再邀吏白夫子》“绣幄成团滴露梢”⑥，化自杜甫《堂成》“笼竹和烟滴露梢”。《同封晓江刘庄看桃花二首》其二“搴芳随意歇”⑦，似化自王维《山居秋暝》“随意春芳歇”。《和罗春伯周星池咏春八首》其八《春酒》“才尝婪尾柏花馨，又向春前酿洞庭。桑柘日斜人影散，家家扶得醉刘伶。”⑧此诗后二句系模仿唐人王驾《社日》“桑柘影斜春社散，家家扶得醉人归”。⑨

① 张昀编：《张氏诗集合编》，第 431 页。
② 张昀编：《张氏诗集合编》，第 455 页。
③ 张昀编：《张氏诗集合编》，第 453 页。
④ 张昀编：《张氏诗集合编》，第 446 页。
⑤ 张昀编：《张氏诗集合编》，第 442—443 页。
⑥ 张昀编：《张氏诗集合编》，第 452 页。
⑦ 张昀编：《张氏诗集合编》，第 440 页。
⑧ 张昀编：《张氏诗集合编》，第 450 页。
⑨ 彭定求等编：《全唐诗(增订本)》卷六百九十，中华书局 1999 年版，第 7988 页。

陶福恒《张氏诗集合编序》曰："吾尝详绎诸诗，忠爱悱恻，具得温柔敦厚之旨，品谊之际，三致意焉。于以叹张氏数百年积累深厚、通儒林立，宜其微言尊行，踵于耳目。"①《张氏诗集合编》所收景州张氏诗歌近千首，人数多达47人，这些诗人前后连绵十几世，从明代后期一直持续到清代后期，历时三百余年，先后涌现出张文熙、张国枢、张国范、张羽亮、张羽绂、张永铨、张恩世、张招覲、张殿甲、张招辅、张频、张昫等优秀诗人，这充分说明景州张氏是一个有着悠久历史的诗学家族。总的来看，景州张氏家族的诗歌多取法唐诗，少见宋调，对杜诗或多或少都有学习模拟的痕迹，这表明这个家族有着取法乎上的诗学追求。

① 张昫编：《张氏诗集合编》，第12—13页。

第六章 故城贾氏文学家族

——以《故城贾氏遗稿》与《贾氏丛书》为中心

大运河畔的故城贾氏家族是明清以来绵延数百年的燕赵文化世家。故城贾氏之学，兆绪于余姚黄宗羲及其弟子仇兆鳌，历经贾润、贾朴、贾棠、贾延泰、贾炎等十余世文脉相传，人才辈出，风流不辍。其诗文收录于《故城贾氏遗稿》与《贾氏丛书》之中，兹以二书所收历代贾氏诗文为中心，试对故城贾氏之文学创作进行简要评述。

学界对故城贾氏家族的文学成就一直少有关注，主要是因为文献难征。故城贾氏家族之诗文收入以下两种文献：一是清嘉庆间贾润等撰《故城贾氏遗稿》，二是清道咸间贾臻编《贾氏丛书》，这两种文献目前均有传本，却均极为罕见。《故城贾氏遗稿》为贾氏家集，清嘉庆十七年（1812 年）刻本，书名后署曰："先人著述，虽小碎篇章，不啻金玉，凡我子姓，随时搜辑，详校续刊，以示后之人。不拘体裁，不分门类，惟以世代长幼为后先，非问世也。今日之后人，即异日之先人也，一经授受，贻泽罔替矣，论世者亦且于此而觇孝思焉。嗟我后之人，苟不知以读书为世业则已耳。永怀祖德，惴惴屏息，是有厚望于孝子慈孙。板存从吾所好轩。"①《故城贾氏遗稿》共四卷，收录了从清初至嘉庆年间贾氏家族十五位成员的诗文作品，

① 贾润等撰：《故城贾氏遗稿》，徐雁平主编：《清代家集丛刊续编》第一册，国家图书馆出版社 2018 年版，第 368 页。

每卷收录情况如下：

卷一：贾润《从吾所好轩遗稿》、贾泓《西成村舍遗稿》、贾棠《瞿瞿堂遗稿》。

卷二：贾朴《惟饮吴水别墅遗稿》。

卷三：贾炳《西成散人遗稿》、贾际熙《无遮居士遗稿》、贾念祖《敦好斋遗稿》、贾如玺《随中子遗稿》、贾裕昆《栖心不买山居遗稿》、贾延泰《静者居遗稿》、贾六奇《小竹风窗主遗稿》、贾锬《紫筠斋遗稿》。

卷四：贾炎《蕉园主人遗稿》、贾揆《暗斋华胥客遗稿》、贾天申《宜亭锄药叟遗稿》。

《故城贾氏遗稿》收入徐雁平主编《清代家集丛刊续编》第一册。此外，南京图书馆藏贾臻编《贾氏丛书》，有清道光、咸丰间躬自厚斋刻本，收录《故城贾氏手泽汇编》四卷，与《故城贾氏遗稿》完全相同；又有贾汝愚《孟门草》一卷、《椿庄文辑》一卷、碧筠女史卢氏《璧云轩剩稿》一卷、贾臻《如京集》二卷、《如京续集》二卷、《蕴声诗略》一卷、《洛中吟》一卷、《后洛中吟》一卷、《退厓日札》一卷、《叩槃集》一卷、《郡斋笔乘》一卷、《接护越南贡使日记》一卷、《退厓公牍文字》二卷、《洛言》一卷。《贾氏丛书》收入徐雁平、张剑主编《清代家集丛刊》第七册、第八册。《贾氏丛书》中收录的《故城贾氏手泽汇编》即贾润等撰《故城贾氏遗稿》，因此除了《故城贾氏手泽汇编》之外，《贾氏丛书》可以看作是以贾汝愚、贾臻为主的故城贾氏家集的续编。

从以上两种家集可以看出，故城贾氏的文学创作从明末的贾润开始，一直延续到清道光朝的贾臻，前后持续了二百多年，可见该家族有着极为悠久的文学传统与深厚的文化底蕴，以下拟对故城贾氏家族诗文创作特色试作简要分析。

第一节　故城贾氏家族诗文之理学特色

故城贾氏素以理学传家，其中明末清初的贾润是核心人物。贾润（1615—1692?）①，字若水，故城人，明诸生，入清不仕，讲学于乡里，子孙相承而不辍，奉母四十余年，兴义冢，修学宫，建乡贤祠，闻于乡里，诰赠通议大夫，卒祀乡贤，著有《从吾所好轩遗稿》，生平见万斯同撰《贾若水先生传》。贾念祖《明儒学案补跋》曰：

先王父若水公精研理学，于宋、元、明诸儒之书，无不泝委穷源，彻其底蕴。尝谓先大夫素庵公云："人生为功名中人易，为圣贤中人难。"盖其生平立脚为着实工夫者在此，所以训示子孙者亦在此。晚年读姚江黄梨洲先生《明儒学案》一书，深嘉而叹服之。盖取先生各载诸儒所得力之语，以俟学者之自择，殊途同归，百虑一致，诚高出于牴牾异同者流也。②

贾朴《谨志明儒学案后》曰：

朴入家塾，侍先大夫侧，见手一编不置，乃《性理》《皇极经世》《近思录》等书，尝指以示朴曰："此圣贤心脉、后学津梁。孔孟之学，自汉唐以后，穿凿汩没于章句训诂之中者不少，大儒辈出，在宋则有周、程、张、朱五君子，在明则有敬轩、康斋、白沙、姚江诸人，考据详明，源流贯彻，而冥搜静悟，宗旨炯然。其间虽不无异同，而求至于圣道则一也。"时朴方攻帖括，未及研究。后先大夫闻甬江仇沧柱先生入中秘，讲学京邸，爰呼朴曰："沧柱先生文章学术原本六经，为东南学者，尔其往受业。"乃执经先生之

① 关于贾润之生年，《从吾所好轩遗稿》之《跋明儒学案七则》末署"康熙辛未夏六月识，时年七十有七"，"康熙辛未"即康熙三十年（1691 年），则其应生于明万历四十三年（1615 年）。另贾朴《谨志明儒学案后》称承其父命刊刻《明儒学案》，"鸠工于辛未仲春，竣于癸酉孟春"，竣工时其父已卒，则贾润应卒于康熙三十一年至康熙三十二年之间（1692—1693 年）。

② 黄宗羲著，吴光主编：《黄宗羲全集》第二十二册，浙江古籍出版社 2012 年版，第 153 页。

门，逾年授《明儒学案》一书，朴携归，先大夫读而卒业曰："黄梨洲先生，其功钜，其心亦良苦也。学者诚能深求诸此，而心有得焉。如欲求游溟渤者，或历江汉，或涉淮泗，所阅之途各殊，沿之不已，终归于海。"亟命朴朝夕校雠，授诸梓，以广其传。鸠工于辛未仲春，竣于癸酉孟春。呜呼！先大夫遗命在耳，而几杖已不获亲矣。朴捧读斯篇，唯有策愚鞭驽，日有孜孜，以期省身寡过，无负父师之明训已耳。谨志。①

可知贾润本究心理学，心仪姚江黄宗羲之说，后命其子贾朴入京，师从仇兆鳌门下，仇氏赠予黄宗羲《明儒学案》之书稿，贾朴携归故城，贾润读后认为该书用心良苦，有功学林，遂命贾朴鸠工刊刻，以广其传。从中可知故城贾氏之学乃源于浙派黄宗羲及其弟子仇兆鳌，黄宗羲《明儒学案》一书由故城贾氏刊刻正是明证。

总体来看，故城贾氏之诗文创作带有明显的理学特色。通过《故城贾氏遗稿》与《贾氏丛书》可见，贾氏家族诗文中常见关于天理人欲、忠孝节义的阐发和对忠臣孝子、贞女烈妇的表彰，这些正是故城贾氏理学传家的表现之一。贾棠《重锓净明忠孝录序》曰："今观玉真、中黄两先生阐发其精奥之义，乃知净明以立其体，惟在正心诚意；忠孝以致其用，不外扶植纲常。而入门工夫，首在惩忿窒欲，明理不昧。其所谓忠，尽己之谓也；其所谓孝，践形之谓也。……至于真净真明，大忠大孝，自然与天地合其德，与日月合其明。"②他强调通过惩忿窒欲来净心明理，借助扶植纲常来践行忠孝观念，最终臻于真净真明、大忠大孝、天人合一的境界，这正是宋明理学家所谓"存天理，灭人欲"以及黄宗羲"性理说"的贯彻。其《马孙遗集合编序》曰："棠家故城，据滹沱之下游，居燕赵之要冲，人文间出，慕义强仁之士，蔚为英华，发为声歌，代不乏人。"③所谓"慕义强仁"，亦透露出这个文化家族之理学底色。

① 贾润等撰：《故城贾氏遗稿》，第443—444页。
② 贾润等撰：《故城贾氏遗稿》，第415—416页。
③ 贾润等撰：《故城贾氏遗稿》，第403页。

另如贾润《哀井烈妇》诗曰：

劲节昭垂女丈夫，此身宁死义难污。骨坚何惧青萍挫，血热还甘碧草涂。猎猎悲风昏落日，沉沉皓月冷啼乌。乾坤正气留闺阁，千载芳名作楷模。①

其孙贾炳诗曰：

危身全弱质，节烈出穷闺。直冒卢姝刃，甘摩赵姊笄。灵风悲鹤吊，毅魄化鹃啼。伫看荒原上，天书贲紫泥。②

其孙贾炯诗曰：

兰心自性生，蕙质本天成。节较屠肠苦，身嫌截发轻。三年完妇职，一死葆坤贞。撒手泉台去，何知后世名。③

通过诗序可知，井氏烈妇为入室歹徒所害，当歹徒即将脱罪时显灵，使其最终伏法。贾润祖孙三人对此事予以咏叹，歌颂井烈妇“宁死义难污”“一死葆坤贞”“乾坤正气留闺阁，千载芳名作楷模”，这些正体现了其家族道德观念的好尚与传承。又如贾朴《书沈贞女事》云：

贞女者，沈长文子嗣德之长女、沈文恪之曾孙女也。幼读书，习知经史。许婚高太常之孙德镜，德镜父高槎客不骞客京国，以故吉期少愆，而德镜以戊子冬死。凶问至，贞女呼号欲绝，父母抚慰之，哭少间，欲往视含殓，父母以匆遽持不可。贞女悲以怨，辄自缢，急救得苏，劝之守节于家，不可，誓必死。其叔祖恪庭太史驰书谕之：“若，处子也，不笄而归，礼乎？亡者盖棺矣，即归，亦不及相见，可若何？”贞女伏地痛哭曰：“倘得归守榇，且代以奉母抚嗣，不相见，庸何伤？”不得已，筮吉行笄礼，族子姓聚，文恪专祠送之，至泣拜成服，而守丧侍姑，动止以礼。今年母氏四十诞辰，姑令之归以致祝，冀少慰其母女间也。而贞女泣告以丧不可贺，服不可易，他年父母春秋高，新妇携嗣子归而奉觞未晚也，而今毋乃反伤父母心

① 贾润等撰：《故城贾氏遗稿》，第380页。
② 贾润等撰：《故城贾氏遗稿》，第381页。
③ 贾润等撰：《故城贾氏遗稿》，第381页。

耶？嗟乎！妇之苦，莫惨于失所天；妇之行，莫难于贞厥守。而贞女年二十有二，乃毅然甘为所难，则又非表节烈于伉俪后者比矣。朴，观察使也，故额以完真，嘉其已事，且以励其将来。康熙四十八年己丑暮春，书于虞山署。①

沈贞女之未婚夫高德镜于婚前病卒，沈贞女呼号欲绝，欲往视含殓，遭到家人制止后竟自缢寻死，被救后仍不听长辈劝说，执意前往夫婿家去守“望门寡”。后逢其母亲四十诞辰，也以恪守礼法为由拒绝回家探视，可见封建节烈观念已深入其骨髓，以至于不通情理的地步。而对行事如此违反人性的沈氏，身为地方官的贾朴不仅颇为欣赏，还为之题赠匾额进行嘉奖，又撰写此文“以励其将来”，从中亦可见贾朴思想的迂腐与保守。在明清以来关于贞女行为的激烈争论中，已有不少文人学者斥责了这一行为不仅违背儒家礼教，而且违背人类的自然情感和人性需求。然而由于统治者对贞女的旌表和主流意识形态的影响，贞女节烈思想依然大行其道②。很显然，贾朴的思想观念与主流意识形态保持了高度一致。其实故城贾氏家族中也出现过不少类似沈贞女这样的人物，例如碧筠女史卢著就是一位从十二岁便开始守“望门寡”的悲剧女子。卢著（1784—1851 年），字碧筠，德州人，大学士卢荫溥长女，著有《壁云轩剩稿》。咸丰元年（1851 年）刻本《壁云轩剩稿》卷首金镇所作序云：

《壁云轩剩稿》者，余同岁生贾运生太守之叔母贞妇卢孺人之所著也。孺人为德州文肃公女，字故城贾舍人钝夫之子汝愈，未昏而汝愈殒，孺人年才十二，闻之泣不食，愿事亲终老。③

卢氏未嫁而夫殇，年仅十二岁的她竟矢志嫁入贾家去守活寡，其事迹为统治者宣扬表彰，道光十三年（1833 年）皇帝下旨为她修建贞节牌坊，可见同样

① 贾润等撰：《故城贾氏遗稿》，第 471—472 页。

② 明清时期关于贞女问题的争论，可参见［美］卢苇菁著，秦立彦译：《矢志不渝：明清时期的贞女现象》第 7 章“古礼与新解：关于贞女的争论”，江苏人民出版社 2022 年版，第 221—233 页。

③ 贾臻编：《贾氏丛书》，《清代家集丛刊》第七册，第 473 页。

的悲剧在深受封建礼教禁锢的女子身上一代一代上演着。虽说卢氏并非故城贾氏人,但她幼年即嫁入贾家,又立汝愈兄子贾秬为嗣,贾秬夭折,再立汝愈兄子贾臻之子贾敦悭为嗣孙,因此从她身上亦可窥见故城贾氏家族崇尚节烈之家风。

贾汝愚《椿庄文辑》中有《张孝妇李纪事》《张烈妇河滨妇人合传》《德州封氏姑妇旌节传》,均是对孝妇烈女的表彰。《张孝妇李纪事》记载,李氏令丈夫外出谋生,由其奉养老母,后婆婆病重,医药无效,生命垂危,这时李氏"刲其左肱一脔,长三寸余,宽寸余,见骨,血流不止,以绳与敝缯自缚之,返切为脍,和以醯酱,跪进姑。时姑已食不克咽,为置汤口中,作咯咯声,又久之,甫能食,食及半,开目而视,能言。李大喜曰:语不吾欺也。即以其余毕进,姑病顿瘥"。①《张烈妇河滨妇人合传》记载马氏嫁给张某后,不到一年丈夫即去世,为赡养年老多病的公婆和年幼的小叔子,张烈妇办完丈夫的丧事后,通宵达旦地纺织挣钱,为公公婆婆养老送终,并将小叔子抚养成人,然后对亲戚们说:"妾夫死,妾已无生志……妾今日始得脱然获吾初心矣。"②竟入室自缢而死。另外一个不知名的河滨妇人是河南考城人,乾隆四十三年黄河决口,当地百姓漂没溺死者甚众,而河滨妇人因抓住水中树冠暂时活命,并终于遇到援救船只,然而她却因身上衣服被水冲走,不愿裸体入船而淹死,死前大呼曰:"吾良家妇,愿死,不愿无衣无裳入舟中与人杂处也!"③其行事亦令人唏嘘慨叹。文末论曰:"张烈妇不惜迟数年之死而卒就死,河滨妇人不忍缓须臾之死而旋得死,其就义一也。两人所遭之遇异而志趣则同。"④贾汝愚认为二妇都是为节义而死,值得旌表。

我们在故城贾氏家集中可以看到大量对于孝烈的表彰诗文,这从一个侧

① 贾臻编:《贾氏丛书》,第392—393页。
② 贾臻编:《贾氏丛书》,第396页。
③ 贾臻编:《贾氏丛书》,第398页。
④ 贾臻编:《贾氏丛书》,第398页。

面体现了贾氏家族的思想宗尚，也是贾氏家族以理学传家的表现。可以说崇尚理学、推崇孝义构成了贾氏家族的文化底色和文化传统，并历经十数代连绵不绝。

第二节　故城贾氏诗歌之艺术风貌

清初故城贾氏家族成员的诗歌创作，以贾朴、贾如玺、贾延泰、贾六奇等人较为突出。自清代中叶以后，故城贾氏家族诗文创作中的理学色彩逐渐消退，而文学色彩逐渐增强，其中以贾炎、贾汝愚、贾臻等人为代表，以下分别论之。

一、贾朴《惟饮吴水别墅遗稿》

贾朴（？—1713 年），字素庵，号慎旃、宜村，故城人，岁贡生，幼承庭训，博览群书，师从秘丕笈、仇兆鳌，学问益进。年二十补博士弟子员，康熙二十三年（1684 年）授柳州府同知，有政声，代思明知府，平息岑氏母子之乱，擢贵州平越知府，挂误去官。康熙四十年（1701 年），以广西巡抚彭鹏疏荐，授苏州知府，政声大起。康熙四十六年（1707 年），康熙南巡，幸苏州，嘉贾朴清廉，为吴中之最，擢为江常镇道，吴民遮道请留，御书“宜民”匾额赐之，调苏松常镇太粮储道、布政使司参政，仍兼管苏州府事。康熙四十九年（1710 年）去官，居苏州三年，归里卒，著有《惟饮吴水别墅遗稿》，生平事迹见《清史稿·循吏传》。①

贾朴一生重在为宦，仅视诗歌为余事，因此诗歌数量不多，仅存十余首。其为学师从浙派学者仇兆鳌，诗歌创作亦受浙派影响，全学宋诗，如《别太平郡伯许可轩》：“八载羁边徼，几番偕执铙。剑求舟自刻，瑟鼓柱谁胶。相契平生趣，漫论冠盖交。偷闲簿书里，得句倩推敲。”②其诗格律工稳，语调平淡，如话家常。贾朴的《惟饮吴水别墅遗稿》中多宦海离别之作及其为官的见闻和

① 赵尔巽等撰：《清史稿》卷四百七十六，中华书局 1977 年版，第 12988—12989 页。

② 贾润等撰：《故城贾氏遗稿》，第 434 页。

感受，这些诗歌的形式多为七绝，艺术上不事雕琢推敲，稍显粗糙。如《别冯龙州司马》云：

六载同官马骨高，野王睥睨万人豪。从知此后声华近，还望音书到不毛。①

《别汪参戎》云：

相将一味是天真，肝胆如君可照人。遮莫关河黔粤隔，数行寄我欲频频。②

前诗首二句描述为官之地的清贫与荒凉。"马骨高"，语见欧阳修《六一诗话》："贾岛云'竹笼拾山果，瓦瓶担石泉'，姚合云'马随山鹿放，鸡逐野禽栖'等是山邑荒僻，官况萧条，不如'县古槐根出，官清马骨高'为工也。"③"县古槐根出，官清马骨高"二句原作者不可考，贾朴诗中援引此句，兼含为官清廉与官况萧条之意。后诗首二句称赞汪氏为官清廉，天真自守。"一味是天真"，语出宋赵长卿《蓦山溪·遣怀》："不贪不伪，一味乐天真，三径里。"④二诗结构相同，前两句都是交代官况，称扬人品，后两句都以叮嘱友人别后常寄音书作结，艺术构思显得单调重复而缺少变化。

贾朴作为一位清廉爱民的官员，其关心民瘼、情系民生的情怀在诗中亦常有流露，如《路出奉议即事贻赵州别驾》："驱车溽暑过田阳，惨目何论古战场。料理疮痍有能政，使君仍是课农桑。"⑤《别刘武缘大尹》："越俎驮江半载余，思民休戚竟何如？"⑥目中所见，心中所思，皆为民生，确无愧于"宜民"之称号，正如他在《将赴任平越留别诸同僚》中自剖心迹所云："迂疏自效民无怨，

① 贾润等撰：《故城贾氏遗稿》，第433页。
② 贾润等撰：《故城贾氏遗稿》，第433页。
③ 欧阳修著，路英注评：《六一诗话》，崇文书局2018年版，第56页。
④ 王诤等编：《全编宋词》第三册，延边人民出版社2004年版，第1108页。
⑤ 贾润等撰：《故城贾氏遗稿》，第431页。
⑥ 贾润等撰：《故城贾氏遗稿》，第432页。

清苦敢云名独芳。”①

二、贾如玺《随中子遗稿》

贾如玺，字信章、珥峰，贾棠之孙，雍正二年（1724年）甲辰科进士，候选主事，精于书法，著有《随中子遗稿》一卷，存诗17首。其咏物歌行《牡丹》别有寄托，诗云：

余家庭前二三本，无言对影气深稳。夜来闻有咨嗟声，恍趋余前诉愚悃。群葩禀赋皆由天，艳质芳姿非徒然。刚心劲骨异凡卉，造物于我何加焉。俗眼返惊类魔娆，倾国倾城致调笑。亦知种自朱门中，雕阑玉砌讵辉耀。素心端不怀轻肥，等闲一一看化机。何竟富贵来田家，一任桃李争芳菲。就花花喜有余嘅，不作嫋嫋媚人态。半醉手捧颇罗觞，迷离花前向花酹。②

牡丹有倾国倾城之姿，刚心劲骨之质，却因生于田家而遭凡俗嘲笑，但它并不羡慕朱门的辉耀与轻肥，亦不屑与桃李争芳菲，而是素心自守，将一切名利富贵等闲视之。牡丹清高自守、不慕名利的品格正是作者自我人格的写照，诗歌采用牡丹自诉“愚悃”的形式，借牡丹之口来抒发胸臆，构思新颖，别具格调。

贾如玺诗中还有几首感怀诗，情感真挚，颇能打动人心。这些诗当作于诗人晚年，多写老病愁情与时世推移的感受。如《除夕再用前韵贻张峻天索和》：

听卖呆痴叫正长，祭诗酒脯亦肥香。我今衰老从分岁，商陆亲添傍卧床。

乖童笑指醉颜酡，拥鼻吟成欲放歌。记得儿时埋砚处，可怜强半病中过。

① 贾润等撰：《故城贾氏遗稿》，第432页。
② 贾润等撰：《故城贾氏遗稿》，第500—501页。

爆竹千竿客里听，灯红蚁绿不胜情。劝君暖热随缘过，四气推迁漫自惊。

辛盘簇簇似前时，耐老医愁不免痴。迎送一宵更漏永，迟君隔岁和新诗。①

除夕之夜，听窗外爆竹声声，街上小儿欢叫着卖痴卖呆，与朋友对饮守岁，回忆儿时美好岁月，惊觉岁月推迁，物是人非，而今衰老多病，愁可医而痴终不免，节日的欢愉中不禁泛起淡淡的惆怅。另《小饮自贻》云：

欲浇块垒倒金樽，琥珀光浮染泪痕。世味遍尝浓似酒，此中真可度朝昏。②

诗人在游宦生涯中饱尝了世情冷暖，这些经历都包蕴在小饮之际刹那闪现的泪光之中，故其言虽短，感情含蕴却极为深厚。

三、贾延泰《静者居遗稿》

贾延泰（1711—1784年），字开之，号怿堂，贾润曾孙，自幼禀承家学，读书能自刻励，雍正十年（1732年）举于乡，援例授中书舍人，任官数载乞归。生性寡交游，惟与富阳董邦达、献县纪昀、新建曹秀先相友善。著有《静者居遗稿》，存诗11首，生平事迹见纪昀《怿堂先生小传》、贾锬《怿堂府君行述》。贾延泰之诗多学晚唐，如《春社》云：

烟岸柳风斜，平畴望转赊。绿萦幽径草，红缀小园花。土鼓荒村社，农歌野老家。夕阳人影散，景物画图夸。③

《九日》云：

佳节惊重九，闲情对晚芳。满囊萸露重，吹帽菊风香。绛叶染秋色，

---

① 贾润等撰：《故城贾氏遗稿》，第501—502页。

② 贾润等撰：《故城贾氏遗稿》，第502页。

③ 贾润等撰：《故城贾氏遗稿》，第508页。

飞鸦背夕阳。登高无奈懒，兀坐倚匡床。①

以上二诗之兴象格调，都颇具西昆体神韵。贾锬《怿堂府君行述》曰："诗不多作，然于唐宋以降诸大家咸能剖其源流，别其盛衰，伫兴而就，风调尤近西昆。"②另外，像《春社》"绿萦幽径草，红缀小园花"一联中，特意将红、绿这样的颜色词置于句首，给读者以强烈的感官刺激，有效地增强了句子的语势，此种句法便来自杜诗。蒋瑞藻《续杜工部诗话》引范晞文《对床夜话》曰：

老杜时以颜色字置句首，却引实字来，如"红入桃花嫩，青归柳叶新"是也；不如是，则句弱而气馁。他如"青惜峰峦过，黄知橘柚来""碧知湖外草，红见海东云""绿垂风折笋，红绽雨肥梅""红浸珊瑚短，青悬薜荔长""翠深开断壁，红远结飞楼""翠干危栈竹，红腻小湖莲""紫收岷岭芋，白种陆池莲"，皆如前体。③

可见老杜集中此种句法甚多。所谓尝一脔而知鼎味，通过贾延泰诗中对杜甫此种句法的学习模拟，我们似可窥到其诗歌的某些艺术宗尚。

贾延泰有两首律诗亦颇显功力，如《数点梅花天地心》：

空林独葆岁寒心，数点先春冷自禁。老干偏宜冰彩映，疏花不受黛痕侵。当窗瘦影摇清梦，满室幽香伴苦吟。识得东皇真面目，一阳消息个中寻。④

全诗对仗工整，平仄协调，巧妙化用王安石、朱熹、林逋等人诗意而浑然无迹。"老干偏宜冰彩映，疏花不受黛痕侵"二句，读来颇有似曾相识之感，句式系模仿宋代释文珦《采菖蒲》"瘦节偏宜石，纤丛不受埃"⑤，"老干偏宜冰彩映"，亦似化自明黄佐《秋日赵信臣席上咏夏菊分得纤字十八韵》"老干偏宜

① 贾润等撰：《故城贾氏遗稿》，第509页。
② 贾润等撰：《故城贾氏遗稿》，第529页。
③ 张忠纲编注：《杜甫诗话六种校注》，齐鲁书社2002年版，第380页。
④ 贾润等撰：《故城贾氏遗稿》，第510页。
⑤ 张一平、张胜南：《温州诗歌史》，浙江人民出版社2013年版，第113页。

石，奇姿不避炎”①。另如《送春》颔联“榆钱满地浑无赖，柳絮沾衣讵有情”二句，对仗亦颇为工整，用拟人手法将榆钱、柳絮写得情趣盎然。

四、贾六奇《小竹风窗主遗稿》

贾六奇，字罕蘅，号竹乡，贾如玺之子，乾隆壬申以副贡官恩施知县，授文林郎，候选同知，著有《小竹风窗主遗稿》，存诗23首。总的来看，贾六奇之诗亦学西昆体，如《月影》云：

月影屏光未了因，欹眠倚坐费调匀。娥悲窃药凄凉久，蝶戏循花点缀新。幻到巫山仍入梦，畏他邻女转窥人。灵犀直透层宵上，亿万菩提总化身。②

全诗用典繁复，绮丽精工，尽显昆体风貌。

贾六奇亦有一些小诗脱尽西昆习气，写得清新晓畅，真挚感人，有杜牧诗风，如《绝句》二首：

春事阑珊三月天，尖风吹透绣帏偏。有情翻作无情想，斜睆金炉袅细烟。

香销豆蔻藕丝长，不效斩新时样妆。蜡炬无情犹有泪，惹人一夜九回肠。③

该诗题注“恩施署中作”，当作于游宦之时。前首写凉风吹衣，撩动作者思乡之情，明明内心已激流涌动，却故作无情，将目光移向香炉中袅袅升腾的细烟，语气貌似轻松，读来却是心酸。后一首以“藕丝长”起兴，以蜡炬滴泪比衬，托出了愁肠百转的主人公。在他眼中，那本无情的蜡炬似乎也在为他的境遇而默默流泪，惹得他“一夜九回肠”。正所谓“以我观物，故物皆着我之色彩”。④

---

① 黄佐撰：《泰泉集》卷六，明嘉靖二十一年(1542年)刻本。

② 贾润等撰：《故城贾氏遗稿》，第520页。

③ 贾润等撰：《故城贾氏遗稿》，第518页。

④ 刘少坤、王立娟撰：《人间词话注析》，北京理工大学出版社2018年版，第8页。

五、贾炎《蕉园主人遗稿》

贾炎(1738—1790年),字午桥,号蕉园,乾隆乙酉拔贡生,入赀候选布政司经历,以子仲启贵,赠儒林郎、两浙嘉兴松江盐运分司运判,著有《蕉园主人遗稿》。贾炎诗歌用典密集,讲求"无一字无来历",颇具宋调,如《遣怀》云:

藏头那复计昏朝,拥鼻吟成思寂寥。眼底提休真是幻,胸中垒块未全消。黄杨遇闰须教退,翠柏凌霜自不凋。击碎唾壶无限恨,朔风吹雪压松寮。

引睡文书信手翻,豪情久已谢齐髡。生平碌碌悲功狗,出处休休学病猿。乍可遭谩怜社鬼,何须媚灶效王孙。红炉拨尽寒灰火,懊恼心情谁与论。

迩来情兴冷于灰,醉绕阑干日几回。地异汉阴休抱瓮,客逢燕市且倾杯。三缄久凛金人戒,一蹶何妨良骥才。惆怅无因开口笑,檐前皓月几时来。①

第一首,"黄杨遇闰须教退",是说黄杨木难长,遇到闰年,非但不长,反而会缩短,比喻境遇艰难窘迫。按,此句出自苏轼《监洞霄宫俞康直郎中所居四咏·退圃》"园中草木春无数,只有黄杨厄闰年"。②"击碎唾壶",用南朝王敦典故,《世说新语·豪爽》载:"王处仲每酒后,辄咏'老骥伏枥,志在千里;烈士暮年,壮心不已。'以如意打唾壶,壶口尽缺。"③这两个典故,概括了诗人一生英雄失路的坎壈境遇,如同"朔风吹雪压松寮"一般的残酷现实,已把他当年的豪情逸气扫荡净尽。

第二首颈联连用两个典故。"乍可遭谩怜社鬼",用魏公子卯典故,语出苏轼《凤翔八观·诅楚文》:"吾闻古秦俗,面诈背不汗。岂惟公子卬,社鬼亦遭谩。"④"何须媚灶效王孙",典出《论语·八佾》:"王孙贾问曰:'与其媚于奥,宁媚于灶,何谓也?'子曰:'不然;获罪于天,无所祷也。'"⑤后因以"媚灶"

① 贾润等撰:《故城贾氏遗稿》,第557页。

② 张志烈、马德富、周裕锴主编:《苏轼全集校注》,河北人民出版社2010年版,第1095页。

③ 刘义庆著,王谦注译:《世说新语》,崇文书局2007年版,第136页。

④ 张志烈、马德富、周裕锴主编:《苏轼全集校注》,第312页。

⑤ 杨伯峻译注:《论语译注》,中华书局2009年版,第27页。

作为阿附权贵之典。作者用此二典,意在表明,虽然自己在现实中屡遭欺骗打击,也绝不会屈节谄媚权贵,其人格风范于此可见。

第三首,“汉阴抱瓮”,用《庄子·天地》篇汉阴老人抱瓮灌园故事,意指淳朴无邪,不用心机。“燕市”,是古之义士荆轲与高渐离一见订交之地。“三缄久凛金人戒”,典出《孔子家语·观周篇》:“庙堂右阶之前有金人焉,三缄其口,而铭其背曰:古之慎言人也。”①“惆怅无因开口笑”,化用杜牧《九日齐山登高》诗句“尘世难逢开口笑”。人心险恶,知己难求,尔虞我诈的现实已让诗人心灰意冷,他多么渴盼出现一个清风皓月的世界能让他摆脱惆怅,会心而笑。

三首诗意前后相贯,把诗人的心路历程完整地展现在我们面前。诗用典虽多却不显板滞晦涩,情理与故实融合无间,毫无违和之感。

除了学苏轼之外,贾炎诗歌亦常有模仿杜诗的痕迹,如《雨过河间》“小市门常闭”,系模仿杜甫《题忠州龙兴寺所居院壁》“小市常争米,孤城早闭门”②,《观妓作盘旋舞》则直接模仿杜甫《观公孙大娘弟子舞剑器行》。

六、贾掞《暗斋华胥客遗稿》

贾掞,字暗斋,贾炎弟,乾隆四十二年(1777 年)以选拔廪生中举,五十二年(1787 年)进士,授兵部车驾司主事加一级,诰授奉直大夫,著有《暗斋华胥客遗稿》。贾掞自号华胥客,典出《列子·黄帝篇》:“昼寝而梦,游于华胥之国。”③亦即谓自己为梦中人,颇具警醒意味。其《秋怀》云:“仿佛豳诗奏仲春,盈盈一水认难真。壁蛩何事怜孤另,知此身如梦里身。”④从中似可了解贾掞自号之由来及其处世心态。贾掞诗歌用典繁密,诗意艰涩,若不加解释,很

① 王国轩、王秀梅译注:《孔子家语》,中华书局 2011 年版,第 133 页。

② 仇兆鳌:《杜诗详注》卷十四,中华书局 2015 年版,第 1483 页。

③ 杨伯峻撰:《列子集释》卷二,中华书局 1979 年版,第 41 页。

④ 贾润等撰:《故城贾氏遗稿》,第 589—590 页。

难读懂。如《重咏》曰：

海岱望朱家，富平求押衙。无愁为梦里，有恨即天涯。偏尔真能锻，何妨独嗜痂。半生嗟落寞，只自饮些些。①

首句“海岱望朱家”，来自李白《早秋赠裴十七仲堪》：“历抵海岱豪，结交鲁朱家。”②朱家，汉高祖时鲁国人，以任侠闻名。次句“富平求押衙”是化用唐传奇《无双传》中的故事，富平押衙古洪是著名义侠，曾从宫中救出刘无双，使其与王仙客破镜重圆。“嗜痂”，用《南史·刘穆之传》“嗜痂成癖”之典③。“只自饮些些”是化用宋代邵雍《饮酒吟》“时时醇酒饮些些，颐养天和以代茶”④。贾掞诗歌中亦时可窥见学杜痕迹，如《盆梅步蕉园二兄韵》其二“庾岭曾经谁索笑”⑤，出自杜甫《舍弟观赴蓝田取妻子到江陵喜寄三首》其二“巡檐索共梅花笑”⑥；《秋草和韵》其二“嘶芳马去麯尘非”⑦，化用杜甫《自阆州领妻子却赴蜀山行三首》其二“马衔青草嘶”⑧。

七、贾汝愚《孟门草》《椿庄文辑》

贾汝愚（？—1827年），号柳溪，贾炎之侄，五岁赋《春雪》诗，有“不见柳条青”之句，为其父所赏。乾隆五十一年（1786年）中举，九上春官不第，遂弃帖括业，肆力于古，师从任大椿、邵晋涵、桂馥等名儒。后权知山西绛县、吉州，署山西浑源州知州，晚岁居京师。著有《孟门草》一卷、《椿庄文辑》一卷。贾汝愚诗文宏富，甚有文名，然不自收拾，篇什零落甚多，其子贾臻编辑的《孟门草》一卷，是其为官山西吉州孟门一年间所作近体，并无古体，似非

① 贾润等撰：《故城贾氏遗稿》，第591页。
② 詹锳主编：《李白全集校注汇释集评》，百花文艺出版社1996年版，第1280页。
③ 李延寿撰：《南史》卷十五，中华书局1975年版，第428页。
④ 邵雍著，郭彧、于天宝点校：《邵雍全集》，上海古籍出版社2015年版，第403页。
⑤ 贾润等撰：《故城贾氏遗稿》，第590页。
⑥ 仇兆鳌：《杜诗详注》卷二十一，第2231页。
⑦ 贾润等撰：《故城贾氏遗稿》，第592页。
⑧ 仇兆鳌：《杜诗详注》卷十三，第1333页。

完帙。

贾汝愚诗歌的内容,多表现薄宦山西时的生活及思乡之情,如《不寐》云:

岁序催人马绝尘,只将羁恨掉头吟。三更短梦浑无赖,午夏余寒且不禁。何事鱼山摹梵呗,也知禽鹿思长林。多情最是秦关月,来透疏棂照客衾。①

《河干》云:

移檄傍河干,经春夏又残。船行知有贾,吏散似无官。蝎猛环床上,蝇饥聚食单。白须休镊尽,留与故人看。②

《家书》云:

谁是羁栖久,遂令离恨深。家书千里至,一夜二毛侵。把酒浇歧路,无言对远岑。也知徒往复,六六不如沉。③

《此身》云:

老大光阴莫等闲,与僧终岁守禅关。沙翻浊浪流同赤,日下危峰色不殷。毒蝎雌雄斗败壁,怪鸱愁啸伴空山。岂真憔悴因诗苦,一首诗成两鬓斑。④

这些诗歌倾吐了其为官僻远山乡,只能与僧侣梵音为伴的索寞孤寂之情以及对家乡亲人的刻骨思念,读后不禁令人为之动容。从艺术渊源来看,贾汝愚诗歌对唐人的模拟痕迹颇为明显。如《不寐》"多情最是秦关月,来透疏棂照客衾",似化自晚唐张泌《寄人》"多情只有中庭月,犹为离人照落花"⑤。《此身》"岂真憔悴因诗苦",化自晚唐孟启《本事诗》中李白《戏赠杜甫》"借问别来太瘦生,总为从前作诗苦"⑥。又如《河干》描写吉州之偏远荒僻曰"蝎猛环床上,蝇饥聚食单",乃化用杜甫《早秋苦热堆案相仍》"常愁夜来皆是蝎,况

① 贾臻编:《贾氏丛书》,《清代家集丛刊》第七册,第285页。
② 贾臻编:《贾氏丛书》,《清代家集丛刊》第七册,第291页。
③ 贾臻编:《贾氏丛书》,《清代家集丛刊》第七册,第292页。
④ 贾臻编:《贾氏丛书》,《清代家集丛刊》第七册,第297页。
⑤ 彭定求等编:《全唐诗(增订本)》,中华书局1999年版,第8535页。
⑥ 孟启撰:《本事诗》,中华书局2014年版,第104页。

乃秋后转多蝇”①。再如《林希白梦中得句“人在桃花镜里行”绘图索题》“如天上坐谁知远，似画中看未即还”②，亦系化自杜甫《小寒食舟中作》“春水船如天上坐，老年花似雾中看”③。学杜是故城贾氏家族诗人的共同特征，而这一点在贾汝愚诗歌中表现得尤为明显。当然贾汝愚之诗取径较广，并不能以宗唐宗宋拘之，如《夜坐》“别馆无人对短檠，停云霭霭故园情”④，“停云霭霭”，乃从陶渊明诗《停云》中来。交河王化昭《孟门草序》曰：

> 柳溪先生，风雅老斫轮也，其诗劖刻奇峭，或谓其探源江西，其实陶镕百家，自出意匠，天骨开张，腾趠无前，格之高，韵之远，思之锐，气力之雄健，真能空所依傍，卓然自成一家之言者。诗至先生，始可谓免于俗矣。⑤

能熔铸百家而成一家之言，这正是诗歌艺术臻于成熟的表现。王化昭同时指出贾汝愚诗歌具有笔力雄健、气势壮阔、格调高远的艺术特征，其所论不虚，如《遣闷》：

> 猎猎乾风起近郊，炎蒸何日挂云梢。百年身世同朝暮，此地涓埃愧斗筲。卧听荒钟千里外，行惊诞溜一心抛。扬雄笔墨真狼藉，匏系无从作解嘲。⑥

诗歌起势极高，境界阔大，抒发了广袤时空中个体生命的渺小与无助，情调悲怆苍凉。另如《即事有感寄邵皆山》：“草地毗连三百里，群峰硉矶一河低。”⑦《游南山寺寄陈甸华》：“南山入望列峥嵘，西晋渊丛旧得名。翠柏千层迷古刹，黄流一折下荒城。”⑧写景皆极为壮阔。

贾汝愚《孟门草》卷前有《题词》一卷，分别是太和陈韶、会稽陈廷球、仁和钱枚、大兴黄矩高、卢龙蒋第、交河王化昭、贵筑傅潢、天津沈兆沄所题之诗，均

① 仇兆鳌：《杜诗详注》卷六，第591页。
② 贾臻编：《贾氏丛书》，《清代家集丛刊》第七册，第295页。
③ 仇兆鳌：《杜诗详注》卷二十三，第2496页。
④ 贾臻编：《贾氏丛书》，《清代家集丛刊》第七册，第284页。
⑤ 贾臻编：《贾氏丛书》，《清代家集丛刊》第七册，第256页。
⑥ 贾臻编：《贾氏丛书》，《清代家集丛刊》第七册，第296页。
⑦ 贾臻编：《贾氏丛书》，《清代家集丛刊》第七册，第313页。
⑧ 贾臻编：《贾氏丛书》，《清代家集丛刊》第七册，第278页。

对贾汝愚为官孟门一年期间所作诗篇大加赞赏。如陈韶诗曰:“涛声直撼孟门秋,壮我襟怀可破愁。何事危吟苦萧瑟,一天新雪上君头。”“偶将车马驻禅关,放眼黄河第几湾。合惹使君吟兴发,酒酣题遍孟门山。”[①]陈廷球诗云:“汾水悠悠落木秋,锦囊佳句及时收。归装长物知何有,一卷诗轻万户侯。”[②]王化昭诗云:“健笔谁能回万牛,壮怀高压孟门秋。两峰并峙如坡谷,不怕人讥沧海流。”“优孟衣冠一例删,独将面目认庐山。证禅合傍禅关住,诗在松阴鹤影间。”“人海何妨吏隐兼,公余寄兴一掀髯。太行山色黄河浪,一卷收来太不廉。”[③]沈兆沄诗云:“偶寄泥痕伴塞鸿,栖迟岁月惜匆匆。兴余帽影鞭丝外,人在河声岳色中。酒盏客窗连夜雨,茶烟禅院落花风。从知行役忘劳勚,赢得新诗字字工。”[④]这些赞诗概括了《孟门草》诗歌的情感内蕴和艺术特征,正可与王化昭《孟门草序》中的评价相互印证。

八、贾臻诗歌风貌

贾臻(?—1869年),字运生、润生,号退厓,汝愚之子。道光十二年(1832年)进士,改庶吉士,散馆授编修,历官江西道监察御史、河南按察使、开封知府、贵州布政使、安徽布政使、安徽巡抚等。贾臻平生性喜吟咏,著有《洛中吟》《后洛中吟》《如京集》《如京续集》《蕴声诗略》《退厓日札》《退厓公牍文字》《郡斋笔乘》。又与越南贡使相交,有赠答,编为《接护越南贡使日记》一卷。辑有《贾氏丛书》。

贾臻生活的时代,正是民族矛盾、阶级矛盾尖锐,清廷内外交困、社会动荡不安之时,作为清廷方面的大员,贾臻积极参与朝政,故忧怀国事、悯时伤乱是其诗歌的主旋律。如《都门漫兴》其二曰:

① 贾臻编:《贾氏丛书》,《清代家集丛刊》第七册,第257页。
② 贾臻编:《贾氏丛书》,《清代家集丛刊》第七册,第257—258页。
③ 贾臻编:《贾氏丛书》,《清代家集丛刊》第七册,第261页。
④ 贾臻编:《贾氏丛书》,《清代家集丛刊》第七册,第263—264页。

河朔谁教酿祸胎，无边战垒翳蒿莱。咽喉地失维关险，鸿雁声闻大泽哀。自古空群须逸足，即今屠狗亦多才。汉廷定有治安策，不用长沙痛哭来。①

贾臻诗歌气充理足，豪迈劲健，常有不可一世之概，这在其咏史诗和咏怀诗中表现得颇为明显，如《再咏荆卿事》曰：

击筑哀吟易水寒，至今人说白衣冠。不须剑术论疏密，判死酬知大是难。②

陶渊明《咏荆轲》云："惜哉剑术疏，奇功遂不成。其人虽已没，千载有余情。"③而贾臻则反其意而行之，认为大可不必论荆卿剑术之疏密，他能够义刺秦王，以死酬知己，已足为千古英雄。又如《绝句》云：

五言摩诘剧清高，凝碧池头首重搔。漫倚宫槐悲落叶，新声犹记郁轮袍。④

此诗对王维赋"凝碧池头"一事进行咏叹，读来慷慨铿锵，余韵不绝。再如《戏作》云：

旅食妻孥类转蓬，流光弹指暗心惊。身行万里半天下，眼有千秋愧此生。尘世纷纷斗蛮触，故交衮衮到公卿。狂歌镇日少人和，浊酒一壶还独倾。⑤

此诗反映出诗人放眼千秋、雄奇豪迈的个性特征。其中"身行万里半天下"句，乃苏轼《龟山》诗成句。贾臻在《如京集序》中谦虚地说："若余所作，大抵信手拈来，质直少文，是何足以言诗，聊记一时游历，政如冯庐州所云贾人计簿耳。"⑥然董文涣在《如京集》的题词中却对贾臻之诗给予高度赞誉，其曰：

运生方伯前辈曩识于鲁川坐间，嵚崎豪迈，有不可一世之概……思笔

---

① 贾臻编：《贾氏丛书》，《清代家集丛刊》第八册，第569页。
② 贾臻编：《贾氏丛书》，《清代家集丛刊》第八册，第602页。
③ 袁行霈撰：《陶渊明集笺注》，中华书局2011年版，第268页。
④ 贾臻编：《贾氏丛书》，《清代家集丛刊》第八册，第588页。
⑤ 贾臻编：《贾氏丛书》，《清代家集丛刊》第八册，第333—334页。
⑥ 贾臻编：《贾氏丛书》，《清代家集丛刊》第七册，第564页。

骏快，波澜壮阔，如万斛泉源，不择地涌出，盖宗坡公而自开异境者。良由识广才大而又读万卷书、行万里路，所历名山大川足发其磊落英多之气，更非世之规规于摹拟者所能及焉。①

按，贾臻《纪文达手批苏诗是卢敏肃刻本》诗云："我于坡诗有癖嗜，朝夕披吟废寝食。"②亦可作为其推崇苏诗之佐证。实际上，贾臻之诗不仅学习苏轼，亦学韩愈，如《京邸忆养疴大梁时事次昌黎寄崔评事诗韵柬同游诸子》便是次韵韩愈《赠崔评事》之作，《落齿自嘲》《齿痛》亦是模仿韩愈《落齿》诗，这些地方都透露了贾臻的艺术宗尚。金镇《退厓同年以〈后洛中吟〉见视，漫题二律卷尾，感时怀旧，情见乎词》云："馀事诗篇追北宋，他时纸价贵东都。"句下自注曰："君论诗以由宋入唐为宗旨。"③可见贾臻有"由宋入唐"的理论倾向，这与浙派领袖查慎行"唐宋互参"的理论较为接近。

总之，明清以来，故城贾氏家族素以理学传家，因此《故城贾氏遗稿》与《贾氏丛书》中收录了大量表彰孝烈之作，其诗文创作具有极为鲜明的理学特色。以贾延泰、贾六奇、贾炎、贾掞、贾汝愚、贾臻等为代表的家族诗人群体，其诗歌创作成就不一，各具特色，是清代畿辅文学的重要组成部分。

---

① 贾臻编：《贾氏丛书》，《清代家集丛刊》第七册，第611页。
② 贾臻编：《贾氏丛书》，《清代家集丛刊》第八册，第632页。
③ 贾臻编：《贾氏丛书》，《清代家集丛刊》第八册，第303页。

第七章　吴桥王氏文学家族

——以《王氏录存诗汇草》为中心

王氏家族是吴桥的文化世家，自明末王世德始即工书善画，喜好吟咏，前后延续五世，风流不辍。至乾隆朝的王实坚，将吴桥王氏诗文辑成《王氏录存诗汇草》，王氏家族的诗文方得以保存下来。中国科学院图书馆、南京图书馆藏有清乾隆刻本《王氏录存诗汇草》，包括王世德《荷香馆诗草》、范景姒《冰玉斋诗草》、王孙锡《无念斋诗草》、王作肃《复初斋诗草》、王履吉《修修园诗草》、王实坚《冰雪斋诗草》《冰雪斋诗续草》，收入《清代家集丛刊续编》第一册。

苏鹤成《王氏录存诗汇草序》曰：

予阅前史，士大夫家崇爵渥禄，世相承者，代代不乏，惟夫立德与功与言不朽，于世世相承者则寥寥。窃意爵禄分之自人，司之自天。自天者数数不可知，至如立德与功与言，命之自天，修之自人。自人者理，理何不可以能，必也而要其故，理与数参，人与天合，乃能不朽，缵世尤难。在昔有明之既衰也，畿辅则有高阳文正孙公、吴桥文忠范公，皆以明贤大节懋为丕勋，而其诗古文词并光盖壤。孙氏殉难诸贤之后无传人焉，其在吴桥，则有范公婿夫诸生王公世德与其子岁贡生王公孙锡，再传为王公作肃，康熙乙卯举人，南宫教谕，世称敬一先生者是也。三传则为辛卯举人庆旋先生履吉，四世皆能好学自立，文采大著于世。以故河间虽大郡，称氏族者必右吴桥王氏,非以官阀,以其世承家学,能无替也。庆旋先生与先君子为同年友,予以未冠,未获拜见。既壮,始获缔交先生季子岂匏。岂匏厚重而文,诗词清丽,不漓其质。予以世相友善,尤善其能以文学质行世其家也。比相过从,奉其高祖妣范公女弟诗与其祖考敬一先生集,属序于予。予已诺而复之,既而追思岂匏以上四世皆名能文,是安可不皆有以传之! 因求其曾祖考与其先考诗并读之,果皆为可传无疑也。间又搜其箧中,为岂匏所自著者得如干首,附于卷末,然后吴桥王氏之词章炳如蔚如,今兹复行。尝论士夫生遭时世,幸与不幸,固靡定焉。岂匏高、曾,丁明衰季,福命既微,生平著述,散逸几尽。及更数传,堂构迭兴,继述罔懈,五世相续,理欤数欤? 人欤天欤? 斯予参而合之之说,信而有徵也。然予闻之,东汉涿郡卢氏五世嗣为大儒,南宋建阳蔡氏九贤,世号儒宗,皆延至今,代有伟人,岂非叶茂枝繁,由于根干深固邪? 岂匏行年才逾三十,诣力过人如此,由此深造于道,益强于学,学优而仕,仰佐全盛之世,赞襄右文之治,偿补其先屯蹇之运,奕奕绵绵,澄其渊源,将王氏子孙必更有起而增修世业者,予年虽就衰,望及见之矣。乾隆壬午闰月六日,同郡苏鹤成序。①

苏氏指出,王世德之妻范景姒乃范景文之妹,因此吴桥王氏家族继承了明代文忠公范景文的血统。自王世德开始,王氏先后五世相续,皆能好学自立,以文采和家学著称于世,是远近闻名的文学世家。然此根深叶茂之王氏家族官运却极为偃蹇,特别是王世德、王孙锡两代遭明季乱世,不仅未能在仕途方面光耀门庭,而且连生平著述都散佚殆尽,因此他希望王实坚这一代能步入仕途,宏图大展,以补偿先世官阀不足之缺憾。可见吴桥王氏是一个具有文学传统的家族,在畿辅地区有着一定的影响力,下面便以《王氏录存诗汇草》为中心试对王氏家族的文学成就进行初步总结和分析。

---

① 王实坚辑:《王氏录存诗汇草》,徐雁平主编:《清代家集丛刊续编》第一册,国家图书馆出版社 2018 年版,第 279—282 页。

第一节　吴桥王氏诗歌述略

《王氏录存诗汇草》所收吴桥王氏诗文，自王世德、范景姒夫妇始，历经王孙锡、王作肃、王履吉、王实坚，绵历五代，每代存诗多寡不一，以下分别论之。

王世德，字德启，吴桥人，卒于进京应试途中。其父王秉诚，字宏可，官山东成武知县。《王氏录存诗汇草》所收王世德《荷香馆诗草》仅保留了一首诗，即《西湖冷泉亭啖杨梅口占》，诗云："包家庄过看飞来，目对青山自倚台。一线冷泉清沁齿，呼童亭畔洗杨梅。"王实坚于诗后注曰："先高祖早捐馆舍，且专心举子业，诗之少也固宜。荷香馆诗数首，盖随范仁元公任越中所作，蠹蚀残缺不可读，惟此首尚全，恭付梓，不敢遗也。"①按，王实坚称其先祖王世德因专心举子业故作诗较少的解释似不确，其诗歌的大量散佚应是时间久远、保存不善造成的。

范景姒（1601—1639 年），吴桥县仁和里（今吴桥西门里）人，范永年之女、范景文之妹。十五岁嫁北门里王世德，夫妻感情甚笃，王世德所作诗文，由范景姒编成《荷香馆诗草》。天启三年（1623 年），王世德入京应试，不幸病逝于旅途。景姒寡居守节，教子读书，所作诗篇汇集成《冰玉斋诗草》。崇祯十二年（1639 年），因吴桥兵乱，范景姒率子媳去南京投兄范景文，后怀病北归，行至清江浦病逝，终年 39 岁。其兄景文为撰《明节孝王母范孺人墓志铭》曰："泪枯不死，绝粒而生。天相贤淑，抚孤有成。乐哉斯丘，比翼长鸣。神灵呵护，气结华英。绥昌厥后，百世峥嵘。"②王士禛《池北偶谈》卷十二"范氏诗画"条曰：

> 吴桥节孝范氏，名景姒，文忠公景文女弟也。好读书，通经史，尤工书

① 王实坚辑：《王氏录存诗汇草》，第 284 页。

② 范景文：《乾坤正气集》卷七，清文渊阁四库全书本。

画，绘大士像，仿佛龙眠，有《冰玉斋诗》若干卷。归同邑王世德，二十而寡，年三十九卒，文忠撰墓志，见集中。①

范景姒不仅工于绘画，亦能诗，曾有“闺阁词宗”之誉，然《王氏录存诗汇草》中仅遗存十四首诗，从中只能窥《冰玉斋诗草》之一鳞半爪。总的来看，范景姒这些诗歌形式上以七绝为主，多感时兴怀之作。如《春残》：“木香亭畔雨濛濛，小倚朱阑对晚风。惆怅春残花落后，池边惟见草芃芃。”②诗歌的画面感很强，我们似乎看到，在斜风细雨中，一位女子亭畔倚阑，目睹花落水流，不禁泛起淡淡的惆怅。诗结句定格于一片繁盛的绿草，表现出画家独特的构思技巧，也体现出诗歌情感的转折。另如《夏日》：“独坐香闺日渐斜，阴森梧竹映窗纱。休教蜂蝶频来往，开遍蔷薇架上花。”③语调轻快俏皮。以上两首诗应为范景姒早期之作，描写了闺中少妇的日常生活情景和细腻的心理情感。在范景姒留存下来的十四首诗中，除前面的两三首，多数表现的都是长夜难眠、愁情满怀的形象。如《仲秋篱菊吐红感而有作》云：“终日昏昏似梦中，懒持纨扇恨西风。可怜举目凄清色，篱菊经秋却自红。”④仲秋之时，满目凄清，诗人的愁怀难以排遣，而篱边菊花却似不解人愁，兀自盛开，这是用悖理以达情的手法加倍地表现愁情。又如《秋夜》云：“点点壶中漏欲残，金炉香尽篆无烟。西风吹落梧桐叶，月影横窗夜不眠。”⑤漏残香尽，桐叶纷坠，月影横窗，诗从多种角度衬托出诗人长夜不寐的形象，可谓意在言外。

王孙锡，字申之，号容斋，吴桥人。王世德之子，贡生，秉母氏范夫人范景姒家教，工书，善画山水，兼精兰竹，有《无念斋诗草》，编《范文忠公年谱》一卷。《畿辅通志》云：“（王孙锡）生母范氏卒外家宦邸，徒跣扶柩数千里归，庐

① 王士禛著，文益人校点：《池北偶谈》卷十二，齐鲁书社 2007 年版，第 225 页。
② 王实坚辑：《王氏录存诗汇草》，第 285 页。
③ 王实坚辑：《王氏录存诗汇草》，第 285—286 页。
④ 王实坚辑：《王氏录存诗汇草》，第 286 页。
⑤ 王实坚辑：《王氏录存诗汇草》，第 286 页。

居三年,未尝露齿。"①《无念斋诗草》仅佚存2首,《梦游山》云:

梦到名山麓,名山多胜场。老僧眠石阁,游客坐绳床。岩壑隐寒翠,林花静野香。更闻幽绝处,别有水西塘。②

诗人梦游,见山中老僧眠于石阁,游客坐于绳床,似皆仙家人物,然而又听说更有幽绝处在水西塘,不禁令人更加神往。从此诗内容和题材来看,有些接近明清以来诗坛上流行的"小游仙诗"。《园居》曰:

园荒无剥啄,一壑足清幽。山静雨初沐,竹深云欲留。名心原自淡,逸兴竟谁俦。日永忘机处,溪边狎鹭鸥。③

此诗通过描写小园溪壑竹林之清幽闲旷,将诗人的高洁品性表露无遗。其子王实坚于《无念斋诗草》后题识曰:"坚读先大父状先曾大父行云:工书,善山水,喜写竹与兰,日以吟咏自娱,有诗集若干卷藏于家……仅于曾大父书画内装成轴帙者见此二诗,亦云幸矣。曾大父生平不乐仕进,以'无念'名其斋,读二诗僾然如见曾大父焉。"④可知王孙锡除了耽于吟咏之外,又擅长画山水,最喜欢画竹和兰,当然这一绘画天赋应是承自其母范景姒。王孙锡的后人王作肃、王实坚等亦继承了王氏家族这一绘画传统,均工画兰竹,则吴桥王氏真可谓是兰竹世家矣。

王作肃(1639—1714年)⑤,字敬一,号复园,直隶吴桥丰乐乡人,王孙锡之子。康熙十四年(1675年)举人,官滑县教谕,转南宫教谕,世称敬一先生。喜好画竹,间作山水,著有《复初斋诗草》。《大清畿辅先哲传》称其"以性命、伦常、经济、文章四者训士,复圣庙乐舞诸器,凡有关学校者,力为持之。性孝

① 黄彭年等撰:《畿辅通志》卷二百三十五《列传四十》,商务印书馆1958年版,第7451页。

② 王实坚辑:《王氏录存诗汇草》,第292页。

③ 王实坚辑:《王氏录存诗汇草》,第292页。

④ 王实坚辑:《王氏录存诗汇草》,第294页。

⑤ 关于王作肃之生卒年,文献中没有记载,《大清畿辅先哲传》称其"卒年七十六"。今检《王氏录存诗汇草》所载《复初斋诗草》中有《人日》诗,题下注曰:"壬辰",诗云:"七十四番当令节,乾坤容我乐期颐。"则其应生于明崇祯十二年(1639年),卒于康熙五十三年(1714年)。

友，事继母郑如所生。母有不悦，辄跪自引咎，请受责，解颜乃已。家居潜心理学，颜其斋曰‘复初’。著有《复初斋诗文集》《濮阳司铎录》《圣庙乐舞纪略》《天雄语略》，卒年七十六”。① 作为一个著名画家，王作肃的题画诗颇为引人注目。其《题画》云：

瀑布桥通流水，山蹊曲入云屏。万壑人家何处，林深一片空青。②

此诗以独特的六言形式生动再现了画中山水的清远空濛，与画作本身可谓珠联璧合、相得益彰。又如《为季浦韩画雪景题赠索饮》云：

寒烟深锁不开关，高卧闲闲雪满山。鹤氅剡溪深夜棹，可能容我醉其间？③

此诗化用《世说新语》中“雪夜访戴”之典，托物言志，含蓄地表达了诗人的人生志趣。陶樑《国朝畿辅诗传》选录王作肃诗歌 4 首，分别是《秋夜》《思家》《苦雨》《忆刘慕庵时尚寄滑县》。④ 徐世昌《晚晴簃诗汇》选录王作肃诗歌 1 首，即《秋夜》。⑤

王履吉，字庆旋，直隶吴桥丰乐乡人，王作肃之子。康熙五十年（1711 年）举人，考选内阁中书，著有《修修园诗草》。王履吉之诗仅存 8 首，据王实坚题识可知，这八首诗是从家里败簏中检出者，名曰《偶存草》，应为《修修园诗草》残余之作。这些诗歌透露出王履吉早年曾随父任滑县教谕的经历，如《忆滑台复初斋梅花》云：“东郡梅花早，檐前计已开。不知疏影畔，杖履有谁来。”⑥复初斋是其父王作肃任职滑县时斋名，诗中“东郡”系暗用杜甫《登兖州城楼》“东郡趋庭日”，“杖履”亦影指父亲，故忆梅实是忆父。王履吉之诗，炼字精

① 徐世昌：《大清畿辅先哲传》卷四十《孝友二》，北京古籍出版社 1993 年版，第 1416 页。

② 王实坚辑：《王氏录存诗汇草》，第 341 页。

③ 王实坚辑：《王氏录存诗汇草》，第 342 页。

④ 陶樑辑，江合友、程宇静点校：《国朝畿辅诗传》卷十九，国家图书出版社 2017 年版，第 548—549 页。

⑤ 徐世昌编，闻石点校：《晚晴簃诗汇》卷三十七，中华书局 1990 年版，第 1378 页。

⑥ 王实坚辑：《王氏录存诗汇草》，第 349 页。

警，对仗工稳，颇见功力，如“晴云横远树，夕日落层峦”（《秋日赴都门舟中偶赋》）①，“酒泛霜天月，砧传蓼岸风”（《舟泊小滩恭和家大人韵》）②，“一棹随云远，孤帆映日悬”（《舟中晓发》）③，“人寂孤灯小，秋空片月斜”（《旅中九日》）④，“薄寒惊客早，暮雨滴愁深”（《尊经阁闻砧》）⑤。这些诗歌的字句锤炼痕迹明显，均带有盛唐山水诗的神韵，又似均可入画，这也无意中透露出王氏这一书画世家独特的审美趋向。陶樑《国朝畿辅诗传》选录王履吉诗歌2首，分别是《旅中九日》《忆滑台复初斋梅花》。⑥

王实坚，字岂匏，直隶吴桥人，作肃孙、履吉子。为人忠厚，善承家学，曾搜集其家范太夫人冰玉斋残稿并先世遗诗，乞交河苏语年进士撰序而刻之。工画墨竹，诗笔清丽，著有《冰雪斋诗草》《九河臆说》等。《吴桥县志》卷八《人物志中·文学》载其小传曰：

> 王实坚，字岂匏，候选县丞，品行高卓，学问渊深，好古敏求，不求仕进，居家俭朴，待人冲和，门外事不与也。岁乙丑，大饥，出粟分贷邑人，所存活不下数万众，有不给，典田以继。有友黄某，宝应人，值黄河水漫，正当其冲，公闻之，急遣人持百金驰往赠之。比使者至，则某已饥饿不能出门户矣，公之慕义乐施如此者不可枚举。遇不平，力为昭雪，涉嫌怨而不顾，凡有义举，慨然自任，虽赔累而不悔，具见于公之行实。有赠句云：“信手金如流水去，到门客比乱山多。”其梗概可见矣。工墨竹，善地理，著有《遗一春秋左传地理心法》《造葬指南》《九河臆说》《冰雪斋诗集》。乾隆丙辰，恭遇千叟宴，宠锡有加，年八十二无疾而终，以子淮扬道问羹

---

① 王实坚辑：《王氏录存诗汇草》，第347页。
② 王实坚辑：《王氏录存诗汇草》，第347页。
③ 王实坚辑：《王氏录存诗汇草》，第348页。
④ 王实坚辑：《王氏录存诗汇草》，第348页。
⑤ 王实坚辑：《王氏录存诗汇草》，第349页。
⑥ 陶樑辑，江合友、程宇静点校：《国朝畿辅诗传》卷二十九，第838页。

贵,封如其官。①

《清画家诗史》收录王实坚诗5首,分别是《题卢生祠》《刘对庭索写竹即席赋赠》《题白鹿泉》《答阳湖杨衡洲见寄韵》(2首)。其中《刘对庭索写竹即席赋赠》亦被《冰雪斋诗草》收录,题作《赠刘对庭索写竹》,其余四首则未被收录,当为王实坚佚诗。《题卢生祠》曰:

来往邯郸客,祠前为拂尘。不知身是梦,又拜梦中人。②

诗人指出,那些在卢生祠前拜谒之客不知此身亦是梦幻,却又去拜卢生这位梦中之人,实在可笑,真是发人深醒之语。《答阳湖杨衡洲见寄韵》曰:

漫说离情柳万丝,五年今始答君诗。知君凉月秋风夜,还忆复初斋里时。

诗后注曰:《王氏录存诗序》:岂匏所交多南中佳士,一时客其家者,萧山王具区,名任湖,尤以善山水、能诗著称。晚年就养其子义周袁浦官舍,宫霜桥赠诗,有"信手金如流水去,到门客比乱山多"之句。③ 从中可知王实坚颇具孟尝之风。陶樑《国朝畿辅诗传》选录王实坚诗歌2首,分别是《过武城》《题卢生祠》。④

《冰雪斋诗草》共录王实坚诗32首,诗的内容多是羁旅行役、登览游赏和日常生活感受,诗体皆为近体诗,如《登西山绝顶》:

山晓出兰若,盘空树杪行。春寒千叠翠,梵唱一林声。绝顶燕郊小,遥天海日明。悠然清兴足,兀坐看云生。⑤

诗写登山见闻及在山顶所见旷远景色,全诗笔力矫健,意兴高远。尾联"悠然清兴足,兀坐看云生",颇有王维诗"行至水穷处,坐看云起时"(《终南

① 施崇礼等纂修:《吴桥县志》,台湾成文出版社1969年版,第834—835页。

② 李浚之编:《清画家诗史》戊下,天津图书馆历史文献部编《三十三种清代人物传记资料汇编》第40册,齐鲁书社2009年版,第262页。

③ 李浚之编:《清画家诗史》戊下,第263页。

④ 陶樑辑,江合友、程宇静点校:《国朝畿辅诗传》卷五十三,第1565页。

⑤ 王实坚辑:《王氏录存诗汇草》,第359页。

别业》)的悠然洒脱。另如《村居》:

荒村人迹少,野色望中分。秋老多红叶,天空独白云。不妨诗太瘦,且喜酒能醺。徙倚柴门外,犬声日暮闻。①

这是一首对仗工整的五律,写景由远及近,由静入动,首句扣“村”字,尾句扣“居”字,写出了村居生活的幽静闲逸。“野色望中分”,出明王洪《春草图》(其二)“郊原春雨润,野色望中分”。尾联融汇王绩《野望》、刘长卿《逢雪宿芙蓉山主人》诗语而别出新意。王实坚另有两首诗,吁嗟怅惘,情感低沉,应是怀念亡妻之作:

不堪满目尽生尘,徙倚空阶感慨频。此后盘餐谁与整,草堂今日罢留宾。(《即事》)

漏静天高露气凉,寒砧响罢月如霜。十年往事空相忆,独立西风秋夜长。(《秋夜》)②

在这两首诗之间,有《将纳姬津门悼念亡妻季氏》一诗,诗云:“津门欲去泪沾襟,夜月虚悬壁上琴。曾是商君君记否?恨君不作《白头吟》。”睹物思人,对亡妻的彻骨思念令他泣泪沾襟。据此,结合上面两诗的内容和情感,二诗乃怀念亡妻之作无疑。

王实坚之子王问夔(1741—1782年),字岩夫,吴桥县仁和里人,是清初治淮的杰出人物,官至淮扬道台,因治理淮河积劳成疾而卒,终年42岁。王问夔幼年好学,除了诗文之外,受其父所著《九河臆说》的影响很大,尤爱钻研水利。王问夔病逝后,其后世之事迹著述皆无闻,吴桥王氏的书画文学传统遂有消歇之势。即便如此,吴桥王氏延续五代的绘画和诗歌传统,仍是燕赵文化史上不可忽略的存在。

---

① 王实坚辑:《王氏录存诗汇草》,第362页。

② 王实坚辑:《王氏录存诗汇草》,第354、355页。

第二节　王作肃《复初斋诗草》的艺术宗尚

王作肃一生作诗数千首，《王氏录存诗汇草》所收《复初斋诗草》仅录存其诗137首，可谓十不存一，即便如此，王作肃仍是《王氏录存诗汇草》中存诗数量最多者，值得进行专门讨论。

从题材内容来看，王作肃诗歌主要表现的是其宦游思乡之愁，如《梅花下即事》云：

连夕如春暖，梅花半欲开。家园寒较甚，谁寄一枝回？①

《送别刘慕庵倚马口占》云：

握手难为别，黯然意未伸。最怜异地客，复送远游人。白马歌禾黍，黄梅问路津。相看同皓首，早计息残身。②

《雨夜》云：

何事当迟暮，游踪久不休。一毡清俸薄，只影异乡留。夜雨青灯暗，秋风白发愁。吾家田负郭，谁为课荒畴？③

从艺术风格来看，王作肃之诗对盛唐王维的山水田园诗多所效法。如《闲居》云：

性拙难投世，移情水树间。身如枯木立，心似老僧闲。观竹客携酒，倚楼云画山。醉来乘兴去，孤杖叩禅关。④

若仔细品味，此诗与王维《归嵩山作》的风格较为接近。又如《山行》："林密千峰秀，山深一径斜。不知隔水处，茅屋是谁家。"⑤此诗后两句的艺术构思又与王维《终南山》"欲投人处宿，隔水问樵夫"有些相似。悬揣王作肃学习王

---

① 王实坚辑：《王氏录存诗汇草》，第307页。
② 王实坚辑：《王氏录存诗汇草》，第327页。
③ 王实坚辑：《王氏录存诗汇草》，第328页。
④ 王实坚辑：《王氏录存诗汇草》，第342—343页。
⑤ 王实坚辑：《王氏录存诗汇草》，第296页。

维诗歌之由，大概是因为王维本身也是诗人兼画家，其诗歌又具有“诗中有画”的特点，这使得同为画家的诗人王作肃更容易产生共鸣吧。王维《偶然作》云：“宿世谬词客，前身应画师。”王作肃《人日》亦云：“人疑老态有仙骨，自笑前身应画师。”①从中都可窥到其对王维的追拟和认同。

王作肃诗歌中的绘画元素主要表现为两个方面：一是其诗歌色彩鲜艳，意境鲜明，兴象感强，多有画意；另外，其许多诗歌与绘画之间的联系较为紧密，某些诗歌甚至可以直接作为题画诗题写于画上。

作为一个画家，王作肃在其诗歌中对色彩的偏爱是显而易见的，例如以下这些诗句的色彩都极为鲜艳：

数片晴云碧，一轮夕日红。（《暮秋毕薛店赴约》）②

日上千山紫，霜留几树红。（《晓过白马坡》）③

落日山城紫，秋霜篱菊黄。（《遣兴》）④

陇麦初回绿，园桃欲绽红。（《公车不第，由家园赴滑台学署》其六）⑤

边城秋树紫，山际暮云黄。（《偶咏得长字》）⑥

千嶂岚烟翠，孤村柿叶红。（《白马道中》）⑦

黄草霜华白，青山日影红。（《真定道中》）⑧

头偏游子白，灯负旅窗红。（《客感》）⑨

把两种对比鲜明的颜色词纳入上下两句诗中，造成强烈的视觉刺激和心

① 王实坚辑：《王氏录存诗汇草》，第 341 页。
② 王实坚辑：《王氏录存诗汇草》，第 302 页。
③ 王实坚辑：《王氏录存诗汇草》，第 306 页。
④ 王实坚辑：《王氏录存诗汇草》，第 307 页。
⑤ 王实坚辑：《王氏录存诗汇草》，第 312 页。
⑥ 王实坚辑：《王氏录存诗汇草》，第 314 页。
⑦ 王实坚辑：《王氏录存诗汇草》，第 318 页。
⑧ 王实坚辑：《王氏录存诗汇草》，第 332 页。
⑨ 王实坚辑：《王氏录存诗汇草》，第 336 页。

灵震撼，甚至有的在两句诗中出现了四种颜色，如“黄草霜华白，青山日影红”句，黄、白、青、红纷至沓来，令人目不暇接，这确实体现了一个画家文人独特的审美眼光。王作肃这种“诗中有画”的创作手法可以说远绍谢灵运，近承王维，如王维诗：

坐看红树不知远，行尽青溪不见人。(《桃源行》)①

白云回望合，青霭入看无。(《终南山》)②

荆溪白石出，天寒红叶稀。(《山中》)③

白水明田外，碧峰出山后。(《新晴野望》)④

与王维诗不同的是，王作肃诗中的颜色词多置于句末，有意强化它的色彩冲击力，而王维诗中的颜色词往往作修饰语，强调的是景致的整体印象。

另外，《梅花下独饮》曰：“新酒发醅二九时，一壶晚酌兴离披。梅花何意偏怜我，冷月疏烟开满枝。”⑤此诗完全可以题到一幅名为《冷月梅花图》的画作之上，当然单独作为一首抒情诗来读也没任何问题。又如《寻隐者》云：“白云来往罩青山，深锁柴门不上关。孤杖欲寻习静侣，披烟犹隔几回湾。”⑥画家亦完全可以按照诗意画出一幅《云隐柴门图》。又如《偶感》云：“骤雨轰雷天地惊，溪流万壑乱纵横。谁知云散风恬后，渌水千湾印月明。”⑦此诗似仿宋人“千江有水千江月”之意境，若将其题写于一幅《明月晴雨图》上，不也显得珠联璧合吗？再如《和杜敬修可游园》曰：

林壑园开野墅，水云屋似渔舟。寄语门关莫上，好客乘月来游。

竹圃影分个个，松林径转三三。夜对空明水月，一湾雨涨深潭。⑧

---

① 赵仁珪、王贺选注:《王维诗》，中华书局 2015 年版，第 8 页。
② 赵仁珪、王贺选注:《王维诗》，第 91 页。
③ 赵仁珪、王贺选注:《王维诗》，第 171 页。
④ 赵仁珪、王贺选注:《王维诗》，第 195 页。
⑤ 王实坚辑:《王氏录存诗汇草》，第 315 页。
⑥ 王实坚辑:《王氏录存诗汇草》，第 337 页。
⑦ 王实坚辑:《王氏录存诗汇草》，第 316—317 页。
⑧ 王实坚辑:《王氏录存诗汇草》，第 334 页。

六言诗本就是题画诗最常见的体式，此诗使用六言绝句体式描绘园林清幽之景，显得语言省净，画面清绝，故窃以为极有可能原来就是题于《乘月游园图》之类的画作之上的。

除了师法王维之外，王作肃的律诗亦颇具杜律筋骨。清人许印芳曰："少陵妙手，惯用流水对法，侧卸而下，更不板滞。"①韩成武先生也指出，以大量的"流水对"取代刻板的"并列对"是杜律的重要特征。② 而在王作肃的五律中亦可见到这种特殊对仗，如《送别刘慕庵倚马口占》颔联"最怜异地客，复送远游人"、《春分雨雪》颔联"造物虽无意，群生自不禁"都使用了流水对，显得活泼生动、一气贯注，这种地方都透露出王作肃学杜之痕迹。此外，王作肃诗中亦屡见化用杜诗之处，如《月下迟薛鹿峰赵公佩对酌竟夕》曰：

> 登蹑争教客兴孤，杖藜乘月每招呼。荒衙我爱同僧舍，高调人传是酒徒。坐久未能忘玉汝，醉归岂复怕金吾。风流千古谁今夕，漫笑乾坤老腐儒。③

其中"醉归岂复怕金吾"出自杜甫《陪李金吾花下饮》"醉归应犯夜，可怕执金吾"，"漫笑乾坤老腐儒"又是化用杜甫《江汉》"乾坤一腐儒"。又如《闻捷》"不才甘散地"④，化用杜甫《宴王使君宅题》"不才甘朽质"。《送别孙澄庵明府之任遵化》"王程君独往，客兴我谁同"⑤，化用杜甫《送裴二虬尉永嘉》"故人官就此，绝境兴谁同"。《公车不第由家园赴滑台学署》其二"委顿车千里，飘零书一囊"，化用杜甫《不见》"敏捷诗千首，飘零酒一杯"；其四"宁甘原宪穷"⑥，化用杜甫《奉赠韦左丞丈二十二韵》"难甘原宪贫"。《秋夜》"非不欣秋爽，其如新病加"⑦，化用杜甫《赠苏四徯》"为郎未为贱，其奈疾病攻"。大

① 李庆甲集评校点：《瀛奎律髓汇评》，上海古籍出版社1986年版，第1115页。
② 韩成武：《杜诗艺谭》，河北教育出版社2002年版，第178页。
③ 王实坚辑：《王氏录存诗汇草》，第314—315页。
④ 王实坚辑：《王氏录存诗汇草》，第320页。
⑤ 王实坚辑：《王氏录存诗汇草》，第319页。
⑥ 王实坚辑：《王氏录存诗汇草》，第311页。
⑦ 王实坚辑：《王氏录存诗汇草》，第297页。

量化用杜句，无疑使得王作肃诗歌句式精警劲健，极大地增强了艺术表现力。如前所述，王作肃之子王履吉亦有明显的学杜倾向，看来杜诗亦是吴桥王氏诗歌的师法对象之一。

总之，吴桥王氏家族不仅以节孝传家，其绘画和诗歌亦世代传承，卓有成就。通过考察《王氏录存诗汇草》所收诗文可见，吴桥王氏诗歌与其家族的绘画传统联系紧密，主要师法盛唐诗人王维，具有"诗中有画，画中有诗"的鲜明特点，同时亦兼有取法杜诗的倾向。

第八章　正定王氏文学家族

——以《正定王氏四种》为中心

正定王氏家族来源于太原王氏，其先世居于山西清源县，至明代洪武初年始徙居真定（今河北正定），遂为当地世家望族。到清代中后期，王定柱、王世耀、王世永、王荫普、王荫昌、王荫福、王荫祜、王耕心等数代均以文学著称，有家集《正定王氏四种》传世，收入徐雁平、张剑主编《清代家集丛刊》之中。

第一节　王定柱《椒园居士集》考述

王定柱（1761—1830年），字于一、靖擎、敦安，号椒园，直隶正定府正定县人。年十五补县学附生，乾隆四十二年（1777年）举人，五十五年（1790年）进士。嘉庆六年（1801年）授云南师宗县令，此后历任丽江县令、普洱知府、他郎通判、思茅同知、黑盐井提举，镇沅州知州、永昌知府、开化知府等。道光元年（1821年）离滇入蜀，特授成都府知府，迁川东兵备道、山东盐运使，未赴任，迁浙江按察使。著有《椒园居士集》《鸿泥日录》《鸿泥续录》《鸿泥三录》《鸿泥四录》《鸿泥五录》《滇蜀纪程》《滇语备忘录》《大学臆古》《中庸臆测》《周易琐笺》《老子道德经注解》《黑盐井志》等，生平事迹见王耕心《浙江按察使本生曾王父椒园公家传》及曹明志、周传诣《故浙江按察使王定柱事实册》（《椒园居士集》卷六）。

一、王定柱《讼过记》体现的佛教思想

王定柱思想的独特之处在于其笃信佛教并大力宣扬佛法，其《讼过记》中详细描述了自己由儒入佛的心路历程。文中称王氏家族本世代奉儒，王定柱于年轻时亦奉孔孟之道，而将佛道视为异端，大加排诋。然乾隆丙午年(1786 年)邑中大疫，王定柱亦染疫殆死，于弥留之际遇关武帝显灵，痛斥其诋佛行为，命其幡然醒悟，并派朱衣童子为其治病，遂转死为生。王定柱病愈后既悔且惧，转而奉佛。己酉(1789 年)，其母病危，又梦神武拯救而愈；庚戌(1790 年)，神武又示梦其母，督促其参加进士考试，遂中甲榜。正是因为神武屡次示梦，灵验无比，王定柱对神佛颇为笃信。其于《讼过记》篇末云：

> 信乎帝神在天下，如水在地中，无过不惩，无善不拯，亦惟人自决其法圣贤与悖圣贤而已矣。余躬历罪福，曲邀神贷，始得稍稍观览佛书，渐以达于圣贤之义……余敢不避诟厉，备疏始末，敬告来贤。果贤者自揣能真为文周孔孟，无妨暂束佛书不观；苟未然，抑亦何恃，能无惧也?①

《椒园居士集》中有《无智无得说》《无智无得说跋》《罪福说》《原佛》《金刚般若波罗蜜经溯原叙》等篇，均是宣扬其佛教思想之文。王耕心《椒园公家传》指出：

> 道光中，公最以治绩名世，而学术之渊源无知者。所著《讼过记》诸文，觉世之意至切，而见者瞢如也。咸丰间，上元萧先生文霍为公传，精切博赡，深达本原，然后公之学术治术，同条共贯，炳然大著于世，而谤亦随之。盖公之所以为政在学术，而公之所以为学在释氏。释氏之学，适为世所不及知，故虽有高世之行、兼善之美，亦一切抑之，若惟恐其说之明、道之行焉。及夷考其所以为谤，则与公少时之覆辙无以异。呜呼！流俗相

① 王定柱等撰：《正定王氏四种》，徐雁平、张剑主编：《清代家集丛刊》第十一册，北京图书馆出版社 2015 年版，第 15 页。

嬗，大惑难解，亦可哀矣。公初以误于乡塾，诟谇十年，虽闻阿公之诲，犹不能止。迨构疾委世，见谴明神，易死为生，然后收视反听，背尘合觉，翻然一变其所为，而学以大成。苟非夙根深厚，转移者速，固已沉沦于不可知之浩劫，人亡而家亦随之，乌能泽施于世、福衍于身、且开不世出之绝学以慈及子孙哉？①

可见王定柱由儒入佛的思想转变对正定王氏家族的思想信仰取向产生了深刻的影响。

二、王定柱的山水纪行诗

王定柱是嘉、道间的封疆大吏，有着入滇赴蜀的丰富阅历，并撰写了《鸿泥日录》等系列游记。陶樑《国朝畿辅诗传》引《红豆树馆诗话》曰："先生初选云南师宗令，由京赴滇，著《鸿泥日录》四卷。丙寅入都，著《续录》四卷，纪山川风土，仿陆放翁《入蜀记》、楼攻媿《北行日录》。保山袁文揆序之，谓能质有其文，情韵兼至。"②而通过《椒园居士集》可知，王定柱在撰写《鸿泥日录》的同时，还以诗歌的形式记录了其宦海游踪，可以说山水纪行诗乃是王定柱诗歌中最具特色的部分。这些山水纪行诗一方面记录了各地的山川风光，同时也记录了诗人的心路历程，可谓情韵兼胜。如《安平从雾雨中过次旧韵》云：

漠漠重阴猎猎风，新泥没径屐难通。宵来早拭看山眼，刚落南宫淡墨中。

半岭微茫一径开，倚窗呵冻拨云来。相逢剩有平桥柳，忆见山农手自栽。③

---

① 王定柱等撰：《正定王氏四种》，第 251—253 页。

② 陶樑辑，江合友、程宇静点校：《国朝畿辅诗传》卷五十二，国家图书出版社 2017 年版，第 1533 页。

③ 王定柱等撰：《正定王氏四种》，第 164 页。

前诗写安平雾中山水可堪入画，后诗写见到平桥柳树，便忆起当年亲见山农种柳之情景，含蓄地表达了今夕之慨。又如《石虬亭》曰：

万里南天有到时，石虬亭畔问花枝。七年三对辛夷放，惭愧星星鬓欲丝。①

诗人七年间三次经过石虬亭畔，如今又见辛夷花开，不禁惊觉岁月蹉跎，鬓生华发。《过拉邦坡》曰：

缺语凭谁译拉邦，登高指顾势无双。马头画意双眸阔，蚁垤云容四面降。拱手千关蹲虎豹，侧身万岫拜旌幢。鹧鸪莫唤行人住，化雨春和洗瘴江。②

拉邦在云南西部的盈江县，处于横断山脉的西南端，诗中再现了西南山水之奇崛险峻，可为滇南风光之传神写照。又如《华严洞》曰：

我闻华严海，佛义大方广。调御两足尊，人天众皈仰。密行普贤修，圆慧曼殊长。善财五十三，转转竿头上。巍巍功德山，风云变灵响。芥子与须弥，恢含妙无两。何时耆阇峰，分此一窍爽。洪濛孕离奇，太清耀虚朗。岩危神物持，龛幽造化奖。六藏蛰宝龟，狂驯络香象。宏慈奠奥区，阴泉网惝恍。稽首契真空，大千皆鼠壤。洞门一片石，光明韬煜晃。手扪伛肤泽，侧临出妙像。传闻邋遢仙，贻此狡狯赏。天子驰蒲轮，其踪忽已往。燕飞入楼台，月沉落林莽。一丝众烈扶，余腊空王养。胡潆亦何为，求仙无乃迂。残碑自灵妙，怀古俄怅惘。太息望长陵，不及蒲团享。人事任谬悠，宝界无尘坱。却漱石溜寒，慈云寄翘想。③

此诗章法乃模仿韩愈的《山石》诗，按照时间顺序记述了游华严洞的所见所闻及所感，描绘了华严洞内外景物及相关传说，抒发了对佛法教义的尊仰及置身佛界的新奇感受与怅惘心情。

① 王定柱等撰：《正定王氏四种》，第 155 页。
② 王定柱等撰：《正定王氏四种》，第 142—143 页。
③ 王定柱等撰：《正定王氏四种》，第 152—153 页。

三、王定柱的咏史诗

王定柱一生游宦，行经的名胜古迹众多，其《椒园居士集》中的咏史诗亦颇见功力。如《李元礼祠》曰：

破柱神羊志已伸，龙门尺地迥嶙峋。东京运否摧山斗，北寺权高殪凤麟。差逊太丘能达节，真羞张俭漫依人。乡邦难尽清流恨，伏腊空留俎豆新。①

李膺，字元礼，颍川襄城人，汉末清流领袖，位列"八俊"之首，有"天下模楷"之称。任司隶校尉时刚直不阿，曾使宦官震恐。《后汉书·党锢列传》载："时张让弟朔为野王令，贪残无道，至乃杀孕妇，闻膺厉威严，惧罪逃还京师，因匿兄让弟舍，藏于合柱中。膺知其状，率将吏卒破柱取朔，付洛阳狱。受辞毕，即杀之。"②在党锢之祸中李膺受到张俭事牵连，主动投狱自首，被拷打致死。诗中的"太丘"是指东汉颍川人陈寔，字仲躬，因曾任太丘长，人称"陈太丘"，与其子陈纪、陈谌以德行清高闻名于世，时号"三君"。颔联"差逊太丘能达节，真羞张俭漫依人"是说李膺稍逊于陈寔之能达节，然其在党锢之祸爆发后能挺身赴难，大义凛然，将生死置之度外，足可令到处依附他人的张俭感到羞愧，其持论颇有己见，引人深思。又如《过岳忠武王祠》曰：

十二金牌趣彻师，黄龙痛饮竟何时。羞鸣越甲原甘死，自坏长城亦太痴。敢料九重贪富贵，可怜两帝望旌旗。汴州泪血杭州醉，猎猎风号向北枝。③

《岳忠武王祠次旧韵》曰：

一片精忠百代师，风波三字狱成时。万家烟火中原恸，千古顽金哲妇痴。此事非关天子意，当年谁绣后宫旗。金鳌脱网符离溃，笑汝鸲鹆睡半枝。④

以上两首咏岳祠之作主题一致，均是歌颂岳飞精忠报国精神、鞭挞高

① 王定柱等撰：《正定王氏四种》，第153—154页。

② 范晔撰，李贤等注：《后汉书》卷六十七，中华书局1965年版，第2194页。

③ 王定柱等撰：《正定王氏四种》，第147页。

④ 王定柱等撰：《正定王氏四种》，第191页。

宗赵构自毁长城的卑劣行径，却能做到前后并不重复，殊为难得。前首侧重写岳飞长驱河洛，即将直捣黄龙，却被贪图个人富贵的高宗陷害，致使靖康之耻难以雪洗。后首写岳飞冤死风波亭导致北伐大业中道夭折，金军主力得以逃脱，后来南宋开禧北伐，却兵败符离，再未出现过岳飞开创的大好局面，这都是赵构出于一己之私导致的恶果。“此事非关天子意，当年谁绣后宫旗”一联含蕴丰富，启人深思，增强了全诗的讽刺力量。又如《泊三王头》曰：

古人绝技多通神，技成往往甘杀身。剑师投冶双龙泣，早知虐主能戕人。有儿在抱未能武，埋剑留书泪如雨。奇童发柱得干将，漆身吞炭判辛苦。淫昏颇亦知卫防，鸷隼不得窥萧墙。孝子深山泪洒血，天荒地老徒茫茫。有客竭来何奇哉，报仇须汝头为媒。睹貌知心诺在口，刎颈授客无疑猜。款阍敬献仇人首，苍鹰击殿虹贯斗。精诚不受五鼎焦，侠陛临观落客手。抽剑拟濞已丧元，客亦穴脰酬盟言。三头糜鼎不可辨，岿然合冢留高原。此事传闻本荒谲，卮言曼衍饶䪻䫸。为状孤臣孽子心，感激青冥泐金铁。谱牒年祀任谬悠，镂冰篆雾亦奇绝。晴江檥棹问方言，颓岸渔灯半明灭。①

此诗以叙述的语气对《搜神记》中干将莫邪的故事加以咏叹，读来颇为感人。原著中对那位侠客在楚王殿上持头进献的场景并无特别描写，只是说：“客持头往见楚王，王大喜。”②而王定柱在诗中描写道：“款阍敬献仇人首，苍鹰击殿虹贯斗。”“苍鹰击殿虹贯斗”语出《战国策·魏策》：“夫专诸之刺王僚也，彗星袭月；聂政之刺韩傀也，白虹贯日；要离之刺庆忌也，苍鹰击于殿上。”③诗中借用史籍中的这些传说，便将行刺的氛围烘托得极为生动。

当然，由于王定柱站在统治者的立场上，其某些咏史诗中也表现出保守落后的历史观。如《诸葛洞》曰：“宗臣庙貌闷幽扃，相国重过役五丁。一样南征

① 王定柱等撰：《正定王氏四种》，第183—184页。

② 干宝撰，汪绍楹校注：《搜神记》卷十一，中华书局1979年版，第129页。

③ 刘向集录：《战国策》卷二十五，上海古籍出版社1985年版，第922页。

驱万马，不知岩岫为谁青。”诗后注曰：“洪文襄承畴南征时，命凿洞中石便馈饟，以凿已复生，乃罢役。”①诗中谀称降清的民族叛徒洪承畴为“相国”“文襄”，并将其为清廷所驱使征讨南明之事与诸葛亮之征南蛮相提并论，显得不伦不类，尽显其统治阶级立场。又如《荡阴谒嵇侍中祠》曰：

南风牝鸡啼破家，司马家儿痴如蛙。六飞夜走荡阴里，辇前戈盾交蓬麻。当车唾贼甘齿剑，嶙峋玉骨埋惊沙。暗主肉糜不知饱，裾血能令长咨嗟。人生于世直寄耳，有身应须报天子。于今庙貌镇名都，千载英声耀青史。后世书生议论多，苦恨叔夜遭钳罗。侍中捐躯酬典午，誓墓何妨废蓼莪。不知君亲钧大节，欲缵箕裘在忠烈。四海既一那可逃，西山何地寻薇蕨。若耻戴仇须杀身，微子报器亦称仁。纵匿空山槁项死，食毛践土犹为臣。况昔窃铁除异我，曹氏尸居听撼簸。龙性难驯诚有之，诃汤骂武奚其可？君相良非尧舜心，有辞难怨羽渊沉。谁识孝子盖愆志，恐将放诞讥竹林。丈夫生世多龃龉，石阙在口心独苦。苦心不望后人知，但有精诚照千古。子孝臣忠一寸丹，耿耿照颜惨不欢。鄂王栋宇遥相望，信国浩歌同心酸。我昔读书三叹息，今来道左重盘桓。祠边稽首策马去，悲风猎猎吹衣寒。②

嵇绍为魏晋名士嵇康之子，永兴元年（304年），晋惠帝讨伐成都王司马颖，兵败荡阴，百官奔走，只有侍中嵇绍拼死保卫晋惠帝，最终遇害，血溅帝衣。因嵇绍之父嵇康死于司马氏屠刀之下，故后世对其为司马氏尽忠而死颇有异议，王定柱在诗中批驳了这种看法，充分肯定了嵇绍的忠烈精神。他认为在“四海既一”的国家大势之下，个体别无选择，只能舍孝亲而忠君，这种观点有一定的合理性。但他认为嵇康之死是因其行为放诞，“诃汤骂武”，实属罪有应得，罪不可赦；嵇绍是在用自己的忠来挽回世人对父亲的“放诞”之讥，实属忠孝两全之人，惜其苦心不为后人所知。这种解释又暴露出王定柱保守落后的历史观。

① 王定柱等撰：《正定王氏四种》，第171页。

② 王定柱等撰：《正定王氏四种》，第134—135页。

王定柱诗中亦记载了当时的一些云南史事，如《题维西战绩图第十九三首》云：

叙曰：丽江维西妖贼恒乍绷倡乱，故总督云贵琅恪勤公讨平之，恽郡丞燮为绘《战绩图》三十二帧，其第十九图为擒腊者布事，摹画尤精，因系以诗。腊者布，恒乍绷之兄也，骁鸷绝伦，千夫不能制。旁寨先有一傈妇，负殊色，布驱其夫而据之，妇弗善也。军中悉其情，召夫至，予厚赏，使谋诸妇，伺布隙，醉而献之。后旬日，布果来，竟缚致军门，枭其首，恒乍绷之势遂熸。

玉盌蒲桃翠袖扶，琵琶曲按夜啼乌。休夸卧榻能酣睡，记否罗敷自有夫。

纤纤女手挽征衣，铁弩千群正合围。愁绝同床不同梦，鹣鹣有翼怨双飞。

蹋雪衔枝唤捉生，黎涡一醉壮军声。兵家妙算兼奇正，青史应传绝代名。①

嘉庆六年至八年（1801—1803年），云南维西县傈僳族巫师恒乍绷率众起义，波及中甸、德钦、福贡、碧江等县，沉重打击了当地土司及清王朝的统治。王定柱正是这段历史的亲历者，故此诗所载史实无疑具有一定的史料价值，恰可与正史相互补充。

四、王定柱的《述祖德诗》及《悼亡诗》

王定柱《椒园居士集》卷三是《述祖德诗二十七首》，这组诗全为四言体，且诗注结合，是了解正定王氏家族发展史的珍贵文献。诗曰：

猗欤在昔，受氏自周。太原族望，马巷风流。河汾传派，子焉鲜俦。越及我祖，肇迁镇州。

我祖大贤，结发从戎。鹿车共挽，自西徂东。犍乡相宅，箪瓢屡空。幽光丕曜，匪于其躬。八世之后，用昌大宗。②

述祖德诗之渊源，可以远溯至《诗经》，《大雅》中的《生民》《公刘》《绵》

① 王定柱等撰：《正定王氏四种》，第194—195页。

② 王定柱等撰：《正定王氏四种》，第95页。

《皇矣》《大明》等篇均是叙写周代先民的事迹，而《文选》所收谢灵运《述祖德诗》二首均是五言诗，故王定柱的四言体《述祖德诗》模仿的乃是《诗经·大雅》。其《述祖德诗》最后一首云：

我宗既殖，冠盖云连。十有七世，余三百年。以引以翼，善则称先。自是以降，阙不备焉。我闻在昔，有父有兄。廉和宽恕，积善余庆。汉寿兆梦，纯德昭明。敬告来祼，於惟率行。我闻在昔，允文允武。铄哉丰功，昭兹来许。中叶綦微，或为农圃。继自于今，无忝尔祖。我闻在昔，代有伟人。表志阙略，浸寻就湮。小子拜手，朴僿无文。畴进而教，通儒荐绅。①

在组诗的最后，王定柱对王氏家族前后十七世共三百余年的历程进行了总结，希望王氏后人能够继承先辈的丰功伟绩，将“允文允武”的家族传统发扬光大。

《椒园居士集》中还有《悼亡诗》三十二首，这组诗的体式全为七绝，记录了夫妻二人的伉俪情深，诗曰：

婿似休文太瘦生，药炉茗盌苦愁卿。西风休破郎清梦，簌簌春衫抚背声。

乌帽青衫照眼明，嫁时留得越罗轻。装棉添线怜清瘦，费尽芳心手制成。

步障清谈对小郎，谢家柳絮太颠狂。当年乳哺今婚宦，感逝哀存泪万行。②

前二首写妻子日常生活中对自己的呵护爱怜，煎药抚背，怜瘦裁衣，无不见出妻子之款款深情。第三首诗后注曰：“仲弟定枝，字卜臣，少于孺人十年，季弟定枢少卜臣一岁。孺人来归时，两弟皆在怀抱，孺人抚之如一。仲弟殀，孺人哭之哀，其后无旬月不梦见之，其友爱深矣。季弟稍长，冠婚劳瘁，皆孺人

① 王定柱等撰：《正定王氏四种》，第111—112页。
② 王定柱等撰：《正定王氏四种》，第117、119、123页。

独任之,弟亦敦爱尽礼,事嫂严敬有加,族党间以为两难。”“步障清谈对小郎”,用晋代才女谢道韫事。《晋书·列女传》载:“王凝之妻谢氏,字道韫……凝之弟献之尝与宾客谈议,词理将屈,道韫遣婢白献之曰:‘欲为小郎解围。’乃施青绫步鄣自蔽,申献之前义,客不能屈。”①谢道韫有“咏絮”之才,“谢家柳絮太颠狂”亦是用此典来形容妻子的过人才华。诗中夸赞其妻不但有谢道韫之才,且亦友爱夫弟,恪尽长嫂职责,其善良贤惠于斯可见。

通过王定柱的《述祖德诗》及《悼亡诗》两组组诗可以看出,正定王氏素来重视家族传承谱系,注重家族伦理。此外,王耕心所辑《正定王氏四种》之第四种乃《正定王氏家传》六卷,详细记录了历代祖先的事迹,也同样体现了正定王氏重视家族文化传承的特点。

陶樑《国朝畿辅诗传》共选录王定柱诗 17 首,王耕心指出:“(《国朝畿辅诗传》)内《过洞庭》一首、《村沽》一首,公晚年订稿皆删不存,今次诗录亦不复补列,以《洞庭》有袭见语,《村沽》诗亦无深意也。公诗有初刊本,有晚年订本,《鸿泥日录续吟》及《蝉叶秋吟》三集诗,晚订本多所删汰,今悉遵之,以其本抉择尤严,字句亦多精诣也。”②今检《过洞庭》诗曰:

> 打鼓昼扬舲,长风度洞庭。寒吞初日白,浪失暮山青。星野包三楚,鱼龙舞百灵。利帆何处泊,灯火出烟汀。③

按,王定柱所谓“袭见语”,此诗确有几处,如“长风过洞庭”句,似袭用杜甫《衡州送李大夫七丈勉赴广州》“斧钺下青冥,楼船过洞庭”或钱起《省试湘灵鼓瑟》“流水传潇浦,悲风过洞庭”;“暮山青”句,出陆游词《长相思》:“暮山青,暮霞明,梦笔桥头艇子横。”④此外,“星野”“三楚”“鱼龙舞”等词语亦习见于前人诗词中,故王定柱在晚年编订《椒园居士集》时便将其删去,实际上此

① 房玄龄等撰:《晋书》卷九十六,中华书局 1974 年版,第 2516 页。
② 王定柱等撰:《正定王氏四种》,第 195 页。
③ 陶樑辑,江合友、程宇静点校:《国朝畿辅诗传》卷五十二,第 1538 页。
④ 陆游著,夏承焘导读:《陆游词集》,上海古籍出版社 2011 年版,第 96 页。

诗对仗工稳，意象凝练，颇具盛唐格调，不失为集中佳作。

第二节　王世耀等《槐隐庵剩稿》考述

王世耀（1781—1859 年），字凤宾，号远亭，正定耆英坊人，定柱之子。道光二年（1822 年）进士，授山西寿阳知县，调夏县，再调汾阳，累署临汾安邑县知县、汾州府张兰镇同知。咸丰初，以守城功加知州衔。以廉干知名，尤善治盗，所莅盗不敢逞。道光十年，以父丧归里，旋病失明，不复出，每暗诵诸经以自遣，后生学子莫及。著有《槐隐庵剩稿》一卷，现存文 1 篇，诗 4 首。生平见王耕心《知州衔汾阳县知县从祖远亭公家传》。

王世耀的诗歌，仅存《责子四首》，诗云：

> 铁错无端铸六州，茫茫长夜恨难休。蛾眉误辍营金屋，鸳梦惊传盼玉楼。白发萧条伤困悴，青毡零落废研求。英雄从古多豪迈，不似今人积怨尤。
>
> 愁绪离怀有去时，频年辛痒少人知。蓬庐已惬团圞望，草窃空翻变诈辞。往事不须重记忆，心情惟恐渐参差。春来百事应珍重，垂老椿萱待护持。
>
> 髫龄才解辨之无，记得人人说凤雏。讵料年华臻壮盛，翻教识趣近卑污。依人未必能成汝，励志何妨少慰吾。垂暮一言双泪落，痴儿何日醒迷途。
>
> 居上谁甘让后来，文坛虚左待英才。不求科第身安托，久别诗书事可哀。有志终应完赵璧，无闻那许售燕台。殷勤好自分蹊径，勉近蓬莱出草莱。①

诗中对儿子耽于女色、不求科第、误入迷途等行为痛心疾首，希望他读书励志、出人头地，简直是用诗歌写的家训。

王世永（1797—1854 年），字仲恒，号琴舫，自署种蘅居士，正定人。王定柱仲子，少有才艺，不喜举业文，及补附学生，唯一赴乡试辄弃去，不复措意，随父宦游西南多年。能书，好为诗，琴弈篆刻、骑射乐律之属，靡不精妙。晚年好

---

① 王定柱等撰：《正定王氏四种》，第 287—288 页。

医，所治多验，而尤以画名燕赵间。著有《琴舫诗稿》一卷、《老榆书屋闲吟》，均已佚。生平见王耕心《附学生王父琴舫公家传》。《槐隐庵剩稿》后收其文1篇，诗18首，有16首为题画诗。

王世永《忆长男福儿口占却寄》曰：

记得离乡日，含啼送我行。风霜吾历惯，家计汝年轻。驯谨尊慈母，宽和任长兄。勉旃千里外，勿使旅魂惊。①

全诗如一纸家书，如话家常，平易自然，表现了一个慈父的舐犊深情，读后几乎令人不觉其为律体，可谓深得杜律精髓。又如《读明小纪吊史阁部》云：

衣冠何处吊英灵，鬼火光中碧血腥。岭上梅花春似海，路人犹认作冬青。②

史阁部，即史可法。据全祖望《梅花岭记》载，史可法生前曾说过"我死当葬梅花岭上"。那么路人为何要将岭上的梅花认作冬青呢？尾句令人有些费解。其实在民族文化史上，冬青有着特殊的内涵。至元二十二年（1285年），杨琏真伽盗毁宋陵，唐珏、林景熙等人秘密收拾诸陵遗骨，葬于兰亭山南，并掘宋殿冬青植于其上，从此冬青便成了忠义的象征，也寄寓了对光复华夏的期待，其详可参廖寅《忠义之魂长存：宋六陵冬青树文化意义之演进》一文。③

王荫普（？—1855年），字龙田，号莲伯，正定人，世耀子。道光丁酉（1837年）拔贡生，就职直隶州州判，赠朝议大夫，补用知府，山东武定府同知。少有隽才，为人倜傥不羁，博涉典籍，善属文，有时名。藏稿甚富，均已散佚，仅存诗二首。《追纪小五台之游二首》曰：

迤逦城南路，斜阳踏绿莎。步兵携小阮，游屐逐东坡。遥指暮林外，

① 王定柱等撰：《正定王氏四种》，第293页。

② 王定柱等撰：《正定王氏四种》，第294页。

③ 廖寅：《忠义之魂长存：宋六陵冬青树文化意义之演进》，《绍兴文理学院学报》2018年第5期。

乱山苍翠多。市尘惯嚣竞,谁复此经过。

即此是名胜,相将拾级登。乔林吞落日,古砌罥苍藤。地润风如湿,台虚槛可凭。催归何太急,已见隔湖灯。①

二诗四平八稳,中规中矩,未见超群处。第一首颈联"遥指暮林外,乱山苍翠多",以"遥指"对"乱山"不甚工整,稍显勉强。

王荫昌(1813—1877年),字子言,号五桥,正定人。道光丁酉(1837年)拔贡生,庚子(1840年)举人,授国子监学正,迁助教,充通仓监督,外擢同知,分发山东,署沂州府通判,补武定府督捕水利同知,以守城功擢知府用。以文词书法名当世,著有《厩斋诗》《尺壶词》。生平见王耕心《知府用武定府同知从父五桥公家传》。赵国华《山东海宁州知州汤君(铉)家传》曰:"时阳湖汪昉叔明、正定王荫昌皆以时史有雅望,君操所技,分庭抗之。呜呼!三君者皆与余交,今皆邈然矣。"②《槐隐庵剩稿》附录王荫昌文1篇,诗17首,词17首。《题磨厓山人桃花画册》曰:

东坡论画意,形似嗤儿童。绘素擅花鸟,写生徐赵工。伊谁纵逸气,落墨破洪濛。解衣盘礴裸,万象炉中铜。人物意态奇,林壑云气通。余情及羽卉,神妙幻飞虫。天矫一两枝,浅白低疏红。玉叶谢雕刻,秾华宛玲珑。无言淡春色,碎粉簇芳丛。鸟梦惊香雪,蜂黄娇软风。何从得粉本,独法清虚宫。首题三十字,眼底千古空。家藏旧淡墨,峰树烟霞烘。对此两奇绝,经营同不同。欲更乞君法,洄溯江水东。时就石川子,一问磨崖翁。③

这首题画诗在章法上似模仿杜甫《戏题王宰画山水图歌》。起笔以工写花鸟的徐赵诸人作为陪衬,突出磨厓山人的笔力纵逸、气魄宏大,以下历数画

① 王定柱等撰:《正定王氏四种》,第298页。

② 缪荃孙纂录:《续碑传集》卷八十四,周骏富辑:《清代传记丛刊·综录类4》,明文书局1985年版,第743页。

③ 王定柱等撰:《正定王氏四种》,第304页。

中人物、林壑、羽卉,并将家中旧藏峰树烟霞图拿出进行对比,揣摩其经营构思之异同,最后表达了对摩厓山人的赞赏和倾倒之情。

王荫福(1822—1881 年),字梅叔,正定人,王世永之子。由附贡生议叙知县,待次江苏,署徐州府沛县知县。《槐隐庵剩稿》载其小传,称"公笃内行,孝敬无违,治家严肃有法度。知沛县时,折狱慈恕,号称廉平。四十后博涉教典,专修净业,吾宗净土之学,公实能创辟蚕丛,导厥先路,无愧色也,著有《三百树梅花庵诗》一卷"。① 可见王荫福亦继承了王氏家族笃信佛教的传统。

王荫福《孤山探梅》曰:

君复饶奇福,名山作主人。讵无高士伴,颇与美人邻。我亦耽梅者,频年厌世尘。何时将野鹤,来护陇头春。②

此诗的颈联为流水对,尾联的上下两句亦一气呵成,故全诗显得气脉贯畅,有飞动之势。《济南旅次口占》曰:

愁来无计整归装,官柳依依驿路长。惟有梦魂能快意,随风夜夜到家乡。③

这首绝句写诗人归乡情切,亦气脉通畅,语浅情深。又如《书扇赠丁君铁海》云:

叙曰:与铁海宴语,偶及扬州之乱,铁海出扇索书,因感仲弟事,为勉成此诗,肠九折矣。

人生不相见,动如参与商。君忽感斯语,与我话沧桑。手出白团扇,索我墨数行。谓且识鸿爪,聚散安可常。感君意良苦,执笔复徬徨。去秋芜城役,仓卒相扶将。刁坎已不测,三人尚頡颃。岂料华泉饮,倏忽各分张。我出君亦免,我仲翻孤飏。君与为卢李,我与为荆棠。君犹切叹惋,

① 王定柱等撰:《正定王氏四种》,第 323 页。

② 王定柱等撰:《正定王氏四种》,第 323 页。

③ 王定柱等撰:《正定王氏四种》,第 323 页。

我岂无肝肠。耿耿星将没，黯黯昼方长。悽悽茹荼堇，此味谁共尝。岂无我季弟，故里如殊方。岂无妻与孥，膈膜如重洋。亦欲荡贼窟，尺柄安可望。亦欲死相寻，我母在北堂。上堂承色笑，下堂沾衣裳。常恐消息露，寸心悸且伤。吁嗟我仲弟，年少才方强。我偶弄笔墨，我弟医膏肓。生离已十月，不忍为篇章。西堂久无寐，春草梦中荒。黾勉酬君意，谁为我丹黄。掷笔勿复道，恸哭天苍苍。①

此诗借好友丁嘉珊（号铁海）出扇索书为线索，以杜甫《赠卫八处士》的发端起兴，追述了王荫福、王荫祜兄弟与丁嘉珊三人在战乱中的死生聚散，寄寓了无限感慨。太平军攻陷扬州后，王荫福及丁铁海得以逃脱，而王荫祜却于战乱中生死未明，恐有不测，故王荫福在诗中为其弟之安危深感忧虑，可谓手足情深，情见乎词。据《王荫祜家传》载："咸丰八年，再以书记客扬州，粤匪陷城，公骂贼不屈，欲以求死。贼怒，将杀之，会以事阻，不得杀，乃自间道脱归。"②可知王荫祜在扬州之乱中曾命悬一发，九死一生。脱身归来的他后来读到其兄此诗，于诗后评曰："沉痛语，字字从血泪中迸出，他人尚不忍卒读，身受者可知。雒诵一过，泪随声堕，不堪回忆前尘也。仲弟荫祜谨附记。"③

第三节　王荫祜《觉华龛诗存》考述

王荫祜（1824—1875 年），字子受，号鞠龛，正定人。十三能为试牍文，十七教授于外，十九补附学生。壮岁游江南，客海州。咸丰八年（1858 年），再以书记客扬州，太平军陷城，骂贼求死，竟得脱归。同治初，以附贡生授两淮盐运使司经历。同治五年（1866 年），署通州，分司江苏角斜场盐课大使。同治

① 王定柱等撰：《正定王氏四种》，第 324—325 页。
② 王定柱等撰：《正定王氏四种》，第 533 页。
③ 王定柱等撰：《正定王氏四种》，第 325 页。

八年，奉母侨居泰州。光绪元年十月卒，年五十二。著有《觉华龛诗录》二卷、《尚诗徵名》二卷。《诗经学大辞典》曰："'尚诗'者，援《尚书》之例，改《诗经》名为《尚诗》，以证三百篇为诗之祖。此议欲求赞同，故曰'徵名'。"①另有《贾子年谱》一卷。生平见王耕心《两淮候补盐运使司经历先考鞠龛公家传》。

王荫祜著有《觉华龛诗录》二卷，其子王耕心辑存为《觉华龛诗存》一卷，存诗137首、词7首、北曲6篇、杂文3篇。王荫祜酷嗜诗歌，却并不以诗词为意。王耕心在家传中称："公学术高远，每不欲以文采自见，尝诲耕心等曰：士君子惟解文章，已非第一流；若究心诗词，志在风雅，尤不足效。惟立言之文，实与德功并垂不朽，小子辈其各奋勉，不宜自薄也。"②《正定王氏家传》所载王耕心《鞠庵公家传》称其"客海州时，与湘潭周光辅廉廷、汉阳刘世大子谦、世仲殿埙、沭阳王诩子扬、顺德张守恩慰霖、海州许宝谦牧生、吴廷炬莲卿友善，相渐以学，相摩以诗，时称'吟中八仙'。公尝言，交游之盛，无逾此时者"。③ 可知其在海州时与诗友过从，曾名列"吟中八仙"。王荫祜有《满江红·题周莲亭海国骚音图》回忆过这段经历，词序曰："咸丰甲寅游海州，与许牧生宝谦、吴莲卿廷炬、王子扬诩、刘子谦世大、殿埙世仲、周莲亭光辅、张慰霖守恩晨夕过从，极觞咏之盛。吴介轩世祺次少陵《饮中八仙歌》韵，赋诗矜宠之，睽隔已来，成陈迹矣。今莲亭便涂过我，谓将绘图留证堕欢，兼示所为弁言及诸贤题咏，枨触往梦，不能无言。"词云：

弹铗悲吟，问谁是，平津侯者。尽年来，怀中刺灭，琴前曲寡。一例空堂栖燕雀，虚名随处拌牛马。海东头，忽值钓鳌人，争相迓。　延陵季，词源泻。高阳裔，才名亚。又客星几点，攒眉结社，湘汉骚人联棣萼，张王乐府争雄霸。更多情、把臂到狂奴，论风雅。

① 夏传才主编：《诗经学大辞典》，河北教育出版社2014年版，第1546页。
② 王定柱等撰：《正定王氏四种》，第535页。
③ 王定柱等撰：《正定王氏四种》，第534页。

击盏声声，浑不为，风云月露。算都是，苍茫身世，郁怀喷吐。柳色虹桥惊战伐，菊花九日伤迟暮。尽旁人，肿背诧驼峰，甘陵部。　仙邪怪，予和汝。床上下，人三五。杖采豪收入，浣花旧谱。杜老风华传绮季，酒龙次叙排诗虎。愧齿牙、余论我难胜，公其误。

顾曲雄才，合放翁，出人头地。尚关心，西园余韵，再缮图记。鸿爪印留修禊帖，龙头人似催租吏。倚征篷，促和右军诗，斜阳里。　君且去，门须闭。侬便学，陈无己。待哀蝯啼彻，恐应出涕。偶破天悭成此会，再联萍景谈何易。看眼中、落落聚星群，还余几。

对此茫茫，漫著落，愁人一个。浑不耐，堕欢如梦，乱愁如火。聚合何关鬼神忌，抛离忍使因缘左。诵河梁五字断肠诗，铅波堕。　休便说，刘琨卧。休浪炙，淳于裸。怕阶前尺地，也难容我。谁读罪言怜杜牧，枉传仙侣侔张果。是何年、位业纪真灵，弹冠贺。①

词中追忆当年诗朋酒侣在扬州觞咏唱和之盛况，当年歌舞富贵之乡如今已成流血战乱之所，风流不再，胜事如昨，不禁令人感叹唏嘘。陈廷焯《白雨斋词话》称王荫祜这四首《满江红》"感激豪宕，直可摩迦陵（陈维崧）之垒"②。此外，王荫祜《北双调·题许牧生〈虹桥春柳图〉》曰：

吴莲卿感扬州浩劫，作《虹桥春柳赋》，牧生以诗和之，慨叹悲凉，各饶哀艳。牧生更属吴澂伯丈绘图徵题，为填此曲。

[新水令]好烟花转瞬叹萧条，才唤醒扬州一觉血漂。游客舫鬼，教玉人箫，破碎虹桥。剩几个瘦杨枝，贼不要。

[驻马听]它斫桂仙，暂赋就芜城悲塞草。它吟诗，丁卯歌残，江雨怨南朝。干卿何事，恁萧骚。似曾相识，闲凭吊，愁丝嫋。逗得个老吴生，改画了嘉陵道。

[沉醉东风]画出者悽憯憯金迷粉销，可还有奀哈哈雨浥烟捎。它只

① 王定柱等撰：《正定王氏四种》，第388—390页。

② 陈廷焯著，杜维沫点校：《白雨斋词话》卷五，人民文学出版社1959年版，第146页。

说，任横陈汉苑腰。那知道，憔悴了灵酥儿，可怜人冶叶倡条。怕往日春容不易描，多谢恁临风写照。

[折桂令]记当初碧浅黄娇，斯傍个亚字红阑，越越魂销。深护著乱莺啼，勾引著镫船闹，牵绊著紫骝骄。没来由烟尘一搅，作弄底风月无憀，冷落林皋，乌咽江潮。谁教你锁了眉梢，谁教你瘦了裙腰。

[沽美酒]叹防江，士马骄。拦不住，篝狐啸。大开门，拱揖迎强盗。老钟繇头颅，费了它亚夫营，谁管著小苗条。

[离亭宴带歇拍杀]二分明月随堤晓，三千殿脚宫衣娲，都变作春恨条条。你看闪青燐，萤苑荒；踞红巾，瓜步稳流，碧血秦淮小。难道者青青眉黛娇，禁得起錟錟欃枪扫。是何人轻把韶华送了！止不住，韵悠悠玉笛吹泪，盈盈铅波堕，情切切金城悼。东风事，已非往梦，丢难掉。莽天涯，情尽再题桥。则者段旧残虹，便算一幅六朝金粉伤心稿。①

这套北曲同样是以扬州乱后追忆往昔繁华为题材，诗人借题《虹桥春柳图》之机，叹兴亡，感盛衰，痛仳离，抒发了强烈的黍离之悲与丧乱之痛，具有震撼人心的艺术魅力，令人几乎不忍卒读。

王荫祜的诗歌不依傍门户，格调豪迈，气势奔放，如《题周莲亭光辅〈苍茫独立图〉》曰：

丈夫嵚奇秝落不得志，安能与世同纷纭。周郎意气独豪宕，掉头直蹑云台云。云台景物擅奇胜，我昔震耳曾熟闻。收拾烟霞入卷轴，置身早觉超人群。山岚海气落方寸，胸中何处著尘氛。方今世上干戈沸，吾侪投足殊无地。四海苍茫七尺躯，独立伊谁能遗世？古来贤达放旷山水间，文章感喟时虑流风坠。胜游本自足千秋，公之貌此岂无意！乌呼诸公衮衮皆奇才，公孙东阁安在哉？不如焚笔椎研归蒿莱。高筑榑桑观，腾蹑青霞台。倒挽海水入尊榼，与君痛饮三百杯。仰天大叫排阊阖，浮云净扫天门

① 王定柱等撰：《正定王氏四种》，第391—394页。

开，安用酒酣拔剑斫地哀复哀！①

这篇七言歌行用拗峭的音节、变换的节奏，抒发了诗人磊落不平之志。“苍茫独立”出自杜甫《乐游园歌》“独立苍茫自咏诗”，“与君痛饮三百杯”出自李白《将进酒》“会须一饮三百杯”，“仰天大叫排阊阖”亦出自李白《南陵别儿童入京》，而结尾“安用酒酣拔剑斫地哀复哀”是反用杜甫《短歌行赠王郎司直》“王郎酒酣拔剑斫地歌莫哀，我能拔尔抑塞磊落之奇才”。又如《读史四首》曰：

高文侈美新，何如赤伏符？投阁乃不死，咄咄莽大夫。

东聘联唇齿，南征固腹心。已成吞魏势，讵料大星沉。

同是中朝彦，奚分蜀洛为？不须更相竞，都在党人碑。

一出曲端死，再出郦琼叛。心学乃杀人，符离四十万。②

第一首是咏汉代的扬雄。王莽篡汉自立，扬雄仿司马相如《封禅文》作《剧秦美新》，美化王莽新朝，可他却未想刘秀才是得赤伏符的真命天子。扬雄后因受刘棻牵连，从天禄阁上跳下，却侥幸未死，真称得上是个莽大夫。第二首是咏叹诸葛亮。他联吴抗曹，又南征百蛮、六出祁山，本已成吞魏之势，却不料时命不济，天不祚汉，最终星落五丈原。第三首是评论宋代理学论争中的蜀洛之分，指出无论新旧党人怎样争斗，最后全部被打入了党人碑，实乃家国之大不幸。第四首是说南宋君主不能任用将领，使得大将曲端被冤杀、郦琼叛变降金，然而统治者却推崇心学，致使军事愈发靡弱，这也正是开禧北伐于符离集大败的根本原因。这些咏史诗选取的角度均很新颖，且议论深刻，见解独到。徐世昌《晚晴簃诗汇》收录王荫祜诗歌 5 首，分别为《枯树》《读史四首》③

总之，正定王氏家族自十六世王定柱开始笃信佛教，并注重家族伦理，重

① 王定柱等撰：《正定王氏四种》，第 340—341 页。

② 王定柱等撰：《正定王氏四种》，第 378—379 页。

③ 徐世昌编，闻石点校：《晚晴簃诗汇》卷一百六十九，第 7363 页。

视家族传承谱系的记录及家族文献的整理，于清代中后期已经发展成为文学世家，其中以王定柱、王世耀、王世永、王荫普、王荫昌、王荫福、王荫祜等人为代表，诗文创作均取得了一定的成绩，是清代畿辅文学史上不容忽视的存在，其诗文创作特色值得引起学界的进一步关注。

第九章　大名姜氏诗学家族

——以《采鹿堂姜氏家集》为中心

大名姜氏是清中期在畿辅诗坛有一定影响的诗学家族，通过《采鹿堂姜氏家集》可知，自清康熙以降，大名姜氏家族素以诗礼传家，先后涌现出姜顺龙、姜贻绩、姜贻经、姜星源、孙芳等诗人，其诗词格调高雅，笃重伦理亲情，且代有更替，踵武不绝。上海图书馆藏清姜庆成辑《采鹿堂姜氏家集》，收录姜贻绩《睫巢诗钞》六卷、姜星源《临云亭诗钞》六卷、孙芳《悟云诗存》一卷、姜顺龙《壬寅存稿》一卷、姜贻经《梦田词》一卷，为清道光二十五年(1845年)姜氏采鹿堂刻本，后收入《清代家集丛刊》第199册，然将书名刊落"采鹿堂"三字，署作《姜氏家集》。《采鹿堂姜氏家集》的辑录者姜庆成(1789—1869年)，原名屺望，字梅倩，浙江嘉兴人，姜星源之子，著有《燃脂吟》，生平事迹见《姜氏家谱》及其《自订年谱》，亦可参郭浩帆、范江涛《〈然脂集〉补辑者姜庆成生平考述》一文。[①] 由于《采鹿堂姜氏家集》极为稀见，目前学界尚无专论，本章拟以此家集为中心，试对大名姜氏的诗学特色作初步分析。

① 郭浩帆、范江涛：《〈然脂集〉补辑者姜庆成生平考述》，《山东青年政治学院学报》2018年第3期。

第一节　姜顺龙《壬寅存稿》考述

姜顺龙，字见田，号麟璧，原籍浙江山阴，因其父天濬寄籍大名（今属河北），遂为大名人。康熙五十六年（1717 年）举人，授户部主事，转员外，以御史权福宁知府，创兰溪书院，改摄泉州府篆，授福州知府，迁建邵道，乾隆八年（1743 年）晋四川按察使。有《采鹿堂集》（一名《采鹿堂诗稿》）四卷、《见田诗草》，今存《壬寅存稿》。

姜庆成《壬寅存稿跋》曰：

> 曾伯祖廉访公舞勺即工声韵，其古诗出入于东坡、山谷，近体间仿西昆，佳者复不减杨大年、钱惟演。及释褐后历官南北，霏雪零雨之作，境益变而气益肆，今皆不可得见矣。是卷乃其少时壬寅年作，为先大父所手录者。虽尝鼎一脔，要其出处志趣之不苟，盖已约略可观。①

壬寅，即康熙六十一年（1722 年）。通过姜庆成此跋可知，《壬寅存稿》乃姜顺龙康熙六十一年所作诗歌之存稿，仅有 39 首。此一年之作当然不能全面反映出姜顺龙诗歌的整体特色，然而由于《采鹿堂诗稿》已经散佚，如今我们亦只能通过《壬寅存稿》约略管窥姜顺龙诗歌的大致情况。

姜顺龙的五、七律皆给人以律调精熟之感，使事用典时有繁密之弊。如《夜坐书怀》云：

> 如此头颅只此身，年来赢得惯风尘。虚传赋手惊雌霓，独负归心忆雀蔬。鲁酒盈樽浇块垒，吴笺到处写酸辛。清时自叹犹沦落，邓禹如何不笑人。②

“虚传赋手惊雌霓”是用沈约之事，乃是僻典。《梁书 · 王筠传》载：“（沈）约制《郊居赋》，构思积时，犹未都毕，乃要筠示其草，筠读至‘雌霓（五

① 姜庆成辑：《姜氏家集》，徐雁平、张剑主编：《清代家集丛刊》第十册，北京图书馆出版社 2015 年版，第 555 页。

② 姜庆成辑：《姜氏家集》，第 539 页。

激反)连蹉’,约抚掌欣抃曰:‘仆常恐人呼为霓(五鸡反)。’”①尾句“邓禹如何不笑人”用东汉邓禹之事,邓禹少年得志,二十四岁即为大司徒,南朝王融曾叹曰“邓禹笑人”,后常用作感叹官职卑微之典。又如《余于镜湖别业筑室数楹,莳花其侧,出游十载,屡易居人,因效顾帝祉前辈体,即以顾首句“问花无恙否”赋四诗以志惓惓》其四曰:

问花无恙否,应自叹因循。已早抛三径,于今近十春。陶潜曾爱菊,张翰亦思莼。归去田园好,毋令花笑人。②

此诗虽用“三径”、陶潜爱菊、张翰思莼等典故,然皆是熟典,便无僻涩之弊,且颔联“已早抛三径,于今近十春”使用流水对一气贯注,显示出诗人纯熟的艺术技巧。《渡江至汉阳驻宿与婿同叔话别》曰:

帆饱江风画鹢翔,铙歌声里送斜阳。一樽酒尽人千里,两地书凭雁数行。天外计程愁岁暮,灯前惜别话更长。朝来折柳河桥路,楚树川云各一方。③

此诗首联即景抒情,颔联“一樽酒尽人千里,两地书凭雁数行”不仅对仗精工,且将此时与别后情景构成对比,形象鲜明,感情深挚。全诗毫不借助典故,纯任自然,从而有效地传达出诗人的惜别之情,洵足为姜顺龙律诗之代表作。

与其律诗相比,姜顺龙的五七言绝句用事绝少,自然流畅,颇多巧思,如《春日书怀》曰:

镜曲湖遥芳草长,梅花如雪扑衣香。十年踪迹悲浮梗,每到春来忆故乡。

半堤杨柳覆横塘,新水刚堪受野航。闲步溪山春昼永,暖风偏称薄衣裳。

---

① 姚思廉撰:《梁书》卷三十三,中华书局2000年版,第335页。

② 姜庆成辑:《姜氏家集》,第552页。

③ 陶樑辑,江合友、程宇静点校:《国朝畿辅诗传》卷三十,国家图书出版社2017年版,第871页。

连宵膏澍足陂塘，墙角新泥坼笋黄。布谷声中催布谷，一蓑春雨负斜阳。

园林晴日斗芬芳，猿鹤空嗟底事忙。春到欲归归不得，年年客里负春光。①

诗中将春天的新鲜感受与思乡之情自然地结合起来，有效地抒发了十年作客、辜负春光的怅惘情怀。此外《即事》曰："九十韶华迅似飞，泥愁殢病即全非。如何十载犹浮梗，不似春风岁岁归。"②其表现主题和《春日书怀》基本一致，然表现手法却又加以变化：《春日书怀》是因春归而自己不能归抒发游子之恨，而《即事》则通过羡慕春风岁岁皆归表达了十载漂泊、有家难回之愁，构思显得极为巧妙。又如《感怀》云："莫向人夸是业儒，为农为圃胜吾徒。邻翁负手闲谈笑，却赖胸中半字无。"③邻翁老农胸无点墨却能负手闲谈，自己家世业儒却常愁眉不展，真是"人生忧患识字始"，诗人通过对比将自己的激愤之情以反语的形式尽情抒发。又如《自君之出矣》曰：

自君之出矣，不复理朱颜。朱颜为谁好，对镜空自怜。

自君之出矣，不看高楼月。月缺有圆时，人生长离别。

自君之出矣，寂寞酴醾架。妾自看花开，妾复看花谢。

自君之出矣，忍见临歧路。昔日双车轮，良人从此去。④

在《乐府诗集》中，《自君之出矣》属《杂曲歌辞》，乐府解题云："汉徐幹有《室思诗》五章，其第三章曰：'自君之出矣，明镜暗不治。思君如流水，无有穷已时。'《自君之出矣》盖起于此。齐虞羲亦谓之《思君去时行》。"⑤实际上此题更早的渊源甚至可以上溯到《诗经》，《诗经·伯兮》曰："自伯之东，首如飞蓬。岂无膏沐？谁适为容。"当是此类抒情方式的鼻祖。姜顺龙此诗袭用乐

---

① 姜庆成辑：《姜氏家集》，第545—546页。
② 姜庆成辑：《姜氏家集》，第549页。
③ 姜庆成辑：《姜氏家集》，第550页。
④ 姜庆成辑：《姜氏家集》，第550页。
⑤ 郭茂倩：《乐府诗集》卷六十九，中华书局1979年版，第987页。

府旧题，以代拟体的方式，通过女性口吻抒发良人去后的相思落寞之情，分别以对镜自怜、高楼望月、酴醾开谢、怅惘歧路等不同角度描摹其相思之深、思念之苦，读后引人无限遐思，与魏晋乐府原作唇吻酷肖、神形兼似，颇能得代拟体之神韵。

陶樑《国朝畿辅诗传》收录姜顺龙诗一首，即《渡江至汉阳驻宿与婿同叔话别》。《晚晴簃诗汇》收录其诗一首，即《自君之出矣》。[①] 姜顺龙的诗集名为《采鹿堂集》，从《姜氏家集》亦被冠以“采鹿堂”之名来看，姜顺龙应是大名姜氏家族诗学的先驱者，其对姜氏家族的影响无疑是相当深远的。姜星源《春夜读伯祖见田公遗集有感》曰：

廿年自恨我生迟，轶事传闻约略知。何幸吟编留手泽，艰难如见创垂时。

无限升沉转眼中，问谁绳武振家风。鳌盐钟鼎当年句，此感而今我又同。

万家寒食禁新烟，忍泪何时拜墓田。春夜迢迢人寂寂，一回披读一潸然。[②]

由此诗意亦可知姜顺龙在姜氏家族诗学中的开创之功与崇高地位。

第二节 姜贻绩《睫巢诗钞》考述

姜贻绩，字古渔，直隶大名（今属河北）人，姜顺蛟之子，娶秀水郑文虎之女，官江西县丞，乾隆五十二年（1787 年）任上海主簿，有《睫巢诗钞》六卷。其父姜顺蛟（1703—1767 年），字雨飞，号禹门，大名人，姜顺龙之弟。雍正十三年（1735 年）拔贡，历任赣榆、昭文、山阳、无锡、吴县、常熟知县，苏州知府、淮安知府，所至有声。

---

① 徐世昌辑，闻石点校：《晚晴簃诗汇》卷六十一，中华书局 1990 年版，第 2514—2515 页。
② 姜庆成辑：《姜氏家集》，第 338 页。

郑虎文《睫巢诗钞序》曰：

余友禹门太守长君梦田孝廉工于词，余既序而行之矣。其季弟古渔，余婿也，少学于余，常从游京师楚粤间，课以诗，骨隽上而味清远，无朱门酒肉臭，每脱口辄嗟赏之。已而禹门守淮安，归侍五载，禹门卒，又三载，而余女亦卒。卒之明年，为乾隆辛卯岁，古渔应圣母万寿恩科京兆试，濒行，出诗如干首，乞余评点，且以梦田例请。余读之，其间多粤吟，俯仰畴昔，不自知老泪之被面矣。忆余之许字以女也，禹门初令吴县，古渔才六龄耳，能把笔作擘窠大书。稍长，从禹门于太仓、苏州、淮安，而其亡兄杏村时以孝廉起家蜀石泉县令，一时门户辉赫，宾从咽阗，而古渔则翩翩以佳公子名，然则古渔故膏粱裘马中人也。顾独雕琢肝肺，苦吟自怡，苟非得诸性情，其所以牵掣而汩没之者，触耳目皆是，奚必工此！穷而后工，斯语良不足为古渔道，然而数岁以来，初哭其兄，继哭其父，近且又哭其妻。老母含辛，遗雏饮泣，尘生宾榻，雀噪空门，一弹指顷而古渔则竟穷矣。嗟乎！穷者不必工，而工者将必穷。忧患始于识字，官职折以诗名。苏白同叹，理固然乎？夫古今人之穷者不必传，穷而传者亦不必诗，传其诗并传其穷者，其人且尸祝万世，几与圣贤豪杰等。而圣贤豪杰如《卿云》"复旦"、《大风》"猛士"之歌，又未尝不以诗传。然则古渔无咎工之足以致穷，当忧穷而不益进于工耳，古渔勉乎哉！顾余病且老，退为耕农，近乐喑默以休余年。往见世之负时望者喜为人作序，辄引为戒，余独于梦田、古渔再请而再应之者，感于心而不能自已，所谓长歌之悲过于痛哭者也，岂谓余言之足重哉！乾隆辛卯仲春，秀水郑虎文序。①

从郑序可知，姜贻绩作为名门佳公子，本为膏粱裘马中人，却独嗜吟咏，且遭遇亲人相继凋零之痛，故其诗能穷而后工。今检其集中，仅有哭兄哭女诗，无哭父哭妻之作。其中《哭归印氏大女八首》曰：

① 姜庆成辑：《姜氏家集》，第153—156页。

苏台遥望泪沾襟，儿女情深不自禁。回首卅年无限事，凭栏一度一酸心。

可怜离母依吾膝失母时女才十岁，温凊饔飧独汝支。耐得清寒明大义，摽梅不怨后归时。

桃夭时值滞京华，卖犬为装愿亦赊。樛木鸤鸠传诵遍，果然宜室更宜家。

汝兄久客已三春，匏系空怜老病身。最是盖棺含殓日，更无痛哭一亲人。

遗雏稚弱复娇痴，想汝心悲撒手时。泉下有灵休系念，而夫宁不苦维持。

已知暂别难常聚，犹望相依慰暮年。他日归田营别墅，何人团坐老人前。

逝者如斯可奈何，虚窗对酒不成歌。昔年频见伤心事，不似伤心此日多。

风烛残年岂更怜，时来自去也由天。一杯奠汝应知否，老泪连宵泻似泉。①

全诗不假雕饰，甚或语无伦次，追前想后，情不自已，尽情挥洒了暮年丧女之痛。又《家孟梦田斋中素梅一幅，杏村兄官蜀所赠，物在人亡，悼伤往事，感而有作，予读之黯然也，因次其韵》曰：

富贵草头露，浮生镜里花。秋深残玉树，风劲折兰芽遗腹侄又殁。旧墨横枝在，空庭素壁斜。物存人已往，梁月落窗纱。②

其兄所赠一幅墨梅触发了诗人的黯然伤怀，通过物在人亡的描绘加倍地表现了伤悼之情。首联“富贵草头露，浮生镜里花”感慨深沉，可谓沉哀入骨。值得指出的是，“富贵草头露”系化用杜甫《送孔巢父谢病归游江东兼呈李白》

① 姜庆成辑：《姜氏家集》，第250—251页。
② 姜庆成辑：《姜氏家集》，第191页。

“富贵何如草头露”。[①] 古渔诗中化用杜诗之处甚多,如《落梅》“索笑檐前几度芳”,亦用杜甫《舍弟观赴蓝田取妻子到江陵喜寄三首》其二“巡檐索共梅花笑”。[②]

姜贻绩的纪行诗记录了自己的游宦经历,其中亦不乏佳作。如《过泷》曰:

我行乐昌道,十里闻泷声。三泷昔知险,未过心怦怦。巉岩侧舟入,雪瀑翻溪鸣。山风忽吹面,万马奔涛惊。过眼驹隙迅,溅篷珠斛倾。中流势益阻,石齿排峥嵘。磨舟百剑利,沸水一叶烹。十夫挽莫止,凭此竹索横。濴洄石路仄,喜见腰泷清。舟高未易下,篙短愁空擎。盘旋慎弱缆,一落千丈争。惊波忽已逝,细浪犹琮琤。入泷抑何险,出泷抑何平。篙师扣钲报,相庆欢余生。韩公昔南窜,艰阻嗟泷行。而我复何为,蹈险轻南征。北堂有老泪,万里离怀撄。人生薄富贵,聚会安可轻。逝将赋归去,多谢候吏迎。[③]

乐昌泷,今名乐昌峡,北起广东坪石、南至乐昌,位于九峰山与大瑶山之间,是岭南最险要的通道,俗称九泷十八滩,韩愈《泷吏》诗云:“南行逾六旬,始下昌乐泷。险恶不可状,船石相舂撞。往问泷头吏,潮州尚几里?”[④]此诗描写过泷所见水势之险及过泷之后的后怕,又从韩愈诗歌进行生发,对自己蹈险南征的行为进行反思,最后表示欲轻富贵、重亲情,将赋《归去来》以奉亲返乡。诗中使用排比句式对乐昌泷之险进行描摹,给人以深刻印象,如“中流势益阻,石齿排峥嵘。磨舟百剑利,沸水一叶烹”,将泷滩比喻为一锅沸水,而小舟如水中烹煮的一片茶叶,比喻颇为新奇生动。又如《眉月》云:

---

① 仇兆鳌:《杜诗详注》卷一,中华书局 2015 年版,第 68 页。

② 仇兆鳌:《杜诗详注》卷二十一,第 2231 页。

③ 姜庆成辑:《姜氏家集》,第 165—166 页。

④ 韩愈著,钱仲联集释:《韩昌黎诗系年集释》卷十一,上海古籍出版社 1984 年版,第 1109 页。

盈手方惊错，如眉细逼真。二分明未彀，一曲画初新。有态堪描额，无心不带颦。几回楼上望，愁杀卷帘人。①

诗的前三联以精练的笔墨从形态、大小、感觉等方面描写弯月，可谓能事已尽，故尾联跳出常规，从月光照射的效果落笔，写月亮带给卷帘人的愁情，故能新人耳目，表现出过人的艺术腕力。此外，《对菊花自酌》云："有花有酒不须愁，有酒不醉花亦羞。对花酌酒开笑口，扶醉归来花满头。"②按，末二句是化用唐代杜牧《九日齐山登高》中的名句"尘世难逢开口笑，菊花须插满头归"。值得指出的是，姜贻绩曾为袁枚女弟子、虞山闺秀归懋仪《绣馀续草》题词，诗云：

虞山何苍苍，申江亦浩浩。灵秀蛾眉钟，酝酿绣馀草。（其一）

绝无蔬笋气，如见兰蕙心。韵事闺中足，新诗谱玉琴。（其二）

谢絮及刘淑，等之若邾莒。撷芳同随园，鉴衡肯轻许。（其三）③

此后姜星源亦曾题咏归懋仪《绣馀吟》，至姜贻绩的孙辈姜庆成更是花费毕生精力补辑王士禄编纂的大型闺秀总集《然脂集》，从中可以窥见姜氏家庭的诗学传承脉络。

古渔之诗，在当时产生了一定影响。姜庆成《睫巢诗钞跋》曰："吾祖少学诗于其外舅诚斋郑先生，先生视学楚粤，吾祖皆随侍任所，增乡万里，唱和甚多，在岭南时，曾刻《听雨轩吟稿》，人以比苏子美。"④黄景仁《送姜贻绩北上》曰："槜李城边路，相逢对榻吟。一身湖海气，万里风云心。赋橐长杨笔，题留汉上襟。无端又明发，烟浦悄然深。"⑤诗中以"赋橐长杨笔"称许其文才。徐

① 姜庆成辑：《姜氏家集》，第159页。

② 姜庆成辑：《姜氏家集》，第171页。

③ 李雷辑校：《归懋仪集》，李雷主编：《清代闺阁诗集萃编》第4册，中华书局2015年版，第2227页。

④ 姜庆成辑：《姜氏家集》，第313页。

⑤ 黄景仁著，李国章标点：《两当轩集》卷三，上海古籍出版社1983年版，第69页。

世昌《晚晴簃诗汇》收录姜贻绩诗二首,即《眉月》和《梳妆楼》。[①] 此外,《国朝畿辅诗传》还收录了姜贻缙的《山堂》《春日》二诗,称:“姜贻缙,字绥亭,号卿云,大名人,贡生。”[②]按,此人与姜贻绩、姜贻经应为同辈亲属关系,可见《采鹿堂姜氏家集》遗漏的姜氏诗人多矣。

第三节　姜贻经《梦田词》考述

姜贻经(1732—1801 年后),字梦田,姜贻绩之兄,原籍大名(今属河北),因其父姜顺蛟官吴县、常熟,遂侨寓江苏。乾隆三十年(1765 年)举人,屡试春闱不售,客游金华、兰溪、宜兴等地,晚年(乾隆五十九年)始出任德阳(今属四川)知县,及乞骸骨归,已年近七十。自髫龄即喜为韵语,善作词曲,有《梦田词》一卷。

《梦田词》前有郑虎文、邵齐焘乾隆三十三年(1768 年)序及姜庆成跋。姜庆成《梦田词跋》云:

> 先伯祖梦田先生,曾王父淮安公之长子也。中乾隆乙酉科举人,屡上春官不售,晚年始以知县需次宰蜀之德阳,非其所好也。及乞骸骨归,年垂七十矣。一子早卒,有一孙不知所终,乃依其女夫祝君碧厓于太仓,盖在嘉庆六年,去先祖之亡仅三载。先君子以贫客授于四方,而寄孥于禾中。成则以童子就塾师授一经,故虽相距三百里,卒未一定省,而先生已捐馆舍。先君子尝为成言,先生豪迈不羁,吐属风雅,工诗文,尤好填词,没后皆散佚无存。成于故簏中偶得《梦田词》一卷,皆先生中年所作也。先生词喜南宋,尤服膺于梦窗、玉田两家,故平生取以名其所作。当时人以比之柳七,而顾舍人宗泰又以“微云女婿”目之,盖先生之学,得之于其

① 徐世昌编,闻石点校:《晚晴簃诗汇》卷一百〇三,第 4376—4377 页。

② 陶樑辑,江合友、程宇静点校:《国朝畿辅诗传》卷五十三,第 1558 页。

外舅朱兵部浚谷为多云。其归田后所作,与其配朱孺人之词皆逸不传。惟此一卷,夺之于蛛残蟫蚀之余,不啻凤之一毛、豹之一斑。爰校其鲁鱼,付之剞劂,以附于我祖《睫巢轩诗》后,为我姜氏花萼之集云尔。侄孙庆成谨跋。①

通过此跋可知,姜贻经之词,得其岳父朱浚谷传授,因其服膺于南宋词人吴文英(号梦窗)、张炎(号玉田),乃于二人之号中各取一字,命其词集曰《梦田词》。朱履端,字端叔,号浚谷,浙江桐乡人,乾隆戊午(1738年)举人,壬戌(1742年)进士,授庶吉士,改官兵部职方司主事,弃官归乡,晚年移居嘉兴梅会里,放迹湖山间,与秀水郑虎文、虞山邵齐焘友善,著有《朴山吟稿》。邵齐焘《玉芝堂诗集》有《十友歌简郑炳也陈雪园》,②将朱浚谷列为"十友"之一。今《梦田词》前亦有郑虎文、邵齐焘二人之序,从中可知姜贻经之词学渊源。

姜贻经承继梦窗、玉田之余韵,其词作典雅华丽,清新流畅,颇具名家风范。如《太常引·无题》曰:

风前杨柳露中荷,多少唤娇娥。试与问如何。总不似、伊人费摩。含毫待拟,非关梦雨,也不是凌波。记有硕人歌。待检取、为君细哦。③

"非关梦雨",用宋玉《高唐赋》楚襄王梦巫山云雨事;"不是凌波",用曹植《洛神赋》"凌波微步"之典。《硕人歌》即《诗经·卫风·硕人》,是赞美美人庄姜之诗。此词以"风前杨柳露中荷"比拟娇娥之曼妙体态,又接连以巫山神女、洛神宓妃及美人庄姜比拟"娇娥"之美,可谓尽态极妍、典雅含蓄。又如《摸鱼儿·秋怀》曰:

对西风、暗伤怀抱,闲愁闲恨难遣。时光不惜如流水,只恐鬓毛偷换。

① 姜庆成辑:《姜氏家集》,第633—634页。

② 邵齐焘:《玉芝堂诗集》卷上,《清代诗文集汇编》第343册,上海古籍出版社2011年版,第91页。

③ 姜庆成辑:《姜氏家集》,第569—570页。

凭醉眼，看几许情多、枉自添肠断。游丝易绾。任落叶无情，流波有恨，此意未能浅。

寻思遍，多少云愁雨怨。人间天上全满。仙源别后应难到，莫作再来刘阮。回首晚，念往日欢娱、是处如天远。缘悭分短。待学做沾泥，抛残红豆，定尽把眉展。①

词中抒写了对往昔情人的无限眷恋之情，因时光流逝、闲愁难遣而暗伤怀抱，一个白发多情的词人形象跃然纸上。又如《西江月·秋露》曰：

昨夜月明似水，今朝露白如霜。秋花秋草尽瀼瀼，何必玉盘仙掌。

粒粒珍珠谁拾，团团翠盖高张。从来天酒自清凉，不比人间之酿。②

此阕遣词造语流丽清畅，"玉盘仙掌"用汉武帝捧露仙人盘之事，结拍二句将露珠比为天酒，实是创语。

此外，《梦田词》中亦不乏豪迈雄健之作。如《金缕曲·金陵太守成虚斋邀游栖霞寺，时太守阅工河上，予独往，且薄暮未遍游屐也》曰：

怀古频搔首，尽当年，六朝金粉，于今何有？虎踞龙盘王气尽，只有江山依旧，更只有梵宫如绣。岩壑摄山推第一，便画图难煞丹青手。松万树，作龙吼。

离宫曲折高低构，想神仙，洞天福地，谁能居右。可惜最高峰缥缈，怅望夕阳路口。笑游览，十遗其九。为谢山僧休合掌，问书生可作山中友。谈笑过，虎溪否？③

此词记栖霞寺之游，从回想历史到描摹现实，又由山势景物写到与山僧答问，风格清旷豪健，体近苏辛一派。又如《满江红·题镇沅太守刘简公殉难传后为山阳刘明府作》云：

今古纷纷，问多少、英雄豪杰。堪太息，王侯蝼蚁，一般同灭。青史几

① 姜庆成辑：《姜氏家集》，第580页。
② 姜庆成辑：《姜氏家集》，第611页。
③ 姜庆成辑：《姜氏家集》，第614—615页。

人留恨语，丹心一片成奇节。却千秋、今日有刘公，人争说。

睢阳齿，常山舌。冲冠发，溅衣血。念男儿，如此不须呜咽。万里投荒心愈壮，一身许国肠偏热。看河阳、花柳继双旌，恩无歇。①

此词为悼念殉难官吏刘简公而作，上阙以青史留名、丹心奇节赞之，下阙分别以张巡、颜杲卿、嵇绍等历史人物衬托其壮烈事迹，整首词显得辞雄气壮，风格亦豪迈沉雄。

姜贻经之词在当时产生了一定影响，时人誉之为柳七，顾宗泰曾以“微云女婿”称之。《梦田词》卷前有友人题词，其中陈述炯《鹧鸪天》赞曰：

一度寻春一度怜，天工付与小情仙。花逢艳处休轻折，月到明时只暂圆。

思往事，费吟笺。销魂知属阿谁边。词人妙写佳人样，别有风流在眼前。②

几种清词选本中均收录了姜贻经之词，如叶恭绰《全清词钞》选录其词一首，③林葆恒《词综补遗》选录其词二首，④《全清词》选录其词九首。⑤

第四节　姜星源《临云亭诗钞》考述

姜星源（1761—1812年），字璿海，大名人，姜贻经之侄，监生，有《临云亭诗钞》六卷。陶庆增《临云亭诗钞序》曰：

先生少而力学，为当时名公钜卿所器重，顾屡不得志于有司，赍志以殁。今读其诗，和平温厚，自抒性灵，非学道深而立品粹者不克臻此，诚有

① 姜庆成辑：《姜氏家集》，第579页。
② 姜庆成辑：《姜氏家集》，第567页。
③ 叶恭绰编：《全清词钞》卷十一，中华书局1982年版，第522页。
④ 林葆恒辑，张璋整理：《词综补遗》卷五十四，上海古籍出版社2005年版，第2038页。
⑤ 张宏生主编，闵丰、冯乾副主编：《全清词·雍乾卷》第9册，南京大学出版社2012年版，第5070—5072页。

合于《三百篇》之旨而为诗家之正轨也。①

此序仅以“和平温厚，自抒性灵”概括姜星源之诗风，并未把握其诗歌之艺术特性。姜星源诗歌有学习苏轼的痕迹，如《白莲将放，诗以催之，用东坡北台韵》《月夜观白莲有感复用前韵》《虎阜怀杜阁次赵云松观察用东坡原韵》等诗均用苏诗之韵。总的来看，姜星源的七古清旷豪健、自然流畅，颇能得唐宋互参之妙。如《题武林赵竹初春水泛舟图》曰：

西子湖头春水暖，鸳鸯湖上秋水寒。春暖秋寒自来去，逝波千古何时还。嗟予外家家檇李，负笈从游记庚子。四贤楼中乐诵弦，消受湖山有年矣。君时徙宅方诛茅，门巷初识金洞桥。花朝月夕每过从，买舟沽酒常相招。招我二三尽年少，酣嬉淋漓坐倾倒。酬歌之缣斗纷华，赏花之词夸绝妙。有时联臂踏春阳，有时醉卧锦瑟旁。不管头上角巾折，不惜脚底芒鞵忙。人生要在即事乐，当境匆匆记约略。两年坐卧山水间，惜未捆载归行橐。君写此景入图中，磨驴陈迹雪爪鸿。索题外祖七百字，长歌絮语悲填胸。时予少小韬笔侍，但解春游未解事。岂知离别与存亡，不及兹图窜名字。呜呼放手搏沙然，如驹去隙弩去弦。风流云散不可复，欲寻往迹迷因缘。九招无灵歌屈宋，康成竟践龙蛇梦。物换星移春复秋，墓草宿矣谁增恸。君倦远游鬓须白，我亦再点龙门额。而今襆被走明州，小聚莫嫌同在客。客中话旧起新愁，披图胜续十年游。恍若梦绕孤山头，还疑一棹烟雨楼。楼高天际望中远，只尺湖光辨冷暖。可怜两世渭阳情，万斛春波较深浅。②

诗人少年时即与赵竹初过从甚密，其祖父曾为赵竹初所绘《春水泛舟图》题诗，如今物换星移、风流云散，故人又于客中相遇，再次披览旧图，重加题赠，不禁唏嘘叹惋，感慨万千。诗中数次转韵，情感的跌宕起伏亦贯穿其间，抚今追昔，夹叙夹议，颇有一唱三叹之妙。全诗气势贯畅，感慨深沉，堪称其七古之

① 姜庆成辑：《姜氏家集》，第317—318页。

② 姜庆成辑：《姜氏家集》，第351—352页。

代表作。

姜星源诗集之所以命名为“临云亭诗钞”，是因为其曾有过梦游仙境的传奇经历，《梦游临云亭自纪有序》曰：

予童时随祖父于淮阴郡署，侍游膝前，祖特爱怜之，逾于诸孙。未几，祖卒于官，距今十有二年矣。忽一夕梦游通衢，月色如昼，道左有骑，尾鬣凝雪，爱其雄杰，跨而驰之，如御风然。至一山，峻出云上，遂舍骑穿云，凌绝顶，顶平，有亭翼然，四出榜，其前荣颜曰“临云”，字可径尺，楷书得晋法。庭中无重席，一人据几坐，须髯若神，迫视之，则吾祖也。趋叩，起立侍于侧。问曰：“若何志？”余以继述对，颔之。维时月正午，一碧万里，烟空籁静，群峰翠飞，圆螺横黛，如初沐新妆，争献状于履舄之下。祖步亭外，余亦随出，仰视良久，忽见月光动摇，云烂锦簇，如俗所状月华者。未几，彩焰百道，从月中出，迷离炫射，俄而下引，有若弹丸者三，次第随之堕，晶莹同径寸珠，近可尺咫。时心动目眩。初，一丸仓卒不及接，已不复见。祖指后堕者顾谓曰：“若可接之。”遂以手承两丸，得之，光煜煜起掌中，若将投而复跃者，急握而纳诸怀。回视吾祖，恍惚有所谕，遂惊悟。时戊戌九月十七日夜也，越日作七古一章志之。

我思神仙居，所居在云天。云天不可到，恍惚穷言诠。秋宵方永睡初稳，若有所往身蹁跹。凉风吹面露如洗，金波泻地绝可怜。意行无着忽神王，有马自放不受鞭。心疑太宗照夜白，欺霜斗月争新鲜。翻身跨鞍四蹄疾，行空下踏齐州烟。飙驰电骛直顷刻，过耳但觉风涛悬。涛平风寂马收勒，青山壁立当吾前。于时豪兴百不顾，崎岖更爱徒行便。攀崖摩壁不留践，直绳引曲飞蛇穿。俄然升空出云上，放眼已是山之巅。顶平土旷细如研，草香露湿青于氈。鸟飞不到人迹绝，通玄养素宜神仙。谁欤栖真矢结托，孤亭四照兜罗绵。八窗洞达双户辟，银榜璀璨朱文填。临云二字字径尺，楷法仿佛钟王传。逡巡欲入未敢入，以目周历身盘旋。珠帘高卷玉几设，中有一人鬓发玄。苍髯丰颐似吾祖，默不呼召心疑焉。渐亲谛视跃然起，欢喜抱膝如儿年。垂问敔对宛治命，劬躬焘后惟陈编。维时视月月正午，琉璃世界花青莲。广寒宫启云五色，破云一串三珠联。以手承之得其二，如握日月擎双拳。得陇望蜀苦不足，悔无胆力收其全。若非庇佑荷指点，袖手空叹珠沉渊。自嘲自慰语心口，祖顾而笑言重宣。蝉联不断听未竟，蒲牢声断鹅笼缘。披衣起坐嗒然丧，但见挂壁残灯燃。因思先灵日临质，绍衣述德期后贤。嗟余失母幼依父，辛苦教养空熬煎。陆机二十作文赋，十九年矣如奔川。晨昏莫侍思徒结，显扬无具愁奚蠲。祖心爱怜通冥漠，勖以尚志承其先。此中微意默自领，顽愚窃恐难仔肩。或云登云此其兆，玄丸同音数不愆。闻言滋愧益感叹，如梦说梦真痴颠。蘧庐天地且同此，此何得失烦相权。空花浮沤迹已扫，且看皓月当头圆。①

这是一首游仙诗，游仙诗的传统可以追溯到晋代的郭璞，诗中所述于仙界得明珠的传奇经历亦似脱胎于江淹梦中得郭璞授五色笔之事。全诗采用七言歌行的形式，运用叙事的笔法，将故事的发生发展过程娓娓道来，诗中的换韵之处与故事情节的推进恰能密合无垠，故叙事较为流畅，气韵亦颇为生动，且诗和序相互配合，在艺术上较为成功。又如《时有馈鹧鸪者，畜之不飞不鸣，慨然赋之》曰：

黄陵庙，青草湖，回头往境都模糊。一握粟，一勺水，得食阶除竟如此。钩辀与格磔，哥哥行不得。奈何一朝入藩笼，三缄尔口同反舌。请对以臆来我旁，摧翎铩翮难翱翔。能言久已谢鹦鹉，文采遮莫输鸳鸯。幸远庖厨避鼎俎，感说爰居畏钟鼓。一饮一啄亦偶然，寄身篱下宁自主。得过且过无庸呼，羽毛重整春风苏。翩然高举奋南图，君不见，知己当逢郑鹧鸪。②

诗由鹧鸪之不飞不鸣慨然兴叹，寄寓了诗人自己寄身篱下的痛苦，并希望“翩然高举奋南图”以寻找唐代郑谷那样的知己，尽情倾吐了心中的郁闷。姜

① 姜庆成辑：《姜氏家集》，第321—326页。
② 姜庆成辑：《姜氏家集》，第457—458页。

星源诗中时可见杜句，如此诗“得食阶除竟如此”便出自杜甫《南邻》“得食阶除鸟雀驯”。其集中还有《寓东鲁书院谒少陵祠雨后登南楼观电分赋》《兖州少陵祠怀古次翁潭溪学使韵》《游草堂谒少陵石刻像》等诗，都可窥见其瓣香所在。此外，《临云亭诗钞》中还有《题虞山闺秀归懋仪〈绣馀吟〉》《题吴中闺秀朱柔嘉〈韵心集〉》，可见姜星源对闺秀诗集颇感兴趣，这对其子姜庆成后来补辑《然脂集》产生了直接影响。

大名姜氏家族素来笃重伦理亲情，姜星源于其妻孙氏病殁后所作《予寄内诗有“一点浮云过太虚”之句，未几悼亡，遂成谶语，归用此句罗纹，得长律五首》曰：

一点浮云过太虚，转头聚散竟何如。销魂最是生离别，饮恨多缘误读书。二十年中迷往辙，三千里外覆前车。伤今感昔谁知得，地下慈亲或念予。

片时蝶梦化蘧蘧，一点浮云过太虚。出岫依然归有路，填河遽尔力无余。神伤望远鸾分镜，肠断临歧手擘袪。子结阴成花竟谢，兰柔芝脆孰怜渠。

传舍原非旧草庐，那堪同出不同居。三生片石留空约，一点浮云过太虚。粥粥群飞心感雉，鳏鳏永夜目疑鱼。禁寒惜暖人何在，病骨支离逼岁除。

漫云少小未知书，每见书来锦不如。目断泥金空负尔，心迷蕉鹿独惭予。两年幻梦真弹指，一点浮云过太虚。此际愁吟复谁问，泪盈残烛五更初。

遗照空悬似也无，写真仿佛总难如。无言注目犹相盼，有恨留眉尚不舒。天上人间同苦乐，山丘华屋岂亲疏。而今早破庄生梦，一点浮云过太虚。①

在这组悼亡诗中，诗人把心目中那句诗谶“一点浮云过太虚”嵌入每首诗的不同位置，将悼亡之情表现得波澜起伏、反复低徊，可谓沉哀入骨。

姜星源在《采鹿堂姜氏家集》中是存诗较多的诗人，然因其一生大部分时间都在游幕漂泊，故其诗歌流布不广。徐世昌《晚晴簃诗汇》收录其诗二首，即《游草堂谒少陵石刻像》《时有馈鹧鸪者，畜之不飞不鸣，慨然赋之》。②

---

① 姜庆成辑：《姜氏家集》，第359—362页。

② 徐世昌编，闻石点校：《晚晴簃诗汇》卷一百十二，第4774—4775页。

第五节 孙芳《悟云诗存》考述

孙芳,字碧浔,号琴川女史,浙江嘉禾人,姜星源之妻,姜庆成之母,有《悟云诗存》。冯喜赓《悟云诗存序》曰:

> 庚子春闱报罢,晤梅倩兖州,就觞余于逆旅,酒既三巡,梅倩出太夫人《悟云诗草》一卷,属余点订。余受而读,饮未竟而卒业,谓梅倩曰:喜赓以性情言诗久矣,太夫人诗不百首,而于奉亲鞠子、相夫治家之道罔不具备,真独得性情之正者哉!世之诩诩诗家命者,规唐摹宋,侔色揣称,肖则肖矣,直木偶人耳!信如此诗,乃上合正始之旨,下作诗家之的,足以助尊甫临云先生庭训之所不逮,并足以为梅倩高瞻远瞩、好古多文开先也。①

孙芳之诗,构思颇为精巧,体现出女性诗人特有的细腻。如《玉兰未开感赋》云:"玉为世界雪为宫,肯入寻常花柳丛。可惜掞天几枝笔,春来咄咄只书空。"②诗人将玉兰的朝天花蕾比喻为"掞天几枝笔",并说它们"春来咄咄只书空",晋代殷浩被废后只书空作"咄咄怪事"四字,末句使用此典,便将诗人盼望花开的急切心情生动地表现出来。总的来看,孙芳《悟云诗存》的主要内容是表现家庭和亲情。《示庆成》是教育孩子要不畏困难、珍惜光阴,《乙亥感怀寄示庆成》是勉励其勤勉奋发,有所作为,《哭庆长》《哭庆馀》则是哭悼夭折的儿女之作,其中《哭庆长》曰:"明珠失却暗魂惊,啼笑依然膝下情。梦觉小窗风过处,声声犹听读书声。"③诗中字字浸润着一个母亲的血泪,令人不忍卒读。此外,《悟云诗存》中一些描写羁旅乡思之作亦颇为感人,如《何氏园观五色牡丹》云:

> 闲评花谱数名葩,第一推尊姚魏家。今我来从千里远,岂真特地为

① 姜庆成辑:《姜氏家集》,第508页。
② 姜庆成辑:《姜氏家集》,第511页。
③ 姜庆成辑:《姜氏家集》,第513页。

看花。

朱朱碧碧好扶持，异品天生本是奇。只觉霞光云影外，教人双眼欲迷离。

诗筒酒盏有前缘，转瞬春风二十年。回首故乡诸女伴，乱云深锁碧山巅。①

客中观花，意岂在花？故诗人对花而思绪万千、泪眼迷离，恍惚间似又回到二十年前和女伴一起诗酒赏花之时，如今故人远隔千里，故乡渺不可见，怎不令人伤心凄绝！

由于姜星源和孙芳夫妇二人长期分居，只能鸿雁传书，用诗歌相互赓和，互相慰藉，从中可见其伉俪情深。如《即事有感》云："辜负清光空复情，可怜转眼判亏盈。无愁最是痴儿女，犹共牵衣拜月明。"②通过孩子们的无忧无虑，反衬自己的月下愁怀，因而显得格外动人，末二句可与杜甫名联"遥怜小儿女，未解忆长安"相媲美。又如《寄外次韵》曰：

书来千里报平安，无那离情反覆看。到底良禽须择木，连云大厦稳栖难。

检点征衫感不胜，敝裘远寄亦何曾。殷勤连夜催刀尺，为问黄河冰未冰。③

《寄外》云：

萧条门户费支撑，团聚难常骨肉轻。三死一生儿女债，十年五度别离情。家能和顺心常乐，事不营求梦亦清。吟就小诗谁解得，附邮远寄望同赓。④

另有《寄外》云：

居行辛苦各支持，千里书传两地知。强饭未能资药力，遣愁不去笑情痴。

① 姜庆成辑：《姜氏家集》，第 530—531 页。
② 姜庆成辑：《姜氏家集》，第 514—515 页。
③ 姜庆成辑：《姜氏家集》，第 515 页。
④ 姜庆成辑：《姜氏家集》，第 516 页。

求田问舍谈何易，嫁女婚男愿已迟。何日归来了心愿，百年正好乐齐眉。①

这些用诗歌写成的书简向丈夫倾诉家境之难持，表达对远行丈夫的牵挂担心以及对团圆之渴望，绸缪缱绻，百转千回，曲尽其情。姜星源《淮阴道中寄内》云：

长客如予惯别离，等闲愁不上双眉。者番何事难消遣，夜雨扁舟独听时。

栉风沐雨亦何求，淮水重寻感旧游。寄语当时相人者，王孙方悔觅封侯。

寄与平安片纸书，泪痕莫更染离裾。人生聚散都无着，一点浮云过太虚。②

孙芳读诗后回信曰："君去京华，风尘载道。年逢闰五，夏热正长。客中惜身保重，以图进取为嘱。氏免身后，只觉心绪烦躁不宁，倘或不幸而永诀，君其怜此呱呱，弗伤怀抱。人生如太虚之浮云也，一聚而散，来诗已悟之矣，无须再嘱。"③此信可能是孙氏之绝笔，其临终前对丈夫的叮咛嘱咐及其对人生命运的深沉感喟令人耸然动容，无怪乎后来姜星源将"一点浮云过太虚"看作诗谶，并为之痛惜不已。

① 姜庆成辑：《姜氏家集》，第524—525页。
② 姜庆成辑：《姜氏家集》，第359页。
③ 姜庆成辑：《姜氏家集》，第361—362页。

第十章　永平府诗学名家

据史梦兰《永平诗存》、陶樑《国朝畿辅诗传》等文献可知，清代永平府的诗学家族众多，涌现出的知名诗人亦为数不少，以下选取丰润谷氏家族的谷应泰，遵化谢氏家族的谢锡侯、谢申父子，丰润陶氏家族的陶誉相，迁安马氏家族的马恂以及乐亭史氏家族的史梦兰分别进行介绍。

第一节　谷应泰诗文辑佚

谷应泰（1620—1690 年），字赓虞，号霖苍，直隶丰润（今河北唐山）人，顺治四年（1647 年）进士，先后任户部主事、员外郎。顺治十三年（1656 年），任提督浙江学政佥事。顺治十五年，编成《明史纪事本末》八十卷，后遭御史董文骥弹劾，指斥书中有不利清朝言辞，朝廷派员审查后，未加深究。顺治十六年，谷应泰离任后回归故里，著述以终。晚清古文名家赵国华《心香书院议》云："曩国华在京师见国史文苑传，谷霖苍先生是为第一人。盖史多用年例，先生举乡在顺治四年，实出诸老之先，虽大江南北名贤辈出，有不能夺此席者。"生平事迹见《清史列传》卷七十二本传、李桓《国朝耆献类征初编》卷二〇六、罗景渤《谷赓虞先生传》等。

《明史纪事本末》是史学巨著，历来备受学界瞩目，相关论著已多，毋庸赘言。然谷应泰的个人别集《筑益堂集》却一直少有关注者。《筑益堂集》，一作

《筑益堂诗集》。徐世昌《晚晴簃诗汇》称其“诗雍容温雅，一洗明季纤仄之习”①。徐世昌《大清畿辅先哲传》曰：“所著《筑益堂诗集》，马慧裕序之，称其意厚词和，有唐之遗音云。”②按，马慧裕，字朗山，铁岭人，乾隆三十年进士，曾任陕西按察使、河南布政使、湖广总督等，其曾为《筑益堂诗集》作序，则此书之刊刻甚晚，或为清代中晚期重刊本。徐世昌为晚清民国人，既然《大清畿辅先哲传》称见过有马慧裕序的《筑益堂诗集》，则至民国时谷应泰的《筑益堂诗集》应尚存世。然而此后的藏书家均未见有著录《筑益堂诗集》藏本者，《中国古籍善本书目》，李灵年、杨忠主编《清人别集总目》及柯愈春《清人诗文集总目提要》均未著录谷应泰《筑益堂集》，检索“全国古籍普查登记基本数据库”亦未见其踪迹，则该书目前应已散佚。

虽然谷应泰的《筑益堂集》已经散佚，但其诗文散见于诸种文献之中者正自不少，为了解谷应泰诗文成就及特色，兹不揣谫陋，试对其存世之诗文进行辑考。经过努力搜寻，共检得谷应泰之佚诗 13 题 17 首，佚文 9 篇，今为之排纂如下，希望能对谷应泰研究稍有补裨，亦期待海内硕学君子不吝赐教，匡我不逮。

一、孙赞元编《遵化诗存》收录谷应泰诗 11 题 14 首

光绪间孙赞元编《遵化诗存》共收录清代遵化、玉田、丰润籍诗人 103 家，其中卷一收录谷应泰诗 11 题 14 首，兹列如下：

《游道场山》：

丹岑连绝汉，金刹倚晴空。花散珠林雨，松回古殿风。寒烟生树杪，孤磬落云中。尚有荒亭在，凭轩忆远公。

《南明山》：

洞壑何年代，亭台一望遐。空梁危渡马，古寺暗藏鸦。径曲盘云上，

① 徐世昌编，闻石点校：《晚晴簃诗汇》卷二十四，中华书局 1990 年版，第 785 页。
② 徐世昌：《大清畿辅先哲传》卷十九，北京古籍出版社 1993 年版，第 596 页。

溪长带郭斜。涧流芳杜气,风落刺桐花。村乐惊山鸟,游骖乱晚霞。虎蹲溪逼仄,猿挂树交加。蜡屐情偏远,摩崖兴转赊。岩倾悬石乳,僧老饭胡麻。瑶草侵阶短,琼窗宿雾遮。何时容白袷,有地觅丹砂。坐叹征尘迫,春江理钓槎。

《张坦公先生放鹤亭招饮》:

春风杨柳尽垂丝,湖海飘零对酒卮。忽忆彭城今夜雨,满庭芳草鹤归迟。

《台州寇平志喜兼呈中丞陈公》:

传闻横海捷书旋,夜奏明光玉几前。已见鲸鲵消岛屿,何烦鹅鹳下戈船。铙歌入塞千山月,铁甲归屯万井烟。不是王师无战伐,孰令沧海尽堪田。

雕戈千队启前行,万马萧萧夜不鸣。北府重臣还授钺,西京太尉特重征。风回碣石军声合,日上扶桑海甸平。圣代勿烦东顾虑,早知充国在金城。

《子陵祠》:

荒祠薜荔枕名泉,百丈江声断岸前。白水有人容把钓,青山何意画凌烟。鸟啼晓雾云中树,雨细春帆天际船。石磴苔封难独上,依稀惟见客星悬。

《寄上聊城太保傅公》:

群公济济盛西京,独领星辰剑佩鸣。玉几夜深独听履,黄扉秋静更论兵。十年舟楫当龙跃,此日澄清听凤鸣。拂拭一官沧海上,涓埃何以答升平。

《上鹾台于侍御》:

六傅从天出未央,霜飞绣斧烂生光。亲承宣室传中诏,特宠兰台肃上方。东夏诸侯临汉节,南陲百部统王章。登车千里澄清意,八使高名日月彰。

执宪薇垣法象傍,遥看青橐映飞黄。无劳少府开平准,已见均输转朔方。瀚海波清霜万庾,春江风动雪千樯。使君若问燕山月,故里枌榆尚未忘。

《张坦公擢少司空北上》:

楼船北指少司空,三月江南听去鸿。谋国上书惟贾谊,救时入洛看温公。幸陪禄食旬月久,怅望莺花去住同。何日皇州春色里,鸣珂紫陌一相逢。

《国清寺》：

丹梯百尺拥禅扉，天外钟声落翠微。珠阁香烟晴不断，莲峰花雨画长飞。霜清石露松杉老，水浅冰崖薜荔稀。一自金仙携锡去，空留烟社倚斜晖。

《题画送钱黍谷年台应召大中丞入京》：

东风昨夜吹岩壑，万树横披尽素萼。疏影横斜月半昏，一声铁笛梅初落。

幽韵清标画更奇，暗香似渡锦江湄。即今移入调羹手，还念孤山共守时。

《上王侍御二十韵》：

仙吏承明客，雄风上国英。璇宵秋剑动，银海夜珠明。日观骞威羽，天门擢秀茎。姓开江左贵，望叶岱峰峥。礼乐高东鲁，文章甲上京。貂华陪属玉，骊烛照蓬瀛。仙掌曾分露，金舆特赐羹。月临双碣白，风过五云清。暂转花砖影，还乘骢马行。词臣原柱史，学士寄干城。梓署驰霜简，兰台肃隼旌。绛驺从日下，苍佩自天鸣。赐履风云壮，埋轮意气横。尽膺方岳职，兼揆校屯兵。百中持秋翮，双悬照火精。川原纷变色，渤海静无声。盛德簪金管，歌风播玉笙。登车澄水澈，揽辔碧岑迎。天子频回眷，明公亟上征。大名垂宇宙，洪济轸苍生。①

按，徐世昌《晚晴簃诗汇》卷二十四收录谷应泰诗三首，分别是《游道场山》《张坦公先生放鹤亭招饮》《张坦公擢少司空北上》②；陶樑《国朝畿辅诗传》卷八亦收录谷应泰诗四首，分别是《游道场山》《台州寇平志喜兼呈中丞陈公》《南明山》《张坦公先生放鹤亭招饮》③，这些诗歌《遵化诗存》已全部收录，故不复录。

---

① 孙赞元编，石向骞、王双、孙春青点校：《遵化诗存》卷一，燕山大学出版社 2019 年版，第 8—12 页。

② 徐世昌编，闻石点校：《晚晴簃诗汇》卷二十四，第 785—786 页。

③ 陶樑辑，江合友、程宇静点校：《国朝畿辅诗传》卷八，第 208—209 页。

二、《龙井见闻录》收录谷应泰游龙井诗二首

《龙井见闻录》卷六有谷应泰《春日同诸公游龙井寺二首》，诗云：

谁念荒山里，还留一片云。经台花自落，曲苑鹿为群。暗壁泉流注，斜阳鸟背分。临风聊盥漱，差可散微醺。

嘉会称难遘，兹游未寂寥。风前招白鹤，雨后发青苕。丹灶埋云冷，丰碑积藓敲。升沉陵谷路，于此悟逍遥。①

三、《铜山县志》收谷应泰诗一首

道光《铜山县志》卷二十二《艺文志》收谷应泰《鹤亭漫咏》，诗云：

城郭收今望，山川动古情。杏花一带色，肯与我将迎。苏子昔崇植，鹤亭几废成。从兹深爱惜，高览曙云平。②

四、《丰润谷氏族谱》收谷应泰文二篇

《丰润谷氏族谱》卷九《墓祭》收录谷应泰题识，文曰：

古之葬者，不封不树，后世圣人制为棺椁，葬于墓，所以示远也。《周礼》有宗人之官，凡祭于墓为尸。孔子答曾子问曰："望墓而为坛，以时祭。"则祭墓之礼，周公已立之，孔子已许之矣。颜渊赠子路，以去国哭于墓；子路问颜渊，以过墓则式，过祀则下盖，以灵不离魄，魄依于墓故也。不肖少时习见诸父凡遇清明、孟冬、朔日，合族之人，各输一金，预送宗子宅，以请礼宾，以办庶羞，以治刚鬣柔毛钱楮之仪。春增新土，冬送寒衣。省牲必于侵晨，下马远于百步。以至鼓乐棚幕、锦鞯朱轮，纷纷籍籍，踵相接也。自公礼外人，各具冥资，牲醴时食，奠于各冢，以各亲其亲，事无不预，物无不备。鼎俎既陈，笾豆既设，礼宾引宗子主祭，击鼓者三，合族随

① 杜洁祥：《中国佛寺史志汇刊》第1辑第22册，明文书局1980年版，第216—217页。

② 崔志元纂修，刘彦儒分纂：《(道光)铜山县志》，清道光十一年(1831年)刻本。

班行礼，毛血盥洗，焚香告祝，酒羹三献，迎辞八拜，彻馔焚楮，济济溱溱，洞洞属属，毋敢喧哗舛错，俨乎若有见乎其位、闻乎其声者。既毕，通请就席，先谢礼宾，次谢宗子。礼宾上坐，宗子前席，尊长及诸兄弟之子皆以次坐，整齐严肃，以享余惠。内有新坟，该支子孙男妇，连祭三日。如异姓之亲，以牲醴来助祭者，谢毕，安坐于礼宾之下、同姓之上。同族有携稚子来者，亦使之知坟墓所在，主祭者无相厌也。沿流虽远，溯源则同，今日其共懋之，十代谷应泰识。

《丰润谷氏族谱》卷十《文翰》收录谷应泰《明肖轩祖考碑阴记》，文曰：

仲孙应泰稽首顿首，谨书我祖考之碑阴曰：我祖之垂裕，盖洪久哉！其生也负奇姿，敦实学，和乡睦族，忠厚为念，培兰育桂，灌溉为心。既已符乎天德，兼能通乎地理。因祖茔稍狭，卜兆于城东五里许，造立新茔，厥山曰艮，厥向曰坤，遂为此茔之祖，精英长绕，福庇无穷。佑泰之三伯，出应广宰，伯晚子兼饶慧性，又能佑泰之父以及子孙等联捷群秀，足光前烈，又能佑泰之伯及五叔侄子若孙，彬彬然相蔚起也。於戏，岂不盛哉！盖惟生有施也，没亦有报。我祖享年八十，衍庆绳绳，盖存为黉序中人，而亡为待封之贵也。生于明嘉靖乙巳九月二十一日，卒于明天启甲子十一月初三。时皇清顺治戊子岁春月，仲孙应泰谨记。①

五、《安吉县志》收谷应泰《重建文庙碑记》

同治《安吉县志》卷十五收录谷应泰撰《重建文庙碑记》，文曰：

先师庙毁于火，越二载，州牧杨君帅其属暨诸士子更新之，是为上御极十有六年，适余校士湖郡，直州学之落成，杨君乃言于余曰：自公之督学于越也，捐俸糈以崇释菜，两浙学宫废者兴、圮者治矣，而是州独后，非敢怠也。原公之阐元风、扶大雅，所以显其教而生其共者，虽曰人事，亦意有

① 谷应泰修：《丰润谷氏族谱》，清顺治十一年（1654 年）刻本。

天焉。何则？火之象，取诸离，离位乎上，风动于下，厥象则取诸鼎。苕霅间固泽国也，而是州之庙，灾象又取诸革。观乎天文，被诸人文，金玉追琢，若鼎当之有耳焉，斯则鼎之义也。涤除固陋，而新是图，斯则革之义也。且夫丁火也，酉金也，祝融氏莅之，犹之嘉鱼在巳火际也、四牡在申金际也。夫嘉鱼乐宾之诗，甘瓠式燕，义并有取乎尔。火炳其文，而金镕其质，大夫之教也，都人之祉也。盖自公奉简书以来，士习丕革，将乐育贤才，为邦家光，以协应鼎历。维新之运，人事所孚，天牖其衷，理宜有或然者乎？虽然，浙之壤，为郡十有一，为邑七十有余，曷异于是州，而用宏兹贲？然地以州名，从古也。吴越分野，界斗、牛、女之次，实维扬州，后世析而郡县之，非古也。是故浙之壤，为郡十有一，为邑七十有余，州一而已。隶于湖，不啻附庸。而析诸越，上符星纪，文明之兴，其在斯乎！昔成周之时，州长偕党正、闾胥，掌比觥觵崇于理民之中；寓养贤之事，则大昕鼓徵，分之所属可知矣。且《春秋》讥非时之役，浚洙有书，新作南门有书；而鲁僖公营立泮宫，穹旂至止，史克作颂以美之。然则茅藻之区，考德兴行，虽劳民伤财，犹不可以已。况乎橐鼓勿亟，小大于迈，士生其共，不吴不敖，今之可颂，何减于古所云！是役也，虽多士是力，维王广文实董率之。凡夫榱桷之材若干，塈茨丹雘之费若干，庀具鸠工，令肃如也；跂翼翚飞，势敞如也；尊彝羽籥，制煌如也。一举而三善备，其所以沐公之教甚厚，而荷公之施以承天之意者甚盛。噫嘻！杨君之言若此。夫五行之说，汉儒京、刘辈往往道之，然恐傅会，不可信。要之，国家崇儒慕道，休风所扇，属在弹丸，向化蒸蒸，斯云仅矣。而杨君于余独有溢美，得无予人者兼以自予欤？《诗》曰“新庙奕奕，万民是若”，杨君有焉；又曰“高山仰止”，多士有焉；又曰“肆成人有德，誉髦斯士”，王广文有焉。抑不云乎“矢其文德，洽此四国”。余方布朝廷右文之治，简厥修以绌厥不修，子衿之刺，吾知免夫。若夫孔子之圣域，道奥所为，聿光俎豆，垂泽万祀者，胥夫人而知之，非独一州之为区区也,余固可以不言。①

按,(同治)湖州府志卷十八《学校》亦收此文,较为简略。

六、《分水县志》收谷应泰《施东斋诗集序》

光绪《分水县志》卷九《艺文志》收录谷应泰《施东斋诗集序》,文曰:

唐以诗名者,指不胜屈,而所俎豆,则竞推李杜。盖李以仙逸胜,杜以雄浑胜,诚有如光焰万丈者也。余少好吟唐诗,李杜集外,得所谓《柳枝词》《幼女词》为肩吾作,窃以为格高似陶,韵胜似谢,其品格当不在李杜下。然吉光片羽,未窥全豹,心为惄如。顷奉命督学两浙,阅舆志,知先生为严之分阳人,元和中赐状元及第,其出处详府邑志中。今圣天子阐扬文教,令大小臣工搜采遗书,以资博览,泰得移檄分学,访求先生遗集。其裔孙生员鸿烈者,邑翘楚也,以家世绵邈,历经兵燹,全集散轶,不复有存,止以族谱记载十余首为献。余虽以未得全集为歉,然读《过扬子江》及《仙人石》诸咏,其格韵诚不让陶谢,而仙逸雄厚又兼李杜而有之,于诗家自当另致一座者也。因梓之以备圣天子之采览,而其全集仍俾施生博购备梓,以表彰先贤之美,以无负后人之思。姑识其略如此,时顺治十四年孟夏。②

七、《石门县志》收谷应泰《重建县学碑记》

道光《石门县志》卷三《学校》收录谷应泰《重建县学碑记》,文曰:

春秋于诸侯兴作不时不地固书矣,虽时且地亦书,见劳民为重事也。乃鲁僖公尝修泮宫复閟宫,而经不书,何也?宫庙以事其祖考,学校以教其国之子弟,虽用民力,不可弃也。自嬴秦氏燔诗书,愚黔首,浸淫至于东

---

① 汪荣、刘兰敏纂修:《(同治)安吉县志》,清同治十三年(1874年)刻本。

② 陈常铧修,臧承宣等纂:《(光绪)分水县志》,《中国方志丛书·华北地方·第二〇二号》,成文出版有限公司1975年版,第839—840页。

汉，而佛教入中国，上自王公百执事，下至闾阎匹夫匹妇奔走趋事，莫敢后先，韩退之佛国一表，差强人意。虽然，退之不云乎：天子而下，得通事遍天下者，惟勾龙弃与孔子，然其祀事皆不如孔子之盛。今祀事且凌迟衰微矣，浮屠者流走一介，通都大邑士大夫醵金恐后，而胶庠颓落荆榛蔓草之间，卒无有过而问之者。呜呼！狱讼繁兴，教化衰息，若之何民不胥而盗也。圣天子投戈论道，起天下士庶更新之。岁在顺治丁酉、戊戌之间，余奉命视两浙学，浙会自兵燹后，学宫多废不治，余间以其力，鸠工庀材，今无不厘然次第举者，而外郡则崇德县独率先从事，余亦出镪助之，逾年落成。夫崇邑吴孔道也，石门御儿之交，其故址犹有存者。国家奠鼎以来，楼船将军指闽越、下东瓯，往来驿骚，以蕞尔弹丸当其冲，夜半下片檄，征刍茭几何、卒徒几何，诘旦无不立具者，邑有司日不暇给。余按槜李，经其地，见农夫释耒治道，叹息者久之，盖民力为已竭矣。乃比者建学之议一兴，而君子相与倡于上，小民相与和于下，简徒程工，人争趋之，三年而学成。为资五千九百有奇，而捐者不以为费。为屋庙庑祠堂数十间，又以其余葺垣墉、筑池沼，而役者不以为劳。噫！何其不令而行也。夫教化所以劝君子，刑罚所以惩小人，士固尝读书知礼义矣，其视孔子事如家事，无足怪者。乃闾巷力田孝弟之子，无不曳踵，至竭蹶后先，夫非良有司、乡先生教泽之深乎？抑余愿诸生之诵法孔子者，登其堂，如见其车服礼器。《语》曰："虽不能至，心窃向往之。"余不敏，得窃附国氏不毁乡校之义，敬从乡先生、良有司后，以为诸生劝。不然，此岿然者非不具存也，而弁髦弃之，则后人之视学宫，亦犹越人之视章甫耳，其为教化也，庸有济乎？是不可以不记。①

按，（光绪）《嘉兴府志》卷九《学校二》、（光绪）石门县志卷四《学宫》均收录此文，文字或繁或简，题目亦有差异，兹不复录。

---

① 耿维祜、潘文辂、潘蓉镜纂修：《（道光）石门县志》卷三，清道光元年（1821 年）刻本。

八、康熙《杭州府志》收谷应泰《重修圣庙记》

康熙《杭州府志》卷十三《学校》收录顺治五年提学佥事谷应泰《重修圣庙记》,文曰:

> 古之有学也,自虞始也,至周称盛,成均而下,州序党庠,以及二十五家为闾,闾有塾,士朝夕处焉。盖不越井晦而可聚宾师、考钟鼓矣,矧都会也。汉高、文景之世,刑名黄、老,家自为学,学校阙焉未讲。太学之建也,自武帝始也。然京师以外,士无正业,学无常师,皆游侠法律相高。文翁守蜀,独创学宫。司马相如、王褒、严遵、杨雄之徒,因以文章冠天下,而他郡县不闻踵而行者。郡县之有学也,自宋仁宗始也。夫创新则礼乐未遑,地远则文教难暨。观甫田而思复古,瞻城阙而伤子衿。帝王崛起,寓县辽阔,而欲海陬遐远,尚数数烦军兴事者,遂复圜桥頖壁之盛,盖自古其难哉。清兴十有四载,文治敷讫薄,海内外喁喁向化。天子复垂情坟索,游意诗书,所称投戈讲艺,息马论道,有建始、永平间风。宾贡数举,四方高才生非三德六艺之科者不与选。又时降尺一诏,诏有司复黉宫,其敦教化,崇学校,视往古加烈焉。浙滨于海,去京师三千里有奇,间者鲸鲵不靖,县官时调戍卒往来,费太府金钱百万,所为地远而数数烦军兴事者也。杭郡为一省都会,故设教视诸郡学则号首善。自经创革,博士倚席不讲,生徒相视怠散,学舍颓敝,鞠为园蔬,牧儿荛竖,至于薪刈其下。于是夏六月,中丞陈公亲肃拜于先师之前曰:邦之不靖,由教佚也;教之不臧,由学废也。今辱膺重寄,敢不奉扬一人之休命,式新学校而轮奂之。乃进百执事于庭曰:鸠工庀材,尔阃臣其任;征输劝义,尔学臣其任;鼓舞倡率,尔藩臣臬臣其任。凡尔屏牧暨郡县首领博士弟子员,俱黾勉襄厥事,毋后时。咸再拜曰:诺,敬闻命。上其事于总制李公,李公力赞之。创始于夏季,考室于冬仲,木维固,工维良,不数月而殿堂庑祠、阁门垣沼咸赫然改观。是时大将军方楼舡下海,又一师搜山谷间。赤城石梁之军以大捷闻,露布

至，适与学宫之考室会，献馘饮至，咸于文庙乎举行。百执事飏言曰：是皆文武大臣底定之勋哉！抑非圣天子崇文之盛德不至此。泰不佞，唯是仰观榱桷，俯视几筵，思前所以衰，及今所以盛，未尝不叹我清雅治丕振，轶汉高、文景者万万，即虞周何逊焉？而诸大臣留心本治，雅意菁莪，较文翁治蜀，相去又何等哉！谨顿首而献之颂，颂曰：泮冰汤汤，溢于中唐。游鱼在藻，茆洁芹香。岂弟君子，濯德孔臧。思皇多士，邦家之光。泮水嵘嵘，斯飞斯革。金支翠华，辉煌安宅。岂弟君子，操弦鼓箧。思皇多士，邦家之杰。言采其芹，以馨德心。言伐其鼓，以怀好音。有樽有罍，有琴有瑟。非无鸱鸮，咸食桑椹。左则干羽，右则球图。考钟振振，德舞傞傞。頖宫有赫，文教诞敷。山无鸷兽，海不扬波。作人寿考，式喜且歌。①

按，乾隆《杭州府志》卷十《学校一》亦载谷应泰此文，题作《重修杭州府儒学记略》，文字互有异同，此不复录。

九、《江山县志》收谷应泰《形势论》

同治《江山县志》卷一《舆地志》收录谷应泰《形势论》，文曰：

浙东入闽，道险而狭，迤逦千里，巇嵘纠纷，不逞之徒，往往跳穴其间，内可以聚糗粮，下可以伏弓弩，缓可以肆剽掠，急可以远遁逃。以故浙闽之交多寇盗，好作乱，长吏不敢问，将兵者难扑灭，地险然也。愚按，江山固为入闽之路，而左据括、婺，右通饶、信，实为三省要冲。明季矿靛之寇，豕突鸱张，率由于此。顺治初年，郑之豹、魏福贤诸贼帅虽自闽来，而杨文管应诸白寇，已自九仙山蔓延于永丰玉山之境，四方惨劫，盘踞多年。迨甲寅耿逆之变，复从仙霞关出，括、婺、饶、信，处处动摇，非李文襄身佩安危之寄，三衢未易定也。今矿害虽无，而继靛以射利者，其弊已伏于萑篷。大约流移杂处，闽人居其三，而江右之人居其七，日引月长，岌岌乎有反客

① 马如龙等修，杨鼐等纂：《（康熙）杭州府志》卷十三，清康熙二十五年刻、康熙三十三年（1694年）李铎增刻本。

为主之势。绸缪阴雨,当先事而大为之防已。①

十、《尺牍新语》收谷应泰尺牍二篇

《与张依水》筑益堂选

西湖无柳,是美女而可无眉、孔雀而可无尾矣。童然堤也,何烦青骢油壁之辚辚为?先生束装北上,行李之余,复为补植,比陶士行种柳武昌风流更胜,但我辈折柳之情,不堪作别,如何如何!倩蓝田叔画西湖种柳图,装潢二轴,一置案头,一赠先生。先生行后,时时展轴一看,拂烟笼日,如见张绪,可当停云三过。②

《与李过庐》筑益堂集选

孤山拳石尔,使君寘鹤其上,九皋清唳,有如缑岭矣。道士不解事,屑屑问所以饲鹤者,仆以诗戏之曰:"瘦鹤何曾念稻粱,黄冠翻为鹤彷徨。种梅处士非无意,日买梅花补鹤粮。"道士瞠目不应。虽然,此打油辞,但可嬲道士耳。彼圆裳缟衣者,纵无人间烟火相,实未曾学辟谷方也。数日无食,则方朔饥欲死矣。仆亟以折腰之五斗饷之,毋使鹤怨使君曰:"廉吏可为而不可为也。"③

此外,在谷应泰友人文集中,可以看到和他交往的一些痕迹。如李渔《笠翁一家言诗词集》有《谷霖苍学宪赐马》诗④,宋琬《安雅堂未刻稿》卷三有五律《六月己酉,大雨连夜,水至床下,殆无卧处,简谷霖苍学宪》⑤,谢泰宗《天愚先生诗钞》卷三有《越中怀古和谷霖苍使君二首》⑥,蒋薰《留素堂诗删》中

① 王彬修,朱宝慈纂:《(同治)江山县志》卷一《舆地志》,清同治间刊本。
② 徐士俊、汪淇辑:《尺牍新语》卷十一,清康熙二年刻本。
③ 徐士俊、汪淇辑:《尺牍新语》卷十九,清康熙二年刻本。
④ 李渔著:《李渔全集》第二卷《笠翁一家言诗词集》,浙江古籍出版社 1992 年版,第108 页。
⑤ 宋琬著,辛鸿义、赵家斌点校:《宋琬全集》,齐鲁书社 2003 年版,第 421 页。
⑥ 沈乃文主编:《明别集丛刊》第 5 辑,第 82 册,黄山书社 2015 年版,第 491 页。

有《奉和谷霖苍学使还至缙云道中次韵》[1]，陆陇其《三鱼堂文集》卷七有《复谷老师霖苍先生》《又复谷老师霖苍先生》[2]等等。

第二节　谢锡侯、谢申《二谢集》考述

谢锡侯、谢申父子为清代直隶遵化籍诗人，所著《二谢集》流传不广，故其诗名亦不甚著。直至今人整理的《清代家集丛刊》第一册收录《二谢集》，学界方有机会了解其诗文概貌，现据此对其诗文进行简要介绍。

一、谢锡侯、谢申生平事迹及《二谢集》的版本著录情况

谢锡侯，号悔斋，贡生，雍正二年（1724 年）任陆川县令，次年到任，开始组织纂修县志，至雍正五年（1727 年）编纂完成《陆川县志》。《清代官员履历档案全编》载："谢锡侯，年三十六岁，系顺天府大兴县岁贡，由候选教谕遵西宁驼，例捐应陞知县即用，于雍正二年四月拣选。"[3]又据《北流县志》载，其于雍正年间还曾任过北流知县，此任当在陆川知县之后。[4]《清代吏治史料》载雍正六年九月广西巡抚郭鉷奏折称："直隶郁林州陆川知县谢锡侯署理北流县"，任内因牵扯王氏命案被知州佟世俊参劾，受到摘印羁押的处理，经郭鉷审理后官复原职。[5] 谢锡侯集中有《戊申四月陆川解组，九月复奉恩纶视事》

---

① 蒋薰：《留素堂诗删・天际草》卷一，《四库未收书辑刊》七辑・十九册，北京出版社 2000 年版，第 88 页。

② 陆陇其：《三鱼堂文集》卷七，《清代诗文集汇编》第 117 册，上海古籍出版社 2011 年版，第 417、421 页。

③ 秦国经主编，唐益年、叶秀云副主编，中国第一历史档案馆藏：《清代官员履历档案全编》第九册，华东师范大学出版社 1997 年版，第 285 页。

④ 北流县志编纂委员会编：《北流县志》，广西人民出版社 1993 年版，第 251 页。

⑤ 任梦强等编：《清代吏治史料・官员管理史料》第 28 册，线装书局 2004 年版，第 16399—16400 页。

诗云："五载清贫不爱钱，敝袍耻受吏胥怜。君王道我为官好，饮水还来旧陆川。"①正可与上述记载互相印证。《清代吏治史料》还记载，雍正九年三月二十日兼吏部尚书张廷玉所上奏折"请将广西举报老农不实之陆川县知县谢锡侯照例降级调用等事"，②可知谢锡侯于是年因事被降二级调用。另谢锡侯集中还有《赣狱空喜而成诗》，疑其还曾任江西某县知县。从以上资料及其诗歌可知，谢锡侯一生清廉，然其仕途颇为坎坷，屡遭灾厄，这或许是其自号"悔斋"之因。谢锡侯晚年弃官，卜居汉中，曾作《卜居汉上自述》记其始末。关于谢锡侯的籍贯，《清代官员履历档案全编》及《陆川县志》《北流县志》均称其为顺天大兴人，而徐雁平《清代家集叙录》则称其为直隶遵化人③，另谢锡侯《陆川县志序》曰："仆古燕之鄙人也，尝访学秦楚间。"④故刘启瑞又称其为燕山人。遵化境内即有燕山，则其应为遵化人，寄籍顺天大兴者。

谢申（1703—1775 年），字冷轩，锡侯子。乾隆南巡，曾献诗行在，得蒙嘉奖，赏给职衔，未及入铨而流寓汉中，遂寄籍褒斜，卒后葬于古褒谷口之西的连城山下。《二谢集》前有南郑黄元龙《题词》云："未上玉堂列散仙，献诗銮辂颂尧天。头衔宠比泥金帖，回忆簪荣一惘然。"

谢锡侯、谢申《二谢集》四卷，北京大学图书馆藏清道光六年（1826 年）刻本，为谢申门人王世琳编，光绪二十二年（1896 年）重装。是书未见诸家著录，除了近年徐雁平、张剑主编的《清代家集丛刊》收录之外，仅于《续修四库全书总目提要》中有清末刘启瑞所撰《二谢集》提要曰：

> 燕山谢锡侯、谢申撰，褒城王世琳编。锡侯，字悔斋，邃于乙部之学，为陆川令，便为县志四帙，一时炳耀粤中。间出其余力为诗，亦往往于酸咸之外，别具真味。申，字冷轩，锡侯子，博通经史，尤工吟咏。高宗南巡，

---

① 徐雁平、张剑主编：《清代家集丛刊》第 1 册，北京图书馆出版社 2015 年版，第 15 页。

②《清代吏治史料·官员管理史料》第 42 册，线装书局 2004 年版，第 24358—24359 页。

③ 徐雁平编著：《清代家集叙录》，安徽教育出版社 2017 年版，第 260 页。

④ 陆川县志编纂委员会编：《陆川县志》，广西人民出版社 1993 年版，第 929 页。

曾献诗行在，得蒙佳奖，赏给职衔，未及入铨而流寓汉中，遂寄籍褒斜。晚更逃入禅關，年七十三卒，葬连城山，时乾隆四十年也。世琳，字琢堂，故冷轩弟子。冷轩殁久之，世琳收两世诗于散失之余，乃刻此集。集分四卷，卷一收悔斋诗三十余首，卷二卷三皆冷轩诗，卷四为冷轩拟古书简，如《拟越已伐吴西施寄范大夫书》等，乃游戏笔墨也。末附家训，总名之曰《二谢集》。而二谢之中，悔斋实不甚工诗，然所为七言截句中，如《夜泊闻岸上读秋声赋》诗云："江村临水月微明，上有茅檐三两楹。夜静孤舟初泊岸，何人展卷读秋声。"又如《戊申四月陆川解组，九月复奉恩纶视事》诗云："五载清贫不爱钱，敝袍耻受吏胥怜。君王道我为官好，饮水还来旧陆川。"虽直率而亲切有味。冷轩则古近体无不备，尤长于七律。如《长安》《河间》诸作中云："唐汉何人非白骨，乾坤故物只青山""五更渤海潮头日，九月滹沱渡口霜""凄凉亡国人谁在，浩荡长江水自流""千峰乍转飞篙疾，乱石争排怒浪呼""未许振衣惊斗宿，何妨吹帽试天风"等句，锤炼沉雄，非深于宋人者不能为也。黔臬严乐园选刻山南诗，收其十八首，犹以过少为憾，非无故也。所拟书简中，断句如"虽昏晓有背面之参商，然河汉无忘情之牛女"等，亦皆可诵，冷轩文章，要为跨灶矣。附录传记参考资料。本书杨筠及王德馨序。①

这是目前对二谢及其诗歌仅见之评介，具有导夫先路的意义，然其论过于简略，尚未能概括二谢诗文之全貌，故以下试对二谢之诗文特色进行述评。

二、谢锡侯、谢申诗歌述评

《二谢集》共四卷，卷一收录谢锡侯诗 33 首，卷二、卷三收谢申诗 72 首，卷四收录谢申拟古书启 13 篇。因此从诗歌数量来看，谢锡侯是稍逊其子谢申的。刘启瑞已经指出，谢锡侯的七绝中有不少佳作，"虽直率而亲切有味"，并

① 中国科学院图书馆整理:《续修四库全书总目提要》稿本第 27 册，齐鲁书社 1996 年版，第 182 页。

称其诗"往往于酸咸之外,别具真味";可他却又说"二谢之中,悔斋实不甚工诗",这个评价令人难以赞同。通观谢锡侯留存的诗作,以七言绝句见长,其诗大部分对仗工稳、炼字妥帖、章法圆熟,"不甚工诗"之评,其或可不受。总的来看,谢锡侯诗可谓兼宗唐宋,既有师法唐诗,同时也不乏宋调。其有些诗歌对唐诗的模仿痕迹非常明显,如《长男申归汉中》云:"汝到青青柳叶肥,柳花才落汝言归。汉南亲友如相问,老去岩疆未拂衣。"明显是模仿王昌龄的"洛阳亲友如相问,一片冰心在玉壶"(《芙蓉楼送辛渐》)及杜甫的"吏情更觉沧洲远,老大徒伤未拂衣"(《曲江对酒》)。另如《赠刘晏以张与同》云:"乾坤无两我,江汉有孤舟。"则直接模仿杜甫的《江汉》。《夜泊闻岸上读秋声赋》云:"江村临水月微明,上有茅檐三两楹。夜静孤舟初泊岸,何人展卷读秋声。"像是一幅隽永的秋夜泊舟图,颇有韦应物风味。《晚泊》云:"欸乃何人唱,吴侬自好音。晚江生净月,风柳散疏阴。"又似从杜甫、柳宗元诗中化出。此外,像"天悬梧岭月,水落桂江秋"(《赠刘晏以张与同》)、"河经下相阔,山入马陵稠"(《偶成》)、"一堤千派合,双闸百川收"(《监修石闸》)、"好山迎客路,飞鸟没江湘"(《泛棹》)、"赤松了却酬韩志,黄石曾深辅汉谋"(《紫柏山二首》)、"也知萍梗身无定,空有桑麻兴未阑"(《见人得家书,感而成句》)等句,都对仗工整、炼字精警,颇见锤炼之功。

谢锡侯《漫笔》云:"淡怀何所托,竟日苦长吟。著意吟好句,聊以质后人。后人不我弃,试想我何心。咄哉竞字句,徒乖天籁音。"①可见他虽耽于苦吟,却也意识到诗歌应任其自然,不能因过分追求好句而损害天然音节。可能正是因为有如此认识,他的许多诗作能一气呵成,气势贯畅,在艺术上并不过分讲究。甚至有些诗歌偏于宋调,堕入以议论为诗的窠臼,形象性不强。如《长男申与诸友饮巨园,为诗训之》云:"结伴尔游矣,园林城之南。群贤若毕集,侧耳听高谈。况谒武侯祠,道貌古奇男。丈夫志千古,经纶各自探。毋徒恣放

① 徐雁平、张剑主编:《清代家集丛刊》第1册,第24页。

达，惟此麯蘖耽。倘或留诗句，推敲须再三。”①简直就是用韵语写成的家训，读起来味同嚼蜡。

从谢申诗中可以看出，他对自己的才能颇为自信，常以廉颇、蔺相如、张良自许，如《张子房辟谷处三首》其三云：“当时鸿雁冥冥志，飞向蓬莱第一峰。”然而由于终身未仕，怀才未展，其诗中颇多壮志未酬的感慨。如《忧来篇》云：“忧来不可禁，蹙蹙心如捣。欲言无相知，徒然仰穹昊。壮志竟何成，白发满皓皓。岂无廉蔺才，坎坷已终老。”《长儿南来婚》云：“汝翁惭愧命不犹，手把毛锥走马牛。几次悔杀出世来，汝又何苦强出头。”《玉壶冰》云：“取玉比才华，取冰拟心曲。才华光有耀，心曲静无欲。愿托清光下，照我翱翔鹄。”《自汉中抵襄阳三首》其三云：“海内关河足迹交，雄心半作冷灰抛。岂将亨困诬诗谶，且据行藏玩易爻。”这些诗歌将其心曲表露无遗，从中可以窥见诗人的才华志趣及心路历程。总的来看，谢申之诗亦学唐人，以宗杜为主，兼法盛唐诸家。《长安》《河间》《维扬》《岳州》《永州》《塞下曲八首》诸诗写得慷慨豪迈，气韵沉雄，颇具高适、岑参、王昌龄边塞诗之风范。如《长安》云：

英雄惆怅去无还，浪说金城百二关。唐汉何人非白骨，乾坤故物只青山。秋高马散荒陵外，日落鸦啼古寺间。凭仗愁怀倾浊酒，醉来兴废且齐删。②

《河间》云：

马首东来道路长，沧州行过又高阳。五更渤海潮头日，九月滹沱渡口霜。天地已开盘古死，神仙未验祖龙亡。黄河故道今犹是，只见人家万顷桑。③

《维扬》云：

江北繁华第一州，当时天子造迷楼。凄凉亡国人谁在，浩荡长江水自流。风起豘吹瓜渡浪，雨鸣龙挂海门湫。千年形胜供高卧，芦蓼丛边只钓舟。④

---

① 徐雁平、张剑主编：《清代家集丛刊》第1册，第25页。
② 徐雁平、张剑主编：《清代家集丛刊》第1册，第29页。
③ 徐雁平、张剑主编：《清代家集丛刊》第1册，第29—30页。
④ 徐雁平、张剑主编：《清代家集丛刊》第1册，第30页。

《自汉中抵襄阳三首》其一云：

> 一线窥天峡道孤，江行村落近环珠。千峰乍转飞篙疾，乱石争排怒浪呼。绝壁春光牵葛蔓，空山古翠挺松株。舟师太切阳侯赛，剌剌陈词类楚巫。①

《塞下曲》其四云：

> 平生猿臂解穿杨，主将亲会劝玉觞。晚猎归来看碧落，弯弓更拟射天狼。②

这些诗作或痛沧桑，感盛衰，或登临纵目，怀古纪行，充分体现出燕赵诗人慷慨悲凉的精神气质，置诸盛唐人集中几无可复辨。

另外，无论从题材内容还是艺术形式上，谢申诗歌都有明显的宗杜倾向。如《益门镇》云："蜀天元共此乾坤，鸟道潜通只一门。梯栈行空攀树杪，峰峦历尽识云根。极天关塞愁当绝，遁世烟霞兴漫存。春到酒家应不少，岩花乱点浊醪罇。"诗中化用杜诗"关塞极天唯鸟道"（《秋兴八首》其七）、"箭栝通天有一门"（《望岳》）、"穿水忽云根"（《瞿唐两崖》）等诗句。又如《梦长孙功二首》：

> 吞声了死别，已无相见期。如何梦寐中，忽然亲见之。知汝笃孝行，难舍衰病躯。泉台既长往，定省犹来斯。褒谷莺花好，风雨未凄其。无为念尔祖，长令魂魄悲。觉来何所见，残灯影参差。
>
> 汝父早弃捐，汝又逝北邙。老翁亦何苦，如此罹惨伤。魂来入我梦，仿佛在我傍。岂能知死别，且以慰衷肠。吾衰今已甚，危如朝露光。相别日无几，相见为日长。③

此诗写梦见逝去长孙之事，整体上是模仿杜甫的《梦李白二首》，如开头"吞声了死别，已无相见期"直接化自杜诗"死别已吞声，生别常恻恻"；"魂来入我梦，仿佛在我傍"亦来自杜诗"故人入我梦，明我长相忆"。此外，"岂能知

① 徐雁平、张剑主编：《清代家集丛刊》第1册，第31页。

② 徐雁平、张剑主编：《清代家集丛刊》第1册，第65页。

③ 徐雁平、张剑主编：《清代家集丛刊》第1册，第56页。

死别，且以慰衷肠”二句又化自杜甫《垂老别》“孰知是死别，且复伤其寒”。诗的结尾“相别日无几，相见为日长”则来自韩愈《祭十二郎文》“死而有知，其几何离；其无知，悲不几时，而不悲者无穷期矣。”诗中通过对逝去长孙的倾诉以及梦中与醒后的强烈对比，表现出超越生死的祖孙深情，因而感人至深，催人泪下。又如《望岳》：“忽撑齐鲁天，突兀青未了。拔地孰使然，峭立高于鸟。灏灵迴无外，万古烟岚绕。至哉浑穆象，太虚共杳杳。不须凌绝顶，悟理已天表。层云荡我胸，无令襟期小。”此诗亦完全模仿杜甫的《望岳》诗，可以看成是对杜诗的改写。再如《与马三禹书》云：

> 十年一见面，浮生能几何。岁月真可惊，彼此双鬓皤。冠盖满都门，我辈何坎坷。生命非廉蔺，不如返岩阿。秋风吹易水，萧萧落叶多。来朝与君别，又复越关河。老去重会难，兴言涕滂沱。殷勤索我句，肠断难为歌。①

此诗将“沧海桑田”和“老别难会”的人生感触娓娓叙来，具有很强的概括性和感染力。其整篇的艺术构思则显系模仿杜甫的《赠卫八处士》，其中“岁月真可惊，彼此双鬓皤”直接化用杜诗“少壮能几时，鬓发各已苍”，而“冠盖满都门，我辈何坎坷”又化用了杜甫《梦李白二首》中的成句“冠盖满京华，斯人独憔悴”。

《二谢集》末附王世琳之婿任本让之跋云：“乙酉秋，黔臬严乐园夫子选刻《山南诗》，王惟一、杨可亭两先生承征采之命，集内有谢冷轩诗十八首，乐园师大加赏叹，深以过少为憾，让驰书酒泉索来，敬钞寄呈续纂，讵意乐园夫子已于次年三月初二日卒于秦臬任内矣。”②汉中知府严如熤于道光五年（1825年）编纂了《山南诗选》，共辑录了陕西兴安（安康）、汉中两府 129 位诗人的 728 首诗作，其中收录谢申诗 18 首，编选者严如熤还曾对谢申之诗大加赞赏。另外，除了《二谢集》之外，《紫阳县志》还收录谢申《过紫阳县》七律一首，这

① 徐雁平、张剑主编：《清代家集丛刊》第 1 册，第 54 页。
② 徐雁平、张剑主编：《清代家集丛刊》第 1 册，第 99 页。

些都说明谢申的诗歌在其游历过的陕西地区产生了一定的影响。不过或许是因为谢锡侯、谢申父子长期宦游卜居他乡，未再返回故乡之故，乡邦文献中对其少有记载，如孙赞元于光绪间编纂的《遵化诗存》中便未收录二谢诗文，实属一桩憾事。

三、妙趣横生的谢申拟古书启

《二谢集》卷四是谢申拟古书启专集，共十三篇，分别是《拟越已伐吴西施寄范大夫书》《拟张良招四皓启》《拟木兰女寄父母书》《拟徐庶与诸葛公启》《拟红拂女寄李靖启》《拟贾岛状元及第与内人书》《拟呈吕蒙正公启》《拟呈包孝肃公启》《拟大程夫子与邵夫子讲易经书》《拟苏轼贺司马温公再拜相书》《拟杨龟山答蔡京书》《拟杨夫人寄杨慎书》《拟康海寄刘瑾书》。这些拟古书启数量较多，内容生动活泼，刘启瑞在《续修四库全书总目提要》中却仅以“游戏笔墨”视之，似未认识到其价值。从内容来看，冷轩这些拟古书启皆从古代文史典籍中化出，可谓无中生有，趣味横生，颇具文学意味。如《拟红拂女寄李靖启》曰：

> 妾知足下为当世英雄，今朱门权贵，大抵皆酒囊饭袋，而磊落不群者绝无其人，足下虽贫士，岂终落寞人下哉？风云之会，伫目可俟矣。今妾有意于君，今夕必当来奔，倘不弃鄙贱，妾愿执箕帚，托终身焉。良禽择木，良臣择主，识之所至，情之所生，幸勿以明珠之投，按剑而叱之门外。①

红拂夜奔的故事出自唐传奇《虬髯客传》，虬髯客与李靖、红拂女被后人称为“风尘三侠”。然而在《虬髯客传》中红拂女并未给李靖寄书，而是当晚直接前往拜谒。谢申借用了唐传奇中这个故事，以红拂女的语气虚拟成书，完全切合其身份，虽出人意料之外，却也在情理之中。值得指出的是，像谢申集中

---

① 徐雁平、张剑主编：《清代家集丛刊》第1册，第80页。

此种代拟文体至民国间已大行其道，如《销魂语》杂志刊载了戚饭牛的许多代拟之文，有《代西施寄范蠡书》《代王昭君寄毛延寿书》《代貂蝉寄王司徒书》《代红拂寄李药师书》《代陈圆圆寄吴三桂书》《代董小宛寄冒辟疆书》等①，从其题材内容来看与谢申的拟古书启非常相似，只不过是由散文改成了骈文的形式。另外，民国间扬州才子李涵秋《沁香阁游戏文章》中也有许多此类代拟体的游戏文章，如《代小民送贪官去任文》《代鼠祭懒猫文》《拟腐儒哭八股》《拟妓女祭嫖客文》《代全国穷民讨财神檄》《戏拟剃头仔讨剪辫佬檄》《戏拟乱党某某等悔过自首状》《拟地藏王请增设十九层地域疏》等。② 伍大福以为，古代散文创作中代拟体似乎不多见，民初的此类游戏文章应该和晋宋时期陆机的《拟古诗》、陶渊明的《拟古》、鲍照的《代蒿里行》，后来还有庾信的《拟咏怀》等有关。③ 按，此论似不确。代拟古文与晋宋时期的代拟诗虽有些相似之处，但毕竟存在着诗与文两种不同体式的巨大差异，不可混为一谈。实际上此类代拟文体有着自己的发展脉络，至少到明末清初代拟体的游戏文章已经较为常见，像张潮《心斋聊复集》中就有诸多代拟体，诸如《海棠上杜工部书》《责命辞》《册牡丹为花王诏》《讨鼠檄》《讨蜘蛛檄》《讨二竖子檄》《祭金鱼文》④；姚祖振《丛桂轩近集》中也有《拟二世答李斯书》《拟王将军答友人索屋价书》《戏作弹疥虫文》⑤，这些都和谢申的代拟书启较为相似。因此从代拟文发展的历史链条来看，乾隆时期谢申的这些拟古书启正是代拟文体发展的重要环节，具有承上启下的作用，值得引起学界的进一步关注。

总之，谢锡侯、谢申父子的《二谢集》虽一直不为人所知，其诗歌创作却别

---

① 戚饭牛等辑：《销魂语》1915 年第 2 期，第 60—64 页。

② 李涵秋著，李警众校订：《沁香阁游戏文章》，震亚图书局 1927 年版，第 1—114 页。

③ 伍大福：《扬州才子李涵秋文学研究》，山西人民出版社 2010 年版，第 105 页。

④ 张潮：《心斋聊复集》，《清代诗文集汇编》第 177 册，上海古籍出版社 2011 年版，第 160—203 页。

⑤ 姚祖振：《丛桂轩近集》卷八，《北京师范大学图书馆藏稀见清人别集丛刊》第二册，广西师范大学出版社 2007 年版，第 337—340 页。

具特色。谢锡侯一生薄宦，屡遭挫折，其诗兼法唐宋，尤其以七言绝句独擅胜场。谢申虽高自期许，却终生未仕，其郁勃之气发而为诗，多有壮志未酬之恨。谢申诗以宗杜为主，兼法盛唐高适、岑参诸大家，慷慨豪迈，气韵沉雄，充分体现出燕赵诗人的精神特质。另外，谢申的拟古书启皆从古代文史传奇中化出，妙趣横生，颇具文学意味，在代拟文体发展史上占据着重要地位，并对民国年间戚饭牛、李涵秋等人的代拟体游戏文章产生了一定影响，故亦值得引起进一步关注。

第三节　陶誉相《芗圃诗草》考述

一、陶誉相生平事迹考略

陶誉相（1778—?），字觐尧，号芗圃，原籍会稽，因父亲病逝，随母亲投奔丰润舅氏，遂寄籍丰润。《两浙辅轩续录》有其生平的简要记载曰："陶誉相，字觐尧，号芗圃，会稽人，官安徽大安巡检，著《芗圃诗草》。"①光绪《丰润县志》卷六《文学》载其小传曰：

> 陶誉相，字芗圃，先世会稽人，蚤孤，随母来丰之宋家营依舅氏读书，遂籍焉。生而英敏，能文章，尤长于诗古。年十八应童子试，宗师吴稷堂器之，拔置前茅。嗣因家贫为掾，往来江浙皖豫诸省，虽风尘鞅掌，而咏歌不辍，朱树堂《苔岑诗略》称其为姚武功、孟溧水一流人物，奈才丰运蹇，以州佐终。著有《芗圃诗草》八卷，朱滋年为之序，入文苑。②

虽然《丰润县志》《来安县志》《两浙辅轩续录》等文献中有关于陶誉相生平事迹的记载，但都过于简略。所幸现存陶誉相《芗圃诗草》是大致按照编年

① 潘衍桐编纂，夏勇、熊湘整理：《两浙辅轩续录》补遗卷二，浙江古籍出版社 2014 年版，第 4421 页。

② 牛昶煦等纂修：《丰润县志》卷六，《中国方志丛书 · 华北地方 · 第一五零号》，台湾成文出版社 1968 年版，第 427 页。

排纂的，一生行迹如网在纲、历历在目，特别是每卷前或卷中均有关于本年事迹梗概的记载，可以视为陶誉相的简要年谱，故本文便以此为据对其事迹进行大致梳理。

陶誉相十四岁丧父，寄养于丰润宋家营（今属丰南）舅氏家。乾隆六十年（1795年）赴礼部试，受知于学使吴稷堂，以案首补博士弟子员。是年应秋闱，下第归。嘉庆四年（1799年），掣签安徽试用。嘉庆八年（1803年），署徽州黟县尉，至九年十一月卸任，旋任滁州尉。嘉庆十六年（1811年）奉解凤阳关饷。嘉庆二十一年（1816年）随胡心田解饷入京，旋返凤阳。嘉庆二十二年（1817年）三月，署滁州守提粮赋。八月赴泾县提案，十一月赴宿松查漕。嘉庆二十三年（1818年），往来于凤阳、滁州、寿春、灵璧，督修堤工，协办赈务。嘉庆二十四年（1819年），委监亳州关税。七月黄河大决，八月赴亳州乡间查赈灾事，年底返回滁州。道光元年（1821年）赴泗州办理春赈，委署颍州府霍邱县开顺司篆。道光四年（1824年），在桐城办理春赈，赴盱眙抚恤流民，查办泗州卫所属之高邮、宝应灾务。道光五年（1825年），由盱眙赴天长襄办春赈，署滁州县尉。道光十一年（1831年），奉解凤阳关饷回京，复返滁州。道光十三年（1833年），代理全椒县篆。道光十七年（1837年），奉解凤阳关饷抵都，复返滁州。道光十八年（1838年），因事落职，赴省城，两江总督陶澍为其申请开复。道光十九年（1839年）吏部驳回其开复之请，来往于来安、盱眙、泗州、泾县、滁州间。道光二十年（1840年），因降选到班返京，归丰润宋家营扫墓。道光二十一年（1841年），授安徽大通巡检。道光二十二年（1842年），奉解兵船赴金陵，十二月署安庆府照磨。《芗圃诗草》所收诗歌止于道光二十二年底，陶誉相或卒于其后不久。

陶誉相《芗圃诗草》，《中国版刻综录》著录有清嘉庆十六年（1822年）五柳堂刻本，十八卷。① 又有清咸丰三年（1854年）五柳堂刻本，二十一卷，封面

① 杨绳信编：《中国版刻综录》，陕西人民出版社1987年版，第213页。

署“咸丰癸丑重镌”，收入林庆彰、赖明德、刘兆祐、张高评主编《晚清四部丛刊》第一编第96、97册。按，此书流传极罕，少有著录，直至咸丰三年重刻本被收入《晚清四部丛刊》方稍广其传，以下便依据此本对陶誉相的诗歌进行简要论析。

二、陶誉相《芗圃诗草》的题材内容述略

《芗圃诗草》较为详细地记录了陶誉相的一生行迹、交游及心路历程，题材内容极为广泛，本文拟选取其中几个方面加以介绍。

陶誉相一生为吏，主要从事赈灾运饷等事务，故其对灾情了解颇深，其诗歌对安徽各地的灾情多有反映，成为了解清代后期救灾及流民问题的重要史料。如《逃荒行》云：

秋风猎猎天将霜，长途队队怀餱粮。淮徐大水凤颍旱，千人万人争逃荒。逃荒却欲往何处？闻道江南多富庶。锁门担釜辞亲邻，全家都上黄泥路。黄泥深浅没髁寒，十步九步行蹒跚。少妇负儿肩背折，老亲含涕心肝酸。无钱旅店不宜歇，且向山凹宿明月。背风敲火支破锅，汲水和泥炊落叶。夜深恐惹虎豹猜，几次儿啼惊梦回。凉飔刺骨屡伸蹜，妻呻母嗽良可哀。天明早起满身露，道遇行人过前渡。报说江南逃荒多，斗米换儿人不顾。闻言半晌泪欲吞，前途如此愁难存。进固维艰退不易，全家环泣天黄昏。天黄昏，更断魂，强颜乞食投豪门。豪门箫管多车马，一曲缠头珠盈把。①

此诗作于嘉庆十六年(1811年)，陶誉相时任滁州尉。由于安徽一带水旱之灾频仍，百姓无以为生，只好携家前往江南逃荒。他们在逃荒之路上饥寒交迫，备尝艰辛，却又听说江南地区逃荒之人亦很多，以斗米之低价换儿人皆不顾，于是连那一丁点的生存希望都破灭了。诗的最后将乞食的难民与豪门之歌舞进行对比，对贫富悬殊的社会现实予以强烈抨击。嘉庆二十三年(1818

① 陶誉相：《芗圃诗草》卷七，林庆彰、赖明德、刘兆祐、张高评主编：《晚清四部丛刊》第一编第96册，文听阁图书有限公司2010年版，第287—289页。

年），黄河决口于安徽灵璧，陶誉相于十月前往查赈灾事，作《灵璧查灾纪事杂诗》，诗云：

胥役如鬼蜮，保甲若蛇神。报名有定费，造册须丁缗。委吏下乡来，供应多羶荤。尔粮岂易食，坐索声纷纭。村翁叩头泣，老妇无完裙。三日未得食，昨夜嚼菜根。若待给粮时，皮骨知何存？愿言不食赈，请君勿上门。里长置不顾，入室搜鸡豚。①

胥役、保甲以及朝廷委派的赈灾官吏对灾民公然强索钱财，若不缴纳，便不予列名造册，也便不发赈灾粮，那些衣食无着的村翁和老妇指望不上官府的赈济，只好嚼菜根充饥。完全失望的百姓于是希望官府别来打扰就好，可是里长仍不顾百姓的死活，入室前来搜抓鸡豚。诗中强烈谴责了赈灾官吏残害百姓的行为，继承了杜甫"三吏三别"、白居易"新乐府"的现实主义传统，敢于大声为民请命，堪称诗史。嘉庆二十四年（1819 年）七月，黄河再次决口于安徽亳州，陶誉相于八月前往查赈灾事，作《亳州查灾纪事杂诗》曰：

去年水在灵，今年水在亳。嗟我捧檄行，两地遭飘泊。所向招灾凶，穷人命分恶。方知苏长公，斯言果不错。波涛涌市廛，舟楫入城郭。作孽或天心，执政急民瘼。谓我手不龟，曾识旧医药。分符往东南，满船载馍饦。拭目悲弥漫，何处认村落。

道旁有老妪，曰已百六岁。雪发掩眉长，鹑衣覆裙敝。守节七十年，有子复早逝。唯此寡媳存，齿亦逾八四。茕茕两相依，一屋低于楷。日则同案飧，夜则同被睡。所幸力作余，腰脚尚自遂。谁知就墓时，遇此天不惠。水过虽得生，竟无立锥地。昨闻东邻炊，乞食返遭詈。归来不敢言，吞声揾老泪。嗟哉五福先，百岁称人瑞。胡为此老妪，得寿翻为累。多少金屋中，兰芽偏早萎。咄咄彼苍心，苦乐伤倒置。②

诗人以五言叙事诗的形式真实记录了赈灾过程中的所见所闻，反映了这

① 陶誉相：《芗圃诗草》卷九，第 409—410 页。
② 陶誉相：《芗圃诗草》卷十，第 427—428、432—433 页。

次黄河决口给亳州人民带来的巨大灾难,组诗角度多变,点面结合,如同用韵语写成的新闻报道。除了反映灾情之外,对民生问题的关注也是《芗圃诗草》的重要内容,如《捉鱼行》云:

赤日炼长空,火云散如毁。三旬天不雨,山塘涸见底。老役持符来,奉命索金鲤。南村问渔父,渔父卧不起。北岸问罟师,罟师翻诋訾。老役不敢归,抱泣空潭里。一限青竹红,再限肉脱髀。三限实难堪,出境觅邻市。一网值千钱,半夜行百里。到手幸我生,入门恨鱼死。官价既径庭,官秤复倍蓰。吞声不敢言,负逋虞干比。长跪白老妻,老妻泪如水。空室已磬悬,鬻彼呱呱子。入夜不见儿,闭户涕不已。斯时华堂上,笙歌绕朱紫。珍羞罗金盘,微闻赞鱼美。①

此诗作于嘉庆八年(1803年),时黟县久旱不雨,山塘干涸见底,无鱼可捕,奉官命前来索鱼的老役因无法交差,只好夜行百里到外地购买高价鱼,又因官府压价压秤,无力偿还鱼钱,只能忍痛卖掉了自己嗷嗷待哺的儿子。可是在官家的华堂宴会上珍馐罗列,老役用幼子换来的那盘鱼并不特别引人注目,得到的只是几声轻微的赞美罢了,诗中将富人的饕餮与穷人的血泪构成强烈鲜明的对立,因而展现出震撼人心的力量。

陶誉相《芗圃诗草》中描写亲情的诗歌感情深挚,读后亦令人为之动容。如《再别妹二首》曰:

五载江南梦,兼旬故里春。相逢翻益恨,怜我未抛贫。骨肉唯兄远,翁姑是尔亲。好从殷谢婿,辛苦侍昏晨。

无家归亦客,为子且留连。聚首欢疑梦,分襟泪似泉。萍踪随宦海,榴火促征鞭。多少关心语,临歧尽惘然。②

诗写兄妹二人短暂相聚后即不得不离别之伤情,虽是律体,却一气贯注,平易自然,如话家常。又如《五别妹》云:

---

① 陶誉相:《芗圃诗草》卷四,第130—131页。
② 陶誉相:《芗圃诗草》卷三,第94—95页。

三载传闻异，相逢梦尚惊。那堪垂死后，仍作去乡行。患难情逾重，饥寒命觉轻。无由留我住，气结泪徒倾。①

全诗不用典故，不假雕饰，纯以意行，将兄妹情深表现得淋漓尽致。又如《哭二女儿》曰：

尔生方三日，尔母忽疯狂。掼地得不死，失乳调糕浆。随妪同阿姊，呼爹如依娘。离抱即持匕，试步遂扶床。聪明冰雪姿，娇嫩芙蕖香。七岁解描刺，十岁识篇章。维时我病笃，流离悲他乡。阿姊复远嫁，赖尔擎茶汤。朝随二母坐，夜侍三姥房。泪眼背面拭，委曲难周详。家贫饫粗粝，让弟贪膏粱。败絮拥竹榻，破布补裙裳。渐长更爱好，终日不出堂。手持五色线，压成双凤皇。前年我归里，许聘常家郎。常郎富经史，祖父直明光。方期蕊榜后，乘龙来滁阳。谁知兰性弱，得病遂膏肓。初即患痺萎，坐立悲蚕僵。渐次着席蓐，肢骨成冰霜。嗟我事奔走，医药缺调良。家方尘甑叹，谁怜病雀疮。两载闻呻吟，万苦真哀伤。自言前世孽，老衲归空王。不谨败佛律，堕落膺灾殃。愿将女儿身，清净还道场。此理不可解，施报天茫茫。几番绝复苏，含涕言无妨。我须待父归，面谢慈恩长。果然弥留际，我适卸行装。执手泪如水，言语还自强。谁知残灯烬，顷刻惊风狂。二日延一龄，遗蜕同蝉飏。微魂何处去？大雪方飞扬。娇面尚花馥，玉手成冰凉。抱呼不知应，长痛摧肝肠。我贫无以殓，且幸藏棺枋。移来即赠尔，代我眠中央。尔姊尚痴望，裹药寄邗江。可怜字字泪，书至人先亡。七日掇羹饭，九日埋山冈。焚钱壮楼库，作俑佩琳琅。知汝得用不？恤以从俗将。众母苦欲随，群弟悲断行。昨日停南屋，今夜眠北窗。胆小谁作伴，山空云苍黄。丰亭峙其上，幽谷窅其傍。明月可为镜，清泉可为觞。灵魂如有知，尔且免恓惶。人生谁不死？聚散原无常。与作白发鬼，不若青春芳。今生无罪孽，既死病或忘。归来一相诉，乘风好翱翔。②

---

① 陶誉相：《芗圃诗草》卷九，第377页。

② 陶誉相：《芗圃诗草》卷十，第441—445页。

此诗采用其最擅长的五言叙事体,历数二女之短暂一生,全诗一气呵成,娓娓道来,如泣如诉,感人至深。又如《哭九女儿慧英》曰:

无端噩梦果然真,一瞬韶华十七春。悔把明珠擎漏掌,可怜落地竟成尘。

绝世聪明绝世姿,端庄从不学娇痴。昙花自是摩尼种,不许人间久护持。①

前诗"悔把明珠擎漏掌,可怜落地竟成尘",将女儿比为明珠,谴责自己为"漏掌",竟使明珠落地成尘,便将诗人愧悔之情表露无遗。后一首称"昙花自是摩尼种,不许人间久护持",亦表达了诗人的无限怅惘和失落之情。道光十一年(1831年),年已五十二岁的陶誉相解送凤阳关饷回京交差,顺道返回丰润省墓,作《抵里三日即行留别诸亲友》,诗曰:

聚首才三日,相违十六年。弟兄皆白发,亲故半黄泉。此别归何日,伤心共问天。渭阳恩更重,骀背苦衣牵。②

离开故乡十六年后,终得和丰润的亲友们小聚,然而仅仅三天,他不得不踏上征程。送行的兄弟们皆已白发,亲故中已有多人离世,年逾古稀的舅氏此时牵衣惜别,这一切都令人感到断肠伤心。诗歌的语言虽很平淡,所蕴含的感情却极为深沉。

此外,在陶誉相《芗圃诗草》中,咏怀、行役、唱酬、投赠之作占据着更大的比重,其中亦不乏佳构。如《濠梁杂咏》曰:

抱膝坐津亭,长日闲愈永。淮流绕槛清,游鱼唼我影。欲钓懒垂竿,俯看屡折颈。跳波翻碎珠,衔尾逐断梗。活泼悟化工,聚散任俄顷。微风荡游丝,落照掩光景。身偶白云闲,心与虚林静。纷扰多艰辛,俯仰发深省。涉世如檣乌,谋虑皆画饼。方知秋水篇,得力于斯境。愿言事蒙庄,

① 陶誉相:《芗圃诗草》卷十四,第666页。

② 陶誉相:《芗圃诗草》卷十六,第772页。

焚香歌楚郢。忘几坐不归，露滴罗衣冷。①

据《庄子·秋水篇》载，庄子与惠子曾于濠梁之上观鱼论辩，如今诗人来游此地，俯仰亭林，徜徉云水，不禁有陶然忘机、挂冠出世之想。又如《伴竹轩偶咏》曰：

一院琅玕覆酒缸，春来个字尽成双。依人疏影青流袂，近砌孙枝翠滴窗。日永莺花成鄠杜，夜深风雨梦湘江。此君合作闲官伴，竟日诗魔未肯降。②

此诗句句紧扣竹子及“伴”字来写，表示自己身为闲官正可与竹为伴，从中可见诗人之高洁志趣。又如《桃花仙馆重修唐六如居士墓和唐陶山刺史元韵》曰：

旷世才华信不尘，传闻佳话又番新。千秋梦墨邀词客，一坞桃花吊古人。泪湿青衫成往劫，香生黄土悟前身。从今碑碣吴趋焕，诗酒年年酹墓春。③

唐寅之风流韵事代代相传，今重修其墓，再睹一坞桃花，不禁令人缅怀才子往事，发思古之幽情，当然其中也包含着诗人自己怀才不遇的伤感。以上这些诗歌均格律严谨，对仗工巧，意脉贯畅，格调高雅，代表了陶誉相诗歌成就的重要方面，限于篇幅，兹不一一列举。

三、陶誉相《芗圃诗草》的艺术宗尚

陶澍《芗圃诗草序》曰：

芗圃分发上江三十余年矣，余抚皖时，即闻其在灵璧、亳州、桐城襄办赈务，条理秩然，民多爱戴。既而佐滁，前后数任，绰有政声，蒋励堂相国、邓嶰筠中丞皆列入荐剡，知芗圃之吏治如是……近阅镇江王柳村所选《群雅集》、泾邑赵琴士所选《兰言集》，更知芗圃之诗才又复如是。夫以芗圃之吏治、之门第、之诗才，仅沉沦于佐杂中，抱关击柝，迟之又久，常为

① 陶誉相：《芗圃诗草》卷十，第453—454页。
② 陶誉相：《芗圃诗草》卷四，第125页。
③ 陶誉相：《芗圃诗草》卷五，第187—188页。

可惜。迨余持节两江,因公过滁,芗圃来谒,偶言及诗,遂呈全集,始知其天资颖澈,造语惊人,虽集中间有少作,不无明珠鱼目之混,然皆纯出性灵,绝非外强中干、剽窃雕饰者可望其肩背。朱树堂《苔岑诗略》称其为姚武功、孟溧阳一流人物,殆不为过。①

陶澍在序中认同朱滋年将陶誉相比拟为唐代诗人姚合、孟郊,窃以为这个判断只是从陶誉相的仕途经历出发而非从其诗歌艺术出发而得出的结论,似不足以概括陶誉相诗歌的整体艺术风格。陶誉相诗歌中确实也有和姚合、孟郊诗歌神似之处,如《寒夜作》云:

一树栖鸦定,山城静似村。年丰欣讼少,官冷借花温。壁月窥疏牖,檐风响敝门。闲心如冻渚,永夜不生痕。②

此诗描写偏远小县的静谧闲冷、萧条寂寞,格调平淡浅近,工巧清润,这和晚唐姚合《武功县中作》颇为相似。再如《秋夜过天门山》曰:

阊阖千寻辟翠微,夜帆排闼上崔嵬。浪翻石壁山横立,风卷秋云月倒飞。吴楚争流当阙合,乾坤不锁任人归。茫茫笑我携家过,星斗满江何处依。③

此诗意境雄奇,意象飞动,充满了动感和力量,可称韩孟诗派之嗣响。不过陶誉相的艺术取法对象却并非限定于姚合、孟郊,从整体来看,其诗歌取法唐宋诸名家,然却并不偏重于某一家。如《送哈大总戎丰阿西征》其一曰:

妖星撼西域,万里兴兵戎。枭鸷利蹄啄,狐虺肆奔腾。睢阳闻巷斗,一死陷连城。转战都护勇,马革埋羶腥。阴霾塞台站,烽火惊边庭。④

从风格来看,此诗是对盛唐高、岑边塞诗的模拟。再如《拟右丞体题鲁雒孙濠梁观鱼小照四首》⑤,题目称"拟右丞体",明显是学习王维。再如《赠栢

① 陶誉相:《芗圃诗草》卷首,第11—12页。
② 陶誉相:《芗圃诗草》卷五,第192页。
③ 陶誉相:《芗圃诗草》卷十二,第561页。
④ 陶誉相:《芗圃诗草》卷十四,第643—644页。
⑤ 陶誉相:《芗圃诗草》卷二,第81页。

源老人》"人生九十古来少"是化用杜甫《曲江二首》其二"人生七十古来稀"，"会须一饮三百杯"则直接用李白《将进酒》中的成句。①《骑驴游琅琊戏作》"北人骑马如乘船"②，化自杜甫《饮中八仙歌》"知章骑马似乘船"。《喜丁兰谷表弟自湖南来》"相逢各长大，一别遂天涯"③，化自唐代李益《喜见外弟又言别》"十年离乱后，长大一相逢"。《过浮山华严寺》"浮家浮客过浮山，偷得浮生半日闲"④，则直接借用唐代李涉《题鹤林寺壁》中的成句。又如《敬亭山》曰："白云深处敬亭山，卅载重来指顾间。我不厌山山厌我，相看无复旧朱颜。"⑤亦是由李白《独坐敬亭山》"相看两不厌，唯有敬亭山"二句化出。

在宋代诗人中，陶誉相学习苏轼之处最多，表现为诗中屡次赓和苏诗原韵并化用苏诗成句。如《栢源邀同人游醉翁亭，病中不能追陪，怅然有作，用坡公〈次赵景贶春思且追怀吴越山水〉韵》⑥，是用苏轼《次赵景贶春思且追怀吴越山水》之韵；《皖城夜雪用坡公〈聚星堂〉韵》⑦，则是用苏轼《聚星堂雪》之韵；《雪宿仁和乡和坡公〈雪夜书北台壁〉韵》《雪晴再用前韵二首》⑧，亦是和苏诗之韵。另外《拙诗既成，日已云暮，游人未归，劳予延伫，高咏式微，以寄遐慕，载次前章，并希粲瞩》："人生忧患多，行乐须尽兴。况复名胜间，醉翁尤可敬。"自注曰："东坡诗：醉翁行乐处，草木皆可敬。"⑨《苇塘病疟，以诗相示，适相亦避疟古庙，率以和之》："真个诗魔惹病魔，年来欢少苦时多。长吟那有韩苏句，命里如何也蝎磨。"自注曰："坡公自谓与韩文公皆命坐磨蝎宫。"⑩

① 陶誉相：《芗圃诗草》卷四，第 137 页。
② 陶誉相：《芗圃诗草》卷四，第 168 页。
③ 陶誉相：《芗圃诗草》卷五，第 193 页。
④ 陶誉相：《芗圃诗草》卷十二，第 533 页。
⑤ 陶誉相：《芗圃诗草》卷十九，第 972 页。
⑥ 陶誉相：《芗圃诗草》卷九，第 372—373 页。
⑦ 陶誉相：《芗圃诗草》卷十五，第 749—750 页。
⑧ 陶誉相：《芗圃诗草》卷十，第 437—439 页。
⑨ 陶誉相：《芗圃诗草》卷九，第 374 页。
⑩ 陶誉相：《芗圃诗草》卷十二，第 546 页。

《四酬映亭》:“旗鼓暂收杯酒熟,从之我愿执颜瓢。”自注曰:“坡公《题颜乐亭》诗云:‘从之执瓢,忽焉在后。’”①从诗句及其自注来看,这些诗显然也都与苏诗有着密切关系。此外,《既和坡公雪诗,有以欧阳禁体相难者,因再答之,是日在路中复遇大雪》②,则是学欧阳修之禁体。《苇塘叠前韵谬题拙稿再和以谢》曰:“风月江山主客韶,放翁高论到双桥。”自注曰:“陆放翁诗:‘若论风月江山主,丁卯桥应胜午桥。’”③则又是从陆游之诗受到的启发。可见陶誉相的艺术取法对象较为广泛,他通过兼宗唐宋诸大家,形成了自己独特的艺术风格。陶澍《芗圃诗草序》中称芗圃“天资颖澈,造语惊人”,为诗纯出性灵,不事剽窃雕饰,这确实道出了陶誉相诗歌的重要特点。芗圃诗大多感情充沛、意脉贯畅,并无雕饰獭祭之弊,而这正是艺术上臻于成熟的表现。

四、陶誉相《芗圃诗草》的评价及影响

陶誉相的诗歌在当时诗坛产生了一定的影响,云南石屏诗人朱㬊④《赠陶芗圃州尉誉相》曰:“陶尉如陶令,位卑诗却高。折腰怜我辈,俗眼小儿曹。飞将无侯骨,佳儿有凤毛。官闲何所事,痛饮读离骚。”诗中将陶誉相比为陶渊明,对其诗才倍加称赏。云南浪穹白族诗人赵辉璧⑤《人日抵滁州宿小醉翁亭即柬陶芗圃少尉》曰:“殷勤寄语陶彭泽,赋罢闲情共举杯。”⑥亦将陶誉相比

① 陶誉相:《芗圃诗草》卷十二,第549页。

② 陶誉相:《芗圃诗草》卷十,第439—440页。

③ 陶誉相:《芗圃诗草》卷十二,第538页。

④ 朱㬊(1794—1852年),字丹木,石屏人,道光己丑(1829年)进士,历官安徽绩溪、阜阳两县知县,无为州知州、贵州兴义府知府、江西督粮道、陕西按察使、布政使,所至皆有政声。著有《积风阁近作》一卷、《味无味斋诗钞》二卷。今人整理为《朱丹木诗集》,收入《云南丛书》第31册,中华书局2011年版。

⑤ 赵辉璧(1787—?),字子谷、蔺完,号苍岩居士、古香居士,晚号洱滨散人,浪穹(今云南大理洱源)凤羽人。以拔贡举于乡,道光六年(1826年)进士,历任安徽全椒、山西临县知县,循声卓著,解组归里,日与诸生讲解不辍,著有《古香书屋诗钞》十二卷、《古香书屋文钞》二卷、《读诗管见》。

⑥ 赵定甲选注:《历代白族作家丛书·赵辉璧卷》,民族出版社2006年版,第79页。

拟为陶渊明。此外舒焘①《赠林东溪序》曰：

> 予尝闻大人言，皖中下僚若张少伯宜尊、陶芗圃誉相、林东溪淮，皆奇士，予心识之。少伯父执也，往来予家，幼时常得见。芗圃则自其官滁州尉时即识之，惟东溪屡值不获一面。②

在序中称陶誉相为"奇士"。然而对陶誉相的诗歌亦有贬损者，如袁嘉谷《卧雪诗话》卷三曰：

> 北平陶觐尧誉相《芗圃诗草》颇有新意。《早起赴塾作》云："流霞照窗角，残月挂天杪。行遇丁香花，惊飞一树鸟。"盖十四岁之作，可谓年少春华矣。入仕以后，诗境反退。如"幽鸟争花瓣，新泥迸笋尖""宦味冷于水，诗肠热不灰""黄绶才辞仍作客，青山何处不留云"，虽极求工，终不如少作之自然。所谓"小时了了，大未必佳"，诗亦宜然。③

如前所述，陶澍在《芗圃诗草序》中云："集中间有少作，不无明珠鱼目之混。"对陶誉相的"少作"表示了不满，而袁嘉谷却说陶誉相"入仕以后，诗境反退""终不如少作之自然"，显然并非陶誉相之知音。

此外，陶誉相之诗在清代的诗歌选本中多有收录。嘉庆二十二年（1817年）安徽泾县赵绍祖（号琴士）编选的《兰言集》选录了陶誉相诗，陶誉相在《呈赵琴士司训》诗中谢曰："赢蛤愧入珊瑚网，愿瓣名香侍白氈。"自注曰："时方刊《兰言集》，谬选拙作。"④道光元年（1821年）王豫（号柳村）辑《群雅集》亦选录陶誉相之诗，陶誉相曾作《丹徒王柳村先生以所刻〈群雅集〉见贻并将拙作入选赋此寄谢》表示感谢。同治八年（1869年）张应昌辑《国朝诗铎》（又名《清诗铎》），其中选录陶誉相诗歌4首，分别是《捉鱼行》《蝗不食禾谣》《灵

---

① 舒焘（1826—1861年），字伯鲁，湖南溆浦人。其父舒梦龄官安徽，随迁至皖，援例授户部郎中。著有《绿猗轩文集》五卷、《绿猗轩文钞》二卷、《骈体文钞》一卷、《绿猗轩诗钞》二卷。

② 任访秋主编：《中国近代文学大系1840—1919年第3集第10卷·散文集一》，上海书店出版社1991年版，第921页。

③ 张寅彭主编：《民国诗话丛编》第2册，上海书店出版社2002年版，第355页。

④ 陶誉相：《芗圃诗草》卷九，第382页。

璧查灾》《逃荒行》。[1] 潘衍桐《两浙辅轩续录》收录陶誉相诗歌 2 首，分别是《呼母崖》《祭欧阳文忠公祠》。据《清代家集叙录》载，民国初年编纂的《惜阴吟馆陶氏诗抄》卷上收录陶誉相诗歌 10 首。[2] 徐世昌《晚晴簃诗汇》选录陶誉相诗歌 1 首，即《伴竹轩偶咏》。[3] 此外，光绪《丰润县志·艺文志》选录陶誉相诗歌 3 首，分别是《披震山冬眺》《连理歌》《陈室未婚守志王贞女歌》。[4] 光绪年间丰润孙赞元辑《遵化诗存》，选录陶誉相诗 20 题 25 首。[5] 以上这些情况表明陶誉相在清代诗坛产生了一定的影响，其诗歌的创作特色值得引起学界的进一步关注。当代学界对陶誉相及其《芗圃诗草》关注较少，中国科学院图书馆整理《续修四库全书总目提要（稿本）》之《芗圃诗草》提要曰：

> 《芗圃诗草》二十卷，清刻本，清陶誉相撰。誉相，字觐尧，丰润人，诸生，后官安徽。是集全编古今绝律及歌行诸体俱备。陶淑序云：芗圃分发上江三十余年，余抚皖时即闻其在灵璧、亳州、桐城襄办赈务，条理秩然，民多爱戴。既而佐滁，前后数任，绰有政声，蒋励堂相国、邓嶰筠中丞皆列入荐剡，知芗圃之吏治如是。近阅王柳村所选《群雅集》、赵琴士所选《兰言集》，更知芗圃之诗才又复如是云云。今按，誉相之诗，天资颖澈，造语惊人，朱树堂《苕岑诗略》称其为姚武功、孟溧阳一流人物，殆不为过矣。[6]

将此提要与上文所引陶澍《芗圃诗草序》进行对照，便可发现该提要几乎完全照抄了陶澍之序，提要的撰写者似并未通读陶誉相的《芗圃诗草》，故对其诗歌的题材内容及艺术特色并不甚了解。

总之，陶誉相是嘉庆、道光间的知名诗人，其诗兼宗唐宋诸大家，对苏轼诗

① 张应昌编：《清诗铎》，中华书局 1960 年版，第 252、521、531、558 页。

② 徐雁平编著：《清代家集叙录》，安徽教育出版社 2017 年版，第 1368 页。

③ 徐世昌编，闻石点校：《晚晴簃诗汇》卷一百二十二，中华书局 1990 年版，第 5264 页。

④ 牛昶煦等纂修：《丰润县志》卷四，第 753、759、772 页。

⑤ 孙赞元编，石向骞、王双、孙春青点校：《遵化诗存》卷五，燕山大学出版社 2019 年版，第 156—163 页。

⑥ 中国科学院图书馆整理：《续修四库全书总目提要（稿本）》第 17 册，齐鲁书社 1996 年版，第 619 页。

歌的学习模拟之处较多。赵琴士《兰言集》、王柳村《群雅集》以及《国朝诗铎》《遵化诗存》《晚晴簃诗汇》等选本对陶誉相诗歌均有选录，在清代诗坛上产生了一定的影响。

第四节　史梦兰《全史宫词》考述

史梦兰（1813—1898年），字香崖，号砚农，又自号竹素园丁，直隶乐亭县大港村人。道光二十年（1840年）举人，后应礼部试，屡荐不售，遂绝意仕进，于昌黎碣石山仙人台下构建别业，名曰“止园”，又在家乡村东辟一园，亦名止园，取“绵蛮黄鸟，止于邱隅”之意。奉母教子，读书会友，课徒著述。同治八年（1869年），直隶总督曾国藩于保定莲池设礼贤馆，欲延聘为莲池书院讲席，以亲老辞。史梦兰学问淹通，著述宏富，有《全史宫词》二十卷、《尔尔书屋诗草》八卷、《尔尔书屋文钞》二卷、《古今风谣补注》一卷、《谣谚拾遗》、《永平诗存》二十四卷、《畿辅艺文考》十二卷等，今人辑有《史梦兰集》。

一、史梦兰之前宫词发展嬗变的历史脉络

关于宫词的起源，可以上溯到《诗经》，然而“宫词”之称谓，则至唐代方始出现。由于唐代诗人王建创作了宫词百首，影响较大，所以一般都将王建看作是宫词之祖①，如佚名《唐王建宫词旧跋》曰：“宫词凡百绝，天下传播，效此体者，虽有数家，而建为之祖耳。”②此后的宫词作者，可谓代不乏人。五代花蕊夫人、和凝俱有宫词百首。宋代的宫词作者有宋白、王珪、王仲修、周彦质、张公庠、岳珂等，其作多收于《十家宫词》。元代的宫词作者有柯九思、萨都剌、杨维桢、张昱等人。明清两代的宫词作者及创作数量均较大，其中较著者有：

① 任竞泽认为，宫词源于汉魏乐府“相和歌辞”中的宫怨类诗，《宋代文体学研究论稿》第十二章《宫词》，商务印书馆2011年版，第321—325页。

② 胡仔：《苕溪渔隐丛话》前集卷二十二，人民文学出版社1962年版，第149页。

王世贞《弘治正德西城宫词》、吴省兰《五代宫词》《十国宫词》、秦兰徵《天启宫词》、冯登瀛《历代宫词》、刘芑川《开天宫词》、朱棣《元宫词》、赵士喆《辽宫词》、徐振《明宫词》、李必恒《前明宫词》、吴养原《东周宫词》、吴士鉴《清宫词》、佚名《庚子宫词》等等。

从体式上来说,宫词自创制之初便基本定格为七言绝句这种短小精悍的诗体,并多以连章组诗的形式来表现。从内容来看,宫词集中反映了宫廷生活的方方面面,且富于民歌韵味,极易传播。历代的宫词之作虽蔚然大观,不绝如缕,却一直没有得到应有的重视,学界目前尚缺乏对宫词进行系统深入的研究。因此,有必要对史梦兰《全史宫词》的成就及特色进行总结与检视。

二、史梦兰《全史宫词》的集大成性

在整个宫词发展史上,史梦兰的《全史宫词》无疑是一部具有集大成性质的著作。史梦兰在《全史宫词》的《发凡》中曰:

> 自唐王仲初作《宫词》百首,后之效之者,代有佳什,然皆即事胪陈,述所闻见。若其借仲初之体,抒仲宣、太冲怀古之情,宋元以来,率皆偶然托兴。其最多者,惟明周定王橚之《元宫词》,赵伯濬士喆之《辽宫词》,国朝徐沙村振之《明宫词》,吴泉之省兰、周蓉初升之《十国》《十六国宫词》,每至数十百首。兹集自黄帝至胜国,共得宫词千五百余首,非敢追驾前贤,亦聊供好事者之谈噱云尔。①

从宫词的发展嬗变过程来看,其由早期零散的篇什逐步发展为断代宫词,并成为一种大致的趋势,断代单独成集似乎已经成为明清宫词创作的一种常见形态。直到清代后期,才出现了打破断代限制的宫词之集,如张鉴《冬青馆古宫词》便是上自吴越,下至明代,然其数量仅有三百首,规模尚小。史梦兰的《全史宫词》则又在前人的基础上继续扩大规模,将宫词发展成为上自黄

① 史梦兰:《全史宫词》,景红录、石向骞点校:《史梦兰集》第六册,天津古籍出版社 2015 年版,第 4 页。

帝、下迄明末的整部“全史宫词”，所咏内容上下纵贯四千余年，畅述二十一史，数量多达两千首，所谓“四千年事千秋鉴，彤管丹书尽相传”，显示出超乎寻常的集成性与规模性，这在整个宫词发展史上是绝无仅有的，故时人称许史梦兰之才华与气魄曰：“纵教一斗能百篇，犹费谪仙十日饮。旁人不暇亦不敢，小儒见之口应噤。”史梦兰之所以能够撰成如此规模宏大的皇皇巨著，与其严肃认真的创作态度和长期坚持不懈的毅力有很大关系。通过史梦兰《全史宫词补遗自序》可知，他从 24 岁起便开始创作宫词，并且一直坚持到 74 岁。史氏云：“以此无关体要之事，孜孜无已，竟不知耄之将及，思之不禁哑然自笑。”①这说明史梦兰并不像一般的宫词作者那样以其为消遣之余事，而是将此“无关体要之事”当作了千秋事业，倾注全力于宫词的创作，从而改变了以往宫词多以断代为限的面貌，创制了《全史宫词》，成为宫词发展史上的集大成之作。这使得后之作者再难超越，只能在其创制的框架下做些修修补补的工作。如咸丰十年（1860 年）吴养原读了史梦兰《全史宫词》后，认为其中关于东周之事多所未及，思有以补之，遂撰《东周宫词》三百首便是如此。

值得指出的是，史梦兰《全史宫词》还突破了南明史的写作禁区。清代的文禁极为严苛，实行残酷的文字狱，加之宫词带有“宫”字，故一直为统治者密切监控。如康熙年间秦兰徵的《天启宫词》和王誉昌《崇祯宫词》合刻为《两朝宫词》，并曾进呈御览，然而到了乾隆年间《天启宫词》却遭到禁毁。明清易代之际的历史特别是南明史一直是史家与诗坛不能染指的禁区，因此清人几乎无人敢于触碰南明史，更绝无为之撰写宫词者，史梦兰《全史宫词》卷二十却敢于分咏福王、唐王、永明王、鲁监国及诸王，他于《发凡》中解释道：

> 明季自福藩失国，唐藩、桂藩递据闽粤，鲁藩亦据浙东，虽游魂余魄，几不成君，而胜国一线之脉，未始不藉以少延。乾隆间纂修《通鉴辑览》，已奉特旨，于甲申以后附记福王年号，并撮叙唐、桂二王梗概，刊附卷末。

① 史梦兰：《全史宫词》，第 580 页。

故于四王轶事，亦并采择入咏。①

鉴于前代文禁之酷烈，史梦兰只好抬出乾隆间编纂《通鉴辑览》已附记南明诸王之故事作为自己的挡箭牌，然而他敢于咏南明史的真正原因，恐怕还是由于清末文网早已松弛之故。然而史梦兰终究还是不敢咏及清代史事以免招祸，故《全史宫词》其实并不算全，尚缺少有清一代之咏，史梦兰留下的这一空缺是由其后的吴士鉴、夏仁虎、黄荣康、李瀚昌、魏程博、周大烈、杨芃棫等人续加补撰完成的。即便如此，史梦兰的《全史宫词》仍是宫词史上毋庸置疑的集大成之作。

三、《全史宫词》中诗意与史料之间的紧密结合

《全史宫词》每首诗均详注史事，以与诗相印证。《全史宫词》的《引用目录》所列文献多达563种，其中绝大多数为史部文献。《全史宫词》涉及的史事包括正史、杂史、笔记、小说及历代诗文所载有关宫闱之事，内容极为广泛。然而相较于正史的客观冷静，稗官野史无疑更为生动传神，在细节、心理等方面的描写更为丰富细腻，也更适宜作为诗料。因此史梦兰《全史宫词》虽说采用正史与杂史互相配合的方式，其实比之正史而言，杂史、小说无疑占据着更大的比重。史梦兰《全史宫词》中绝大多数诗歌都与史事紧密结合，除了一些人们耳熟能详的历史事迹之外，若抛开诗后所注史事，读者几乎不能理解诗歌所咏内容，令人不禁生出郑笺难觅之叹，故《全史宫词》做到了诗与史的密不可分，兼具诗与史的双重特性。丘良任先生《论宫词》这样评价史梦兰的《全史宫词》："我国现尚未有一部完整的宫廷史，却有了这样一部用诗写成的历代帝王宫廷生活的实录，这是一件了不起的事。无论从诗学来说，或是从史学来说，都是值得重视的。"②在史梦兰之前，虽然秦兰徵《天启宫词》已经有在

① 史梦兰：《全史宫词·发凡》，第5页。

② 丘良任：《历代宫词纪事》，暨南大学出版社1995年版，第21页。

宫词下详注史事的做法，但像史梦兰《全史宫词》如此紧密联系史料的做法并不多见。倒是清初厉鹗等七人所撰《南宋杂事诗》与严遂成的《明史杂咏》在诗歌之后将所涉及史料来源、参考之书，无论繁简，均详加罗列，可谓“亦诗亦史”。而史梦兰《全史宫词》前郭长清《题词》曰：“黄绢词成碎锦披，毛笺骚传尽搜奇。分行细注蝇头字，例仿南朝杂事诗。”①郭氏指出了《全史宫词》与《南宋杂事诗》在体例上的承继关系，因此《全史宫词》与传统的宫词在这一点上有了不小的区别，其内容与形式都与杂事诗和咏史诗颇为接近，这与史氏《发凡》所云“其借仲初之体，抒仲宣、太冲怀古之情”亦正相吻合。

王建的宫词，以描写宫闱琐事为主要题材，论者以为其虽就事直书，但诗中蕴含着很深的讽刺意味，这与宫怨诗仍有很大区别。② 史梦兰继承了宫词中延续的这种讽刺传统，他以为古今兴亡治乱之源，每肇于宫闱而及于天下，宫词虽代有作者，然皆偶然托兴，只见一斑，于是广收博采自黄帝以至明末之史事，无论正统偏安、僭窃割据，均形之咏歌，意欲以宫词之体综述五千年治乱兴衰，以为读史之助。许乃普《序》曰：“令阅者晓然于正变之义，慨然于治乱之故，四千余年兴亡一辙，莫不为之击节而歌、掩卷而泣。”③史梦兰已具有先进的历史观，其于《发凡》中云：“统系，史家最重。兹集虽分正附，止取其次第分明，于正闰之说姑不暇论，以咏史非作史也。”④例如对历史上的十六国，历代正史均斥为伪朝，视之为五行闰位和沴气。而史梦兰却能超越这种狭隘的历史观，对其统治者实行的某些仁政予以肯定和歌颂，如其咏前赵君主刘曜曰：“三千巧手聚平阳，邃殿崇台取次成。漫把阿房拟秦暴，尚留酆水赐贫氓。”据《十六国春秋·前赵录》载：曜召构殿巧手三千人，发阳平等十郡牛车五千乘，运土筑建德殿台。命起酆明观，立西宫，建凌烟台于镐池。侍中乔豫、

① 史梦兰：《全史宫词》，第2页。

② 俞国林：《宫词的产生及其流变》，《文学遗产》2009年第3期。

③ 史梦兰：《全史宫词》，第1页。

④ 史梦兰：《全史宫词》，第5页。

和苞上疏谏，有曰："拟阿房而建西宫，模琼台而起凌烟"云云。曜大悦，即日下诏罢役，省酆水囿以与贫民。① 前赵刘曜闻谏后知错能改，罢除苛政，且又能施惠于民，其言行的确值得肯定，又岂能以其朝为伪朝而掩盖其历史功绩呢？当然史梦兰的宫词更注重总结历代兴亡的教训，如唐玄宗好斗鸡，曾选六军五百驯扰教饲，命贾昌为之长，号神鸡童，终于酿成安史之乱。史梦兰诗云："铁距金豪养气雄，鸡坊也自有神童。小儿五百随銮驾，斗起胡尘入禁宫。"② 这与杜牧《过华清宫》"一骑红尘妃子笑，无人知是荔枝来"有异曲同工之妙。又如汉成帝宠幸赵飞燕姊妹，飞燕无儿，后宫有子者皆杀之，故有"燕啄皇孙"之谣。另外赵氏姊妹皆私通燕赤凤，宫中踏地歌赤凤来曲，飞燕谓："赤凤为谁来？"其妹曰："赤凤自为姊来。"史梦兰诗曰："含风殿接避风台，啄尽皇孙起祸胎。最是多情相觑问，今朝赤凤为谁来？"③对赵氏姊妹之荒淫无耻予以尽情地揭露。不过史梦兰秉持着"温柔敦厚"的诗教观，故其许多宫词虽意主讽刺，却往往怨而不怒，其意是借宫词以劝惩警戒，义归于风雅和平。如卷十三咏唐肃宗曰："绛囊犹裹上清珠，太上慈恩报得无？自选飞龙亲试过，望贤楼下手双扶。"④玄宗赐太子李亨上清珠之事，见于《酉阳杂俎》。肃宗初即位，扶着刚从蜀地返回的明皇升殿，并亲选飞龙厩御马等事，见于《旧唐书》。实际上，郭子仪两京克复、玄宗自蜀回銮之后，玄宗和肃宗虽在表面上并未发生重大冲突，然父子之间的关系颇为微妙复杂。后来肃宗在张良娣、李辅国的离间挑拨下，终于发生了将玄宗"劫迁西内"事件，父子间的温情面纱被赤裸裸地撕毁。这样来看，史梦兰"绛囊犹裹上清珠"一诗似乎就显得过于温柔敦厚，并未能真正洞察唐史表象下之诸般隐微，而史梦兰这种选择性的忽视，正是由其敦厚平和的诗教观所决定的。

---

① 史梦兰：《全史宫词》，第 219—220 页。
② 史梦兰：《全史宫词》，第 256 页。
③ 史梦兰：《全史宫词》，第 71 页。
④ 史梦兰：《全史宫词》，第 259 页。

四、史梦兰《全史宫词》的刊刻与流传过程

史梦兰《全史宫词》初刻于咸丰六年（1856 年），至咸丰八年刊竣，又有同治间刻本。光绪十一年至十二年（1885—1886 年），因受到王誉昌《崇祯宫词》的激发，史氏又在初刻本的基础上补作宫词 479 首，并补刻于原书各卷之后，是为光绪补刻本。光绪十九年（1893 年）夏，史梦兰之子史履晋又将《全史宫词》前后二种刻本合刊为定本，是为光绪合刊本。《全史宫词》在当时影响就很大，据天津徐世銮《〈全史宫词〉书后》称："当年此诗一出，朝鲜贡使即于京肆购数十部以去。白傅诗价重鸡林，良堪媲美。燕山孙诗樵《馀墨偶谈》极重此书，河间冯晓亭孝廉直以为古人之作。銮辑《宋艳》亦曾引卷中之诗，并取故实数条。"①据史树青《北京琉璃厂》一文介绍，咸丰八年，史梦兰好友、朝鲜进士任庆准确实曾从琉璃厂购走《全史宫词》数十部归国②，则徐世銮所言非虚。乐亭名画家张灿曾为史梦兰绘制《松荫读史图》，并题诗曰："孝先腹笥本便便，倒峡词源泻涌泉。落笔纵横三万字，分笺上下五千年。漫将宫体嗤轻靡，应合风诗付管弦。一卷松荫清课处，渊怀早向画图传。"③1921 年，上海千顷堂出版了铅印本《全史宫词》。1987 年，北京古籍出版社出版了商传编纂的宫词合集《明宫词》，其中收录了《全史宫词》明代部分 192 首。1995 年，暨南大学出版社出版了丘良任《历代宫词纪事》，此书便是以史梦兰《全史宫词》为纲编纂而成。1999 年，为纪念史梦兰逝世一百周年，大众文艺出版社出版了由黑土、水秀校注的《全史宫词》。2000 年，北京出版社出版了《四库未收书辑刊》本《全史宫词》。2002 年，中国戏剧出版社又出版了彭诗琅主编的《中国古典文学名著百部》本《全史宫词》。然上述几种印本数量过少，产生的影响均不甚大。2015 年，由唐山师范学院中文系石向骞等学者整理的《史梦兰集》

---

① 史梦兰：《全史宫词》，第 579 页。

② 王灿炽：《北京纵横游》，文化艺术出版社 1984 年版，第 187 页。

③ 史梦兰：《全史宫词》，第 3 页。

由天津古籍出版社出版,《全史宫词》再次得到了系统规范的整理点校,又一次迎来了其传播的重要契机。相信随着《全史宫词》的广泛传播,学界对其成就特色的评价会越来越趋于客观和公正,对其文学价值的认识也会愈加深入。

第五节 马恂《此中语集》及其诗歌考述

一、马恂生平事迹及著作流传

清末迁安诗人马恂的生平事迹见于《永平府志》《大清畿辅先哲传》等文献,其中《大清畿辅先哲传》卷十九曰:“马恂,字瑟臣,号半士,迁安人。早岁为诗文,即欲与古人争席。父学赐,官陕西渭南县,卒时,恂年十四,弟恬年十一,皆哀毁过礼。奉母读书,互相师友,与邑中文士结社,名藉甚。道光二年壬午、十二年壬辰两中副榜,选柏乡教谕,非其志也。尝语人曰:‘有母在,欲博一第耳。’其后母卒,遂绝意进取,殚心坟典,主讲锦州凌川书院,多士翕然宗之,年七十二卒。”然《永平府志》卷六十四云:“同治四年,昌黎何明府聘修县志,未成而卒,年七十三。”两种记载中关于其年寿有微小的差距。按,马恂曾与何崧泰、何尔泰纂修同治《昌黎县志》十卷。同治《昌黎县志》修于同治四年,次年刊刻。据《永平府志》“未成而卒”的记载,则其当卒于同治四年(1865年)。以其卒年逆推,则知其应生于清乾隆五十八年(1793年)。

马恂著有诗文集《此中语集》,有的文献则作《此中语》。《永平府志》卷四十八著录《此中语》五十六卷。史梦兰《永平诗存》卷十四《止园诗话》称:“所著《此中语》,自嘉庆戊辰起,至同治甲子止,共五十六年,年各一卷。或诗或词,或古文或四六,或灯谜楹联,或仙乩禅偈。有触即作,有作即存。”①嘉庆戊辰,即嘉庆十三年(1808年)。同治甲子,即同治三年(1864年)。也就是

① 史梦兰选辑,石向骞等点校:《永平诗存》,吉林大学出版社2011年版,第245页。

说，五十六卷本的《此中语集》囊括了马恂从十六岁到七十二岁的全部作品。然而此五十六卷本《此中语集》除了见于《永平府志》著录之外，仅有史梦兰《永平诗存》卷十四、卷十五收录了两卷，此外并未见于其他著录，仅有《长城歌》《海山览胜记》等零散篇章见于《永平府志》之征引，估计全集已经散佚不存。其他书目著录该书时往往都是依据《永平府志》，如《清史稿艺文志拾遗》著录了马恂《此中语集》不分卷，注曰："史梦兰辑编永平诗存底稿本（二册）中图。"①柯愈春《清人文集总目提要》著录《此中语集》曰："不分卷，清史梦兰辑编，二册，《永平诗存》底稿本，台北中央图书馆藏。"②此外，《河北省志·出版志》第一章《图书遗存及出版》中亦著录马恂《此中语集》，③此书当系据方志转录列目，而未见其书。从以上诸种书目的著录情况可见，马恂《此中语集》五十六卷本至清末民初即已不传，其散佚速度是很快的。若非史梦兰《永平诗存》据《此中语集》选录了两卷诗歌，或许后世就真的很难了解马恂诗歌创作的概貌了。因此史梦兰《永平诗存》收录的两卷马恂诗歌，应是《此中语集》硕果仅存的篇章，这在某种程度上也算是不幸中的大幸了，当然我们从中也可以看出史梦兰《永平诗存》保存文献的贡献和价值。

二、马恂诗歌的特色与倾向

傅璇琮、许逸民等主编《中国诗学大辞典》中有王学泰所撰"永平诗存"条曰："清代永平人中并无特别杰出之诗人，此集所录诗人作品以佘一元、林徵韩、张霔、宁长年、薛国琮、李广滋、马恂等人较佳。"④我们姑置"清代永平人中并无特别杰出之诗人"这样的判断不论，马恂无疑是《永平诗存》选录诗人中成就最高者之一，这一点我们单从《永平诗存》选录其诗歌的篇幅数量即可看

① 章钰、武作成：《清史稿艺文志拾遗》，中华书局1982年版，第1911页。
② 柯愈春：《清人文集总目提要》，北京古籍出版社2001年版，第1233页。
③ 河北省地方志编纂委员会编：《河北省志·出版志》，河北人民出版社1996年版，第62页。
④ 傅璇琮、许逸民等主编：《中国诗学大辞典》，浙江教育出版社1999年版，第789页。

出。在史梦兰《永平诗存》中,马恂诗歌独占两卷,在全部选录的诗人之中居于首位,从中亦可以看出史梦兰对马恂诗歌的推崇与激赏。《永平诗存》共收马恂诗歌96题173首,其中卷十四选录的多是长篇五古与七言歌行,卷十五多是五七律与五七绝。可见史梦兰对马恂《此中语集》的选录打破了原书按年代编排的体例,而是改为分体编排。史梦兰从浩繁的五十六卷诗文中仅拣选出二卷诗歌,这使我们有理由相信,《永平诗存》所选录的诗作应是马恂诗歌中的精华部分。那么我们通过对马恂这些遗存的诗歌进行解析,以管窥豹,大致也就可以看出马恂诗歌的成就、特色及倾向。总结起来,马恂诗歌有以下几个方面的特色较为突出。

(一)"诗史"精神的体现

马恂诗歌中最引人注目的就是那些伤悼之作,这些诗歌虽是站在官方立场上,将鸦片战争以及太平天国、义和团运动中阵亡的清军将吏和地方士绅为主角,但大多正面展现时代的风云变幻,洵足为一代诗史。为了将所咏人物的生平事迹和自己的炽烈感情充分地展现,有时马恂会采用长篇组诗的形式,如《纪杨忠武侯》就是由十四首五律组成,对蜀中名将杨遇春的一生进行了细致描摹与咏叹,并于每首诗后配以注脚,解释时地、背景等内容,为读者营构出一幅幅气势磅礴恢弘的连续画面,以诗证史的意味相当明显。此诗无论从内容还是形式上,都明显表现出对杜甫前、后《出塞》的直接模仿。又如《吊黄观察》,乃是哀悼湘军骆秉章部主将黄醇熙兵败身死之事。诗曰:"众寡既不敌,退军良所耻。独身殿军,令卒前驶。手刃围贼,衣如血洗。军械吏士无失亡,身中长矛仆地矣。舁见渠魁,公怒发指。截股断肱,骂声益起。捐躯公岂惮焚如,败中之功固如此。"①检清余澜阁《蜀燹死事者略传》"黄忠壮"条载:"黄公讳纯②熙,字子春,江西鄱阳人……公知中伏,率部下前进,亲兵控马请退,公

① 史梦兰选辑,石向骞等点校:《永平诗存》,第264页。
② 纯,当作"醇"。

叱曰:‘此何可走,走则六营同尽耳。’左右均死战,幕友邓赤子、蔡月岩助战被戕,各营远隔不能救。公知事不可为,遂拔刀直冲贼阵,前贼惊走,后贼踵至,围复合。亲兵十余人,各以死拒,皆战殁。公犹奋刀驰突,须眉磔张,手刃数贼。旋以左胁中矛,刀伤右臂,坠马。贼争拥至场,迫令跪。公厉声骂曰:‘黄统领岂跪贼者?欲杀便杀耳!’贼怒,断其首,支解而火之。”①我们将此诗与史实相互对照,就可以体察诗人以诗记史、以诗存史的良苦用心。

马恂诗歌中诗史意识的另一表现就是其长篇诗序与诗题的撰写。他往往在诗序和诗题中点明诗歌创作的背景和意图,叙述人物的事迹与经历。诗序、诗题与诗歌的配合,加强了全诗的感染力和表现力。如《哀赵观察》组诗,仅由两首七律组成,然而诗前的诗序,长达800多字,详细叙述了湖州道员赵景贤独守孤城、兵败被俘、反间敌人乃至计破身死的生平事迹,诗序不仅为诗歌的正面感喟和哀叹作了充分的铺垫,而且完全可以作为赵景贤的小传来读。再如歌咏天津县令谢子澄的两首七言歌行,竟完全未拟标题,而代之以长篇叙事为题:《癸丑九月二十八,天津谢大令子澄,字云舫率乡勇击南贼于黄家坟,大败之,天津遂安。贼窜据杨柳青。十月初五,胜将军至,授谢大令官军二千,同击贼,复败之;围诸静海,收复杨柳青镇》《十一月二十七,谢公云舫击贼于静海。已战胜,副都统佟鉴急进,折贼浮桥。贼从西门突出马队,佟都统被围。谢公闻报,驰往援之。方决围出,而副都统达洪阿遽以后军退。谢公军孤力战,身被七创,坠马。民兵负之,溃围出。贼追急,谢公语民兵:“我必无生理,汝辈前杀贼,可置我勿顾。”民兵负走不释,公奋身坠河,遂殁。既殓,柩将入城,贼出劫之,为民兵击杀千余。事上闻,奉旨赠布政使衔,世袭骑都尉职。天津及故里皆立专祠。柩既厝,哭奠者日以千百计。民兵痛哭,欲散去。钦差天津盐院文谦,谢公知己也,抚循民兵,告以谢公虽殁,上有老母,下有公子,当为谢公复仇。民兵悉感奋,皆白巾白带从盐院,奉公子于军中。

① 车吉心总主编,朱振华、党明德主编:《中华野史》清朝卷三,泰山出版社2000年版,第2730页。

十二月初七日，不俟官军，冒死突入静海城，杀贼万余。零贼窜归独流镇，遂克复静海县，成谢公志也，谢公为不死矣》。可以说马恂的这些诗歌，鲜活生动地记录和描绘了历史事件和历史人物，为我们展现了彼时的社会心理和时代风貌，很容易让人联想到杜甫的《八哀诗》，体现了对杜甫"诗史"精神的自觉继承。

（二）科举应试训练对诗歌创作的影响

弄清楚诗人的理论主张和理论倾向对于理解其诗歌的创作特色至关重要。由于《此中语集》已经散佚，这对我们全面了解马恂的理论倾向是个很大的障碍。所幸的是，史梦兰《永平诗存》中《止园诗话》吉光片羽般地节录了马恂的《此中语集自序》，这对我们了解马恂的创作思想有很大的参考价值。由于文献珍稀，特全文征引如下：

吟成矢口，躁人或诮于辞多；写未拈须，文士应箴夫韵哑。望文坛而未上，敢曰升堂哜胾；叩诗钵而偶成，何暇磨光刮垢。或者早燕初莺，自来原非力构；要于拣金剖玉，求精那许才粗。性之所近，不可强也；意有所适，弥复欣然。窥观是戒，何须人面如吾；少作具存，亦曰我心自尔。谢三都之假序，本不争名；进杂体以同编，聊以适意。空中楼阁，时若蝶簇花团；笔底烟岚，居然山长水远。谢无逸惯描蝴蝶，张平子遥思桂林。紫云无谱，秋风客鬓怕先苍；碧月空圆，春梦婆心将共白。看万木之争春，病梨应赋；惜一枝之莫借，乌鸟难题。胸多块垒，浇须十斛醇醪；眼豁虚空，扫尽千年尘土。入世之缘未解，一半情根、一半名根；养生之主无多，几分书味、几分禅味。不上选佛场，谁问他妄语戒、绮语戒、两舌戒；但说现身法，自由我平等观、自在观、如是观。底蕴毕呈，非关忏悔；性情难假，有待发舒。誉则忧，笑则喜，以犹人说存也；歌有思，哭有怀，其皆弗平者乎！我用我法，幸未傍户依门；人刺人非，且勿求瘢出羽。年纪二辰，一星终矣；简须几乙，不日成之。摅千言于兔颖，我心惟只与天和；汗万卷于牛腰，此

语不足为人道。①

从马恂的自序可以看出，以“此中语”命名诗文集，是取“此语不足为人道”之意，这当然是作者的自谦之词。除了在序中表现蹭蹬仕途的感慨外，马恂称“我用我法，幸未傍户依门”，并谦虚地称其诗作均是性之所近、意有所适而作。此外，我们从其自序工整的骈俪中也领略到其娴熟的对仗技巧和深厚的用典功力。而据史梦兰《止园诗话》称：“此序作于庚辰，时年未满三十，而其肮脏不平、抑郁无聊之慨已如此，亦可以知其志矣。”②未满三十的马恂在为文集作序时已经非常善于使用工整的骈文，再联系他一生艰于一第的坎坷命运，我们就会意识到正是由于长期参加科举考试，马恂需要将很大精力投入八股文和试帖诗的写作训练之中，乃至形成了一种思维定式和写作习惯，而这种习惯也就不可避免地影响到他的诗歌创作，特别是其纯熟的律诗对仗技巧，显然得益于此。故而我们从其长期科考经历的角度切入，或许可以找到理解马恂诗歌艺术特色的一把钥匙。

（三）以学问为诗，以议论为诗的倾向

正是由于有充分的八股文和试帖诗写作训练，马恂诗歌显示出以学问为诗的倾向。从其诗歌中那些信手拈来的经史典籍，我们都可以窥见马恂深厚的学养和精湛的艺术功力。这里试举一例：如《咏史》其四的颔联：“如何箝马忘长策，时有骑猪学远屯。”“箝马”，乃是“箝马而秣”之简称，谓以箝衔马口，使之不能食粟。是被围困者向敌方显示有积蓄、能固守的一种伪装，典出《韩诗外传》卷二：“吾闻围者之国，箝马而秣之，使肥者应客。”骑猪，谓谓夹豕（屎）逃窜，喻惊惶之至。典出唐张鷟《朝野佥载》卷四：“（张）元一于御前嘲（武）懿宗曰：‘长弓短度箭，蜀马临阶骗。去贼七百里，隈墙独自战。甲仗总

① 史梦兰选辑，石向骞等点校：《永平诗存》，第245—246页。

② 史梦兰选辑，石向骞等点校：《永平诗存》，第246页。

抛却，骑猪正南蹿。’上曰：‘懿宗有马，因何骑猪？’对曰：‘骑猪，夹豕走也。’上大笑。”①通过对上述两个典故的解析我们可以发现，此诗虽为咏史之作，但其对现实的指斥意味相当明显。此诗题下署“癸丑作”，即作于咸丰三年。是年正月，太平军直取南京，两江总督陆建瀛仓皇逃窜，诗中所云，或即指此。故此诗虽名为咏史，实为讽今。诗人对清廷军备废弛、将领畏敌逃窜的丑态予以无情揭露，却能做到言近旨远、含蓄蕴藉、古奥幽深。这样的例子在其诗歌中比比皆是，充分体现了马恂诗歌以学问为诗的重要特色。

从艺术风格而言，马恂从前代诗歌中获得了丰厚的营养，因而其诗风不主故常，能够做到兼收并蓄，这也是一个诗人在艺术上成熟的重要标志。例如《野望》：“出门眺平楚，平楚何苍苍。朝日上寒云，燿燿千林黄。落叶下飞鸟，纷然迷前冈。冈峦互起伏，深浅含烟光。上有晓行人，望望但微茫。沙惊宿雁起，天际鸣回翔。安得借羽翰，从此游八荒。”②深得阮籍《咏怀诗》之风神。而其七言歌行，韵味醇厚，风致婉转。如《芙蓉引》：“女儿十五知自怜，等闲不立春风前。小家门楣作不起，茑萝低蔓相缠绵。女儿娇痴愿易足，夫婿弱齿如花妍。”③可谓深得“梅村体”之神韵。不过马恂的作品中还存在着以议论为诗的倾向，如《放言》《偶成》《古意》《祭灶》等许多诗作，议论的成分都占据了很大比重，极为明显地表现出尚议论的特点。从清诗发展史来看，马恂所处的时代，正是以程恩泽、祁寯藻、何绍基、郑珍、莫友芝、曾国藩、江湜等人倡导的宋诗运动大行其道之时。刘世南指出：“时代变了，帝国主义的入侵，太平天国的起义，构成了宋诗运动诸人所说的‘乱世’。他们再也没有闲情逸致像神韵派那样寄情山水，像性灵派那样娱心风月，更无法像格调派那样歌舞升平。总之，‘乱世’不能为‘盛世’之音。”④故这类诗人偏重于宋人以学问为诗、以

① 赵庶洋：《朝野佥载校证》，中华书局2023年版，第209页。
② 史梦兰选辑，石向骞等点校：《永平诗存》，第247页。
③ 史梦兰选辑，石向骞等点校：《永平诗存》，第256页。
④ 刘世南：《清诗流派史》，人民文学出版社2004年版，第434—435页。

议论为诗的创作方法，可见时代风气对马恂诗歌的熏染作用也非常明显。然而也毋庸讳言，大量议论的出现，使得马恂诗歌显得质木无文，大大削弱了诗的形象性与艺术感染力。再加上其有些诗歌用典晦涩艰深，也降低了其可读性。这些都制约了马恂诗歌取得更高的艺术成就。

像马恂这样一个成就和特色都较为突出的诗人，竟至于全集散佚，湮没无闻，无论如何都是燕赵文学史上的一桩憾事，然而这在冀东文学史乃至燕赵文学史上却并非孤例。这是因为学界对清代诗歌的关注度本来就不高，对马恂这样僻处冀东的底层诗人关注度就更少了。通过对其存世诗歌的解读，我们可以断言，马恂这类诗人是冀东近代文学史上不可忽略的存在。为了更加清晰地描述和构建清代冀东文学发生发展的脉络和体系，就不能不加强对这些诗人的深入研究。而欲加强对这些隐匿不彰诗人们的研究，必须先从钩稽文献入手。若能系统彻查冀东地区清代诗文集的存佚情况，重点对县市图书馆、文化单位以及藏书家所藏此类文献的具体情况进行调查统计，做到先摸清家底，进而进行抢救性保护和整理，这无疑是弘扬燕赵文化、全面振兴冀东文学的一个重要举措，必将造福学界，功德无量。因此唐山师范学院诸位同仁将史梦兰《永平诗存》进行整理出版，无疑是揭开清代冀东文学神秘面纱的一个良好开端和契机，同时为冀东古籍文献的整理研究作出了优秀示范，相信这对清代燕赵文学和冀东文学的研究都将是一个有力的助推。

结　语

清代畿辅文学固然比不上文化发达、人文荟萃的江南地区，但也绝非一片荒漠，而是名家辈出，代有英才，此乃江山间气所钟、河岳精华所聚。经认真调查后可以发现，清代畿辅文学家族之数量众多、其文学生态之丰富远超想象。这些诗人在家族内部通过亲友间切磋传授的方式互相研习诗文，更相酬唱，不仅继承了燕赵地区慷慨悲歌的诗学传统，又与时代诗学思潮紧密呼应，为清代诗学史写下了浓墨重彩的一笔。

燕赵地区素有骨鲠多气、慷慨任侠的豪迈传统，加之理学的长期砥砺和滋养，使得崇道德、尚节义成为燕赵文化的显著特征，这在清代畿辅文人笔下都有较为突出的表现。特别是在明末清初，不甘于清朝统治的仁人志士们更是用他们的热血和生命谱写了一曲曲不屈不挠的时代悲歌，成为易代之际畿辅诗坛的厚重底色，这也为清代畿辅文学带来一缕异常绚烂的光彩。从艺术宗尚及创作取径来看，每个清代畿辅诗人都用其诗文作品给出自己的选择和答案。他们或师从李杜、王孟、高岑等盛唐名家，或取法韦应物、刘长卿诸人；有的博采众长，折中唐宋，从唐宋诸经典名家身上汲取精华；有的则上下沿溯，广收博览，归于自得；还有的试图超脱宗唐宗宋之窠臼，以自然真挚为旨归。以上诸种诗学路径都与诗人的家学师承及其时代思潮、文化氛围密切相关。在诗学理论方面，清代畿辅诗人也作出了不少独特贡献，如献县戈涛和边连宝多次批评王士禛“神韵说”，指出神韵派因机械拟古而失真之流弊，提倡诗歌应

以抒发真性情为主，要保持诗人个性独立，实属知本之论。而此后翁方纲“肌理说”的提出，便与边连宝、戈涛的诗文创作及其理论有着密切关系。故城贾氏之学源于浙派黄宗羲及其弟子仇兆鳌，黄宗羲《明儒学案》一书便由贾氏刊刻，其中贾臻论诗以“由宋入唐”为宗旨，这与浙派领袖查慎行“唐宋互参”的理论亦较为接近，从中也可窥见故城贾氏与浙派诗学之渊源关系。从艺术风格来看，清代畿辅诗人除了继承燕赵诗歌传统中豪迈沉雄、慷慨壮阔的艺术特征以外，又不断开拓，诸如清空高远、险峭奇崛、颖秀纤微、绮丽绵密等风格所在皆是，呈现出百花齐放的繁盛态势。

倘若抛开文学家族框架的束缚来看，清代畿辅地区知名的诗歌流派当以申涵光、殷岳、殷渊、张盖、杨思圣等人为主的河朔诗派最为著名。该派善于以闳肆悲郁之音、苍劲激楚之声反映时艰，发愤抒志，主张尊唐宗杜，以少陵为宗，而出入于高岑、王孟诸家。除此之外，清代畿辅诗坛上以名号并称的诗人群体颇多，诸如“河间七子”“广平三君”“畿南三才子”“柏乡三魏”“永年三申”“安州三陈”“燕南二俊”“燕南三杰”等。由于地缘的一致以及诗学立场的接近，他们时常唱酬切磋，常以承传风雅相激励。此外，“南北两随园”中的“北随园”边连宝，“南沈北郭”中的清苑郭棻，“江北七子”中永年申涵光、遵化周体观也都是燕赵诗人，均在清代诗坛产生了一定的影响。另外，《盐山诗钞》《沧州诗钞》《永平诗存》《遵化诗存》《津门诗钞》《磁人诗》等地域性选集中的诗人群体也都值得关注。

由于文献无征，大多数清代畿辅文学家族一直不为世人所知，这无疑是一种莫大的遗憾。幸赖如今诗学昌明，大量清代诗学文献得以整理面世，这为一窥清代畿辅文学家族的创作实绩提供了重要契机。清代畿辅文学家族的诗学文献体量巨大，研读起来常有持蠡测海、坐井观天之感。限于个人的水平和精力，本书仅选取曲周刘氏、介山杨氏、永年申氏、景州张氏、吴桥王氏、大名姜氏、正定王氏、献县戈氏、刘氏、史氏、永平谢氏、史氏、马氏等文学家族进行研讨。虽说涉及的文学家族和诗人为数不少，但也只是粗陈梗概而已，全面细致地描摹清代畿辅文学的总体面貌及其演进脉络仍有待于学界同仁的共同努力。相信随着学界对清代畿辅文学家族研究的逐步展开,越来越多的文学家族会落入研究者的视野,对清代畿辅文学家族的认识也会愈发地清晰深入。

主要参考文献

[1] 王长华主编:《河北古代文学史》第三卷,人民出版社 2019 年版。

[2] 蒋寅:《清代诗学史》第一、二卷,中国社会科学出版社 2012、2019 年版。

[3] 李世琦:《申涵光与河朔诗派》,生活·读书·新知三联书店 2013 年版。

[4] 王岗、邓瑞全、曹书杰:《中国文化世家·燕赵辽海卷》,湖北教育出版社 2008 年版。

[5] 陶樑辑,江合友、程宇静点校:《国朝畿辅诗传》,国家图书出版社 2017 年版。

[6] 王企埥编:《畿辅七名家诗钞》,清康熙六十年(1721 年)敬事堂刻本。

[7] 徐世昌编,闻石点校:《晚晴簃诗汇》,中华书局 1990 年版。

[8] 刘荣嗣:《简斋先生集》,《四库禁毁书丛刊》集部第 46 册,北京出版社 2005 年版。

[9] 魏裔介著,魏连科点校:《兼济堂文集》,中华书局 2007 年版。

[10] 申涵光著,邓子平、李世琦点校:《聪山诗文集》,河北人民出版社 2011 年版。

[11] 王馀佑撰,张京华点校:《五公山人集》,华东师范大学出版社 2011 年版。

[12] 杨思圣:《且亭诗》,《四库全书存目丛书》集部第 213 册,齐鲁书社 1997 年版。

[13] 杨思圣:《且亭诗钞》,《清代诗文集汇编》第 74 册,上海古籍出版社 2011 年版。

[14] 乔钵:《乔文衣集》,国家图书馆藏清顺治刻本。

[15] 赵尊岳辑:《明词汇刊》,上海古籍出版社 1992 年版。

[16] 魏元枢著,高光新点校:《与我周旋集》,燕山大学出版社 2022 年版。

[17] 郝浴著,王玮校注:《中山诗钞校注》,上海古籍出版社 2017 年版。

[18] 史梦兰编,石向骞等点校:《永平诗存》,吉林大学出版社 2011 年版。

[19] 卓尔堪编,萧和陶点校:《遗民诗》,华东师范大学出版社 2013 年版。

[20] 史梦兰著,景红录、石向骞点校:《史梦兰集》,天津古籍出版社 2015 年版。

[21] 刘青松、马合意辑校:《河间七子诗文徵》,中国社会科学出版社 2020 年版。

[22] 傅林、于万复、刘青松主编:《直隶学研究书系》,河北大学出版社 2018 年版。

[23] 孙赞元编,石向骞等点校:《遵化诗存》,燕山大学出版社 2020 年版。

[24] 闫立飞、罗海燕主编:《天津历代文集丛刊》第一辑,社会科学文献出版社 2020 年版。

[25] 江晓敏主编:《南开大学图书馆藏稀见清人别集丛刊》,广西师范大学出版社 2010 年版。

[26] 刘金柱主编:《京津冀畿辅文献丛刊》,北京燕山出版社 2019 年版。

[27] 李仲琳编著:《一代宗师李中简》,光明日报出版社 2015 年版。

[28] 戈涛著,刘青松辑校:《坳堂诗文集》,河北大学出版社 2016 年版。

[29] 边连宝著,韩成武等点校:《杜律启蒙》,齐鲁书社 2005 年版。

[30] 边连宝著,马合意点校:《病馀长语》,齐鲁书社 2013 年版。

[31] 刘金柱、杨钧主编:《纪晓岚全集》,大象出版社 2019 年版。

[32] 徐雁平主编:《清代家集丛刊》,国家图书馆出版社 2015 年版。

[33] 徐雁平主编:《清代家集丛刊续编》,国家图书馆出版社 2018 年版。

[34] 徐雁平:《清代世家与文学传承》,生活·读书·新知三联书店 2012 年版。

[35] 徐雁平编著:《清代家集叙录》,安徽教育出版社 2017 年版。

[36] 陶誉相:《芗圃诗草》,林庆彰、赖明德、刘兆祐、张高评主编:《晚清四部丛刊》第一编第 96 册,文听阁图书有限公司 2010 年版。

[37] 黄彭年等撰:《畿辅通志》,商务印书馆 1958 年版。

[38] 孙爱霞整理:《沽上梅花诗社存稿》,天津古籍出版社 2019 年版。

[39] 梅成栋编纂,杨鹏校笺:《津门诗钞校笺》,天津古籍出版社 2021 年版。

[40] 张佩纶著,石向骞、王双等点校:《涧于集》,燕山大学出版社 2021 年版。

[41] 佘一元著,王文才、石向骞点校:《沧溟集》,燕山大学出版社 2023 年版。

[42] 李庆甲集评校点:《瀛奎律髓汇评》,上海古籍出版社 1986 年版。

[43] 仇兆鳌:《杜诗详注》,中华书局 2015 年版。

后　记

我于2012年考入河北大学文学院中国古代文学专业攻读博士学位，在导师詹福瑞先生的指导下，选取清初浙派诗坛领袖诗人查慎行作为博士学位论文选题，这是我涉足清代诗学之始。在此后的研究中，我逐渐开始关注清代畿辅文学家族，然而最初的研究并不成规模，只是对清代畿辅诗学稍有涉猎而已。2020年，我以“清代畿辅文学家族与诗人群体研究”为题申报了河北大学燕赵文化高等研究院重点项目，幸运地获得批准，于是正式开始对清代畿辅文学家族展开研究，并尝试着将一些初步的研究成果投诸学术刊物。2021年7月，我由河北大学调回山东家乡齐鲁师范学院工作，结束了在燕赵地区长达十七年的工作生活。不过对清代畿辅文学家族的研究并未随着工作的调动而结束，本书的部分篇目即完成于移宫换羽之际，其间人事错迕，烦忧丛杂，诸种况味实不足为外人道也。至2023年10月，本课题再度幸运地获批中华诗歌研究院重点项目，相关研究亦得以逐步推进和展开，并最终形成了本书稿的框架雏形。在以往数年的研究过程中，书中的部分章节曾以单篇论文的形式陆续发表于《燕山大学学报》《中国诗学研究》《中国韵文学刊》《燕赵文化研究》《燕赵中文学刊》《保定学院学报》《唐山师范学院学报》《齐鲁师范学院学报》《地域文化研究》《地方文化研究辑刊》《民国文献研究》等刊物，诸多刊物的责编老师和审稿专家为稿件的修订完善提出了许多宝贵的意见，谨此致谢！可以说若没有上述刊物的鼓励与支持，我是没有信心将本课题的研究坚持下来的。即便目前已经完成了不少清代文学家族的研究，但对整个清代畿辅文学家族而言，仍是远远不够的。故本书的结集出版与其说是一个结束，毋宁说是一种开始。因为清代畿辅文学的体量惊人，存世诗文集及诸种合集选集数不胜数，限于个人的精力和水平，本课题的研究只能算是管窥蠡测、浅尝辄止，距离真正清晰描述清代畿辅文学发展历程这一目标仍有着较远的距离。个人希望在今后的研究中继续一家家地阅读别集文献，以蜗步龟速缓慢推进，为清代燕赵诗学的拓展略尽绵薄之力。同时也希望学界同仁继续关注这一诗学领域，不断取得新的突破。

本书是由我和山东大学孙微教授共同撰写完成的，河北大学文学院的田小军教授、刘青松教授、高永教授、燕山大学文学院的张金明教授一直关注和支持着本课题的研究，唐山师范学院的石向骞教授曾提供宝贵的资料，景州枣林张海燕先生亦惠赐《张氏诗集合编》《琐事闲录》，齐鲁师范学院为本书的出版提供了部分经费支持，谨此致谢！

王新芳

2024 年 12 月于济南

责任编辑：武丛伟
封面设计：王欢欢

图书在版编目(CIP)数据

清代畿辅诗学研究论稿：以畿辅文学家族为中心 / 王新芳，孙微著. -- 北京 ：人民出版社，2025. 10.
ISBN 978－7－01－027478－2

Ⅰ. I207.227.49

中国国家版本馆 CIP 数据核字第 2025VT7404 号

清代畿辅诗学研究论稿
QINGDAI JIFU SHIXUE YANJIU LUNGAO
——以畿辅文学家族为中心

王新芳　孙 微　著

人民出版社 出版发行
（100706　北京市东城区隆福寺街 99 号）

北京建宏印刷有限公司印刷　新华书店经销

2025 年 10 月第 1 版　2025 年 10 月北京第 1 次印刷
开本:710 毫米×1000 毫米 1/16　印张:21
字数:288 千字

ISBN 978－7－01－027478－2　定价:88.00 元

邮购地址 100706　北京市东城区隆福寺街 99 号
人民东方图书销售中心　电话（010)65250042　65289539